Christiane Fux
Das letzte Geleit

PIPER

Zu diesem Buch

Theo Matthies, 36, ist eigentlich Arzt. Nach dem Tod seiner
Frau hat er seine Karriere aufgegeben und das familieneigene
Traditionsunternehmen übernommen: seither arbeitet er als
Bestatter in Hamburg-Wilhelmsburg. Sein Wissen als Mediziner kommt ihm dabei hin und wieder in die Quere. So auch, als
Anna Florin, 84, auf seinem Tisch landet. Die Obduktion der
alten Frau verlief ergebnislos und nun soll Theo ihre Aufbahrung vorbereiten. Doch Theo kommt der Fall merkwürdig vor.
Er schöpft Verdacht, dass die alte Frau keines natürlichen Todes gestorben ist: denn woher kommt der kleine, kaum sicht-
bare Einstich hinter dem Ohr der Leiche? Als die Polizei den
Fall abschließt, stellt er selbst Ermittlungen an. Während seiner Recherchen begegnet der junge Witwer der Journalistin
Hanna Winter. Auch sie hat Zweifel an den Todesumständen
der alten Freundin. Denn Anna hatte ihr kurz vor ihrem Tod
eine ungeheuerliche Geschichte erzählt: Anna war einem
Mann auf der Spur, der offiziell im Zweiten Weltkrieg ums Leben kam. Und das ist nicht sein einziges dunkles Geheimnis ...

Christiane Fux, Jahrgang 1966, ist in Hamburg aufgewachsen
und hat dort Germanistik mit den Schwerpunkten Journalistik
und Psychologie studiert. Vor 20 Jahren hat es sie nach München verschlagen, wo sie in ihrer Freizeit auf die umliegenden
Berge klettert. Sie schreibt als Medizinredakteurin für das Ge-
sundheitsportal NetDoktor und entwickelt nebenbei in ihrem
eigens gegründeten Verlag Krimispiele der Reihe »Mörderische
Dinnerparty«.

Christiane Fux

Das letzte Geleit

Kriminalroman

PIPER

Mehr über unsere Autoren und Bücher:
www.piper.de

Von Christiane Fux liegen im Piper Verlag vor:
Das letzte Geleit
In stiller Wut
Unter dem Elbsand
Das Mädchen im Fleet

Originalausgabe
ISBN 978-3-492-27396-1
1. Auflage Mai 2012
6. Auflage August 2019
© Piper Verlag GmbH, München 2012
Umschlaggestaltung: Hauptmann und Kompanie Werbeagentur, Zürich,
unter Verwendung eines Fotos von Anja Weber-Decker/plainpicture
Satz: Satz für Satz, Wangen im Allgäu
Gesetzt aus der Rotis Serif
Druck und Bindung: CPI books GmbH, Leck
Printed in the EU

Für Alain

Prolog

An der Alster

*Vorsichtig stieg die alte Frau auf die unterste Stufe der Roll-
treppe, die Hände fest an ihr Einkaufswägelchen geklammert.
Erik, ihr Sohn, hatte ihr die rosenbedruckte Scheußlichkeit zu
ihrem 84. Geburtstag geschenkt. Inzwischen musste sie widerwillig zugeben, dass das Gerät für ihre müden Knochen
bequemer war als der verschlissene Rucksack, den sie so lange
für ihre Einkäufe benutzt hatte.*

*Als die Rolltreppe sie dreißig Sekunden später in den Sonnen-
schein am Jungfernstieg spuckte, atmete sie unwillkürlich auf.
Unter der Erde war ihr stets beklommen zumute – wie so vielen Menschen ihrer Generation. Zu viele Nächte hatte sie in
Kellerlöchern und Bunkern ausgeharrt, während über ihr der
Luftkrieg tobte. Nach dem Zwielicht des U-Bahn-Schachts
kniff sie die Augen zusammen. Was für ein strahlender Wintertag! Ein kräftiger Wind ließ die internationalen Flaggen am
Alsteranleger im Wind knattern. Statt der hohen Wasserfon-
täne, die sonst in der Mitte der Binnenalster Kapriolen
schlägt, stand dort ein riesiger, illuminierter Christbaum.*

*Tief sog sie die kühle Luft in ihre erschöpften Lungen, die der
Wind vom nahen Hafen herüberblies. Sie schmeckte nach Teer
und Salz.*
*Hanseatenwind, dachte sie. Seit einer Ewigkeit war sie nicht
mehr in der Innenstadt gewesen. Spontan beschloss sie, einen
Kaffee im Alsterpavillon zu trinken. Auf der Terrasse trotzten
bereits zahlreiche, mit Wolldecken ausgerüstete Gäste der*

Jahreszeit. In ihrer Jugend wäre kein Mensch auf die Idee gekommen, im Winter draußen Kaffee zu trinken. In ihrer Jugend hatte es aber auch keine zentralbeheizten Wohnungen mit Thermoverglasung gegeben. Und erst recht keine Heizstrahler auf Restaurantterrassen.

Die Bedienung war jung, hübsch und gelangweilt.
»Latte, Cappuccino, Espresso ...«, begann sie die Liste der angebotenen Kaffeespezialitäten herunterzuspulen.
»Ein Kännchen Filterkaffee, bitte«, unterbrach sie die alte Frau unbeeindruckt und ließ den Blick über die anderen Besucher schweifen.

Wie vor siebzig Jahren war das Publikum auch heute bunt gemischt. Damals hatte an dieser Stelle noch ein prunkvoller Jugendstilbau mit Spitzdach gestanden. Als junges Mädchen hatte Anna hier viel Zeit verbracht. Der Alsterpavillon hatte als eines der letzten Caféhäuser noch eine Swingband beschäftigt. Die »Negermusik« war den Nazis verhasst gewesen und hatte dem Café den Namen »Judenaquarium« eingebracht. Die alte Frau erinnerte sich noch gut an den Abend, als eine Horde älterer Hitlerbengel in den Pavillon eingedrungen war. Systematisch hatte die Bande die Leinentücher von den Tischen gezerrt und so innerhalb kürzester Zeit eine Schneise der Verwüstung durch das Lokal geschlagen. Gäste und Personal hatten schreckensstarr ausgeharrt, bis auf den Saxofonisten, der ungerührt weiterspielte. Zu ihrer Verblüffung gingen die Burschen nicht auf ihn los, sondern begnügten sich damit, vor ihm auf den Boden zu spucken. Dass sie nicht einmal betrunken waren, machte die brutale Aktion noch erschreckender.

Heute saßen hier Geschäftsmänner mit gelockerter Krawatte vor der Glasfassade. Eine junge Mutter beschwichtigte ein

8

greinendes Kleinkind mit Erdbeereis. Ein paar Mädels rauchten lässig auf der Treppe zum Anleger der Alsterdampfer und versuchten so zu tun, als seien die Jungen nebenan Luft. Zwei Damen nippten an ihrem Tee.
Ungefähr mein Alter, dachte die alte Frau, aber viel eleganter. Vergnügt blickte sie auf ihre ausgetretenen silbernen Turnschuhe aus dem Schlussverkauf hinunter. Aus schicken Kleidern hatte sie sich noch nie viel gemacht.

Am Tisch schräg gegenüber saß mit dem Rücken zu ihr ein älterer Herr – vielmehr ein alter Mann. Sie runzelte die Stirn. Er erinnerte sie vage an jemanden aus ihrer Jugendzeit. Ein Schauspieler? Unwillkürlich versuchte sie, sein Alter zu schätzen. Er war schlank und hielt sich sehr aufrecht, doch den gebräunten Nacken unter der perfekt gestutzten Frisur durchzogen tiefe Furchen. Routiniert schlug er seine Zeitung zusammen und wandte sich zur Seite, um der Bedienung zu winken. Bis auf die hohen Geheimratsecken war sein weißes Haar noch voll. Es war weniger das Profil als die gebieterische Geste, die Anna ins Mark traf. »Da hol mich doch der Teufel«, flüsterte sie tonlos. Die Weihnachtseinkäufe für ihre Enkelin waren vergessen. Der alte Mann, der nur drei Meter von ihr entfernt saß, war seit Jahrzehnten tot.

Kapitel 1

Wintersturm

Sonnabend, 13. Dezember 2008
Windstärke 8, in Böen 9. Das Wasser donnerte Faustschläge
auf das Wagendach. Die Scheibenwischer unternahmen einen
weiteren hilflosen Versuch, die Wassermassen von der Scheibe
zu schaufeln, die sich unmittelbar hinter ihnen wieder zu
einem millimetertiefen Strom vereinigten.

»Definitiv eine neue Sintflut«, murmelte Theo Matthies.
Sein alter Citroën hatte sich wieder einmal den denkbar un-
günstigsten Zeitpunkt ausgesucht, um zu streiken, sodass Theo
nach einem Kundenbesuch die Zündkerzen im strömenden
Regen trocken kriegen musste. Die Welt draußen war nur
noch schemenhaft zu erkennen: ein zerlaufenes Aquarell in
Grün und Grau, darin der Briefkasten als leuchtend gelber
Klecks. Der Lastwagen, der vernünftigerweise am Straßenrand
stehen geblieben war, brachte einen knallroten Farbtupfer in
die Szenerie. Wider besseres Wissen steuerte Theo seinen Wagen im Schneckentempo die vierspurige Hauptstraße Kornweide entlang. Immerhin, tröstete er sich, kannte er die Strecke im Schlaf. Wenige Hundert Meter vor seinem Ziel hatte
er keine Lust, anzuhalten und abzuwarten, bis das Unwetter
vorbei war. Sein schwarzer Rollkragenpullover und die Jeans
klebten ihm wie kalte, nasse Waschlappen am Körper, und er
sehnte sich nach einem starken Kaffee.

Vor wenigen Tagen hatte noch schreckliche Kälte ge-
herrscht. Die Erde spielt verrückt, dachte er. Solche Regengüsse
gab's in Hamburg sonst nur im Frühjahr und im Herbst – und
nicht mitten im Dezember.

Bei Sturm war ihm auf der Elbinsel Wilhelmsburg immer mulmig zumute, obwohl es in den 34 Jahren seines Lebens hier nie eine größere Katastrophe gegeben hatte. Doch zeugten noch viele Schilder an älteren Hauswänden von den Pegelständen der Sturmflut, die im Februar 1962 unbarmherzig Löcher in den Deich gefressen und schließlich die Insel überflutet hatte. 315 Todesopfer hatte es damals in Wilhelmsburg gegeben, und ein noch weitgehend unbekannter hanseatischer Polizeisenator namens Helmut Schmidt konnte dem ganzen Land seine Tatkraft vorführen. Als Kind hatte sich Theo immer unter die Messingmarkierungen gestellt und geprüft, ob sein Kopf inzwischen über die Schicksalslinie reichte. Der Tag, an dem er sich erstmals oberhalb der eingebildeten Wasseroberfläche befand, war ein großer gewesen.

Jetzt holte er tief Luft und stemmte die Autotür gegen den Sturm, der sogleich wie ein Rudel wütender Hunde an seinem Schal zerrte. Mühsam kämpfte er sich unter den Schutz der Reetdach-Markise und dann ins Innere des Hauses. Auf den abgetretenen Steinfliesen in der Diele sammelten sich Pfützen. Ein Windstoß ließ die Geburtstagskuchenkerzen verlöschen, die links und rechts neben der feierlichen Aufbahrung geflackert hatten.

Schnell schloss Theo die Tür hinter sich und blickte direkt in ein Paar gewitterschwarze Augen. Theo kannte niemanden, der derart vorwurfsvoll gucken konnte wie Lilly. Dabei war sie erst neun Jahre alt und sah aus wie eine chinesische Porzellanpuppe.

»Du hast mein Begräbnis ruiniert«, schimpfte das Kind empört und deutete auf einen rosafarbenen Miniatursarg, in dem fein säuberlich eine Barbiepuppe aufgebahrt lag. Ein zerrupftes Kunstblumengebinde schmückte die Plastikleiche.

»Woran ist die Ärmste denn heute gestorben?« Erfolglos rubbelte sich Theo mit seinem triefenden Schal das Haar.

»Kindbettfieber«, verkündete Lilly, die eine Vorliebe für exotische Todesursachen hatte. Wenn sie nicht gerade mit ihrer Barbie spielte, schmökerte sie in Theos alten Medizinbüchern, die er aus sentimentalen Gründen in seinem Büro aufbewahrte.

»Lilly, willst du nicht mal was anderes spielen als Beerdigung?«

»Was denn, Heiraten vielleicht?« Lilly schnaubte verächtlich.

Mitunter fragte sich Theo, ob ein Bestattungsinstitut das richtige Umfeld für ein kleines Mädchen war.

»Deine Tochter entwickelt eine völlig morbide Weltsicht«, hatte er einmal zu May gesagt, die ihm dabei half, die Toten herzurichten.

»Seltsam ist es ja wohl eher, so zu tun, als sei Sterben irgendwie anstößig«, hatte die junge Halbasiatin nur gefaucht. Da musste ihr Theo zweifellos recht geben. Zu Lillys letztem Geburtstag hatte er ihr darum einen Barbiesarg geschreinert. Es war ein voller Erfolg gewesen.

Vor fast zwei Jahren hatte Fräulein Huber, die, seit er denken konnte, seinem Vater zur Hand gegangen war, ihren blassgrünen OP-Kittel säuberlich zusammengefaltet. »Des war jetzt meine dreitausendste Leiche, des is genug für a Menschenleben!«, hatte sie in ihrem bayrisch gefärbten Dialekt verkündet, der sich auch nach einem halben Jahrhundert in der Hansestadt nicht abgeschliffen hatte. Theo, der damals erst vor Kurzem das Geschäft seines verstorbenen Vaters übernommen hatte, war entsetzt gewesen.

»Mach dir mal keine Gedanken, Bub«, hatte Fräulein Huber nur gesagt und ihm mütterlich die Wange getätschelt.

Theo erinnerte sich noch gut an die erste Begegnung mit May. Am Tag nach ihrer schockierenden Ankündigung, das Institut verlassen zu wollen, hatte Fräulein Huber mit einem zarten, schwarzhaarigen Mädchen vor der Tür gestanden, das ein schlafendes Kind auf dem Arm trug – May und Lilly. »Das Maderl kann gleich heute anfangen«, hatte die Huber zufrieden gesagt. Zweifelnd hatte Theo auf das zierliche Persönchen herabgeblickt. Sie sah wie sechzehn aus – höchstens.

»Und außerdem hat sie einen Abschluss als Thanatopraktikerin«, hatte Fräulein Huber triumphiert. Diese Spezies der Bestatter war in Deutschland, anders als in den USA und England, äußerst rar. Thanatopraktiker beherrschten nicht nur das äußere Herrichten der Toten, sie konnten sie auch für eine Aufbahrung vorbereiten und notfalls sogar einbalsamieren.

»Examiniert in London«, hatte May hinzugefügt und ihn herausfordernd angestarrt.

Auch ohne diesen Trumpf hätte Theo der geballten Entschlossenheit der beiden Frauen nichts entgegenzusetzen gehabt. Zum Glück. May gelang es, auch dem erbarmungswürdigsten Toten ein friedvolles Aussehen zu verleihen, sodass sich die Angehörigen verabschieden konnten – ein Ritual, das in der Hansestadt eher unüblich war, das den Hinterbliebenen vom Bestattungsinstitut Matthies aber ans Herz gelegt wurde. So kratzbürstig sich May oft den Lebenden gegenüber gebärdete, so sanft war sie zu den Toten.

»Wie soll man denn die Toten gehen lassen, wenn man sich ned verabschieden hat kinna?«, hatte auch Fräulein Huber die feste Überzeugung von Theos Vater in eigene Worte gefasst.

»Du sollst so einen Mann zurückrufen«, teilte Lilly Theo gnädig mit. »Elfzwanzigzwanzigfünffünfachtacht«, rasselte sie herunter. Sie hatte ein phänomenales Gedächtnis.

»Lilly, wie oft soll ich dir noch sagen, dass du keine Telefonate entgegennehmen sollst?«

»Andauernd«, antwortete Lilly sachlich.

Theo seufzte. »Und, wie hieß der Mann?«

»Hab ich nicht verstanden.«

Kopfschüttelnd ging Theo in sein Büro, um den unbekannten Menschen zurückzurufen.

»Mein aufrichtiges Beileid«, sagte Theo zweieinhalb Stunden später zu dem Mann vom Telefon. Er stellte einmal mehr fest, wie stark sein abgelegter und sein neuer Beruf sich mitunter glichen: eine ungewöhnliche Karriere vom Chirurgen zum Bestatter. Der Mann, mit dem er vorhin telefoniert hatte, hieß Erik Florin und entpuppte sich als leicht übergewichtiger Herr Anfang sechzig.

»Es handelt sich um meine Mutter«, sagte er und presste die feuchten Handflächen auf die dicklichen Schenkel. Runde Wangen, volle Lippen, babyblaue Augen hinter Brillengläsern, ergraute Locken, registrierte Theo. Der Mann sah aus wie ein trauriger, überalterter Raffael-Engel.

Auch Florin studierte sein Gegenüber. Einen Bestatter hatte er sich anders vorgestellt. Älter auf jeden Fall, mit gelichtetem Haar und Gesichtszügen, die der stete Umgang mit Tod und Trauer geprägt hatte. Einer, der vielleicht sogar ein bisschen unheimlich wirkte. Der jungenhafte Mann von Mitte 30, der hier vor ihm saß, hatte mit diesem Bild rein gar nichts zu tun. Theo trug sein dunkles Haar aus der Stirn gebürstet. Gesicht und Nase waren schmal, die äußeren Augenwinkel lagen etwas tiefer als die inneren, was seinem Blick etwas Melancholisches gab. Sein Lächeln gewann durch die leicht schiefen Zähne zusätzlich an Charme.

Vermutlich ein Frauenschwarm, dachte Erik Florin nüchtern, der den Schmerz, nie ein solcher gewesen zu sein, auch mit über sechzig noch nicht ganz verwunden hatte. Theo Matthies war kaum größer als Florins 179 Zentimeter, gewann aber durch seinen schmalen Körperbau optisch an Größe. Angetan mit dunklen Jeans und (inzwischen getrocknetem) Rollkragenpullover hätte Florin ihn in einem Café eher für einen Universitätsdozenten gehalten.

Theo reichte seinem Kunden eine Tasse Friesentee, ein Ritual, das er – wie das Haus und dessen Einrichtung – von seinem Vater übernommen hatte. Mit Sahne und »Kluntjes«, den dicken braunen Kandisbrocken, war das Getränk süß, warm und tröstlich. Auch Erik Florin klammerte sich dankbar an die dickwandige Tasse. Theo selbst verabscheute das Gebräu. Er war ein bekennender Kaffeejunkie.

Neugierig blickte Florin sich um. Im Kamin flackerte ein Feuer, vor dem zwei schwere braune Chesterfieldsessel standen, die diskret nach altem Leder und Pfeifentabak dufteten. Theos Vater hatte ein Faible für britisches Ambiente gehabt. Die preußischblau gestrichenen Wände waren fast vollständig mit Regalen zugestellt, in denen sich Hunderte Bücher stapelten. Zu seiner Verblüffung erspähte Florin neben einer ehrwürdigen, in Leder gebundenen Gesamtausgabe der Encyclopædia Britannica aus dem Jahre 1923 auch uralte Seefahrerchroniken und medizinische Fachliteratur jüngeren Datums.

Darüber hinaus gab es auch hanseatische Requisiten. In einer mit Samt ausgeschlagenen Vitrine schimmerten geheimnisvoll nautische Instrumente: ein Kompass, ein Sextant, ein Chronometer. In einer anderen Ecke des Raums stand ein altes Hafenmeisterteleskop, das Theo von seinem Urgroßvater, einem Kapitän, geerbt hatte.

Nachdem der alte Käpt'n Matthies 1926 in den Ruhestand gegangen war, hatte er angefangen, Seebestattungen für pensionierte Seeleute zu organisieren. Es hatte viele gegeben, die sich nach einem Leben auf dem Meer wünschten, dort auch ihre letze Ruhe zu finden – Beginn einer Bestatterdynastie in der nunmehr vierten Generation. Lange Zeit hatte es allerdings so ausgesehen, als ob die Tradition mit Theos Vater enden sollte.

Als kleiner Junge hatte Theo noch unbekümmert zwischen den Särgen Verstecken gespielt. Doch das änderte sich schlagartig mit dem Tod seiner Mutter. Von einem Tag auf den anderen war sie fort gewesen. Aufgebahrt im Sarg lag nur noch eine wächserne Puppe, die nicht das Geringste mit seiner Mama zu tun hatte. Ihm kam es vor, als hätte jemand seine Mutter verschleppt und stattdessen dieses Ding dagelassen. Verzweifelt hatte er getobt und geheult. Er wollte seine Mama zurück. Sein Vater hatte ihn auf den Schoß gezogen und den Achtjährigen behutsam hin und her gewiegt. Zornig hatte sich Theo gesträubt. »Warum ist sie einfach weg? Warum?!«

»Es war ein Unfall«, hatte sein Vater hilflos gesagt. »So etwas passiert einfach manchmal.« Von da an war der Junge auf den Tod nicht mehr gut zu sprechen gewesen. Theo wollte keine Toten begraben, Theo wollte Leben retten.

Nach dem Medizinstudium hatte er verbissen um jeden Patienten gerungen, der auf seinen OP-Tisch kam. Bis zu jener Nacht vor drei Jahren, in der er gleich zwei geliebte Menschen auf einmal verloren hatte. Der Tod lässt sich nur auf Abstand halten, auf Dauer besiegen lässt er sich nicht, hatte Theo schließlich akzeptieren müssen und erkannt, dass er den Arztberuf aus dem falschen Motiv heraus gewählt hatte: ein sinnloser Kampf gegen das Unabänderliche. So hatte er beschlossen, doch noch Bestatter zu werden. Sich dem Sterben zu stellen. Inzwischen war er sogar fast sicher, die richtige Wahl getroffen zu haben. Als Bestatter, so hoffte er, würde er irgendwann Frieden mit dem Tod schließen. Manchmal gelang es ihm inzwischen. Oft genug aber auch nicht.

So saß er heute hinter dem Eichholzschreibtisch seines Vaters – ein Umstand, der ihn mitunter noch immer verblüffte. Die Platte des hundert Jahre alten Möbels war mit grünem, inzwischen etwas fleckigem Leder überzogen, in dem Theo je nach Stimmung wechselnde Figuren sah. Die unregelmäßigen Konturen des großen, leicht rötlichen Flecks links oben erinnerten ihn heute an ein tanzendes Nilpferd. Der Familienlegende nach hatte sein Vater ihn hinterlassen, als er aus Freude über die Geburt seines Sohnes die unvermeidliche Teetasse umgestoßen hatte.

»Ich möchte, dass Sie sich um die Beerdigung kümmern.« Erik Florin schob Theo einen schmuddeligen Zettel zu, der aussah, als hätte er ihn seit Wochen mit sich herumgetragen. »Anna Florin, geb. 15.06.1925, gest. 11.12.2008« stand darauf. Darüber prangte in großen Lettern »Gerichtsmedizin«.

»Man hat sie also obduziert«, stellte Theo fest.

»Der, äh, Fundort war ein wenig ungewöhnlich«, erklärte Florin.

Donnerstag, 11. Dezember 2008
Am frühen Morgen des elften Dezembers war Heide Jensch, 65, zu ihrer morgendlichen Runde aufgebrochen. Trotz des plötzlichen Temperatursturzes der letzten Tage hatte sie sich auf ihr klappriges Hollandrad geschwungen. Ihre beiden irischen Wolfshunde, Carla und Cleo, trabten geschmeidig neben ihr her. Für die »Kirchdorfer«, wie sich die Einwohner des alten Siedlungsteils von Wilhelmsburg nennen, bot das Trio seit Jahren ein vertrautes Bild. Anfangs hatten viele die Zottelriesen misstrauisch beäugt, die auf den Hinterbeinen stehend einen ausgewachsenen Mann mühelos überragten. Inzwischen ließen sie sogar ihre Kinder auf den Rücken der gutmütigen Tiere reiten.

An diesem Wintermorgen stiegen aus den Mäulern der Hunde dichte weiße Wolken empor. Der Eishauch der Nacht hatte die letzen Beeren und Blätter, die sich noch an die Sträucher klammerten, mit einer dicken Schicht Raureif überzogen. In der Morgensonne funkelten die Früchte wie rosafarbene Kristalle.

Karfunkelsteine, dachte Heide. Spontan beschloss sie, die große Runde zu drehen und bis zu ihrem Lieblingsplätzchen am Leuchtturm zu fahren. Zügig radelte sie die von kleinen Häuschen gesäumte Kornweide herunter, während sich linkerhand die berüchtigten Betonbauten von Kirchdorf Süd türmten. Anfang der 70er-Jahre hatte man die Sozialsiedlung mitten auf der grünen Wiese errichtet. Heide, die damals Lehrerin in der benachbarten Grundschule am Stübenhofer Weg gewesen war, hatte die Arbeit der gigantischen Kräne mit Kummer und Unbehagen verfolgt. In ihren ersten Berufsjahren hatte die Schule noch direkt an einen Bauernhof gegrenzt, aus dem von Zeit zu Zeit ein paar Schweine ausgebrochen waren und unter aufgeregtem Gekreische der Kinder über den Schulhof galoppierten. Zwar gab es noch immer Wiesen und Pferdekoppeln in Sichtweite der Schule, doch die drohende Silhouette der Hochhäuser trübte das Idyll empfindlich.

Statt über die breite Otto-Brenner-Straße radelte Heide lieber direkt durch das alte Kirchdorf. Hier waren unter Adolf Hitler Doppelhaushälften im Fachwerkstil für die Wilhelmsburger Industrie- und Hafenarbeiter errichtet worden. Die winzigen Häuschen besaßen große Gärten, in denen die Menschen Obst und Gemüse anbauen konnten. Inzwischen war von dem ursprünglichen Fachwerk nicht mehr viel zu sehen. Die Bewohner hatten mit mehr oder weniger viel Geschmack an- und umgebaut, sodass von der einstigen Reihenhausstereotypie nicht mehr viel übrig war. Jetzt reihten sich hier Plattenverschalungen aus den 70er-Jahren an roten und gelben Klinker aus den 80ern, und Butzenscheiben wechselten sich mit Panoramafenstern ab.

Die Hauptstraße querend ließ Heide auch diese Enklave hinter sich. Sie schaltete in den niedrigsten ihrer drei Gänge und überwand die sanfte Steigung am Friedhof Finkenriek vorbei hinauf zum Deich. Hier duckten sich reetgedeckte Bauernhäuser hinter den Schutzwall aus Geröll, Erde und Gras. Oben auf der Deichkrone ließ Heide die Hunde laufen. »Achte den Deich, er schützt dich«, war auf der Messingtafel einer Bank eingraviert. Froh um ihre dicken Gummireifen holperte sie über den Deich, vorbei an der Bushaltestelle, die bei Sturmflutgefahr als Sammelpunkt fungieren sollte.

Drei Kilometer weiter machte die Straße eine scharfe Kehre. Hier erstreckten sich die Gebäude eines Schullandheims, in das Heide regelmäßig Tagesausflüge mit ihren Erstklässlern unternommen hatte. Sie hatte noch das Gekreisch der Kinder im Ohr, die im Elbsand ihre Burgen bauten. Damals war der angespülte Schaum noch schmutzig braun gewesen. Inzwischen konnte man in der Elbe wieder baden.

Sie streifte die Handschuhe ab, um mit klammen Fingern das Zahlenschloss des Fahrrads zu schließen. Dann lief sie zügig in Richtung Bunthäuser Spitze, dem Ziel ihres Ausflugs. Hier teilte sich der Fluss in Norder- und Süderelbe, die Wilhelmsburg umspülten. Am äußersten Punkt der Landzunge thronte ein spielzeugkleiner, rot und grün lackierter Leuchtturm, den Hilde schon als Kind geliebt hatte.

Carla und Cleo pflügten mit ihren Nasen raschelnd durch das erstarrte Laub unter den Hecken am Wegesrand. Überall witterten sie aufregende Düfte. Plötzlich hob Carla mit einem Ruck den mächtigen Schädel und sog prüfend die kalte Luft ein, die Augen fest auf den Leuchtturm geheftet. Dann fiepte sie leise. Auch Cleo zog nun die Schnauze aus dem Laub und starrte gebannt in dieselbe Richtung. Ein plötzliches Unbehagen packte Hilde. Sie schirmte die Augen gegen die Strahlen der noch tief stehenden Sonne ab, konnte aber nichts Ungewöhnliches entdecken.

Kurz entschlossen schnappte sie sich ihre Hunde links und rechts an den schweren Lederhalsbändern und lief, ermutigt von der Kraft der mächtigen Körper, langsam die letzten fünfzig Meter bis zum Leuchtturm. Rund um seinen vielleicht vier Meter breiten Sockel zog sich eine Sitzbank. Hildes Arme breiteten sich aus, als Carla plötzlich den Schwanz einkniff und von dem kleinen Turm wegstrebte, während Cleo in die andere Richtung zerrte. Am Fuße des Türmchens, nahe am Wasser, das unter der Eisdecke durch das Schilf schwappte, lag ausgestreckt eine kleine, vermummte Person mit apfelgrüner Pudelmütze. Heide erkannte die ungewöhnliche Kopfbedeckung sofort. Sie hatte die alte Frau oft bei ihren Spaziergängen auf dem Deich getroffen. Die Sonne hatte noch nicht genügend Kraft gehabt, den Raureif auf der dicken Wolle, dem unförmigen, türkisfarbenen Daunenmantel und den Brauen und Wimpern zu schmelzen. Als Heide die alte Frau an der Wange berührte, löste sich ein Kristall und taumelte in das weit geöffnete Auge, wo er liegen blieb. Rasch trat sie einen Schritt zurück.

Während sie mit klammen Fingern das Handy aus den Tiefen ihrer Manteltasche fummelte, postierten sich die beiden Wolfshunde würdevoll links und rechts der toten Frau.

Wie zwei Sphinxe, dachte Heide und wählte den Notruf.

Montag, 8. Dezember 2008
Der alte Mann leerte seine Kaffeetasse und stelle sie energisch
auf den Tisch. Er rollte die Zeitung zusammen und erhob sich.
Anna spürte, wie Adrenalin durch ihre schockstarren Glieder
strömte. Blind grub sie einen Schein aus ihrer Geldbörse mit
dem »Hello Kitty«-Druck und schob ihn mit zitternden Fingern
unter die Kaffeetasse. Das Portemonnaie hatte Entchen, ihre
siebenjährige Urenkelin, für sie ausgesucht. Anna zögerte kurz
und warf einen Blick auf ihren Blümchenrollwagen. Bananen.
Zahnpasta. Ein kleiner Schokoweihnachtsmann für Entchen.
Nichts, was wichtig wäre. Der Mann hatte die Zeitung auf
dem Tisch liegen gelassen und schon einige weitausholende
Schritte Vorsprung. Um sie herum saßen die schicken alten
Damen, die jungen Mädchen, die Herren mit Schlips. Niemand
ahnte, dass hier das Schicksal einen mutwilligen Bocksprung
vollführte.

Sie ließ den Rollwagen Rollwagen sein und warf einen liebe-
vollen Blick auf ihre Füße. Viel besser als Pumps, dachte sie
grimmig und nahm die Verfolgung auf.

Sonnabend, 13. Dezember 2008
Theo warf einen Blick auf den Totenschein.

»Hypothermie«, las er laut und schob rasch die medizinische Terminologie verlassend hinterher, »sie ist an Unterkühlung gestorben?«

Erik Florin nickte. »Schrecklich, nicht wahr? Eine Spaziergängerin hat sie an der Bunthäuser Spitze gefunden. Sie muss
dort die ganze Nacht gelegen haben.« Er fummelte an der runden Brille auf seiner Nase, bis diese noch schiefer saß als zuvor.
»Ich habe so etwas noch nie gemacht«, gestand er dann. »Mich
um eine Beerdigung gekümmert, meine ich. Was kostet denn so
was?« Verschämt tauchte er seine Knubbelnase in den Becher.

Erst seit er das Geschäft ganz übernommen hatte, hatte Theo die Arbeit seines Vaters wirklich zu würdigen gelernt – ein ständiger Drahtseiltanz zwischen Geschäftssinn und Mitgefühl. Theo, der das Bestattergewerbe von Kindesbeinen an kannte, hatte schnell gelernt, die mehr oder weniger kummervollen Hinterbliebenen zuverlässig einzuschätzen. Da gab es die Tieftrauernden, die ihr letztes Hemd und noch mehr für den geliebten Verstorbenen hergeben wollten, alte Männer und Frauen, die er freundlich, aber entschieden, davor bewahrte, sich hoffnungslos zu verschulden, damit »der liebe Heinz« oder »die geliebte Hilde« ein stattliches Begräbnis bekam.

Er erkannte inzwischen schnell den Unterschied zwischen echten Geizhälsen und Pragmatikern, die es erst sinnlos fanden, so viel gutes Geld unter die Erde zu bringen, und später ob ihrer Knauserigkeit mit sich hadern würden. Für jeden musste er die richtigen Worte, die richtigen Gesten und die beste Lösung finden.

»Was für ... Möglichkeiten gibt es denn überhaupt?«, fragte Erik Florin. Verglichen mit vielen Nachbarländern, erklärte Theo, herrschten in Deutschland geradezu rigide Bestattungsvorschriften. Anders als beispielsweise in den Niederlanden, in England oder der Schweiz dürfe man die Asche seiner Lieben weder auf dem Kaminsims aufbewahren noch im eigenen Garten verstreuen.

»In Deutschland heißt es ›Sarg oder Urne‹, und beides gehört auf den Friedhof – oder wenige ausgewählte Orte«, erklärte Theo. Man könne sich beispielsweise in speziellen Waldstücken, den sogenannten Friedhainen, beisetzen lassen. Und so mancher waschechte Hanseat wünsche sich ein zünftiges Seemannsgrab: Dann wurde eine zur zügigen Verrottung konzipierte Urne in der Ostsee versenkt – die einzige offizielle Möglichkeit, in Deutschland nicht unter die

Erde zu kommen. Ebendas war, dank alter Familientradition, eine besondere Spezialität des Matthiesschen Bestattungsinstituts.

Extravagante Trauernde könnten allerdings die Asche des Verblichenen über die Grenze schaffen und den enthaltenen Kohlenstoff zum Diamanten pressen lassen, berichtete Theo. Ein recht kostspieliges Unterfangen, das sich im weniger gut betuchten Wilhelmsburg seines Wissens noch nie jemand geleistet hatte. Die Kosten für die Bestattung der restlichen Asche kämen natürlich noch hinzu.

»Die meisten entscheiden sich für eine Feuerbestattung«, sagte Theo freundlich. »In Hamburg sind die Friedhofsplätze teuer, und so ein Urnengrab kostet weniger – auch wenn die Kosten für das Krematorium hinzukommen.«

Hilflos blätterte Erik in dem Katalog mit den Sarg- und Urnenmodellen. »Meine Mutter hätte gelacht, weil ich darum so ein Tamtam mache«, sagte er schließlich bitter. »Die hätte sich vermutlich einäschern lassen, und dann ab in irgendein anonymes Loch. Aber ich – ich hätte doch gern etwas Besonderes für sie.« Er zögerte. »Sie war ein eher unkonventioneller Typ.«

»Na, dann kommen Sie mal mit. Ich zeige Ihnen ein paar Spezialmodelle.« Schnaufend erhob sich der pummelige Mann und trottete Theo hinterher.

Im Sarglager, das nebenan in einer ehemaligen Scheune untergebracht war, waren immer die gängigsten Modelle vorrätig. Es gab pompöse Exemplare Typ Gelsenkirchener Barock aus geschnitzter Eiche mit üppigen Messingbeschlägen, schlichte Varianten aus Kiefernholz, imposante, schwarz lackierte Versionen, in denen sich jeder Vampir gern häuslich eingerichtet hätte, und schneeweiße, herzzerreißend winzige Kindersärge. Manche Modelle aber waren nach den Wün-

23

schen der Kunden gestaltet worden, kunstvoll bemalt von Theos bestem Freund, Lars Hansen.

Zweifelnd blickte Florin sich um. Dann fiel sein Blick auf die Urnen, die aufgereiht in einem Regal standen. Auch hier hatte der Sargkünstler seiner Phantasie freien Lauf gelassen. Staunend betrachtete Florin ein Exemplar, das über und über mit Seerosen bemalt war. Oben auf dem Deckel thronte ein freundlicher Froschkönig. Verschämt kratzte er dem Tierchen den grün gesprenkelten Rücken.

»Ist so was überhaupt erlaubt?«

»Es geht alles, was keine Giftstoffe freisetzt«, sagte Theo aufmunternd. Erst vor Kurzem hatten sie die Asche eines eingefleischten St.-Pauli-Fans in einer Urne bestattet, die mit dem Vereinsemblem geschmückt war: ein Totenkopf auf schwarzem Grund. »War Opa ein Pirat?«, hatte der vierjährige Enkel des Verstorbenen mit leuchtenden Augen gefragt und so für ungewohnte Heiterkeit am Grab gesorgt.

»Fällt Ihnen vielleicht etwas ein, das Sie besonders mit Ihrer Mutter verbinden?«

Erik schüttelte bedauernd den Kopf. »Wissen Sie, wir standen uns nicht besonders nahe, meine Mutter und ich.« Dann hellte sich sein Gesicht auf: »Afrika«, sagte er dann enthusiastisch, »Anna hat viel Zeit für ›Ärzte ohne Grenzen‹ in Afrika verbracht. Vielleicht können Sie eine Urne mit afrikanischen Motiven bemalen lassen.« Doch dann verließ ihn wieder der Mut. Die Froschkönig-Urne in der Hand setzte er sich auf einen Holzblock.

»Ich weiß gar nicht, wie ich das alles schaffen soll«, stöhnte er. »Die ganze Beerdigung organisieren. Und was mache ich bloß mit der Wohnung?«

»Um Ersteres kümmere ich mich, und für die Wohnung, da hätte ich auch schon eine Idee.« Theo kramte eine Visitenkarte aus den Tiefen seiner Brieftasche. ›Lars Hansen – Antiquitäten, Wohnungsauflösungen, Entrümpelungen aller Art‹, stand darauf. »Unser Sargkünstler hier hat nämlich noch eine weitere Einkommensquelle.«

Kapitel 2

Der Mops

Sonntag, 14. Dezember 2008
Am nächsten Morgen ließ Erik Florin sich mit einem wohligen Seufzer in den Beifahrersitz von Theos restauriertem Citroën DS sinken. Auf der Rückbank lagen eine Plastiktüte und eine Handtasche.

»Die Sachen Ihrer Mutter. Ich habe sie gleich von der Pathologie mitgenommen«, sagte Theo.

»Ich wusste gar nicht, dass meine Mutter so was Schickes besitzt.«

Routiniert chauffierte Theo den Schlitten zum Vogelhüttendeich. Die Fahrt dauerte nur gute zehn Minuten, endete aber auf einem anderen Kontinent. Statt Fachwerkromantik und Katzenkopfpflaster herrschte hier der zweifelhafte Charme maroder Jugendstilhäuser. Seit einigen Jahren wurden die heruntergekommenen Prachtbauten Stück für Stück saniert. 2013 sollte die Internationale Bauausstellung IBA in Wilhelmsburg stattfinden. Zuvor hieß es, die Schandflecken der Elbinsel von Grund auf zu sanieren oder alles abzureißen und neu zu bauen. Und so glänzte hier manches Haus in frischem Anstrich, während gegenüber noch der Putz von den Fassaden bröckelte. Theo beobachtete die Entwicklung mit gemischten Gefühlen. Einerseits freute es ihn, dass der Hamburger Senat sich überhaupt einmal bequemte, dem Stadtteil Beachtung zu schenken. Andererseits fürchtete er, dass damit viel vom Charme des Viertels verloren gehen würde.

Über einer Toreinfahrt kündete ein altmodisch verschnörkeltes Schild von »Hansens Raritäten und Haushaltsauflösungen«.

»Bleiben Sie ruhig sitzen, ich hol nur eben den Chef, dann können Sie sich die Wohnung Ihrer Mutter gemeinsam anschauen.«

Im Hinterhof türmte sich ein abenteuerliches Sammelsurium aus alten Schubkarren, gusseisernen Gartenpforten und anderen rostigen Artefakten. Eine Marmornixe blickte traurig auf ihren Krug, aus dem schon lange kein Wasser mehr geflossen war. Fröstelnd zog Theo den Mantel um sich. Wenigstens hatte es aufgehört zu regnen. Auf einer kirschrot gestrichenen Gartenbank saß sein Freund Lars und schmauchte ein Pfeifchen. Mit seinen langen dünnen Gliedmaßen, dem zerzausten Blondschopf und der Hornbrille sah er eher wie ein armer Poet aus als wie ein Entrümpelungsunternehmer – ein Eindruck, der nicht völlig täuschte, war er doch Doktor der Philosophie. Neben ihm hockte eine Gestalt von ausnehmender Hässlichkeit. Unter der tief gefurchten Stirn traten ein Paar traurige Glotzaugen hervor, die Nase war platt wie die eines Preisboxers, und der runde Kopf mündete übergangslos in einen stämmigen Körper. »Das ist Paul-Mops«, stellte Lars dem Freund seinen neuen Begleiter vor.

Theo streckte die Hand zur Begrüßung aus, und sogleich verwandelte sich die jammervolle Erscheinung in ein begeistert schnaufendes, freudig bebendes Bündel.

»Entzückend«, sagte Theo und kraulte dem sandfarbenen Hund vorsichtig den Schädel. Paul grinste.

»Ich hab ihn letztens gewissermaßen mitentrümpelt«, erklärte Lars. »Offenbar hatten es die Enkel so eilig, ihre Oma ins Altersheim zu verfrachten, dass sie den armen Kerl glatt vergessen haben.« Zum Glück schien Paul um einiges cleverer zu sein, als seine niedrige Stirn vermuten ließ. Irgendwie hatte er es geschafft, mit seinen dicken Pfoten den Wasserhahn in der Küche aufzudrehen, sodass er nicht verdurstet war. Abgesehen davon musste ihn ein erhebliches Übergewicht gerettet haben, das er sich vermutlich dank der liebevollen Fürsorge seines alten Frauchens angefuttert hatte. Nach vierzehn Tagen Fastenkur war Paul so schlank wie seit Jahren nicht und so gut in Form wie nie.

»Und jetzt hast du ihn adoptiert«, stellte Theo fest. Sein bester Freund sammelte beschädigte Objekte wie andere Menschen Briefmarken: Biedermeierbüsten ohne Nase, dreibeinige Stühle und Teekannen ohne Henkel – und natürlich Menschen und Tiere mit seelischem Knacks. Möbel und zerbrochenes Geschirr verwandelte er mit viel Phantasie, Kleber und Farbe in begehrte Kleinkunstwerke, auf Mensch und Tier entfaltete seine stoische Gelassenheit eine heilsame Wirkung. Theo war vollkommen klar, dass auch er Teil des Hansenschen Kuriositätenkabinetts war.

»Kundschaft für dich«, sagte Theo und deutete mit dem Daumen über die Schulter.

»Na, denn man to.« Lars klemmte sich den stämmigen Hundekörper unter den Arm.

»Haben Sie was dagegen, wenn der kleine Kerl hier mitkommt?«, fragte er, am Wagen angekommen.

Erik Florin starrte irritiert in das faltige Hundegesicht. Paul sabberte.

»Der Kleine hat gerade sein Frauchen verloren und ist noch etwas verstört«, säuselte Lars. Paul glotzte, nieste herzhaft und sah nicht im Mindesten traumatisiert aus.

Minuten später parkte Theo den Citroën vor Ismails Dönershop am Busbahnhof. Wie Lars hatte auch Anna im Herzen des Wilhelmsburger Multikultiviertels gewohnt. Vor dem schmucken, denkmalgeschützten »Alten Deichhaus« saßen ein paar Arbeitslose verschiedenster Nationalitäten in der Wintersonne.

»Am wohlsten hat sie sich immer da gefühlt, wo es laut und bunt ist«, erklärte Florin. Dunkelhaarige Mädchen mit Hosen unter den Röckchen schoben blonde Puppen in ihren Spielzeugkinderwagen spazieren. Ihre meist fülligen Mütter trugen die Haare streng unter bunten Kopftüchern verborgen. Zwei hübsche Teenies gingen Arm in Arm die Straße hinunter. Die eine ließ trotzig ein paar Haarsträhnen unter der traditionellen Tracht hervorblitzen, während ihre Freundin in skandalös engen Jeans und Stöckelschuhen herumstolzierte.

Das Jugendstilhaus, in dem Anna gewohnt hatte, war vor vielen Jahren in hoffnungsvollem Himmelblau gestrichen worden. Jetzt schien die blätternde Farbe nur noch durch die vielen bunten Graffiti zusammengehalten zu werden. ›Erkan du Schwuchtel‹ stand da, und über ein paar hingeschmierte Hakenkreuze hatte jemand ›Nazis raus aus Deutschland‹ gesprüht.

Innen sah das Haus kaum besser aus als außen. Doch unter den Türritzen quollen würzige Küchendüfte hervor. Theos Magen knurrte. Gemeinsam erklommen sie die steilen, knarzenden Stiegen in den dritten Stock. Paul wetzte, sich seiner wiedergewonnenen Vitalität erfreuend, vorneweg, Erik Florin schnaufte als Schlusslicht hinterher. Vor der Wohnungstür seiner Mutter angekommen, wischte er sich den Schweiß von der Stirn. »Meine Güte, wie hat Mama das bloß jeden Tag geschafft?«

Plötzlich legte Paul den Kopf schief und blaffte leise. Lars legte sein Ohr an die Tür. »Da ist irgendwer in der Wohnung.«

»Da KANN keiner in der Wohnung sein!« Erik Florin fummelte alarmiert an seiner Brille. Theo ließ sich auf die Knie nieder und hob mit den Fingerspitzen die Briefklappe in der Tür an.

»Işte kuzu kuzu geldim, Dilediğince kapandım dizlerine, Bu kez gururumu ateşe verdim, Yaktım da geldim«, tönte es.

»Vielleicht holen wir besser die Polizei«, wisperte Erik Florin.

»Işter at, ister öp beni, Ama önce dinle«, sang die Stimme.

»Einbrecher singen wahrscheinlich eher selten bei der Arbeit«, merkte Theo an.

»Schon gar nicht davon, dass sie ein sanftes Lämmchen sind«, bestätigte Lars.

»Wieso Lämmchen?« Florin quoll eine weitere Schicht Schweiß auf die Stirn.

»Das ist ein alter Song von Tarkan«, erklärte Lars, »diesem türkischen Popstar. Es ist ein Liebeslied.«

»Işte kuzu kuzu geldim«, schmetterte der Eindringling.

»Kommen Sie, wir sind doch zu dritt.« Theo nahm dem zögernden Herrn Florin den baumelnden Schlüsselbund aus der Hand. Paul nieste aufmerksamkeitsheischend.

»Pardon: zu viert.« Versöhnlich tätschelte er den Hund und öffnete die Tür. Im schmalen Flur türmten sich medizinische Fachzeitschriften: »The Lancet« und »British Medical Journal« registrierte Theo zu seiner Verblüffung. Geradeaus stand mit dem Rücken zu ihnen eine schwarz gekleidete, schlanke Person mit langen dunklen Haaren am Küchenfenster.

»Ooooofff ooofff, Acı biberler sür dilime dudaklarıma«, trällerte sie.

»Ey Meister, was treibst du denn hier?«, fragte Lars vernehmlich. Die Gestalt schrak zusammen und fuhr herum. Vor ihnen stand ein sehr blasser, sehr junger Türke mit kajalumrandeten Augen.

Sein Outfit war ungewöhnlich. Sonst bestimmten eher übergroße Jeans und Baseballkappen den modischen Standard im Viertel. Der Junge ließ eine Milchtüte fallen, deren Inhalt sich quer über das Linoleum ergoss. Paul stürzte sich umgehend auf die weiße Lache.

»Shit«, rief der junge Türke. »Verdammt, habt ihr mich erschreckt.« Resigniert betrachtete er, wie der Mops auch noch die Milchspritzer von seinen spitzen schwarzen Stiefeln schlabberte.

»Wollen Sie zu Anna?«, fragte er.

Theo und Lars warfen sich einen Blick zu. »Kann man so nicht sagen«, sagte Lars. Der Türke schaute irritiert von einem zum anderen.

»Ich bin der Sohn von Anna Florin«, sagte Erik Florin spitz, »der Wohnungsbesitzerin.« Demonstrativ verschränkte er die kurzen Arme über dem Bauch »Und nun wüsste ich wirklich gern, wer du bist und wie du hier reingekommen bist!«

»Anna hat mir einen Schlüssel gegeben. Für alle Fälle«, sagte der Junge, von dem plötzlich alles lässige Gehabe abzufallen schien. »Und Sie sind dann vermutlich Erik.« Er gab dem verblüfften Mann wohlerzogen die Hand.

»Ich bin Fatih«, sagte er schlicht, »Annas bester Kumpel.«

Der junge Türke und die betagte Deutsche. Ein Zusammenprall der Generationen und der Kulturen. Und so unwahrscheinlich diese Freundschaft jedem scheinen mochte, der nur davon hörte, Theo war sofort davon überzeugt, dass es so gewesen war.

»Also tot.« Wie ein müder alter Mann ließ Fatih sich kurz darauf auf den abgeschabten Küchenstuhl sinken. Lars registrierte unwillkürlich das künstlerische Potenzial des alten Möbelstücks und schämte sich sogleich. »Ich hab mich ja schon gewundert, wo Anna steckt – aber tot?« Gedankenverloren fuhr er mit der Hand über die Tischkante, hin und zurück, hin und zurück, als wollte er den Kontakt zur Realität nicht verlieren.

»Mensch, Anna war doch noch bestens in Schuss! Ich dachte immer, die wird hundert.«

»Unterkühlung«, sagte Theo, »das kann bei alten Menschen schnell gehen.«

»Sie ist erfroren?« Fatih blinzelte irritiert.

»Eine Spaziergängerin hat sie gefunden«, sagte Erik Florin. »An diesem Leuchtturm da.« Er wedelte vage mit der Hand in Richtung Süden. Erik kam sich schäbig vor. Offensichtlich war dieser türkische Junge tiefer erschüttert über den Tod seiner Mutter als er selbst.

»Den Leuchtturm. Den hat sie geliebt.« Fatih schloss die Augen und presste die Handballen auf die Augäpfel. »Mensch, ich fasse es nicht.«

»Tja«, sagte Erik angespannt und schlug gespielt jovial die Hände zusammen. »Jedenfalls sind wir hier, um uns um die Sachen zu kümmern.«

»Welche Sachen?«, fragte Fatih.

»Na, alles hier eben«, nuschelte Florin und machte eine flatternde Geste, die die ganze Wohnung umfasste. »Irgendjemand muss ja schließlich aufräumen«, setzte er lahm hinzu und schaute Hilfe suchend zu Theo und Lars.

»So schnell«, sagte Fatih leise.

»Du kannst dir gern ein Erinnerungsstück aussuchen«, bot Erik Florin großzügig an.

Paul grunzte und bettete seinen dicken Schädel tröstend auf Fatihs spitze Stiefeletten. »Ich brauch frische Luft«, stöhnte der Türke und ging zur Tür.

Wenige Minuten später saßen sie gemeinsam in Ismails Dönerladen. Da Ismail es vorgezogen hatte, in seine alte Heimat zurückzukehren, managte seine Frau Aische, Fatihs Mutter, seit sieben Jahren den Imbiss. Aische war ein 154 Zentimeter großes und siebzig Kilo schweres Energiebündel. Sie trug Jeans und ein schwarzes T-Shirt, das sich über ihrem imposanten Busen spannte. Darauf prangte in roten Lettern »Yes we can!« Dass Aische alles schaffte, was sie einmal anpackte, bezweifelte niemand im Viertel. Ihre Haare steckten unter einem knallroten Kopftuch, das sie weniger aus religiöser Überzeugung denn als Schutz vor dem Bratendunst trug. Mit den großen goldenen Kreolen, die verwegen darunter hervorbaumelten, sah sie aus, als sei sie geradewegs einem Piratenfilm entsprungen, fand Theo. Geschäftig servierte sie Erik, Lars, Theo und sogar Paul einen Dönerteller »auf Haus«.

»Pass bloß auf, dass du nicht gleich wieder fett wirst«, mahnte Lars den verzückten Hund. Fatih bekam eine fleischlose Variante mit Schafskäse serviert.

»Stellen Sie sich vor: mein Sohn Fatih, ältester Sohn, Stammhalter der Familie, Trost meiner alten Tage, ist Vegetarianer – was ist das bloß für ein Türke, der kein Fleisch isst!«, klagte Aische, woraufhin Fatih nur die Augen verdrehte.

Nachdem sie ihre Gäste kulinarisch versorgt hatte, ließ Aische sich auf einen Stuhl sinken und fing an zu schniefen. »So ein Unglück«, jammerte sie und wischte sich mit beiden Händen die Tränen aus dem Gesicht. »Die arme, liebe Frau Anna, mausetot.« Geräuschvoll putzte sie sich die Nase. »Fatih, du musst einen schönen Kranz kaufen. Den größten!«, befahl sie. »Ohne Frau Anna wäre der Junge längst im Jugendknast gelandet«, informierte sie ihre Gäste und gab dem Sohn einen schmerzhaften Klaps auf den Hinterkopf.

»Sie hat mich erwischt, als ich Chinaböller in die Briefkästen gestopft habe.« Fatih schaute traurig auf das Werk der Verwüstung, das er auf seinem Teller angerichtet hatte. Er hatte seinen Veggiedöner zerpflückt, ohne einen Bissen zu essen.

»Der Junge war komplett außer Rand und Band, nachdem sein Vater in die Türkei zurückgegangen ist«, erklärt Aische. »Nur dank Frau Anna hat er überhaupt mit der Schule weitergemacht. Und dieses Jahr macht er sogar Abitur«, schloss sie stolz.

»Anna, die hat mir wirklich Dampf gemacht«, bestätigte Fatih. »Deutsch, Englisch, Geschichte, Erdkunde – ich war komplett planlos. Nur Mathe fand ich schon immer gut.« Er sortierte die Dönertrümmer nach Farben: Schafskäse, Salat, Tomaten, Brot. Dann spießte er ein Käsebröckchen auf seine Gabel. »Mit Anna zu lernen, war ganz was anderes, die hat noch aus dem trockensten Zeug etwas Spannendes rausgeholt.« Er hob den Kopf. »Ich hab nie einen Menschen getroffen, der mehr Köpfchen hatte.« Seine Stimme klang, als hauste eine ganze Froschfamilie in seinem Kehlkopf.

Kapitel 3

Ein vager Verdacht

Sonntag, 14. Dezember 2008
Mit energischen Bewegungen massierte Theo die Hände der alten Frau. Zum Teil versteifte noch ein Rest Totenstarre die Finger. Er löste sie, indem er die Gelenke ihren natürlichen Bewegungsabläufen folgend bewegte. Dabei konnte er spüren, wie die verklebten Muskelfasern aufbrachen. Seit vier Tagen war Anna Florin nun tot. Wie bei vielen betagten Menschen spannte sich über die alten Knochen wenig Muskulatur, weshalb die Totenstarre nur schwach ausgeprägt war.

Theo hatte es in seinem Beruf als Bestatter schon mit ganz anderen Fällen zu tun gehabt. Da war der sportliche Mittvierziger gewesen, den ein Herzinfarkt beim Joggen dahingerafft hatte. Das körpereigene Adenosintriphosphat, das als Weichmacher in der Muskulatur wirkt, war durch die Anstrengung weitgehend verbraucht gewesen. So hatte die Leichenstarre nach wenigen Minuten und nicht erst Stunden nach dem Tod eingesetzt. Der Mann war in einer grotesken Position erstarrt gewesen, Arme und Beine standen sperrig in alle Himmelsrichtungen ab, und es war zunächst kaum möglich gewesen, den Körper in einem Leichensack zu verstauen, geschweige denn in einem Sarg. Selbst der Sportstudent Kurti, der im Bestattungsinstitut gern als Sargträger aushalf, hatte die zu Stein erstarrte Muskulatur erst einen Tag später lösen können.

Theo betrachtete seine Klientin. Die alte Frau lag ausgestreckt auf der Bahre. Ihre Brüste waren winzig und schmiegten sich flach an ihren Brustkorb. Unter der Haut zeichneten sich die Rippenbögen ab. Auf dem kalten Stahl sah sie ungeheuer verletzlich aus.

Unter den Fingernägeln schimmerte die Haut blauviolett: Livores – Totenflecken, die sich überall dort sammeln, wo das Blut im Körper nach unten sackt.

Er umfasste ihren Hinterkopf und öffnete ihren Mund. Mithilfe einer langen Pinzette schob er Watte tief in Annas Schlund. Die Watte kaufte er stets im Friseurbedarf. Eigentlich war sie dafür gedacht, tropfende Haarfarbe aufzufangen. Die langen, schlangenförmigen Gebilde waren ideal, um die Körperöffnungen zu verschließen – eine der wichtigsten Voraussetzungen für eine Aufbahrung.

Anschließend griff Theo nach einer großen Rundnadel, um Annas Mund zu vernähen. Ohne diesen handwerklichen Kniff sank der Kiefer nach unten, sobald die Totenstarre nachließ. Er führte die Nadel unterhalb von Annas Kinn ein und vernähte den Mund unsichtbar von innen.

Die Pinzetten, die Einmalhandschuhe, der blassgrüne OP-Kittel, vor allem der allgegenwärtige Geruch von Desinfektionsmittel – zwischen seiner alten und seiner neuen Arbeit gab es viele Parallelen, dachte er oft. Der geschickte Umgang mit Nadel und Faden kam ihm auch in seinem jetzigen Beruf zugute.

Kaum jemand hatte seine Entscheidung, seine Karriere als Chirurg hinzuwerfen, nachvollziehen können. Theos Chef, Prof. Dr. Jürgens, hatte gesagt: »Kommen Sie wieder, wenn Sie Ihre Krise überwunden haben. Unsere Tür steht Ihnen jederzeit offen.«

Sogar sein Vater, der eigentlich hätte froh sein müssen, dass Theo doch den Familienbetrieb weiterführen wollte, hatte kopfschüttelnd gesagt: »Ein Medizinstudium wirft man nicht einfach so weg.« Bis zu seinem tödlichen Schlaganfall vor etwas mehr als zwei Jahren hatte der alte Matthies damit gerechnet, dass sein Sohn sich besinnen und wieder der Medizin zuwenden würde. Aber Theo war schon immer stur gewesen.

Aus seinem früheren Leben hatte er die Angewohnheit beibehalten, während der Arbeit Musik zu hören. Heute hatte er die »Shanghai Divas« aufgelegt – eine CD mit melancholischen Liedern aus den mondänen Schanghaier Nachtclubs der 30er-Jahre. Während eine vermutlich längst verstorbene Chinesin ein wehmütiges Lied von verlorener Liebe sang, kleidete er Annas Leichnam an. Unterwäsche, einen dunkelvioletten Rollkragenpullover mit skandinavischem Rautenmuster und eine moosgrüne Hose. Das waren noch die dezentesten Stücke gewesen, die Erik aus dem kuriosen Sammelsurium gefischt hatte, das Anna Florins Kleiderschrank beherbergte. »Übertriebene Eitelkeit konnte man ihr wirklich nicht vorwerfen«, hatte Erik verlegen ob der mangelnden Eleganz gesagt.

Theo rollte den schlichten Kiefernsarg, der auf einem Gestell bereitgestanden hatte, neben den Arbeitstisch. Routiniert schob er zwei Gurte unter Annas Körper, die in einem schwenkbaren Kran befestigt waren. So konnte er die Tote auch allein in den Sarg betten.

Dann öffnete er Annas Augen und setzte ihr blassblaue, transparente Plastiklinsen auf die Augäpfel. Anschließend zog er die Lider wieder nach unten. Die Linsen würden den schnellen Verfall der Augen kaschieren, die sonst schon wenige Tage nach dem Tod unnatürlich eingesunken wirkten. Sie waren mit winzigen Widerhaken besetzt, die die Augen zuverlässig geschlossen hielten.

Ganz zum Schluss kam Annas Gesicht an die Reihe. Im Tod war die Gewebsflüssigkeit gestockt, was das Antlitz der Verstorbenen maskenhaft und verkniffen wirken ließ. Unter seinen Händen fühlte sich die Haut wie Knetmasse an. Für die Massage benutzte er eine spezielle Feuchtigkeitscreme, die die einsetzende Austrocknung verzögern sollte.

Wenige Minuten später schien die tote Frau unter Theos Händen wie verwandelt. Der Bestatter legte die altersfleckigen Hände auf der Brust zusammen. Dann trat er einen Schritt zurück und begutachtete sein Werk. Theo war mit sich zufrieden. Die Verstorbene sah zwar unleugbar tot aus, aber immerhin sehr friedlich.

»Du bist eine sehr schöne Frau gewesen, Anna Florin«, sagte er. May schnaubte jedes Mal verächtlich, wenn sie mitbekam, dass er mit den Toten sprach, die er herrichtete.

Eingehend betrachtete er die Tote. Anna hatte ein Gesicht, das mit den Jahren zwar runzlig geworden war, aber seine charakteristischen Züge nicht verloren hatte. Die dünne pergamentartige Haut spannte sich über eindrucksvollen Wangenknochen. Das Haar war eisgrau und voll und fiel in weichen Wellen aus der Stirn. Ihre schmale Nase war relativ groß. Sie schien auf Entschlusskraft und Durchsetzungsvermögen hinzudeuten. In den Mundwinkeln allerdings war selbst im Tod noch ein spitzbübisches Lächeln zu ahnen.

So, wie sie nun dalag, kam sie Theo mit einem Mal irgendwie bekannt vor. Allerdings war das auf der Insel keine Seltenheit. Man lief sich zwangsläufig über den Weg, beispielsweise am trostlosen Knotenpunkt des Wilhelmsburger S-Bahnhofs, auf dem im Fünfminutentakt heranbrausende Züge die Menschen in nur sieben Minuten zum Hamburger Hauptbahnhof beförderten. Man begegnete sich am Elbstrand. Oder eben auf dem Friedhof, wo fast jeder bestattet wurde, der auf der Elbinsel gelebt hatte. Auswärtige hingegen kamen selten nach Wilhelmsburg. Die idyllischen Seiten des Stadtteils waren den meisten Hamburgern unbekannt.

Ein letztes Mal fuhr Theo mit der weichen Bürste durch Annas Haar. Plötzlich stutzte er. Er schob eine Locke hinter ihr Ohr und zog die Haut ein wenig straff. »Merkwürdig«, murmelte er, »sehr merkwürdig.«

Er streifte die Latexhandschuhe ab, ging zum Waschbecken und wusch sich gründlich. Dann fuhr er mit den feuchten Händen durch das Haar. Im Licht der Neonröhren wirkte sein Gesicht blass, und seine dunklen Bartstoppeln traten deutlich hervor. Er ging in den Vorraum und klaubte das Handy aus der Innentasche seines Wintermantels.

»Du, ich hab hier was Komisches entdeckt.«
    »Weißt du, wie spät es ist?«, schnaubte May.
    Er zögerte.
    May seufzte genervt. »Hat das nicht Zeit bis morgen?«
    »Vermutlich schon.« Er massierte sich den Nacken. »Aber nicht wirklich.«
    »Also gut, ich komme.« May legte auf und ließ den Kopf zurück in die Kissen sinken. Der Radiowecker sprang auf 23:14 Uhr. Theo wusste genau, wie unausstehlich sie morgen sein würde, wenn sie nicht genug Schlaf bekam. Er hätte sie sicher nicht angerufen, wenn es nicht wirklich wichtig wäre – schon aus Selbstschutz.

»Und?« Mürrisch blickte sie auf die bleiche Haut, die Theo hinter Annas Ohr freigelegt hatte. Er deutete mit dem Finger auf eine winzige Wunde.
    »Ein Piekser?«
    »Das da«, dozierte Theo, »war eine Injektion.«

»Und?«

»Warum sollte man jemandem etwas hinters Ohr spritzen?«

May zuckte die Schultern. »Du bist hier der Arzt«, entgegnete sie spitz.

»Eben.« Er runzelte die Stirn. »Für eine Injektion hinter dem Ohr gibt es einfach keinen vernünftigen Grund.«

»Botox?«

Er zog die Augenbrauen hoch. »Wie eine Botoxkundin sieht sie nun wirklich nicht aus. Und überhaupt: Was willst du denn bitte schön hinter dem Ohr straffen?« Er ließ Annas Haare zurückfallen. »Für mich sieht das so aus, als ob jemand versucht hätte zu verschleiern, dass er der Frau etwas injiziert hat.«

May starrte auf die Stelle, an der Annas Locke den Einstich verhüllte. Sie fröstelte. Irgendwie hatte sie das Gefühl, Theo könnte recht haben.

Im Flur herrschte Finsternis. Schon seit Jahren plante Theo, eine Deckenlampe zu installieren – doch dazu war es nie gekommen. Seine Frau Nadeshda hatte für das weichere Licht einer Stehlampe plädiert. So tastete er sich wie üblich den Weg durch die fast vollständige Dunkelheit, bis er mit sicherem Griff das Kabel der kleinen Lampe erreichte. In der plötzlich aufflammenden Helligkeit stand Friedrich, wie Nadeshda das Schwein getauft hatte. Es trug einen blaugrünen Morgenmantel und reckte in seiner Pfote einen altmodischen Lampenschirm empor. Theo hatte ihn vor ein paar Jahren bei E-Bay erstanden, nachdem er und Nadeshda sich den Film »Die fabelhafte Welt der Amélie« angesehen hatten. Neben Amélies Bett hatte eine solche trickanimierte Schweinelampe gestanden. Das Schwein war um das Wohlergehen der Amélie rührend besorgt gewesen.

Im kombinierten Wohn-, Ess- und Arbeitszimmer brannte Licht. Nadeshda lag bäuchlings auf dem Sofa und las in einem leinengebundenen Büchlein. Ihre schmalen Fesseln überkreuzten sich spielerisch in der Luft, eine große Hornbrille balancierte auf ihrer Nasenspitze und drohte jederzeit abzustürzen. Sie lächelte ihn an. Theo lehnte sich in den Türrahmen, und der vertraute Schmerz presste sein Herz zusammen. Seit drei Jahren kam er in Wellen wie Ebbe und Flut, nur nicht ganz so regelmäßig.

»Nadeshda«, sagte er erschöpft. Er ging hinaus, hinüber ins Bad. Er ließ die Kleider auf den Boden fallen und stellte sich unter die Dusche. Das Wasser war so heiß, dass es fast schmerzte. Er stützte sich mit den Händen an der Wand ab und ließ den kräftigen Strahl auf Nacken und Schultern prasseln. Nadeshda. Seine umwerfende, temperamentvolle, geistreiche Frau. Bis sie auftauchte, kamen die Mädchen und gingen. Dunkelhäutige und blasse, mollige und dünne, süße und kratzbürstige. Nie hatte es länger gehalten als ein Jahr, meist waren es nur ein paar Monate. Er hatte sich immer damit entschuldigt, dass er auf »die Eine« wartete. Und dann hatte er mit Mitte zwanzig Nadeshda getroffen. Er drehte das heiße Wasser ab und schnappte nach Luft, als der eiskalte Strahl ihn traf.

Das Problem war natürlich, dass er sie trotzdem betrogen hatte.

Als er ins Wohnzimmer zurückkam, war sie fort. Er trat ans Bücherregal und ließ seinen Blick über die vielen Buchrücken schweifen. Eines stand ein wenig vor. »Scotts Sammelsurium«, eine Zusammenstellung schrägen Wissens. Er nahm es in die Hand und stellte fest, dass jemand ein Eselsohr darin hinterlassen hatte. Wie oft hatte er mit seiner Frau darüber gestritten, dass sie so wenig pfleglich mit den Büchern umging. Er schlug es an der markierten Seite auf und las. Es handelte sich um eine Passage, die ihn selbst betraf, eine kuriose Liste jener Berufe, die Frauen bei Männern besonders unattraktiv finden. Ganz oben stand der Totengräber. Er lächelte. Theo hatte Nadeshdas scharfzüngigen Humor immer zu schätzen gewusst.

Er klappte das Buch zu und schob es zurück ins Regal. Als er Nadeshda betrogen hatte, hatte er das Bild, das er von sich selbst gehabt hatte, zerstört. Er hatte immer geglaubt, dass er, sobald er seine große Liebe gefunden hätte, nie mehr eine andere Frau anschauen würde. So wie sein Vater. Zumindest glaubte er, dass es bei seinen Eltern so gewesen war. Jetzt musste er damit leben, ein Dreckskerl zu sein.

Er schenkte sich ein Glas Rotwein ein. Der Tod der alten Frau war ihm gehörig an die Nieren gegangen. Fatih und Erik Florin hatten viel von Anna Florin erzählt. So hatte der junge Türke von einer Eskapade berichtet, bei der er mit Anna spontan mitten in der Nacht an die Nordsee gefahren war. »Wie üblich zu irgendeinem Leuchtturm. Die Dinger hatten's ihr irgendwie angetan.« Fatih und Anna hatten den Sonnenaufgang beobachtet und anschließend Rühreier mit Krabben an der Strandbar gefrühstückt.

Erik Florin konnte mit solchen intimen Momenten zu seinem Kummer nicht aufwarten: »Ich habe Anna eigentlich nie wirklich kennengelernt.« Er hatte seine Mutter stets beim Vornamen genannt – absonderlich für die damalige Zeit. Aufgewachsen war er, so berichtete er, bei seiner Pflegemutter Line, Annas bester Freundin.

»Meine Mutter hat immer geschuftet wie eine Wahnsinnige, ich habe sie kaum zu Gesicht gekriegt«, hatte Florin erzählt. Erst während des Krieges als Krankenschwester und später dann als Ärztin. Sie war eine der ersten Deutschen gewesen, die sich bei »Ärzte ohne Grenzen« engagiert hatte, und war bis in ihre hohen Sechziger in Afrika unterwegs gewesen, berichtete der Sohn stolz. »Manchmal habe ich gedacht, sie ist vor mir davongelaufen«, sagte er schließlich leise. Seinen

Vater hatte er nie kennengelernt. »Sie hat sich immer geweigert, über ihn zu sprechen – nicht einmal Line hat sie etwas erzählt.«

Nachdenklich ließ Theo den Wein im Glas kreisen. Obwohl er sie zu Lebzeiten nicht gekannt hatte, schien ihm inzwischen selbst, als sei die Welt durch Annas Tod etwas dunkler geworden. Offenbar war sie eine außergewöhnliche Person gewesen. Er trank einen Schluck. Die Sache mit der Injektionswunde machte ihm zu schaffen. Wenn tatsächlich jemand versucht hatte, den Einstich zu verbergen, hatte er sicher nichts Gutes im Schilde geführt. Sollte wirklich jemand die zierliche alte Frau ermordet haben, die in der Kühlkammer auf ihre Einäscherung wartete? Andererseits hatte die Obduktion offenbar nichts Verdächtiges ergeben.

Theo dachte an seine Mutter. Er hatte erst ein Jahr nach ihrem Tod herausgefunden, dass sie keineswegs durch einen gewöhnlichen Unfall gestorben war, sondern dass der Fahrer des Wagens Fahrerflucht begangen hatte. An einem verregneten Sonntagnachmittag hatte Theo aus lauter Langeweile im sonst sorgfältig verschlossenen Schreibtisch seines Vaters gestöbert. Da war ihm ein Zeitungsausschnitt aus dem »Abendblatt« in die Hände gefallen, den sein Vater sorgsam aufbewahrt hatte. Man hatte Sara Matthies in einer warmen Sommernacht in der Nähe einer alten Mühle gefunden. Dort hatte sie offenbar ein Auto erfasst, als sie nach einem Besuch bei ihrer Freundin heimgeradelt war. Sein Vater, der häufig früher zu Bett ging als seine Frau, hatte ihr Fehlen nicht bemerkt und war erst vom Klingeln der betretenen Polizeibeamten geweckt worden. Der Täter wurde nie gefasst.

Ihr Tod war umso tragischer, als man sie hätte retten können. »Sie ist verblutet, weil der Fahrer keine Hilfe geholt hat«, hatte sein Vater ihm Jahre später erzählt. Der Bestatter hatte den Tod seiner Frau nie verwunden. Danach war er oft geistesabwesend und melancholisch. Ohne Fräulein Huber hätte er das Geschäft nicht halten können. Der Schmerz der Hinterbliebenen rührte stets an seine eigene Wunde.

Nachdem sein Vater gestorben war, fand Theo eine Mappe in seinen Unterlagen. Darin abgeheftet waren die Ergebnisse einer Recherche, mit der sein Vater einen Privatdetektiv betraut hatte. Doch auch er war offensichtlich nicht weit gekommen. Es gab keine Spuren und keine Zeugen.

Theo stand auf und wanderte durch das Zimmer. Die Sache mit Anna Florin ließ ihm einfach keine Ruhe. Theo fühlte sich für die Toten in seiner Obhut genauso verantwortlich wie einst für seine Patienten. Der Verdacht, dass einer von ihnen womöglich ermordet worden war und wieder ein Täter ungestraft davonkommen sollte, machte ihn zornig. Wäre Nadeshda jetzt bei ihm, würde sie mit Sicherheit von ihm verlangen, dass er etwas unternahm.

Nadeshda. Der Umstand, dass sie wie üblich unerwartet aufgetaucht und wieder verschwunden war, hob seine Stimmung auch nicht eben. Niedergeschlagen betrachtete er sein verzerrtes Gesicht im Spiegel des Weinglases.

Plötzlich klopfte es ans Fenster. In der Finsternis konnte er Mays Gesicht erkennen, auf das Licht aus der Wohnung fiel. In ihrem weißen Mantel sah sie aus wie ein Gespenst. Mit einer Geste bedeutete er ihr, hereinzukommen.

Eine Spukgestalt, die die Geister vertreibt, dachte er erleichtert.

Die Haustür des alten Bauernhauses war wie üblich nicht verriegelt. May schlüpfte herein. Sie holte sich ein Glas aus

44

der Küchenanrichte, schenkte sich ein und lehnte sich an den Rahmen der Wohnzimmertür.

»Ich kann jetzt sowieso erst mal nicht schlafen«, sagte sie mürrisch. Theo unterdrückte ein Lächeln. Er wusste genau, dass May nur gekommen war, damit er nicht allein vor sich hinbrütete.

Montag, 8. Dezember 2008
Anna folgte dem alten Mann durchs Gewühl des Weihnachts-markttes, der wie jedes Jahr die Ufer der Binnenalster säumte. Die Stände, an denen die Händler Glühwein, Lebkuchen, Kitsch und Kunsthandwerk feilboten, waren in schneeweißen, orien-talisch anmutenden Zelten untergebracht. In den Bäumen funkelten blassblaue Lichter. Wie der Eispalast der Schnee-königin, dachte Anna. Sie hatte Mühe, sich nicht abhängen zu lassen. Zum Glück war der alte Mann groß und schritt für sein Alter erstaunlich aufrecht dahin, sodass sein weißer Schopf viele Marktbesucher überragte. Als er am Wasser in Richtung Außenalster einbog, wo keine Buden standen, ließ Anna sich zurückfallen. Mit zügigen Schritten steuerte er auf das impo-sante Eingangsportal des Hotels »Vier Jahreszeiten« zu.

Unbekümmert ob ihrer nicht ganz standesgemäßen Kleidung schlüpfte Anna an den livrierten Hotelpagen vorbei ins Innere des Hotels. »Einen schönen Abend noch, Professor Bergman«, hörte Anna die Empfangsdame sagen. Schnell drehte sie sich um und gab vor, den üppig geschmückten Christbaum zu bewundern, der in der Halle aufragte. Der alte Mann ging unmittelbar an Anna vorbei zu den Fahrstühlen. Ihr stockte der Atem, als ihr sein Rasierwasser in die Nase stieg. Der Duft katapultierte sie mehr als sechs Jahrzehnte zurück in die Vergangenheit – in die schlimmste Nacht ihres Lebens.

Kapitel 4

Der Eindringling

Montag, 15. Dezember 2008
Am frühen Morgen drehte Theo seine übliche Runde über den Friedhof, ein Ritual, bei dem er seinen Tag plante und die Ereignisse des Vortags rekapitulierte. Finkenriek war kein verwunschener Friedhof mit verwitterten Grabsteinen und knorrigen Bäumen, sondern ein heller, freundlicher und vor allem bei schönem Wetter belebter Ort. Über den Hauptweg zogen die Wilhelmsburger im Sommer bepackt mit Decken, Kinderwagen und Picknickausrüstung zum nahen Elbstrand gleich hinter dem Deich. Selbst an diesem stillen Wintermorgen kamen Theo Spaziergänger sowie eine wetterfest verpackte Radfahrerin mit zwei gigantischen Wolfshunden entgegen. Stoisch schritten die Tiere durch die tiefen Pfützen vom Vortag. Heide nickte dem jungen Bestatter freundlich zu. Vor zwei Jahren hatte er ihre Mutter beigesetzt.

Ein Stück weiter hoben zwei Friedhofsmitarbeiter ein Grab aus. Ihre Mini-Bagger sahen aus, als müssten sie noch tüchtig wachsen, bevor sie auf die großen Baustellen der Welt hinaus durften. Nicht weit davon, am äußersten Rande des Friedhofs, lag das Grab, das Ziel von Theos täglichem Morgenspaziergang. Von dort aus konnte man bereits den Deich sehen und die im Wind schwankenden Fahnenmasten des Schiffsanlegers dahinter. Auf dem Grab stand ein schlichter, unbehauener Findling, vor dem noch eine letzte Rose blühte. »Nadeshda Matthies, geb. Semjonow, *15.04.1975, †15.04.2005«, war darin eingraviert. Erst seit seine Frau an ihrem Geburtstag gestorben war, war ihm aufgefallen, dass dieser bizarre Zufall gar nicht so selten vorkam. Darunter stand in zierlichen Lettern »Emilie Matthies, */†15.04.2005«. Seine Tochter war noch im Bauch ihrer Mutter gestorben.

Er gab sich selbst die Schuld am Tod von Frau und Tochter, obwohl er wusste, dass es Blödsinn war. Niemand starb an Krebs, weil der Ehemann ein paar Monate zuvor fremdgegangen war.

Der Seitensprung war ebenso unnötig wie unbefriedigend gewesen. Es war eine banale Geschichte während einer dieser endlosen Nachtschichten im Krankenhaus gewesen. Mareike, seine junge Kollegin aus der Pädiatrie, war in seinem Zimmer aufgetaucht, um sich nach einem kleinen Mädchen zu erkundigen, das er am Tag zuvor am Herzen operiert hatte. Er hatte die Spannung zwischen ihnen wahrgenommen, gespürt, dass etwas laufen könnte, und fast automatisch sein bewährtes Charmeprogramm aus vorehelichen Zeiten abgespult. Einfach so. Einfach, um zu testen, ob es noch funktionierte. Und irgendwie hatte er dann nicht mehr den Absprung gefunden. Nicht mehr abspringen wollen.

Die Wochen danach war Mareike mit waidwundem Blick durch die Gänge geschlichen. Sie hatte sich schließlich krankschreiben lassen, bis sie eine andere Stelle gefunden hatte. Theo war gleichermaßen beschämt wie erleichtert gewesen.

Er hatte Nadeshda nichts von dem One-Night-Stand erzählt. »Wenn du mich einmal betrügst, nur ein einziges Mal, dann bin ich weg«, hatte sie gleich zu Beginn ihrer Beziehung klargestellt. Er zweifelte nicht daran, dass sie es ernst meinte. Für Nadeshda gab es nur schwarz oder weiß, ganz oder gar nicht. Ganz so, wie sie selbst war. 300 Tage im Jahr war sie wunderbar: unkompliziert, lebenslustig, leidenschaftlich. Die übrigen fünfzig Tage war sie ein zutiefst verzweifeltes Wesen, von Selbsthass zerfressen. Sie wusch sich nicht die Haare und ging auch dann nicht ans Telefon, wenn ein wichtiger Kunde anrief und ihre Dienste als Illustratorin verlangte. Ein Zustand, der Tage anhielt, aber nie länger als eine Woche. »Misses Hyde« hatte er sie in diesen Zeiten für sich genannt. Manchmal bedurfte es nur eines geringfügigen Anlasses, um den fatalen Mechanismus in Gang zu setzen. Beim ersten Mal hatte Theo die Verwandlung seiner Liebsten mit ungläubigem Entsetzen verfolgt. Nichts half, hatte er schnell gelernt. Keine Umarmung, keine trostreichen Worte, kein »Reiß dich zusammen«. Es war, als sei sie plötzlich eine Negativversion des Menschen, der sie sonst war: Eine Schattenfrau trat an die Stelle von Superwoman. Nadeshda verweigerte eine Psychotherapie. »So bin ich eben«, sagte sie. »Du kannst die eine nicht ohne die andere haben. Finde dich damit ab oder such dir jemand anderen.« Er hatte sich lieber abgefunden.

Es half nicht, dass die Nacht mit Mareike während einer von Nadeshdas schwarzen Phasen passiert war. Im Gegenteil, er fühlte sich doppelt schäbig. Am Morgen danach war Nadeshda, wie schon so oft zuvor, von einem Tag auf den anderen wie umgewandelt. Wochenlang hatte er sie ängstlich belauert, nach Anzeichen eines Verdachts geforscht – und sich so erst recht verdächtig gemacht. »Wenn du so weitermachst, ruinierst du deine Ehe«, hatte sein Freund Lars ihn gewarnt, der Einzige, dem Theo seinen Betrug gebeichtet hatte. Als Nadeshda schwanger geworden war, wuchs seine Angst, sie zu verlieren, ins Unerträgliche. Und dann hatte er sie verloren. Nur anders, als er befürchtet hatte. Bis zuletzt hatte er nicht gewusst, ob sie seinen Betrug nicht doch irgendwie erahnt hatte.

Er zupfte ein paar welke Blätter aus der Efeudecke und steckte sie in die Tasche seines dunkelblauen Fleecepullis. Mehr gab es nicht zu tun.

Der Rückweg führte ihn vorbei an dem muslimischen Gräberfeld, das die Friedhofsverwaltung erst vor ein paar Jahren hatte anlegen lassen. Beerdigt war dort allerdings noch niemand. Die hauptsächlich aus Türken bestehende muslimische Gemeinde zog es noch immer vor, ihre Toten in der alten Heimat beisetzen zu lassen. Theo war sich sicher, dass sich das in wenigen Jahren ändern würde, wenn der Tod häufiger nach den inzwischen erwachsenen Kindern der Einwanderergeneration greifen würde.

Bei diesem Gedanken fiel ihm Hadice ein. Hadice mit den kurzen blauschwarzen Haaren, den eleganten Gesten, dem plötzlich aufflackernden Jähzorn. Sie waren zusammen zur Schule gegangen, hatten einen heißen Sommer lang heimlich geknutscht und sich aus den Augen verloren, als ihr Vater genug Geld hatte, um für sich und seine Familie im feineren Harvestehude ein Haus zu kaufen. Auf einem Abiturjahrgangstreffen vor fünf Jahren hatten sie sich wiedergesehen. Theo war überrascht, aber nicht erstaunt gewesen, als sie erzählt hatte, sie sei inzwischen Kriminalkommissarin. »Türkische Frauenquote, was?«, hatte Thomas, der trotz seines begüterten Elternhauses keine Karriere gemacht hatte, bissig genuschelt und ein weiteres Bier gekippt. Hadice hatte ihn nur angefunkelt. Bei dieser Erinnerung wurde Theo schlagartig klar, an wen Lillys tödliche Blicke ihn mitunter erinnerten.

Er beschleunigte den Schritt und querte das Urnenfeld, das seit einigen Jahren von einer wachsenden Schar kreideweißer Engelchen bevölkert wurde. Sie spielten Posaune, schlummerten friedlich oder sahen nur versonnen in den bleigrauen Himmel hinauf. Die Grabstellen hier waren besonders günstig, weil die Preise so kalkuliert waren, dass die Friedhofsgärtner einfach mit dem Rasenmäher über das Feld fahren konnten. Inzwischen mussten sie jedoch erst die himmlischen

Heerscharen abräumen, um sie anschließend wieder auf dem richtigen Grab zu positionieren. Viel Arbeit für wenig Geld. Aber keiner von der Friedhofsverwaltung war so abgebrüht, die herzigen Putten zu verbannen. Ein Engelchen mit Harfe blickte Theo auffordernd an.

»Schon gut, ich beeile mich ja«, sagte er. Er konnte die Sache mit Anna nicht länger aufschieben.

Zwei Tassen Kaffee und eine Dreiviertelstunde später betrat er die Wilhelmsburger Polizeiwache in der Georg-Wilhelm-Straße. Das Gebäude war noch fast neu und bestand aus blauen Fertigplatten. Hinter dem Empfangstresen aus hellem Holz saß Polizeiwachtmeister Bernhard Lübke, 46 Jahre alt. Angesichts des Besuchers schob er schnell die Wurststulle außer Sichtweite und würgte den letzten Bissen herunter. Theo grinste in sich hinein.

»Na, was kann ich für Sie tun?«, fragte der Beamte und wurde ein bisschen rot.

»Hadice Öztürk – die arbeitet doch noch hier?«

»Ganz genau.« Lübke schielte besorgt zu seinem zweiten Frühstück. Er befürchtete, dass möglicherweise Fettflecken die Anzeigeformulare für Fahrraddiebstähle verunzieren würden. »In welcher Angelegenheit möchten Sie die Kollegin denn sprechen?«

»Todesfall mit möglicher Fremdeinwirkung«, sagte Theo nach kurzem Zögern, sein dem sonntäglichen »Tatort« entnommenes rudimentäres Kriminalvokabular aktivierend.

»Ich frag mal eben nach.« Lübke drückte eine Durchwahltaste. »Ihr Name?«, fragte er, die Hand auf die Sprechmuschel legend.

»Theo Matthies, Doktor Theo Matthies«, sagte er. »Frau Öztürk kennt mich.«

Montag, 8. Dezember 2008
Kaum hatte Anna sich wieder gefasst, öffneten sich die Türen
des imposanten Fahrstuhls aufs Neue und entließen eine
Gruppe distinguiert wirkender, rege diskutierender Männer.
An ihren Kragen trugen sie blassviolette Namensschilder mit
gleichem Emblem und Aufschrift. Sie erinnerte sich daran,
dass ein solches Schild auch an »Bergmans« Jackett gesteckt
hatte. Entschlossen folgte sie dem Grüppchen in den blau
heraufdämmernden Dezemberabend. Das Gespräch drehte
sich um synaptische Plastizitäten und neuronale Kodierungen
– kurz, um die Funktionsweise des menschlichen Denkorgans.
Hirnforschung war zwar nicht Annas Spezialgebiet, aber sie
erinnerte sich vage daran, im ›Ärzteblatt‹, das sie noch immer
abonniert hatte, eine Ankündigung für einen entsprechenden
Kongress in Hamburg gelesen zu haben. Grimmig lächelte sie.
Nun wusste sie, wie sie sich unauffällig an Bergman heranpir-
schen konnte. Wer dem Leibhaftigen gegenübertritt, bleibt am
besten möglichst lange in Deckung.

Montag, 15. Dezember 2008
Hadice kam ihm auf dem Gang entgegen.

»Danke, Bernhard, ist schon in Ordnung«, sagte sie. Und
dann an Theo gewandt: »Der Herr Oberarzt höchstpersönlich.«
Sie entblößte ihre scharfen, weißen Mausezähnchen zu einem
unwiderstehlichen Grinsen und knuffte ihm freundlich auf
den Arm.

»Schon lange nicht mehr«, sagte Theo müde. Hadices Lächeln flackerte und erlosch.

»Was ist passiert?« Und so kam es, dass Theo zunächst nicht
von Anna und der seltsamen Einstichstelle hinter ihrem Ohr
berichtete, sondern von Nadeshda.

Es war fast vier Jahre her, dass er seine Frau in die Notaufnahme gefahren hatte. Nie hätte er gedacht, dass er den alten Citroën auf Tempo 127 quälen könnte. Nadeshda war in der Küche vor Schmerzen zusammengeklappt, als sie sich einen Kräutertee gegen die dauernde Übelkeit kochte. Die schwere, gusseiserne Kanne aus Japan hatte eine tiefe Kerbe in den Dielen hinterlassen. Lange hatte Nadeshda die Übelkeit und zunehmende Mattigkeit auf ihre Schwangerschaft geschoben. Die Diagnose traf sie wie ein Faustschlag: Bauchspeicheldrüsenkrebs, eine der aggressivsten Tumorarten überhaupt. Der schleunigst anberaumte OP-Termin hatte keine Stunde gedauert. Der Chirurg hatte einen Blick in Nadeshdas Bauch geworfen und sie gleich wieder zunähen lassen. Entgegen Theos banger Hoffnung hatte der Krebs bereits weit gestreut. Nächtelang hatte er Studien gewälzt, aus denen er Heilung für seine Frau zu schöpfen hoffte. Die Überlebensrate im fortgeschrittenen Stadium war niederschmetternd. Und dann hatte Nadeshda sich auch noch geweigert, eine Chemotherapie über sich ergehen zu lassen. Theo, der seine Frau am liebsten zu einem US-Spezialisten geschafft hätte, war verbittert gewesen. Theo wollte Nadeshda retten, Nadeshda wollte ihr Kind retten. Beide hatten es nicht geschafft. Am Ende war Nadeshda ein paar Wochen zu früh gestorben, als dass das kleine Mädchen eine Chance gehabt hätte. Sein Besuch auf der Erde hatte nur wenige Minuten gedauert.

Drei Jahre, so hatte man Theo prophezeit, würde die tiefste Trauer anhalten. Die Zeit war längst verstrichen. Trotzdem hatte er bislang nicht den Eindruck, dass der Schmerz abgenommen hätte. Er war noch immer gleich stark. Immerhin fühlte er sich nicht mehr ganz so scharfkantig an, eher dumpf, wie eingekapselt.

»Manchmal sehe ich sie sogar«, hörte er sich sagen. »Seit Nadeshda tot ist, taucht sie immer wieder bei mir auf. Ich meine, nicht nur in meinem Kopf, sie scheint so verdammt real zu sein. Manchmal kann ich sie sogar riechen.« Er rieb sich mit beiden Händen wütend über das Gesicht. »Am Anfang dachte ich, ich verliere den Verstand.«

»Und jetzt?« Hadice zündete sich eine Zigarette an und warf ihm das Päckchen zu. Er fing es mit der linken Hand.

»Keine Ahnung.« Er klappte die Schachtel auf, warf einen Blick hinein, als suchte er darin nach einer Antwort. »Glaubst du an Gespenster?«

Hadice zuckte die schmalen Schultern. »Keine Ahnung, mein Freund.«

Erst dann erzählte er von Anna und dem Einstich hinter ihrem Ohr.

Montag, 8. Dezember 2008
Als Anna mühsam die Stufen zu ihrer Wohnung hinaufstieg, hockte Kater Carlo vor ihrer Tür und maunzte mitleidheischend. Carlo war eigentlich das Haustier ihrer Nachbarin Jutta Schulenburg. Jutta war 64 Jahre alt, seit 35 Jahren glücklich verwitwet und gönnte sich nach Einbruch der Dunkelheit regelmäßig einen kräftigen Gin Tonic – oder auch zwei. Jetzt, kurz vor den längsten Nächten des Jahres, war sie schon am späten Nachmittag besäuselt und hörte ihren miauenden Mitbewohner vor der Haustür nicht. Anna mochte den dicken hochnäsigen Kerl und gewährte ihm gern Asyl in den ein, zwei Stunden, in denen sein Frauchen ihren Rausch ausschlief.
Sie kochte sich einen starken Kaffee und servierte Carlo ein paar Leckerlis, die sie stets für ihn parat hielt. Dann startete sie ihren Rechner, der dank Fatihs unermüdlichem Einsatz immer auf den neusten Stand hochgerüstet war. In nur

wenigen Minuten hatte sie das Programm des Kongresses auf dem Schirm. Flink tippte sie den Namen »Bergman« in die Suchoption des PDF-Dokuments. Auf Seite 23 wurde sie fündig. »9. Dezember, 17.00 Uhr, großer Festsaal der Universität. Die European Association of Neuroscience verleiht ihren diesjährigen Ehrenpreis an Jonathan Bergman, vormals University of New York, für seine herausragenden Forschungen zum Thema neuronale Netzwerke, Gehirnreparationsforschung und Identität. Seine Studien zur Neurogenese im erwachsenen Zentralnervensystem haben das Verständnis der Hirnplastizität revolutioniert.«

In diesem Ton ging es weiter. »Bla, bla«, dachte Anna. Hochtrabende Worte. Sie googelte Jonathan Bergman und fand 3792 Einträge – aber nur ein einziges, verwaschenes Bild von ihm. Offenbar war der Mann trotz seiner wissenschaftlichen Prominenz fotoscheu. Das Bild zeigte ein der Mode nach zu schließen jahrzehntealtes Konterfei, das offenbar an Bord einer Jacht aufgenommen worden war. Neben ihm standen eine aparte Frau, ein kleiner Junge und ein kleines Mädchen. Mit ein paar Klicks speicherte Anna es zunächst auf ihrer Festplatte und öffnete es dann im Photoshop. Dank der trickreichen Filterfunktionen wurde das Bild zwar etwas schärfer, aber nur unwesentlich deutlicher. Trotzdem bestätigte das Foto nur, was sie von der ersten Sekunde an gewusst hatte. Sein Lächeln war, wie in Annas Erinnerung, blendend weiß. Raubtierfletschen, dachte Anna. Teufelsfratze. Sie schauderte und schloss die Bilddatei. Die Türklingel zerriss die Stille. Kater Carlo stand auf und streckte sich.

»Jetzt kommen die Raunächte«, sagte Jutta dramatisch und wickelte sich fester in ihren mondänen Morgenmantel. »Dann kommen die Dämonen an die Oberfläche und spielen mit den Gebeinen der Toten.« Seit Jutta im Alter von zehn Jahren erfahren hatte, dass ihre Großmutter Zigeunerin gewesen war, wie man die Roma und Sinti damals noch nannte, hielt sie sich für medial begabt. Sie las Kaffeesatz, legte Tarot und freute sich, wenn ihre Prophezeiungen tatsächlich einmal eintrafen.

Anna war nie abergläubisch gewesen, auch wenn ihre bayrische Großmutter stets gerügt hatte: »Maderl – glauben musst was, und wennst nix glaubst, holt dich der Deifl zweimal.«

»Dieses Jahr beginnt die Raunacht früher«, sagte Anna finster. »Der schlimmste Teufel von allen, der ist jedenfalls schon da.«

Kapitel 5

Schlechte Nachrichten

Dienstag, 16. Dezember 2008
»Schlechte Nachrichten«, sagte Theo. »Die Gerichtsmedizin hat Ihre Mutter wieder abgeholt.«

Erik Florin schwieg fassungslos. »Großer Gott. Warum denn das?«

Theo zögerte. »Tut mir leid: Mordverdacht«, sagte er dann.

Am Abend hockte er mit Lars am Tresen von »Irmchens Bierstübchen«. Die winzige Kneipe war eine Wilhelmsburger Institution. Hier gab es keinen Schnickschnack, nur ehrliches, kühles Bier, weswegen sich Leute beiderlei Geschlechts, jeglichen Alters und jeder Nationalität bei Irmchen tummelten. Hier hatte Theo mit vierzehn Jahren kühn sein erstes Bier bestellt – und war dafür von Irmchen hinter dem Tresen herzlich ausgelacht worden. »Komm man wieder, wenn du trocken hinter den Ohren bist, Kleener«, hatte sie gesagt und ihm eine Cola spendiert. Theo fand, dass sie sich seither überhaupt nicht verändert hatte: Ihre toupierten, strohblonden Haare wirkten immer noch wie aus Beton gemeißelt, die Taille war schlank, der Busen gewaltig, und an den Ohren trug sie ungeachtet der Mode jahrein, jahraus lange, giftig glitzernde Gehänge. Vermutlich wirkte all der Zigarettenrauch, dem sie seit Jahrzehnten ausgesetzt gewesen war, auf sie nicht zerstörerisch, sondern konservierend. Mit Schwung stellte sie Theo ein Bier und Lars eine Apfelschorle vor die Nase. Lars trank keinen Alkohol. Sein Vater war ein liebenswerter Mensch gewesen, aber Alkoholiker, was Lars die Lust daran für immer vergällt hatte. Am gegenüberliegenden Ende des u-förmigen Tresens saß eine attraktive Brünette und sah zu Theo hinüber. Er wusste, dass sich ihr Interesse an ihm mit an Sicherheit grenzender Wahrscheinlichkeit sofort verflüchtigte, sobald er ihr seinen Beruf enthüllen würde. Früher, als er noch Chirurg gewesen war, hatte das Thema einen gegenteiligen Effekt gehabt.

Als Ḥadice hereingerauscht kam, folgte ihr ein Schwall eisiger Luft. Sie bestellte eine Bio-Limonade, neumodisches Zeug, wie Irmchen fand, das sie nur widerwillig in ihr Angebot aufgenommen hatte. »Muss noch fahren«, erklärte die Kommissarin und klopfte auf den schwarzen Motorradhelm, den sie mit Schwung auf den Barhocker neben sich gepfeffert hatte. Sogleich kam Paul angewieselt und sah anbetend zu ihr auf.

»Schaut euch den treulosen Köter an.« Lars warf dem Hund einen vorwurfsvollen Blick zu.

Hadice hob eine Augenbraue. In ihrer schwarzen Ledermontur sah sie aus wie eine moderne Emma Peel. »Der Hund hat eben Geschmack.« Sie kraulte dem verzückten Tier den Schädel.

»Und wie geht es jetzt weiter?« Theo malte mit dem Zeigefinger ein grimmiges Mondgesicht auf das beschlagene Bierglas.

»Mit ein bisschen Glück haben wir morgen oder übermorgen schon das Ergebnis der zweiten Obduktion – und dann ist das womöglich ein Fall für die Mordkommission«, erklärte Hadice. »Schon peinlich für den Gerichtsmediziner, dass ihm die Einstichstelle entgangen ist – wenn es denn eine ist«, sinnierte sie.

»Na, hinter dem Ohr rechnet man wahrscheinlich nicht unbedingt damit«, sagte Lars begütigend. »Und selbst wenn es eine Injektion war, muss es doch noch lange kein Mord sein.«

»Nur, dass mir absolut keine andere Erklärung einfallen

will«, sagte Theo und zerknüllte wütend seinen Bierdeckel. »Man spritzt normalerweise nichts hinters Ohr.«

»Das Problem ist vor allem, dass kein Mensch überrascht ist, wenn so alte Leutchen einfach tot umfallen.« Hadice studierte finster die Inhaltsangabe der Biobrause. »Es heißt sogar, dass jeder zweite Mord unentdeckt bleibt – vor allem, wenn es um ältere Menschen geht.«

»Wer zum Teufel bringt denn so eine nette alte Dame um die Ecke?« Theo machte dem Bierdeckel endgültig den Garaus, indem er ihn systematisch in Fetzen zerpflückte. »Ich meine, es sah ja wirklich nicht so aus, als ob sie groß was zu vererben gehabt hätte.«

»Kann man nie wissen. Weißt du nicht mehr? Vor einem halben Jahr habe ich doch bei der alten Frau Krämer die Bibliothek abgeholt. Und in jedem Buch hatte sie Geldscheine gehortet. Lauter Fünfer, Zehner und Zwanziger – alles in allem fast eine viertel Million. Dabei hat die alte Dame ihre letzten Jahre in einer absoluten Bruchbude gehaust.«

»Da werden sich die Erben ja gefreut haben«, meinte Hadice lakonisch.

»Das weniger – der ganze Geldsegen war in DDR-Mark.«

»Es muss ja nicht immer ums Geld gehen – schließlich gibt es noch andere Mordmotive als Habgier.«

»Ein eifersüchtiger Verehrer?« Theo schüttelte den Kopf.

»Warum nicht? Mein Patensohn macht gerade ein Praktikum im Altenheim. Ich sag euch, der erzählt Geschichten – da geht es hoch her.«

Hadice nickte. »Nur weil die Leute alt sind, heißt das nicht, dass sie keine leidenschaftlichen Gefühle mehr haben – oder keine gefährlichen Geheimnisse.«

Eine Stunde später verließen die vier die Kneipe. Die kalte Nachtluft vertrieb ihre aufkeimende Müdigkeit. Wilhelmsburg war definitiv kein Szeneviertel, und so herrschte auf den

Straßen dunkle Stille. Ein paar Schneeflocken schwebten wie winzige Ballerinen durch die Luft und schmückten den Pelzkragen von Lars' Wintermantel mit glitzerndem Eisstaub. Hadice tippte wie ein Korporal an ihre imaginäre Schirmmütze. »Ich muss los.«

»Noch ein Date?«

»Nein. Ich muss noch zu meiner Nine.«

»Ihrer Großmutter«, übersetzte Lars.

»Treibt es nicht zu toll«, verabschiedete sich Hadice und schwang die langen Beine über den Sattel ihrer Maschine.

»Seit wann kannst du eigentlich Türkisch?«, wollte Theo misstrauisch wissen.

»Ach weißt du, es gab da mal so ein wirklich reizendes Mädchen ...«

»Klappe«, sagte Theo und knuffte den Freund in die Seite.

Theo begleitete Lars noch auf einen Sprung in seine Werkstatt. Während draußen der Schnee herunterrieselte, saßen sie in abgewetzten Ohrensesseln und lasen sich gegenseitig aus einem alten Buch mit deutschen Balladen vor, das Lars vor Kurzem aufgestöbert hatte. Theo deklamierte Goethes »Erlkönig«, Lars trug »Die Kraniche des Ibykus« vor.

Als Theo schließlich ging, war es kurz vor Mitternacht. Er zog sein Handy aus der Tasche und rief Hadices Nummer auf, die er vorhin eingespeichert hatte. Kurz entschlossen drückte er auf die grüne Wahltaste, brach die Verbindung dann aber sogleich wieder ab.

Am nächsten Tag rief sie an. »Negativ«, sagte sie. »Die Blutanalysen haben nur ein wenig Barbiturat aufgewiesen.«

»Betäubungsmittel? Das ist doch was«, fand Theo.

»Es war aber weit entfernt von einer tödlichen Dosis.«

»Hätte es gereicht, damit sie, ohne es zu merken, erfriert?«

»Nein, sie muss es Stunden vor ihrem Tod zu sich genommen haben. Die verbliebene Menge hätte sie maximal ein wenig schläfrig gemacht.«

»Das heißt, es gibt auch keine Morduntersuchung«, argwöhnte Theo.

»Wohl nicht.« Hadice klang bedauernd. »Die Frau, die sie gefunden hat, hat ausgesagt, dass sie Anna Florin regelmäßig an der Bunthäuser Spitze getroffen hat. Auch am Abend. Es deutet einfach nichts auf ein Verbrechen hin.«

»Bis auf den Pieks«, sagte Theo verbittert.

»Ich kann da nichts machen«, sagte Hadice ruhig. »Ihr könnt sie wieder abholen.«

Schon in drei Tagen sollte Anna eingeäschert werden. Erik Florin bestand auf einen schnellen Termin. Ihm steckte der Schock des Mordverdachts noch in den Knochen. Am liebsten wollte er die ganze Sache schleunigst vergessen, um sich den zwiespältigen Gefühlen gegenüber seiner ihm fremd gebliebenen Mutter zu widmen. Theo versuchte, ihn zu einer Erdbestattung zu überreden.

»Damit die sie irgendwann wieder ausgraben können!« Eriks erzürntes Knurren sauste durch die Leitung von Hannover nach Hamburg. »Das fehlt mir gerade noch.«

So stand Theo am Morgen des 18. Dezembers vor Annas schlichtem Kiefernholzsarg.

»Hatte die alte Dame eine Chemotherapie?«, hatte Michel Adler, der Leiter des Krematoriums, am Vortag wissen wollen. Theo hatte verneint. »Dann kann ich sie übermorgen noch dazwischenquetschen.« Theo wusste um den seltsamen Umstand, dass Menschen, die kurz zuvor eine Chemotherapie bekommen hatten, sehr viel langsamer zu Asche wurden. Rund eine Stunde länger dauerte es, bis nur noch die porösen Knochen übrig waren – zweieinhalb statt anderthalb Stunden bei einer Frau und drei statt zwei Stunden bei einem Mann. Theos

Arztkollegen hatten diesen Umstand stets als Unfug abgestempelt und in den Bereich der Gruselmythen verbannt. Theo wusste es besser. Krebspatienten brannten schlecht. Als ob die Medikamente, die den Körper am Leben halten sollten, ihn nun im Tod länger an den Planeten fesselten.

Erik, seine Frau Renate und ihre Tochter Johanna waren aus Hannover angereist. Mit ihnen kam Johannas Töchterchen Elise, genannt Entchen, ein siebenjähriges, ausgesprochen energisches Persönchen mit dunkelroten Wuschellocken. Die würde sich hervorragend mit Lilly verstehen, dachte Theo sofort. Entchen hatte sich erfolgreich durchgesetzt, als ihre Großeltern gezögert hatten, sie an der Abschiednahme am offenen Sarg teilnehmen zu lassen. »Ich will Uromi auch Auf Wiedersehen sagen«, hatte die Kleine entrüstet protestiert.

Theo und May hatten Anna in einem Raum im Institut aufgebahrt. Auf einem Stuhl stehend hatte Entchen die kühle Wange der Toten gestreichelt.

»Fühlt sich komisch an«, hatte sie verkündet. Sie hatte ein Bild in den Sarg gelegt, auf dem eine bunt gekleidete Person – zweifellos Anna – von einer großen himmelblauen Wolke auf die Erde spähte. Unten stand eine Versammlung von krakeligen Figuren, die offenbar Entchen und ihre Familie darstellen sollte, sowie ein vierbeiniges schwarzes Etwas, das Entchen auf Nachfrage entrüstet als »Kater Carlo, das sieht man doch!« identifizierte.

»Wie kann Uromi denn jetzt hier im Sarg liegen und gleichzeitig im Himmel sein?«, grübelte sie.

»Das ist wie bei der Schlangenhaut, die wir im Urlaub gefunden haben«, sagte ihre Mutter leise. Sie war eine rothaarige, hübsche Frau, deren Gesicht vom Weinen fleckig und verquollen war. Halt suchend umklammerte sie die kleine Hand ihrer Tochter. »Weißt du noch? Die Schlange ist ge-

61

wachsen und hat ihre alte Haut einfach liegen gelassen.« Entchen schien nicht überzeugt. »Aber das hier ist ja nicht bloß Omis Haut.« Dann lächelte sie, sich einer plötzlichen Erkenntnis erfreuend. »Der Körper ist eben zu schwer, oder? Den kann man nicht mitnehmen. Sonst kann man ja gar nicht auf einer Wolke sitzen. Die sind nämlich nur aus Wasserdampf«, sagte sie belehrend zu Theo.

»Schau mal.« Theo hielt dem Kind eine Schale hin. Darin lagen Glassteine in unterschiedlichen Formen und Farben: bunte Herzen, Blumen und Sterne. »Wenn du dir zwei gleiche aussuchst, dann geben wir einen der Uromi mit. Den anderen darfst du behalten. Dann kannst du immer an sie denken.« Entchen wählte zwei himmelblaue Sterne mit kleinen goldenen Einsprengseln. Andächtig legte sie einen der Toten auf die Brust. Auch ihre Mutter Johanna wählte einen Gedenkstein. Erik Florin verzichtete.

Freitag, 19. Dezember 2008
Am nächsten Tag trafen sie sich wieder im Krematorium. Da weder Anna noch ihre Familie Kirchenmitglieder waren, übernahm Theo es, eine kleine Ansprache zu halten. Im Hintergrund lief leise klassische Musik, ein melancholisches Klavierstück von Debussy.

»Liebe Familie Florin«, sagte er. »Der Tod bedeutet, dass das, was einen Menschen lebendig und einmalig macht, stirbt. Mit dem Tod von Anna Florin verschwinden ihr Lachen, ihre Stimme, ihre einzigartige Art. Alles, was für uns Lebendigkeit bedeutet, erlischt mit dem Tod. Vielleicht hoffen wir, dass der Teil, den wir Seele nennen, weiterlebt, auch wenn wir nicht genau wissen, wie und wo.«

Johanna holte tief und zitternd Luft. Sie dachte an die Ausflüge, die sie mit Anna nach Hagenbecks Tierpark gemacht hatte. Sie dachte an das Elefantenbaby, das sie so gemocht hatte. Jamila hatte es geheißen. Sie beschloss, Jamila gemeinsam mit Entchen zu besuchen. Wahrscheinlich lebte sie noch. Elefanten wurden alt.

»Wenn wir jetzt den Körper von Anna Florin dem Feuer übergeben«, fuhr Theo fort, »bedeutet das, von ihr Abschied zu nehmen. Das ist schmerzlich, aber wichtig. Denn es ist eines der letzten Dinge, die wir für einen Menschen tun können: Ihn am Ende nicht allein zu lassen.«

Die Familienmitglieder legten jeder eine Hand auf den Sargdeckel und dachten an Anna. Erik dachte an seine Mutter, als sie jung gewesen war, eine wunderschöne, heiß geliebte, aber unerreichbare Frau für den kleinen Jungen. Eine Mutter, die stets unterwegs war und nur für einen Zwischenstopp bei ihrem Kind vorbeischaute. ›Es hat mir bei Line an nichts gemangelt‹, sprach er in Gedanken zu ihr. ›Nicht an Essen, nicht an Kleidung, nicht an Wärme und nicht an Liebe. Und doch hätte ich dich gebraucht. Mama.‹

Renate dachte zerstreut an die Weihnachtseinkäufe, die sie noch erledigen wollte. Da Erik und seine Mutter ein kompliziertes Verhältnis gehabt hatten, war auch ihr die Mutter ihres Mannes fremd geblieben. Johanna dachte mit Liebe und Schmerz an ihre Großmutter. Sie erinnerte sich an den Tag, an dem Anna von einem ihrer Einsätze in Afrika zurückgekommen war, braun gebrannt und voller Tatendrang. Anna hatte ihr eine Kette mitgebracht, die aus hölzernen, bunt bemalten Tieren bestand. Sie war Johannas größter Schatz gewesen, und sie trug sie auch heute. Ihre linke Hand, die nicht auf dem Sargdeckel ruhte, umklammerte das rote Glasherz, das sie sich ausgesucht hatte. Entchen streichelte das Kopfende des Sargs.

»Tschüss, Uromi«, flüsterte sie und fing bitterlich an zu weinen.

Auch aus diesem Grund wollte die Familie dem Einfahren des Sargs in den Ofen nicht zusehen. Entchen musste unter Wehklagen aus dem Raum getragen werden. Theo begleitete sie. Der Kummer des Kindes schnürte ihm die Kehle zu.

So blieb Charly, der Kremierer, allein zurück. Die Anlage war brandneu. Statt diskret in den Boden zu versinken und dann unsichtbar in den Ofen geschoben zu werden, wie es sonst meist üblich war, glitt der Sarg hier durch die polierten Stahltüren zum Feuer direkt in der Wand. Der extreme Temperaturunterschied zwischen dem Inneren des Ofens und der Raumtemperatur ließ die kühlere Luft mit Macht durch die Türen strömen und verursachte ein fauchendes Geräusch. Über eine Stahlschiene ließ der Kremierer den Sarg rasch in den Bauch des Ofens gleiten. Der Blumenschmuck prasselte, ehe er in der tausend Grad heißen Luft verglühte. Dann schlossen sich die Türen wieder.

Charly wusste, was im Ofen vor sich ging. Er hatte oft genug durch das winzige Fenster gespäht, das an der Rückseite der Brennkammer angebracht war.

Unmittelbar nachdem die Ofentüren sich geschlossen hatten, entzündete sich der Kiefernholzsarg in der extremen Hitze und verwandelte sich in einen glühenden Kubus. Schon bald durchzog ein Mosaik aus schwarzen Linien das erhitzte Holz. An ihnen entlang begann der Sarg nach rund zwanzig Minuten auseinanderzufallen. Dann lag Annas Körper ausgestreckt in den Flammen. Rasch schmolzen die Haut und die dünnen Muskeln in der Hitze der brennenden Sargtrümmer. Nach einer Dreiviertelstunde war nur noch das Skelett übrig. Nach und nach barsten auch die Knochen.

Nach anderthalb Stunden warf der Leiter des Krematoriums einen Blick durch das Fenster.

»Kannst loslegen, Charly«, sagte er.

Routiniert öffnete dieser die Tür an der Rückwand des Ofens und zog die Überreste von Anna Florin wie in einer großen Schublade heraus. Inzwischen waren nur noch grauweiße, poröse Trümmer übrig geblieben. Charly erkannte noch das flache Halbrund der Schädeldecke und die Reste eines Oberschenkelknochens. Vom Holz des Sargs selbst war nicht einmal mehr Asche übrig geblieben. Sobald die Knochen ein wenig abgekühlt waren, fuhr er mit einem großen Magnetstab durch die bröckelnden Überreste, zog so die Sargschrauben und andere Metallteile heraus. Er warf sie in einen Eimer, in dem schon Hüftgelenke aus Titan und sogar eine Operationsschere lagen. Letzteres kam häufiger vor, und Charly hoffte dann stets, dass das spitze Ungetüm erst im Verlauf einer Obduktion vergessen worden war.

Leise summte er vor sich hin. Der kräftige junge Mann mochte seinen Job. Er fand, dass eine Feuerbestattung eine ausgesprochen würdige Art für einen Menschen war, in eine andere Welt überzugehen. Wenn er das Skelett in den lodernden Flammen betrachte, hatte das für ihn nichts Abstoßendes, sondern etwas Versöhnliches. Asche zu Asche, Staub zu Staub. Ein reinigendes Ritual. Zwei bis dreieinhalb Kilo, mehr blieb nicht übrig. Ungefähr genauso viel, wie ein Säugling bei der Geburt wiegt. Charly fand, dass sich der Kreis des Lebens so auf wundersame Weise schloss. Mit einer Schaufel beförderte er Annas Überreste in die Knochenmühle und legte drei tennisballgroße, massive Metallkugeln hinzu. Den codierten Schamottstein, der in Annas Sarg gelegen hatte und der einer eindeutigen Identifizierung diente, legte er beiseite. Auf Knopfdruck begann die Mühle Knochen und Stahlkugeln umzuwälzen, bis nur noch eine grauweiße, grobkörnige Masse übrig blieb.

Die Beisetzung der Urne war für den nächsten Tag vorgesehen. »Rechne mal besser damit, dass jede Menge Leute kommen«, hatte Fatih Theo vorgewarnt. »Jeder hier im Viertel hat Anna gekannt, und die meisten haben sie gemocht.«

20. Dezember 2008, 14.30 Uhr

Es war ein strahlend schöner Wintertag. Ein Vertreter von »Ärzte ohne Grenzen« brachte einen Kranz mit einer Schleife im Leopardenfellmuster. Fatih und Aische nickten Theo zu, während sie sich einen Platz suchten. Theo erkannte ihn erst auf den zweiten Blick. Fatih trug einen Anzug mit Krawatte. Immer wieder fingerte er zwischen Hals und Hemdkragen herum.

»Lass das«, zischte Aische. Fatih hatte natürlich in seiner gewohnten Gruftikluft erscheinen wollen.

»Anna fand meine Klamotten klasse«, hatte er gefleht.

»Nichts da«, hatte Aische gesagt, »du erscheinst anständig gekleidet zu dieser Beerdigung, und wenn ich dich in den Anzug prügeln muss. Etwas mehr Respekt, mein Sohn!« Fatih hatte kapituliert.

Ein Chor afrikanischer Emigranten hatte sich eingefunden. Anna, die zu ihrem Kummer zeitlebens keinen geraden Ton herausbekommen hatte, hatte einige der Mitglieder tatkräftig bei ihren Asylanträgen unterstützt. Sie sangen »Pata Pata« von Miriam Makeba, ein Lied, dessen Energie gut zu Anna passte. Verwundert sah Theo, dass der Platz in der kleinen Friedhofskapelle in Finkenriek nicht reichte und sich die Menschen vor der Tür versammelten.

»Ganz schön bewegend.« Hadice war neben ihm aufgetaucht und legte die Hand auf seine Schulter.

In der ersten Reihe saß eine alte Frau, die immer wieder verwirrt um sich blickte. Ein alter Mann streichelte ihr beruhigend die Schultern. »Emil«, rief sie auf einmal, als die Sänger eine Pause machten, »Emil hast du nachgeschaut, ob Annas Kopf noch da ist?« Erik eilte zu ihr und legte den Arm um sie. »Aber natürlich, Line, es ist alles in Ordnung. Ich verspreche es dir. Ich habe ganz genau nachgeschaut.«

»Den Kopf, sie haben ihr den Kopf gestohlen«, jammerte Line, Annas beste Freundin und Eriks Ziehmutter. Es war schmerzlich, ihren geistigen Zustand ansehen zu müssen. Sie ließ sich nicht beruhigen. Der Mann namens Emil führte sie behutsam hinaus.

Das Grab, an dem sich alle versammelten, hatte einen Durchmesser von nur etwa einem Quadratmeter. Theo und sein unersetzlicher Gehilfe Kurti ließen die mit afrikanischen Motiven geschmückte Urne an zwei Seilen hinunter, die sie anschließend wieder emporzogen. Neben dem Erdloch stand eine Schale mit Rosenblättern, die die nächsten Angehörigen statt Erde hineinstreuen konnten. Den Anfang machte Erik. Alle beobachteten ergriffen das Geschehen, während der afrikanische Chor eine wehmütige Weise anstimmte. Nur Line, die vergessen hatte, was geschah, schaute sich um. Und so sah nur sie die hochgewachsene, dunkle Gestalt am Rande des Urnenfelds. Der Mann liftete seinen Hut und ging ruhig davon. Line fiel auf die Knie. Sie begann zu jammern.

Als die Totengräber am späten Nachmittag das Grab von Anna Florin zuschaufelten, ging bereits die Sonne unter. Zur gleichen Zeit schenkte sich auf der anderen Seite der Elbe der alte Mann exquisiten Champagner in ein Glas aus Bleikristall. Trotz seines hohen Alters waren seine Hände bemerkenswert kräftig und zitterten nicht. Er hob das Glas zu dem hohen Sprossenfenster, das den Blick auf die Elbe freigab.

»Ruhe in Frieden, Anna Florin«, sagte er in den Raum hinein. Dann leerte er das Glas in einem Zug.

Kapitel 6

Der Unbekannte

Sonnabend, 20. Dezember 2008

Abends stand Theo am Herd und rührte geistesabwesend in seinem Wok.

»Hör auf«, rief Lilly, »du zermanschst ja alles!«

»Ich verstehe gar nicht, warum ich mich immer wieder von Lilly breitschlagen lasse. Mich von dir bekochen zu lassen, meine ich«, sagte May zu Theo gewandt. »Am Herd bist du eine echte Katastrophe.«

»Möglicherweise, weil du selbst noch schlechter kochst? Muss ja irgendeinen Grund geben, wenn deine Tochter meine Kochkünste vorzieht.« Er zwinkerte Lilly zu.

May schnaubte verächtlich. Theo blickte in die blubbernde grüne Masse. Er argwöhnte schon seit geraumer Zeit, dass Lilly es darauf anlegte, ihn mit ihrer Mutter zu verkuppeln, und deswegen gemeinsame Aktionen inszenierte. Dieser Plan würde definitiv scheitern. May war zweifellos eine tolle Frau. Aber sobald sie gezwungen sein würden, mehr als 24 Stunden gemeinsam zu verbringen, würden sie einander die Köpfe einschlagen. Oder an die Gurgel gehen. Oder sonst was. So viel stand unumstößlich fest.

May deckte derweil den Tisch. Lautstark knallte sie Reisschalen, Stäbchen und kleine Schüsseln für die Soßen auf die Tischplatte. Sie mochte asiatisches Essen nicht besonders, ein Umstand, den sie aber nicht einmal unter Folter zugegeben hätte. May legte großen Wert darauf, ihren Wurzeln entsprechend zu leben.

68

Eines der misshandelten Schälchen rollte über die Tischkante und fiel auf den Boden, wo es ein paarmal um seine eigene Achse trudelte und dann liegen blieb.

»Mama!«, sagte Lilly.

May starrte auf die Schale. »So ein Mist.« Ihr traten plötzlich Tränen in die Augen.

»Mensch, May, jetzt nimm es dir doch nicht so zu Herzen. Ist doch nichts passiert.«

May stöhnte. Dann ließ sie sich auf einen Küchenstuhl sinken und bedeckte die Augen mit einer Hand. »Sprich es ruhig aus: Ich hab's total versaut«, sagte sie unvermittelt.

»Was denn versaut?« Theo sah sie verdattert an.

»Na, Frau Rosenthal.« May schluchzte auf.

»Ach, die arme Frau Rosenthal ... Vielleicht können wir morgen noch etwas mit ein bisschen Schminke rausreißen«, versuchte Theo zu trösten. Normalerweise verzichteten sie auf das Schminken der Toten. Sie sollten nicht besser aussehen als im Leben, was das Ziel ihrer meisten amerikanischen Kollegen war. Bei Matthies blieben die Toten möglichst natürlich.

May warf ihm einen wütenden Blick zu. »Theo, die Frau ist orange! Knallorange!«

Am Vortag hatte May eine neue Feuchtigkeitscreme für die 53-jährige Frau Rosenthal verwendet. In einer thanatopraktischen Fachzeitschrift hatte diese natürliche Frische versprochen. Als May am Morgen die schön hergerichtete Leiche begutachtet hatte, hatte sie fast der Schlag getroffen. Der Effekt der Creme war ähnlich wie bei einem Selbstbräuner in zu hoher Dosierung.

»Sie sieht aus, als hätte sie eine Woche im Solarium gelegen.«

Theo musste lachen.

»Das ist nicht witzig.« Aber jetzt grinste auch May. Wenn auch schief.

»Theo, das Essen«, rief Lilly.

Er zog den Wok vom Herd und öffnete den Deckel des Reistopfs. Sofort schlug ihm ein Schwall heißen Dampfes entgegen. Nachdenklich sah er zu, wie er in der Abzugshaube verschwand.

»Grübelst du immer noch über Anna Florin nach?«, fragte May.

Theo probierte das etwas matschige Curry und verbrannte sich prompt den Mund. Aus den Augenwinkeln hatte er gesehen, wie Nadeshda im Türrahmen stand. Er fuhr herum und starrte sie an. Von dem hoch erhobenen Löffel tropfte etwas Soße. Bislang war Nadeshda nie aufgetaucht, wenn andere Menschen anwesend waren. Vorwurfsvoll blickte sie ihn an. Obwohl ihre Lippen sich nicht bewegten, hörte Theo ihre Stimme im Zentrum seines Hirns. »Menschenskind, unternimm endlich etwas!« Theo war klar, worum es ihr ging. Er sollte sich um Annas mysteriösen Tod kümmern.

»Theo!« May packte seinen Arm. »Geht's dir nicht gut? Du siehst aus, als hättest du ein Gespenst gesehen oder so was.«

»So in etwa«, sagte er schwach. Er starrte noch immer auf den leeren Türstock. Lilly nutzte die Gelegenheit und zog unauffällig die Schale mit den Krabbenchips zu sich heran.

May runzelte die Stirn. »Was meinst du damit?«

»Nadeshda«, gestand er, »ich habe gerade Nadeshda gesehen. Da in der Tür.«

»Cool«, sagte Lilly und biss in einen Krabbenchip.

Nach dem Essen schickte May die schmollende Lilly vor den Fernseher – ein Umstand, der Theo klarmachte, dass es jetzt ans Eingemachte ging.

»Mein Lieber, dass du einen Knall hast, weiß ich ja schon lange. Aber nicht, dass es soo ein Knall ist. Ein Riesenknall.«

»May, du weißt genau, dass viele Menschen ihre verstorbenen Angehörigen sehen. Das ist ein ganz verbreitetes Phänomen. Die Sehnsucht lässt in unserem Hirn lebensechte Bilder entstehen oder so was.«

May wedelte ungeduldig mit der schmalen Hand. »Mag sein. Aber nicht – wie lange ist Nadeshda jetzt tot?«

»Vier Jahre.«

»Aber keine verdammten vier Jahre lang!«

Theo schwieg.

»Vielleicht bist du ja auch schizophren. Du weißt schon. Halluzinationen, Stimmen hören – all das Zeug.«

In ihrem Tonfall schwang ein ungewohnter Hauch von Besorgnis mit, der ihn rührte.

»Unsinn. Für den Ausbruch einer Schizophrenie bin ich schon ein bisschen alt, meinst du nicht?«

May schwieg.

»Und außerdem: Was ist mit den anderen Symptomen? Kein Verfolgungswahn. Keine Paranoia. Keine Denkstörungen. Kein Rückzug aus dem Sozialleben. Nichts. Abgesehen von Nadeshdas Besuchen bin ich komplett normal.«

»Abgesehen davon.«

Später im Bett fragte er sich, warum er sich nicht längst an einen befreundeten Psychiater gewandt hatte. Er grübelte, dabei war ihm die Antwort längst klar: Er klammerte sich an Nadeshdas Besuche. Obwohl die Erscheinungen ihm anfangs Angst gemacht hatten, obwohl sie ihn noch immer schmerzten. Er hing an ihnen, weil sie alles waren, was er von ihr noch hatte, außer seinen Erinnerungen und dem Grabstein im hinteren Eck von Finkenriek. Er lächelte im Dunkeln über sein Selbstmitleid. Er war noch nicht bereit, sich von Nadeshda zu verabschieden. So einfach war das. Und Psychopharmaka würden den Besuchen wahrscheinlich ein Ende machen.

Allerdings: Was, wenn die Medikamente dem Spuk unerwarteterweise kein Ende machten? Müsste er sich dann ernsthaft mit dem Gedanken an übernatürliche Phänomene auseinandersetzen? Bislang hatte er es vermeiden können, seine persönliche Haltung zu solchen Dingen festzuzurren. Er gefiel sich im Schwebezustand religiöser Unentschiedenheit. Er glaubte an die Möglichkeit von allem Möglichen. Ein Leben nach dem Tod. Seelenwanderung. Das Nichts. Mit sechzehn war ihm die Bedeutung Einsteins berühmter Formel $e = m \cdot c^2$ aufgegangen. Wenn Masse, also alles Stoffliche, jedes Haus, jeder Planet, jeder Mensch, nichts weiter war als eine Form kristallisierter Energie, war so gut wie alles denkbar. Sogar der liebe Gott. Sogar, dass Nadeshdas Geist durch sein Leben wehte.

»Beam me up, Nadeshda«, dachte er.

Ruhelos wälzte sich Theo im Bett herum. Immer wenn er die Augen schloss, sah er Annas toten Körper vor sich, wie er kalt und stumm auf der Stahlbahre lag. Als er endlich eindöste, schlug Anna in seinem Traum die Augen auf und blickte ihn vorwurfsvoll an. Er erwachte mit einem lautlosen Schrei.

Sonntag, 21. Dezember 2008
Geisterglaube hin oder her, am nächsten Tag beschloss Theo, Fatih einen Besuch abzustatten. Immerhin schien er Anna von allen am besten gekannt zu haben. Zuvor beerdigte er noch einen alten Mann, der mit seinen 83 Jahren ganz allein in seinem Häuschen in der Peter-Beenck-Straße gestorben war. Zum Glück war der Nachbarin aufgefallen, dass die Tür zum winzigen Garten trotz der winterlichen Temperaturen den ganzen Tag weit offen stand. Sie hatte die Polizei alarmiert, sodass sein Körper nicht allzu lange in der Wohnung lag. Die Beerdigung war eine einsame Angelegenheit. Außer dem Pfarrer und Theo war niemand dabei. Die Kosten trug die Stadt.

In Ismails Dönerladen drehte sich der Kalbfleischspieß gemächlich. Aische brütete über einem Kreuzworträtsel und nippte zwischendurch an einem Ayran, einem Becher mit türkischem Trinkjoghurt.

»Fatih«, sagte sie. »Der ist am Proben. Macht mit seinen Freunden höllischen Krach. Die behaupten, das sei Musik.« Ihr stolzer Mutterblick strafte die harschen Worte Lügen.

»Im Haus der Jugend?«, fragte Theo.

»Nö, in der Honigfabrik. Da geben die morgen ein Konzert.«

Die ehemalige Honigfabrik, kurz Hofa genannt, war Ende der 70er-Jahre mit viel freiwilligem Muskelschmalz zum Wilhelmsburger Kulturladen aufgemöbelt worden. Theo hatte dort als Teenager in der Holzwerkstatt herumgebastelt – wobei er allerdings keine große Ausdauer bewiesen hatte. Es reichte gerade für einen Barbiepuppen-Sarg. Auch heute kam er noch gelegentlich, um die eine oder andere Band anzuhören. So ging er geradewegs in den Konzertsaal, aus dem ihm statt der erwarteten wummernden Beats geradezu ätherische Klänge entgegenquollen.

Fatih stand mit geschlossenen Augen gefährlich nah am Bühnenrand. Die langen schwarzen Haare bedeckten sein Gesicht, und er sang mit Inbrunst in ein Mikrofon, das er mit beiden Händen dicht an den Mund hielt. Seine Stimme war melodisch und überraschend tief. Der Song mit türkischem Text hatte etwas Wehmütiges.

Neben ihm stand ein ebenfalls stark geschminkter und langhaariger Türke. Er spielte auf einem Instrument, das wie eine Laute aussah, aber einen viel kürzeren, merkwürdig abgewinkelten Steg hatte. Theo bemerkte, dass auf der Bühne noch weitere ungewöhnliche Instrumente bereitstanden. Er erkannte eine Rababa, ein Streichinstrument mit nur zwei Saiten, die über ein schlankes Rundholz gespannt waren, sowie eine lange Bambusflöte, eine Nai. Beeindruckt stellte er fest, dass den jungen Musikern eine großartige Verschmelzung von traditioneller orientalischer Musik und modernem Pop gelungen war.

Ein dritter Junge mit kahl geschorenem Schädel und Militäroutfit spielte eine gewöhnliche Bassgitarre. Ganz hinten drosch ein junger Mann mit gebleichtem Haar auf sein Schlagzeug ein. Mit seinem Ohrring, der schmalen Nase und den vollen Lippen erinnerte er verblüffend an den blutjungen Billy Idol. Allerdings guckte er nicht annähernd so grimmig.

Als die letzten Takte verklungen waren, applaudierte Theo. Fatih öffnete die Augen. »Ach, Sie sind's.« Er nickte ihm zu. »Haben Sie noch einen Moment? Wir sind gerade beim letzten Song.«

Dienstag, 9. Dezember 2008
Am nächsten Tag war Anna zur Stelle. Sie hatte sich so seriös gekleidet, wie ihr Kleiderschrank es hergab: schwarze lange Hosen, ein grauer, bislang ungetragener Pullover, den Erik ihr geschenkt hatte. Das quietschbunte T-Shirt, das sie darunter trug, konnte niemand sehen. Darüber ein bordeauxroter Mantel, den sie sich von Jutta geborgt hatte. Zu groß, aber sehr elegant. Nur die Schuhe fielen aus dem Rahmen: violette Schnürstiefel mit pinkfarbener, falscher Pelzborte, die ab und zu unter den Hosenbeinen hervorblitzte.
Am Eingang hatte sie zunächst ein Türsteher angehalten. Henning Vogler, vierundzwanzig Jahre alt, Student der Wirtschaftswissenschaften, kämpfte an diesem Tag mit einer unerklärlichen, weil nicht saisongerechten Heuschnupfenattacke sowie der Nachricht auf seiner Mailbox, dass Char-

*lotte schwanger war. Charlotte, die beste Freundin seiner
Freundin Marie. Schwanger. Von ihm.
»Verzeihung, sind Sie auch Kongressteilnehmerin?«, fragte er,
nachdem ihm das Fehlen des violetten Namensschilds aufgefallen war. Seine Stimme klang, verursacht durch die ver-
stopfte Nase, dumpf. Auf Anna wirkte er wie ein Schuljunge.
Letzteres wurde noch durch die Akne unterstrichen, die sich
hie und da auf seinen Wangen zeigte. »Nein«, sagte Anna und
strahlte ihn an. »Aber ich bin eine alte Freundin von Professor
Bergman. Dem Preisträger«, fügte sie gewichtig hinzu. »Eine
sehr gute Freundin«, sagte sie dann und zwinkerte ihm vielsagend zu.
Henning errötete tief, was seine Pickel erst recht leuchten ließ.
Der Gedanke an Sex unter Greisen war ihm sichtlich unange-
nehm. »Ja dann ...«, sagte Henning gedehnt, und Anna schritt
hoch erhobenen Kopfes ihrem Schicksal entgegen.*

Sonntag, 21. Dezember 2008

Theo hatte Fatih, der noch immer den Schlüssel besaß, überredet, sich mit ihm in Annas Wohnung umzuschauen. Die
Räume wirkten schon jetzt verlassen. Theo hatte oft gemerkt,
dass sich die Atmosphäre einer Wohnung schnell veränderte,
wenn der Besitzer gestorben war. Schon hatte sich ein erster
Hauch von Staub auf die schlichten Möbel gelegt. Unwillkürlich dämpften sie die Stimmen. Fatih hatte auf Theos zöger-
lichen Bericht über die punktgroße Wunde hinter Annas Ohr
verwirrt reagiert.

»Und was bedeutet das?«

»Es bedeutet, dass ihr wohl jemand etwas gespritzt hat.«

»Wozu?«

»Gute Frage. Mir fällt darauf nur eine Antwort ein. Und die
ist nicht besonders schön.«

Zielstrebig steuerte Fatih auf Annas kleinen Kirschbaumschreibtisch zu, auf dem ein hochmoderner Laptop thronte. Er bückte sich, um den Schalter an der Verteilersteckdose umzulegen, und startete dann den Rechner.

»Log-in per Fingerprofil«, sagte er stolz.

»Mist. Und jetzt?«

»Kein Problem.« Fatih ließ seinen Zeigefinger über das Identifikationsfeld gleiten.

»Meines ist auch gespeichert. Schließlich bin ich so was wie Annas persönlicher Computerbeauftragter.«

Eine unsichtbare Hand streute in rasantem Tempo die bunten Icons der Programme auf den Bildschirm. Theo war beeindruckt. Sein eigener Rechner brauchte Minuten, um zu starten.

»Anna hat ziemlich viel Zeit im Internet verbracht. Vielleicht können wir rauskriegen, was sie in den letzten Tagen so getrieben hat.« Theo schnappte sich einen Küchenstuhl und zog ihn zum Computer.

Als Erstes öffnete Fatih das E-Mail-Programm. Sogleich kamen dreizehn Mails hereingeflattert. Das Mitglied eines nicht-existenten afrikanischen Königshauses versprach in kryptischem Englisch eine Belohnung von 2,5 Millionen Dollar, sollte man ihm aus der Patsche helfen. Ein wissenschaftlicher Newsdienst informierte über Neuigkeiten aus der Forschung, darunter die bahnbrechende Erkenntnis, dass tatsächlich ein Zusammenhang zwischen Schlafqualität und Konzentrationsfähigkeit bestand. Dazwischen gab es noch eine E-Mail von entchen@hannover.net. »Liebe Uromi«, hatte die Kleine am Tag nach Annas Tod mühsam mit dem Zeigefinger getippt. »Ich freue mich schon ganz toll, wenn wir dich Weihnachten besuchen kommen. Gestern habe ich Plätzchen gebacken. Fast ganz alleine. Sie sind ein bisschen zerlaufen, aber sie schmecken sehr gut. Ich habe ganz viel Zuckerguss darauf getan. Ich schicke dir gleich morgen eine Tüte. Viele Küsse aus Hannover. Dein Entchen.«

Im Ordner »gesendete Objekte« fand Fatih ein Schreiben von Anna an eine gewisse Hanna Winter. »Sehr geehrte Frau Winter«, hatte sie geschrieben, »ich bin hocherfreut, dass Sie die Geschichte einer alten Frau so ernst nehmen. Geben Sie mir ein paar Tage, bis dahin hoffe ich, Ihnen handfeste Beweise liefern zu können.«

»Was kann sie damit gemeint haben?« Theo starrte auf den Bildschirm wie in eine Kristallkugel.

»Keinen Schimmer.« Fatih googelte Hanna Winter und landete über 5000 Treffer – von Damenbekleidung bis Yoga. »Hoffnungslos. Und die E-Mail-Adresse gibt auch nicht viel her.«

»Vielleicht schreiben wir die Dame einfach an und fragen.« Theo notierte sich den Absender.

»Schauen wir doch mal, wo Anna in der letzten Woche so herumgesurft ist.« Ein paar Mausklicks später erschien die Liste der zuletzt aufgerufenen Websites am linken Rand des Bildschirms. Spiegel-Online. Wetterbericht. Und die Website mit dem Programm eines Hirnforscherkongresses.

»War Anna etwa Hirnforscherin?«, fragte Theo beeindruckt.

»Nicht dass ich wüsste. Allgemeinmedizinerin, glaube ich.«

Das Geräusch eines Schlüssels, der sich im Schloss drehte, ließ die beiden herumfahren.

»Erwischt.« Lars stand in der Tür, einen Schwung Faltkartons im Arm. »Das nennt man dann wohl unbefugtes Eindringen.« Paul kam quer durch den Raum geschnauft und begrüßte die überrumpelten Verschwörer mit freundlichem Grunzen. Theo erklärte die Lage. »Wenn wir nichts unternehmen, war's das mit Annas Tod.«

»Mensch Theo, es gibt doch überhaupt keinen konkreten Hinweis für einen Mord.«

»Na eben, darum suchen wir ja nach einem.«

Lars seufzte. »Immerhin, ihr habt Glück. Erik Florin hat mir gesagt, dass Anna Fatih ihren Computer vermacht hat. Insofern ist er wohl sogar halbwegs berechtigt, darin herumzustöbern.«

»Mir hat noch nie jemand was vererbt.« Fatih wandte sich ab. Er wollte nicht, dass die beiden Männer sehen konnten, dass ihm Tränen in die Augen gestiegen waren. »Dann mach ich mal einfach weiter«, sagte er mit belegter Stimme.

»Und du kannst dich inzwischen ein bisschen nützlich machen und mir beim Einpacken helfen. Ich bin sicher, ohne dich kommt Fatih auch ganz gut klar«, sagte Lars, dem der Schmerz des Jungen nicht entgangen war.

Zwei Stunden später waren sie gut vorangekommen – sowohl mit der Computerrecherche als auch mit der Wohnungsauflösung. Um den 60er-Jahre-Resopaltisch geschart tranken sie eine Tasse Kamillentee – etwas anderes war nicht im Hause. »Schmeckt gar nicht mal so schrecklich.« Theo ließ den Tee im Mund kreisen wie ein Weinconnaisseur. »Ich glaube, den letzten Kamillentee hat mir Fräulein Huber serviert, als ich mit zwölf Jahren Grippe hatte.«

Durch die geöffnete Tür konnten sie ins Wohnzimmer schauen. Dort stapelten sich an der Wand die Kisten mit Annas Habseligkeiten – Überreste eines 83 Jahre währenden Lebens, verpackt in anderthalb Kubikmeter. Lars hatte sie nach ihrer Wiederverwertbarkeit sortiert: ein Sammelsurium an Besteck und Porzellan, in dem kaum ein Stück zum anderen passte, uralte Emailletöpfe, eine gusseiserne Pfanne. Darüber hinaus gab es allein fünfzehn Bücherkisten, die alte Ausgaben von Dostojewski, Turgenjew und Tolstoi enthielten. Ein altes, schön bebildertes Märchenbuch von Andersen hatte

Lars für Entchen beiseitegelegt. Und viele Klassiker der politischen Sozialliteratur von Solschenizyns »Archipel Gulag« bis zum »Tod im Reisfeld« von Peter Scholl-Latour.

Neben Klassikern hatte Anna auch aktuelle literarische Werke gelesen – Judith Hermanns Kurzgeschichten und sogar ein paar Harry-Potter-Bände waren darunter. Auf ihrem Nachttisch hatte Theo »Die souveräne Leserin« von Alan Bennett gefunden. Ein rotes, leinengebundenes Bändchen, auf dessen Titel die Queen neugierig um eine Ecke spähte. Er hatte es im vergangenen August in einer kleinen Buchhandlung entdeckt, begeistert gelesen und sofort an alle seine Freunde verschenkt. Auf dem schmalen Buch ruhte noch die Lesebrille. Es waren solche Indizien, die ihm in der Wohnung von Verstorbenen an die Nieren gingen: letzte Lebenszeichen eines Menschen, der nicht mehr war.

»Es ist immer spannend, was die Bücher, die ein Mensch besitzt, über ihn erzählen«, sagte Lars.

»Und was verraten die Ihnen über Anna?«, wollte Fatih wissen.

»Dass sie ein Mensch mit Gewissen und Engagement war. Eine alte Frau, die sich weiter dafür interessiert hat, was neue Autoren produzieren. Und ein Mensch mit Geist und Humor.«

»Ja, genauso ist sie gewesen«, sagte Fatih schlicht.

»Für eine alte Dame hat sie außerdem erstaunlich wenig Nippes besessen. Ihr wisst schon: Porzellanhündchen, Spitzendeckchen und ähnlicher Kram. Das hier ist die einzige Ausnahme.« Er hielt ihnen eine große gläserne Schneekugel hin. Darin stand ein schlanker rot-weiß geringelter Leuchtturm. Fatih lächelte und nahm die Kugel vorsichtig in die Hand. Er schüttelte sie und ließ den Turm im Schneegestöber versinken. »Anna stand total auf Leuchttürme«, erklärte er. »Ein Licht in der Dunkelheit, das fand sie tröstlich. ›Wäre ich nicht schon Ärztin, ich würde Leuchtturmwärterin werden‹, hat sie immer gesagt. Insofern war die Bunthäuser Spitze nicht der schlechteste Ort für sie zum Sterben.«

»Erstaunlich ist auch: Sie hat so gut wie keine Fotos aufgehoben. Ich habe gerade mal eine Schachtel voll für die Familie zusammensuchen können.« Lars stellte einen Schuhkarton auf den Tisch. Darin lagen vielleicht dreißig Bilder. Nachdenklich blätterte Theo sie durch und reichte sie dann an Fatih weiter. Der Großteil war offenbar in Ländern aufgenommen worden, in denen Anna als Ärztin ohne Grenzen gearbeitet hatte. Dunkle Gesichter, in denen weiße Zähne blitzten. Außerdem zwei Hochzeitsfotos. Ein leicht rotstichiges zeigte einen deutlich jüngeren Erik Florin in einem modischen Cordanzug mit schmissigem Schlag. Am Revers steckte eine rosafarbene Nelke. Schüchtern lächelte er in die Kamera. Die Frau neben ihm, in der Theo nur noch vage die Züge von Eriks Frau Renate erkannte, trug ein wadenlanges gebatiktes Kleid in Violetttönen. Ihren Kopf schmückte anstelle eines Schleiers ein bunter Blumenkranz, dessen Blüten schon etwas schlapp herabhingen.

Das rund ein Vierteljahrhundert später aufgenommene Foto ihrer Tochter Johanna wirkte im Vergleich geradezu altbacken. Johanna trug den Mädchentraum eines weißen Cinderellakleids aus Unmengen von Taft, Seidenrosen und Spitze. In den Stoffmassen sah die junge Frau aus wie ein riesiges Baiser. Der Schleier auf ihrem Kopf bauschte sich derart, dass der Mann an ihrer Seite fast dahinter verschwand. So wie er anscheinend auch aus ihrem Leben verschwunden ist, dachte Theo.

»Erstaunlich, es gibt überhaupt keine Jugendfotos«, bemerkte er.

»Die einzige ältere Aufnahme ist diese hier.« Er hielt ein Schwarz-Weiß-Bild hoch. Darauf waren zwei junge Frauen zu sehen. Die eine hatte lange blonde Zöpfe und trug eine gestreifte Schwesterntracht. Vor ihr saß ein junges Mädchen in einem Rollstuhl. Ihre Glieder waren spastisch verrenkt und verkrümmt. Trotzdem lachte sie fröhlich in die Kamera. Theo drehte die Fotografie um. »Maja und Line, Mai 1943«, stand da.

»Lass mal sehen.« Fatih griff nach dem Bild. »Tatsächlich, das ist Line.« Er ließ das Bild nachdenklich sinken. »Das muss damals gewesen sein, als die beiden sich kennengelernt haben. Die waren beide Krankenschwestern in so einer Art Heim, glaube ich.« Er blickte wieder auf das Bild. »Ich finde, sie hat sich eigentlich gar nicht so sehr verändert, Line meine ich.« Er reichte Theo das Bild zurück. »Und sonst gibt es keine Jugendbilder? Keines mit Anna? Ich würde zu gerne wissen, wie sie als junge Frau ausgesehen hat.«

Lars schüttelte den Kopf. »Es ist gar nicht so ungewöhnlich, dass Menschen aus Anna Florins Generation kaum Fotos aus ihrer Jugend haben.« Lars nahm den Stapel wieder an sich. »Oft sind die Bilder im Krieg verloren gegangen. Zerbombt. Verbrannt. Verschüttet. Viel erstaunlicher finde ich, dass auch aus den Nachkriegsjahren kaum etwas existiert.«

»Vielleicht war sie einfach ein Mensch, der in der Gegenwart gelebt hat«, spekulierte Theo.

»Mag sein, aber sie hat ja nicht einmal Kinderbilder von ihrem einzigen Sohn«, gab Lars zu bedenken. Er hatte recht. Die einzigen Kinderbilder waren die ihrer Urenkelin. Rasch rechnete Theo nach. Erik war 1944 geboren worden. Ein Jahr vor Kriegsende. Wenn schon keine Babybilder, so hätte Anna doch auf jeden Fall Fotos von Erik als kleinem Jungen besitzen müssen.

»Du hast recht, das ist wirklich seltsam«, meinte er.

Fatih schwenkte einen Stapel Computerausdrucke. »Merkwürdig ist auch, was Anna vor ihrem Tod so getrieben hat.«

Kapitel 7

Die Spinne im Netz

Sonntag, 21. Dezember 2008

»Hier, das ist Jonathan Bergman«, sagte Fatih. »Der Mann hat Anna in der letzten Woche ihres Lebens offenbar schwer beschäftigt. Sie hat sogar ein Foto von ihm abgespeichert.« Er legte einen Ausdruck vor Theo und Lars auf den Tisch. »Das war zwei Tage vor ihrem Tod ...«

Bergman und eine attraktive junge Frau, die sich offenbar Jackie Kennedy zum modischen Vorbild auserkoren hatte, standen an Bord einer Segeljacht. Die Frau trug eine übergroße Sonnenbrille und hatte sich ein Tuch fest um Kopf und Hals geschlungen. Dazu trug sie ein schneeweißes Kostüm im Marinestil. Der Mann neben ihr war auf eine unauffällige Weise ebenfalls gut aussehend: gerade Nase, schmaler, schön geschnittener Mund, flankiert von tiefen Kerben. Der Wind hatte sein dunkles Haar vorteilhaft zerzaust. Er trug einen weißen Seglerpulli mit V-Ausschnitt auf tief gebräunter Haut. Vor dem attraktiven Paar hielten sich ein Mädchen und ein Junge in Matrosenkleidung an den Händen.

»Was für eine Bilderbuchfamilie«, kommentierte Lars.

»Dieser Bergman sieht nicht nur gut aus, er ist auch ein kluger Kopf.« Fatih legte weitere Papiere auf den Tisch. Auf der Homepage des Kongresses hatte er einen Lebenslauf von Bergman gefunden. »Er scheint so eine Art Star der Hirnforschung zu sein. Übrigens war er ursprünglich Deutscher. Damals hieß er noch Bergman. Mit zwei ›n‹.« Fatih tippte auf einen der Ausdrucke. »Nach dem Krieg ist er nach New York ausgewandert. Seit 1953 ist er amerikanischer Staatsbürger. Damals hat er wohl auch seinen Namen amerikanisiert und sich fortan nur noch mit einem ›n‹ geschrieben: Mister Börgmän.«

»Erstaunlich. Es kann damals nicht leicht für einen Deutschen gewesen sein, eine Einwanderungsgenehmigung zu bekommen«, grübelte Lars.

»Es sei denn, man war ein hervorragender Wissenschaftler. Wernher von Braun haben sich die Amis damals ja auch sofort geschnappt«, berichtete Theo.

»War das der, der für Hitler die Wunderwaffe bauen sollte?«, fragte Fatih.

»Genau. Stattdessen hat er dann für die Amis Raketen gebaut.«

Theo vertiefte sich in die Liste. »Tatsächlich«, sagte er, »der Mann scheint ein verdammtes Genie gewesen zu sein. Zwischen 1953 und 1994 hat er jedenfalls eine ganze Reihe von spektakulären Studien veröffentlicht.«

»Fragt sich nur: Warum hat Anna sich so für ihn interessiert?«, überlegte Lars.

»Immerhin war sie auch Ärztin«, warf Fatih ein.

»Ich weiß nicht. Hirnforschung ist doch schon ein sehr spezielles Gebiet. Anna hat doch ganz bodenständige Allgemeinmedizin betrieben, hast du gesagt.« Theo blätterte in den Unterlagen.

»Vielleicht haben sie zusammen studiert«, mutmaßte der Türke.

»Ich glaube nicht. Bergman hat sein Medizinstudium schon vor dem Krieg in Berlin absolviert.« Theo hielt ein Blatt aus seinem Stapel in die Luft. »Da muss Anna noch viel zu jung gewesen sein für ein Studium.«

»Stimmt, Anna hat erst in den 50er-Jahren angefangen zu studieren.« Fatih kannte sich in Annas Lebenslauf gut aus. »Da war Bergman längst weg.«

»Und Anna Florin?«, wollte Lars wissen.

»Anna ist in Hamburg geblieben. Bei Erik und bei Line.«

»Vielleicht war er ja Annas große Liebe«, sinnierte Theo. »Vielleicht hat sie darum nie geheiratet. Sie muss als junge Frau sehr schön gewesen sein.«

»Anna hat von allen Menschen auf der Welt vor allem einen geliebt«, sagte Fatih. »Und das war Line.« Er schwieg.

»Aber Line hat sich für Emil entschieden?«, wollte Theo wissen.

Fatih nickte. »Line hatte Emil. Und Anna ist allein geblieben. Sie hatte zwar den einen oder anderen Geliebten. Aber ihre große Liebe war Line.«

»Also wenn es nicht um Liebe ging und nicht um eine berufliche Beziehung: Was hat sie dann von ihm gewollt?« Lars kam auf das Wesentliche zurück. »Lebt das Genie überhaupt noch? Er muss ja mindestens neunzig sein.«

»Sogar 94. Hier steht ›Geboren am 18. Mai 1914 in Königsberg‹.« Theo tippte mit dem Finger auf den Ausdruck.

»In Ostpreußen.«

»Letzte Woche war er jedenfalls noch quicklebendig.« Fatih sah zufrieden aus. »Er hat einen Ehrenpreis für sein Lebenswerk entgegengenommen. Und was meint ihr wohl, wo?«

Triumphierend legte er das PDF mit dem Programm des Hirnforscherkongresses auf den Tisch, das Anna auf ihrem Computer gespeichert hatte. Ein Kringel markierte den letzten Programmpunkt.

»Wetten, das hat sie sich nicht entgehen lassen?«

Sie hörten, wie draußen etwas in den Briefkasten neben der Wohnungstür geworfen wurde. Theo erhob sich und schaute nach. Der Postbote, ein nicht mehr ganz junger Mann mit hochrotem Kopf, wischte sich den Schweiß von der Stirn.

»Mannomann«, sagte er. »Ich bin ganz schön froh, dass dies das einzige Haus auf meiner Route ist, in dem ich in jedes verdammte Stockwerk hochklettern muss.«

»Kann ich mir vorstellen.« Theo nickte verständnisvoll. Als er den Briefkasten öffnete, purzelte ihm ein flaches, leicht zerknautschtes Päckchen entgegen. Die Adresse war von Kinderhand sorgsam in Lila gemalt. Darum herum rankte sich eine Girlande aus Adventszweigen, Kugeln und Sternen.

Er ließ die Hand mit dem Päckchen nach unten sinken.

Entchens Kekse, dachte er bekümmert.

Am nächsten Morgen rief Theo bei den Organisatoren des Kongresses an. Er fragte, ob eine Frau Dr. Anna Florin auf der Liste der Akkreditierten zu finden sei. Frau Dr. Knauer am anderen Ende der Leitung gab den Namen in ihren Computer ein.

»Nein«, sagte sie und schnäuzte sich trompetend, »Verzeihung. Mich hat's erwischt. Tut mir leid, Doktor Matthies. Ich finde überhaupt niemanden mit dem Namen Florin.«

»Und ohne Akkreditierung kommt man nicht hinein?«

»Nein. Die Akkreditierungsgebühren betragen 150 Euro. Da haben wir es nicht so gern, wenn jemand kostenlos teilnimmt.«

»Und die Preisverleihung?«, fragte Theo entmutigt.

»Auch dafür muss man akkreditiert sein. Das senkt auch das Risiko von unvorhergesehenen Zwischenfällen.«

Theo horchte auf. »Was für Zwischenfälle?«

Die Frau schnaufte empört in Erinnerung an den kürzlichen Eklat. »Bei der diesjährigen Preisverleihung hat sich eine wahnsinnige Alte eingeschlichen.«

Dienstag, 9. Dezember 2008
Anna hatte sich auf einem der hinteren Ränge niedergelassen. Anwesend waren rund 100 Kongressteilnehmer, schätzte sie. Die meisten von ihnen waren Männer mittleren bis gehobeneren Alters. Der reinste Herrenklub, dachte

sie, in puncto Gleichberechtigung hat sich hier in den letzten fünfzig Jahren wenig getan.

Vorn am Pult saßen drei Männer – ein Kahlkopf, einer mit Einsteinmähne (sorgfältig so getrimmt, vermutete Anna) und einer mit einem imposanten Bart. Ihnen gegenüber in der ersten Reihe sah Anna Bergman sitzen. Sie spürte, wie ihr Herzschlag sich beschleunigte. Der Kahlkopf ergriff das Wort zur Abschlussrede des Kongresses. »Zum Schluss«, sagte er feierlich, »habe ich die Freude und Ehre, zwei hochverdiente Preise zu verleihen. Der eine geht an einen jungen Forscher, den das Preisgeld von 10000 Euro sicher in seiner weiteren Laufbahn beflügeln wird. Der zweite ist ein Ehrenpreis für das Lebenswerk eines hoch geschätzten Kollegen, den Sie sicher alle kennen. Da seine Karriere nicht beflügelt werden muss, ist dafür nur die Ehre und kein Geldbetrag vorgesehen.« (Gelächter und verhaltener Applaus im Publikum.) Anna ließ die Laudatio für den jungen Hirnforscher an sich vorbeirauschen. Er entpuppte sich als nervöser, blasser 30-Jähriger, dem schon jetzt der Großteil seiner Haare ausgefallen war. Wo der Verstand wächst, müssen die Haare weichen, musste Anna bei seinem Anblick denken. Den Spruch hatte ihr ebenfalls schon früh kahl gewordener Vater bei jeder Gelegenheit gern angebracht. Anna blickte in ihren Schoß und stellte fest, dass sich ihre Hände um den Henkel ihrer schicken Handtasche – ebenfalls von ihrer Nachbarin Jutta geborgt – krampften. Mühsam löste sie den Griff. Dann war es so weit.

»Wie Sie alle wissen, geht unser diesjähriger Ehrenpreis an einen der verdientesten Männer unserer Zunft: Professor Doktor Jonathan Bergman.« Applaus brandete auf. »Ich will Sie nicht mit einer Auflistung seiner zahllosen Verdienste um die Wissenschaft langweilen – wir alle kennen sie, denn sie sind feste Bestandteile unseres Wissenskanons. Umso mehr freue ich mich, dass er heute bei uns ist. Ein leuchtendes Beispiel für die Forschung. Und ein lebendes Exempel dafür, dass die intensive Nutzung unserer Hirnsubstanz uns jugendfrisch hält.«

Der Kahlkopf, dessen Name Anna bereits entfallen war, gab Bergman ein Zeichen. Anna registrierte, wie mühelos er sich erhob. Verdammt, dabei hatte der Kerl die Gicht, die Pest und alles Unheil der Welt verdient.

»Halt«, rief Anna in das aufbrandende Klopfgewitter, mit dem Akademiker ihresgleichen ihre Wertschätzung erweisen. Sie erhob sich, mühsamer als Bergman, aber dann stand sie kerzengerade in der obersten Reihe des Auditoriums. Eine runzelige Rachegöttin mit eisgrauem Haar, die mit ausgestrecktem Arm auf den Preisträger wies. »Halt«, rief sie noch einmal laut, und zu ihrer Erleichterung verebbte das Klopfen. Hälse reckten sich, Gesichter wandten sich der Unruhestifterin zu. Der Kahlkopf drückte einen Knopf auf seinem Rednerpult und sprach unhörbar in sein Mikrofon.

»Dieser Mann«, sagte Anna laut, »hat keinerlei Ehrungen verdient.« Herausfordernd starrte sie in die Menge. »Sie, Sie alle hier«, sagte sie und blickte sich zornerfüllt um, »haben keine Ahnung, was dieser Mensch alles auf dem Gewissen hat. Er ist ein skrupelloser Verbrecher, ein unbarmherziger Sadist, eine Schande für die Medizin und für die Menschheit – und er ist ein Mörder.«

Die Tür öffnete sich, und ein hochroter Henning Vogler eilte auf Anna zu. Unten stand Bergman und starrte zu ihr empor. Für einen Moment kreuzten sich ihre Blicke. Als seine Augen sich weiteten, wusste Anna: Er hatte sie erkannt. Befriedigt ließ sie sich von dem jungen Mann hinausführen.

»Wir sprechen uns noch, Bergman«, sagte Anna zu sich. »Dann wird die Welt erfahren, wer du wirklich bist.«

Montag, 22. Dezember 2008

»Ein Mörder?« Theo war sogleich hellwach. Was hat sie damit gemeint?«

»Ach«, sagte die Dame von der Kongressleitung, »die Frau war vermutlich eine militante Tierschützerin. Wissen Sie, Hirnforschung ist ein Gebiet, in dem über viele Jahre fast ausschließlich mit Tierversuchen gearbeitet wurde.«

Theo nickte. Vor seinem inneren Auge erschienen grausige Bilder, auf denen traurige Äffchen in die Kamera blickten, denen man zu Forschungszwecken Elektroden ins Hirn gepflanzt hatte.

»Heute können wir das meiste mit PET und funktioneller Magnetresonanztomografie untersuchen. Aber zu Bergmans Zeit waren Tierversuche gang und gäbe. Und es hat immer Menschen gegeben, die das nicht verstanden haben.«

Theo bedankte sich und legte nachdenklich den Hörer auf. Tierversuche? Anna hatte sich jahrzehntelang für hungernde, von Krankheiten ausgezehrte Flüchtlinge eingesetzt. Seiner Erfahrung nach blieb den meisten, die mit so viel menschlichem Leid konfrontiert waren, kaum Energie übrig, um auch noch für die Tierwelt in den Kampf zu ziehen.

Am Nachmittag, als Theo sich gerade einen Latte macchiato mit seiner viel zu teuren italienischen Kaffeemaschine bereitete, kam Lilly in die Küche des Instituts geschlendert, das tragbare Telefon in der Hand.

»Lilly-Kind, wie oft muss ich dir noch sagen ...«

Lilly verdrehte die Augen. »Er sagt, er ist ein Freund von dir«, fiel sie ihm ins Wort. »Ist also gar nichts Geschäftliches.« Sie setzte ihre hochnäsigste Miene auf.

»Und das weißt du dank telepathischer Fähigkeiten, schon bevor du rangehst?«

»Wenigstens sehe ich keine Gespenster«, konterte sie.

Theo, ein weiteres Mal von einer Neunjährigen ausmanövriert, nahm den Hörer.

»Hallo, hier ist Fatih«, tönte es. »Eine nette Assistentin haben Sie.«

»Das war Lilly. Zuckersüß, aber eine echte Plage.«

Lilly, die bis dahin dem Gespräch gelauscht hatte, streckte ihm wenig damenhaft die Zunge heraus und rauschte aus dem Raum.

»Ich weiß, wie das ist. Ich habe eine kleine Schwester.« Theo hörte Fatih geradezu grinsen.

»Wie funktioniert das eigentlich?«, fragte Theo sich laut.

»Was denn?«

»Na, dass die Stimme, die irgendwie in elektrische Impulse oder sonst was durch die Leitung geschickt wird, sich am Ende tatsächlich wieder so anhört, wie der Mensch, der da spricht.« An Theos plötzliche Gedankensprünge mussten sich neue Bekannte erst einmal gewöhnen.

Auch Fatih schwieg verwirrt. »Sie meinen, wie ein Telefon funktioniert? Kann ich Ihnen gern mal erklären, aber ehrlich gesagt ruf ich wegen etwas anderem an.«

»Ich höre.«

»Stellen Sie sich vor: Ich hab ihn aufgestöbert.«

»Wen?«

»Na, diesen alten Knaben. Bergman.«

»Wirklich?« Theo ließ sich auf einen Stuhl sinken. »Das ist ja großartig!«

»Erst habe ich die feinen Hotels abtelefoniert, aber Fehlanzeige. Im ›Vier Jahreszeiten‹ waren zwar jede Menge Kongressteilnehmer abgestiegen, aber Bergman war nicht darunter. Dann habe ich bei der Kongressorganisation angerufen. Hab' behauptet, ich sei von der Uni und hätte ein Brillenetui gefunden, in dem sein Name steht. Und? Der Kerl ist tatsächlich noch in Hamburg. Und nun halten Sie sich fest: Seit einem guten Jahr wohnt er hier sogar. An der Elbchaussee.

Schicke Villa. Vielleicht sollte ich mich auch der Hirnchirurgie widmen ...«

»Großartig! Fatih, du bist wirklich ein Held. Aber woher weißt du, dass Bergman in einer Villa wohnt? Du bist da doch nicht etwa hingefahren? Ich meine, der Mann ist womöglich ein Mörder.«

Fatih seufzte. »Alter, man muss heutzutage nirgends mehr hinfahren. Ich sag nur ›Google Earth‹. Damit kann man sich jeden Punkt der Welt von oben ansehen.«

Theo fühlte sich plötzlich alt und grau. Nicht, dass er davon nicht schon gehört hatte. Aber die virtuelle Welt war fürwahr nicht seine Leidenschaft.

Kapitel 8

Ein alter Mann

Montag, 22. Dezember 2008
Nach dem Mittagessen machte sich Theo auf den Weg. Im
Bestattungsinstitut war wenig zu tun. Die meisten starben
kurz nach den Feiertagen. Als wollten sie noch ein letztes
Weihnachtsfest erleben. Auf dem Weg durch den Freihafen
bewunderte er den Blick auf die Köhlbrandbrücke, die Wilhelmsburg seit 1974 zusätzlich zu den alten Elbbrücken mit
dem Festland verband. Der Koloss war mit Stahlseilen an
zwei mächtigen Pylonen aufgehängt, ähnlich wie die be-
rühmte Brücke von San Francisco. Aber anders als dort
schlug sie in ihrem Verlauf einen eleganten Bogen. Aus fünfzig Metern Höhe hatte man einen phantastischen Blick über
den Hafen, in dem mächtige Stahlgiraffen ihre Hälse reckten
und riesige Containerschiffe, gezogen von spielzeugkleinen
Schleppern, majestätisch in ihre Docks glitten. Den Hintergrund schmückten die grünen Kupferdächer von Hamburgs
Kirchen.

An diesem Tag aber wählte er den Weg durch den alten Elbtunnel. Seit dessen jüngerer großer Bruder 1975 in Betrieb
gegangen war, wurde er fast ausschließlich von Fußgängern
und Fahrradfahrern benutzt. 1911 erbaut, waren seine zwei
Röhren mit prächtigen Fliesen geschmückt. Theo liebte die
unterirdische Reise, seit er ein Kind war. Die Meereswesen,
die die Seitenwände schmückten, vermittelten den Eindruck,
man durchliefe Neptuns Reich. Am Ende wartete ein altehr-
würdiger Fahrstuhl, der die Reisenden mit viel Gerumpel an

91

die Oberfläche in St. Pauli beförderte. Die backsteinerne Ausgangshalle krönte eine grüne Kupferkuppel.

Immer elbabwärts fuhr Theo bis nach Teufelsbrück. Die Parkplatzsuche war schwierig geworden, seit die großen Besucherparkflächen einer sterilen, gepflasterten Promenade gewichen waren. Er spazierte ein Stück den Strand entlang und versuchte, möglichst nahe an der ungewissen Linie zu laufen, bis zu der die Wellen leckten. Jede dritte, vierte Welle eroberte ein gutes Stück mehr an Boden als ihre zurückhaltenden Vorgänger. Wer da nicht aufpasste, holte sich nasse Füße. Das Wetter war grau, aber trocken. Höchsttemperatur minus drei Grad Celsius, hatte der Deutsche Wetterdienst für Hamburg vorhergesagt. Theo kam es kälter vor.

Mit leichtem Unbehagen dachte er an den bevorstehenden Besuch. Er hatte sich nicht telefonisch angekündigt. Jemanden, der bereits vor der Tür stand, konnte man schlechter abwimmeln.

Zumal sein Anliegen schwer vorzubringen sein würde. »Guten Tag, hatten Sie letzte Woche Besuch von einer alten Dame? Sie haben sie nicht zufällig ermordet?« Er schüttelte den Kopf. Er musste ganz einfach seiner Eingebung vertrauen, den Dingen ihren Lauf lassen. Solche Gespräche waren nicht planbar. Theo bückte sich und versuchte, ein paar flache Kieselsteine über die Elbe hüpfen zu lassen. Es funktionierte nicht. Das Wasser war zu unruhig.

Die Villa lag diskret hinter hohen Mauern verborgen. Hanseaten protzen nicht. An der Messingklingel stand kein Name. Von oben starrte das Auge einer Überwachungskamera auf ihn herab. Er holte kurz Luft und drückte auf den Klingelknopf. Umgehend erklang ein »Ja, bitte?« aus dem Lautsprecher der Gegensprechanlage.

»Matthies. Doktor Theo Matthies. Ich hätte gern Professor Bergman gesprochen, wenn es möglich ist.«

Zu Theos Überraschung öffnete sich die Tür ohne weitere Nachfragen. »Bitte, kommen Sie doch herein«, sagte die Stimme aus dem Lautsprecher.

Wie Theo bereits von den Bildern im Internet wusste, gehörte das Haus zu den wenigen bevorzugten Objekten, die direkten Zugang zum Elbstrand hatten und nicht durch die Elbchaussee vom Fluss getrennt waren. Es war ein elegantes, zweistöckiges, nicht allzu großes Gebäude, weiß mit rotem Ziegeldach. Hohe Sprossenfenster ließen einen flüchtigen Blick ins Innere erhaschen. In der sich bereits ankündigenden Dämmerung funkelte ein Kronleuchter. Der Kiesweg führte schnurstracks auf eine Treppe zu, die statt von kauernden Löwen von Meerjungfrauen bewacht wurde. Sie waren das einzige opulente Detail, das aus dem stilvoll schlichten Rahmen fiel. Theo vermutete, dass das Haus einst einem vermögenden Reeder gehört hatte. Schnell schritt er über den knirschenden Kies auf die schwarz lackierte Eingangstür zu. Bevor er den Türklopfer in Form eines Delfins betätigen konnte, öffnete sie sich. Vor ihm stand ein Mann, dessen Kleidung – schwarzer Rollkragenpullover, dunkle Jeans – Theos eigener ähnelte. Theo stellte fest, dass er verblüfft war. Er hatte eine Haushälterin oder eine Art Butler erwartet.

»William Fitzpatrick«, sagte der Mann. »Treten Sie doch bitte näher.« Nur der Anflug eines angelsächsischen Akzents und seine gewählte Ausdrucksweise verrieten, dass Deutsch nicht seine Muttersprache war. »Ich bin Professor Bergmans Sekretär. Sie wollten den Herrn Professor sprechen – Doktor?« Die kurze Pause betonte das Fragezeichen, das mitschwang.

Theo musterte sein Gegenüber. Mitte dreißig. Schlank und groß. Dunkles, welliges Haar, aus der Stirn gebürstet. Er hätte Theos Bruder sein können, hätte er nicht diese perfekten Zähne und den gletscherblauen Blick gehabt. Theos Augen changierten zwischen Bernstein und Haselnuss. »Ich hätte Professor Bergman gern in einer privaten Angelegenheit gesprochen.«

»Warten Sie einen Moment. Ich frage nach, ob es passt.«

Theo vertrieb sich die Zeit, indem er die Bilder an den Wänden der Halle betrachtete. Keines von ihnen schien jüngeren Datums als 1920 zu sein. Große Windjammer, die mit geblähten Segeln durch die Wellen pflügten. Porträts von Männern mit Kaiser-Wilhelm-Schnauzbart und Marineuniform sowie ihren Gattinnen mit geschnürter Taille und hohem Busen. Nur das zarte Aquarell einer jungen Frau in Biedermeiertracht stach aus dem stilistischen Rahmen.

»Schön, nicht wahr?« Fitzpatrick war unbemerkt an Theo herangetreten. »Sie war die Tochter des alten Admirals dort drüben.« Er deutete auf das Porträt eines grimmig blickenden Herrn mit Monokel. »Sie hieß Elise. Es heißt, sie habe sich in der Elbe ertränkt, als ihr Vater ihr verbot, ihren Liebsten zu heiraten. Er war wohl nicht ganz standesgemäß.«

»Wie traurig«, sagte Theo anteilnehmend.

»Sie haben Glück.« Die weißen Zähne blitzten. »Der Professor ist gerade in Besucherlaune. Aber ermüden Sie ihn nicht zu sehr. Er ist ein sehr alter Mann.«

Theo neigte zustimmend den Kopf. Sie durchquerten die Eingangshalle, die mit einem Schachbrettmuster aus schwarzem und weißem Marmor ausgelegt war. Von ihr ausgehend öffneten sich Flügeltüren zu fünf weiteren Räumen. Fitzpatrick durchschritt die mittlere. Durch ein Zimmer voller Bücherwände gelangten sie in einen Raum, der trotz des trüben Wetters und der Dämmerung noch in Tageslicht getaucht war. Drei bogenförmige Sprossenfenster blickten auf die Elbe, links und rechts ermöglichten Erker die Sicht in drei Himmelsrichtungen und gaben ein grandioses Panorama frei. Der

Raum war sparsam möbliert: ein Schreibtisch mit Ebenholzintarsien und eine überraschend moderne Sitzgruppe auf einem dicken, cremefarbenen Wollteppich. Auf einem Beistelltisch simmerte ein Samowar.

Der Mann hinter dem Schreibtisch sah keinen Tag älter aus als achtzig. Theo erkannte in ihm mühelos den Segler von dem Bild auf Annas Computer wieder. Er hatte schon öfter über die erstaunlichen Menschen gelesen, die angeblich mit sogenannten Methusalem-Genen gesegnet waren, nach denen Altersforscher in aller Welt fahnden. Die glückliche Kombination schützender Genvarianten machte sie resistent gegen schädliche Umwelteinflüsse und bewahrten ihre Träger wirksam vor Demenz, Herzinfarkt und Krebs. Menschen mit solchen Genen waren geistig und körperlich fit bis ins allerhöchste Alter. Tabak und Alkohol konnten ihnen wenig anhaben. Und sie wurden uralt. Heute machte er erstmals persönlich Bekanntschaft mit einem Gewinner der genetischen Lotterie.

»Guten Tag. Doktor Matthies, nicht wahr?« Der alte Herr erhob sich. Theo registrierte die karamellfarbene Cordhose und einen beigen Kaschmirpullover. Im V-Ausschnitt war ein exquisites Seidentuch drapiert, das Theo an ein Porträt von Oscar Wilde erinnerte.

»Nehmen Sie doch bitte Platz.« Bergman geleitete den Gast zuvorkommend zu der Sitzlandschaft. »Ich wollte gerade meinen Tee trinken. Sie möchten doch sicher auch eine Tasse?« Auch Bergman hatte einen unverkennbar amerikanischen Akzent. Erworben in mehr als einem halben Jahrhundert in den USA. Theo nickte ergeben. Fitzpatrick schenkte zwei Tassen ein, stellte Milch, Zucker und Gebäck in Reichweite und zog sich dann lautlos zurück.

»Ich muss gestehen, ich bin neugierig.« Der Gastgeber lehnte sich zurück und betrachtete Theo genau. In seinem von tiefen Falten umkränzten Blick saß der Schalk. »Sie sagen, Sie kommen in einer privaten Angelegenheit?«

»Gewissermaßen. Es geht um eine ... gemeinsame Bekannte, will ich mal sagen. Anna Florin. Sie hat Sie vor zehn Tagen besucht«, wagte Theo sich vor und hielt den Atem an. Wenn Bergman das jetzt abstritt, kam er nicht weiter.

»Frau Doktor Anna Florin«, sagte Bergman gedehnt. »Natürlich erinnere ich mich. Das war wirklich eine ... eindrucksvolle Begegnung, könnte man sagen.«

»Sie hat Ihnen vorgeworfen, dass Sie Tierversuche durchgeführt haben?«

»Nein, keineswegs.« Bergman schüttelte überrascht den Kopf. »Natürlich habe ich schon viel Ärger mit militanten Tierschützern gehabt. Sehen Sie, die Geschichte der Hirnforschung liest sich wie ein Buch des puren Sadismus.« Er lächelte entschuldigend. »Der gefeierte Professor Gustav Fritsch beispielsweise hat bereits 1870 bahnbrechende Versuche mit Hunden gemacht. Es ging damals darum, herauszufinden, welche Hirnregionen für welche Aufgaben zuständig sind. Dazu hat er den Tieren die Schädel geöffnet, Teile des Gehirns mit Wasser ausgespült und dann beobachtet, wozu die armen Viecher noch in der Lage waren. Auf diese Methode mit dem Wasser ist er gekommen, weil die Hunde zu schnell verblutet sind, wenn er die Hirnteile einfach herausgeschnitten hat.«

Er beobachtete sein Gegenüber amüsiert über den Rand seiner Teetasse hinweg.

»Wie scheußlich«, sagte Theo.

»Ich kann Ihnen versichern, dass meine Äffchen weniger leiden mussten. Sie hatten natürlich kein schönes Leben. Aber sie hatten keine Schmerzen.«

Theo schwieg.

»Niemand ist glücklicher als wir Hirnforscher, dass inzwischen der größte Teil der Experimente ohne Tierversuche möglich ist. Seit ein paar Jahren können wir dem menschlichen Hirn beim Denken zusehen. Das ist absolut faszinierend. Aber ohne die Tierversuche hätten wir Menschen mit Epilepsie, mit Hirntumoren, mit Schlaganfällen vor fünfzig, ja sogar noch vor zwanzig Jahren sehr viel weniger helfen können.«

»Ich weiß«, sagte Theo matt, »ich bin selbst Mediziner.«

»Na dann.« Bergman nippte an seinem Tee.

»Zurück zu Anna Florin. Sie kam also nicht wegen der Tierexperimente?«

»Nein. Wie gesagt, es war eine sehr seltsame Begegnung. Sie ist eine bemerkenswerte Person, nicht wahr?«

»War. Ich meine, sie war bemerkenswert. Sie ist an dem Abend nach dem Besuch bei Ihnen gestorben.«

»Du meine Güte.« Mit ruhiger Hand stellte Bergman seine Tasse auf dem Couchtisch aus schwarzem Schiefer ab. Dabei schob sich der Ärmel seines Hemds nach oben und entblößte eine eintätowierte Nummer.

Das Brandmal der Hölle, dachte Theo mit fasziniertem Grausen. Bislang hatte er die Tätowierungen, mit der die Nazis ihre KZ-Häftlinge von Menschen zu Nummern gemacht hatten, noch nie an einem lebenden Menschen gesehen.

»Wir hätten sie wirklich nicht so einfach gehen lassen dürfen«, fuhr Bergman fort. »Wissen Sie, Frau Florin tauchte hier am frühen Nachmittag auf. Offenbar hielt sie mich für jemand anderen. Sie muss mich verwechselt haben und hat vollkommen widersinnige Anschuldigungen erhoben. Sie haben von dem Zwischenfall auf der Konferenz gehört?«

Theo nickte.

»Jedenfalls hatte sie sich wohl in eine Psychose hineingesteigert. Sie litt ganz offensichtlich unter Wahnvorstellungen.«

»Was hat sie Ihnen denn nun vorgeworfen?« Theo beugte sich vor.

Der Professor winkte ab. »Das war es ja gerade. Ich bin nicht schlau aus dem geworden, was sie gesagt hat. Ich fürchte, Frau Doktor Florin war zu diesem Zeitpunkt ein wenig verwirrt. Es ging augenscheinlich um irgendwelche Kriegsverbrechen. Aber das ist natürlich völlig unmöglich. Ich war ab Mai 1940 im KZ Neuengamme.«

»Ich verstehe«, sagte Theo perplex.

»Alles wegen ein paar Zeichnungen«, erklärte Bergman. »Ich habe Nazikarikaturen gemacht.« Er lächelte bei der Erinnerung.

Theo fühlte sich wie ein begossener Pudel. »Davon steht nichts in Ihrem Lebenslauf.«

»Ich wollte das nicht an die große Glocke hängen. Sehen Sie, ich war kein Held des Widerstands. Es waren einfach nur ein paar Bilder zum privaten Amüsement. Leider haben die Nazis überhaupt keinen Spaß verstanden.« Bergman trank einen Schluck Tee. »Woran, sagten Sie, ist sie gestorben?«

»Oh, das hatte ich noch gar nicht erwähnt. Anna Florin ist erfroren.«

Bergman nickte bedächtig. »Es ist nicht ungewöhnlich, dass alte Menschen eine Psychose entwickeln. Die Kommunikation der Nervenzellen klappt nicht mehr. Filtermechanismen versagen. Gegenwart und Erinnerungen vermischen sich zu einer neuen Realität. Das ist ganz ähnlich wie bei einer Schizophrenie.«

Offen blickte er Theo an. »Jetzt muss ich mir schreckliche Vorwürfe machen. Ich wollte sie von William heimbringen lassen, aber sie hat sich strikt geweigert. Trotzdem hätten wir sie nicht gehen lassen dürfen, in ihrem Zustand.« Er seufzte und schaute betrübt vor sich auf den Boden.

»Sie ist also einfach wieder gegangen.«

»Ja. Es muss gegen vier oder halb fünf gewesen sein. Ich muss gestehen, ich war ein wenig erleichtert.«

»Sie haben Ihr nicht zufällig ein Beruhigungsmittel gespritzt?«

»Wo denken Sie hin? So was habe ich nicht im Haus – und dann hätte ich sie auch nicht allein vor die Tür gelassen. Wissen Sie, das war ja die Krux: Sie hatte zwar Wahnvorstellungen, was mich betrifft, sie hat sich abgesehen davon aber absolut zielgerichtet verhalten. Ich hatte keine Bedenken, dass sie wieder gut nach Hause findet.«

Es gab nichts mehr zu sagen. Theo erhob sich und reichte dem Professor die Hand.

»Vielen Dank für Ihre Auskünfte«, sagte er.

Bergman legte ihm eine Hand auf die Schulter. Theo schauderte. »Sie war eine Freundin von Ihnen?«

»Ja«, sagte Theo. »Anna war eine Freundin.«

Kapitel 9

Lange Schatten

Montag, 22. Dezember 2008
Langsam ging Theo zurück zu seinem Wagen. Es war nun fast dunkel, sodass die wenigen Boote, die im Winter noch in dem kleinen Hafenbecken lagen, nur als Scherenschnitte auf dem Wasser tanzten. Das Klickern, mit dem die Metallwanten an die Masten der Jollen schlugen, und die sanft schwappenden Wellen auf dem Elbstrand waren die einzigen Geräusche.

Dass Bergman offenbar ein Holocaustüberlebender war, brachte Theos Gedanken ins Trudeln. Für ihn waren die Opfer des Naziregimes moralisch unantastbar. Einen von ihnen einer so finsteren Tat wie eines Mordes zu bezichtigen, war ein Affront, fand er. Andererseits: Wäre es nicht nachvollziehbar, dass ein Opfer von maßloser, kalter Gewalt selbst zum Täter wurde? So wie manches Opfer sexuellen Missbrauchs selbst zum Täter wird? Blieben alle Opfer? Oder konnten die seelischen Verkrüppelungen zur Folge haben, dass jemand selbst zum Monster mutierte? Bergman war zwanzig gewesen, als die Nazis in Deutschland an die Macht kamen. Vielleicht hatte man nach solchen Erfahrungen wenig Skrupel, einen Menschen zu töten, wenn man zugesehen hatte, wie Millionen verhungerten, in Elektrozäunen verschmorten, totgeprügelt, erschossen, vergast wurden. Oder ist einem angesichts solcher Gräuel ein einziges Menschenleben erst recht kostbar? Theo wusste es nicht. Er machte kehrt und ging an der Elbchaussee entlang zurück.

Plötzlich ertönte die Erkennungsmelodie der »Sendung mit der Maus«. Sein Handy. Er stöhnte. Ein Streich von Lilly, zweifellos.

»Hallo«, sagte eine tiefe, schmirgelpapierraue Stimme. »Hanna Winter. Ich sollte mich bei Ihnen melden.«

Für einen Moment war Theo irritiert. Die Stimme schien eher zu einem Mann als zu einer Frau zu passen.

»Sie haben mir doch eine E-Mail geschrieben. Wegen Anna. Anna Florin.«

»Ach ja, natürlich.«

»Haben Sie eine Nachricht für mich?«

»Das nicht.«

»Sie ist doch nicht etwa krank?«

»Leider nicht. Ich meine, sie ist nicht krank, sie ist leider tot.«

»Was???«

»Anna Florin ist letzte Woche verstorben. Sie hatte Ihnen kurz vor ihrem Tod eine E-Mail geschrieben.«

»Moment mal, tot? So plötzlich?«

»Sie ist anscheinend erfroren.«

»Was soll das heißen, ›anscheinend‹?«

Die Frau mit der männlichen Tonlage feuerte ihre Fragen wie Torpedos auf Theo ab.

»Annas E-Mail«, erinnerte Theo, »können Sie mir vielleicht sagen, worum es da ging?«

»Sind Sie ein Verwandter von ihr?«

»Nicht direkt. Eher so etwas wie ein Freund.«

»So was wie?«

»Offen gestanden, ich bin der Bestatter.«

»Na so was.« Die Frau lachte. Es klang wie das Bellen eines asthmakranken Hundes. »Verzeihung, das mit Anna ist wirklich ein Schreck. Aber wieso wollen Sie mit mir sprechen?«

»Das ist etwas kompliziert«, sagte Theo.

»Scheint mir auch so.«

Theo beschloss, mit der Wahrheit herauszurücken. »Offen gestanden, bin ich mir nicht ganz sicher, dass ...«, er machte eine Pause und holte tief Luft, »... dass Anna Florin eines natürlichen Todes gestorben ist.« Reichlich verkrampfter Umgang mit dem Tod für einen Bestatter, dachte er.

»Sie meinen, jemand hat sie getötet?«

Theo nickte und versuchte, mit einer Hand den hochgeklappten Kragen seiner Lederjacke zum Schutz gegen den Wind möglichst eng um seinen Hals zu zurren. »Ganz genau.«

»Und die Polizei?«

»Die konnte ich von meiner Theorie noch nicht so ganz überzeugen.«

Die Frau ließ wieder ihr seltsames Lachen hören.

»Die E-Mail, die Anna an Sie geschrieben hat, klang so mysteriös. Da dachte ich mir, vielleicht können Sie mir weiterhelfen.«

»Mysteriös ist das richtige Wort. Anna hat mir eine ganz ungeheuerliche Geschichte erzählt.«

»Verzeihen Sie, wenn ich so direkt frage, aber woher kennen Sie Anna überhaupt?«

»Oh, kennen ist zu viel gesagt. Wir haben uns nur ein einziges Mal getroffen. Auf der Preisverleihung für Professor Bergman.«

»Wo Anna diesen Wirbel veranstaltet hat.«

Erneutes Bellen. »Das war wirklich grandios. Als man sie rausgeschmissen hat, bin ich natürlich gleich hinterher.«

»Warum das, wenn Sie sie doch gar nicht kannten?«

»Oh, Neugier ist mein zweiter Name. Ich bin Journalistin. Wenn man im Klischee bleiben wollte, könnte man sagen, ich habe gewittert, dass diese grauhaarige Amazone eine gute Geschichte parat hat. Ihr Auftritt hat mich einfach interessiert.«

»Und was hat Anna gesagt?«

Die Frau schwieg einen Moment. »Das ist eine ziemlich lange Geschichte.«

»Vielleicht sollen wir uns treffen.«

»Aber unbedingt.«

Sie verabredeten sich für den nächsten Tag. Theo musste eine Trauerfeier in der Kirchdorfer Kreuzkirche vorbereiten, und Hanna Winter hatte sich bereit erklärt, nach Wilhelmsburg zu kommen.

»Ist sie hübsch?«, hatte sie gefragt.

»Wer denn?«

»Na, die Kirche.«

»Sehr hübsch. 14. Jahrhundert. Zumindest die Grundmauern. Der Rest stammt aus dem 16.«

»Wunderbar. Dann würde ich sagen, treffen wir uns doch einfach am Altar.«

Dienstag, 23. Dezember 2008

Während Theo die Blumenarrangements vor dem Altar zurechtrückte, überlegte er zum wiederholten Mal, was für ein Typ diese resolute Journalistin wohl war. Hochgewachsen stellte er sie sich vor, mit einem aristokratischen Pferdegesicht und großen Füßen. Im Internet hatte er kein Foto von ihr gefunden. Dafür jede Menge Zeugnisse ihres Schaffens. Sie hatte überwiegend über medizinische Themen geschrieben mit einigen Exkursionen in den Gerichtsjournalismus. Zu seiner Beruhigung hatte sie Artikel in den Topmagazinen der deutschen Medienlandschaft veröffentlicht. Keine Klatschreporterin also.

Er ließ sich auf der Bank in der ersten Reihe nieder und betrachtete den Altar. Über dem schlichten, kleinen Holzkreuz standen dort die vier Evangelisten: Matthäus mit dem Kind, Markus mit dem Löwen, Lukas mit dem Stier, Johannes mit dem Adler. Die Statuen waren schneeweiß, die Gewänder und

Heiligenscheine schimmerten in echtem Gold. Theo hatte sich auch nach dreißig Jahren nicht ganz an diesen Anblick gewöhnt. Erst in den späten 70er-Jahren hatte man die zuvor bunt bemalten Figuren restauriert und ihnen ihr ursprüngliches weiß-goldenes Erscheinungsbild zurückgegeben. Theo hatte die bunten Figuren seiner Kindheit vorgezogen. Sie waren ihm menschlicher erschienen.

In den Anblick versunken, schrak er zusammen, als plötzlich jemand neben ihn auf die Bank schlüpfte. »Wirklich sehr hübsch, Ihre Kirche«, sagte die Schmirgelpapierstimme. Hanna Winter sah natürlich völlig anders aus, als Theo sich vorgestellt hatte. Klein, rundlich und energisch, erschien sie auf den ersten Blick eher unscheinbar. Ihre fast schwarzen Locken standen in alle Richtungen vom Kopf ab. Die kräftigen, geraden Brauen, die über der Nasenwurzel einander zustrebten, erinnerten ihn an Frida Kahlo. Allerdings hatte die Journalistin keinen Schnurrbart wie die große mexikanische Künstlerin, registrierte Theo. Ihr Gesicht schien ständig in Bewegung zu sein, was in den vierzig Jahren ihres Lebens zu einigen mimischen Gebrauchsspuren geführt hatte. Querfalten auf der Stirn zeugten von häufigem überraschtem Augenbrauenheben. Ihre Nase war zart, mit ständig gebläht scheinenden Flügeln – eine Frau, die jede Witterung aufnimmt, dachte Theo.

Am stärksten beeindruckte ihn der Blick: Die hellgrauen Augen erinnerten ihn an Fotos seines Urgroßvaters, des Kapitäns. Ein Blick, der unentwegt zu erspähen versuchte, was jenseits des Horizonts lag.

Hanna Winter lächelte breit und entblößte dabei eine charmante Lücke zwischen den Schneidezähnen. »Freut mich«, sagte sie und streckte Theo die Hand zu einem kräftigen Händedruck hin. »Man bekommt hier nicht zufällig irgendwo einen Kaffee?«

»Zufällig doch. Kommen Sie mit.«

Wenige Minuten später saßen sie bei »Sohre«. Gemeinsam mit der Kirche und dem alten Schulhaus bildete der Gasthof eine kleine Enklave wirklich alter Häuser in dem größtenteils in den 30er-Jahren entstandenen Ortsteil Kirchdorf. An der Wand hing die alte Fotografie einer imposanten Dame mit weißer Haube. Vermutlich eine frühere Besitzerin.

Hanna Winter wärmte sich die Finger an einem großen Becher Milchkaffee. »Wirklich eine Scheißkälte heute«, sagte sie fröhlich. Sie nahm einen kräftigen Schluck, wischte sich den Milchschaum mit dem Handrücken ab. »Dass ich auf der Preisverleihung war, war eigentlich ein purer Zufall«, fing sie dann an. »Ich hatte gerade erst einen unerhört mühsamen Artikel über den aktuellen Stand der Hirnforschung geschrieben. Bei meinen Recherchen bin ich immer wieder auf denselben Namen gestoßen: Jonathan Bergman. Obwohl er seit über einem Jahrzehnt nicht mehr selbst forscht – da war er immerhin auch schon Anfang achtzig –, hat man überall auf seine Arbeiten verwiesen. Er ist gewissermaßen eine Art Guru in seinem Fach. Die Gelegenheit, ihn einmal live zu erleben, wollte ich mir nicht entgehen lassen.« Sie schüttete ein weiteres Päckchen Zucker in ihren Kaffee – das dritte, wie Theo mit leisem Schauder registrierte – und rührte energisch um. »Sie können sich vorstellen, wie baff ich und die ehrenwerte Gesellschaft im Saal waren, als Anna plötzlich ihre ungeheuerlichen Anschuldigungen vom Stapel ließ.« Sie grinste bei der Erinnerung. »Ganz großer Auftritt. Ich also nichts wie hinterher.«

»Was hat sie Ihnen denn nun erzählt?«

Das Gesicht der Journalistin verdüsterte sich. »Das ist eine wirklich ganz finstere Geschichte«, sagte sie. Sie sah Theo direkt in die Augen. »Sie beginnt im Jahr 1943.«

Montag, 12. April 1943

Im Zug war es stickig. Es roch nach ranziger Wolle und flüchtig gewaschenen Leibern. Anna stand eingequetscht zwischen einer alten Dame, die unablässig vor sich hinmurmelte, und einem korpulenten Mann in speckigem Anzug, der sich gefährlich über dem Wanst spannte. Anna starrte durch das Fenster der Zugtür, vor der sie stand. Draußen war es neblig, sodass sie kaum noch etwas in der vorbeihuschenden Landschaft erkennen konnte. Stattdessen spiegelte sich ihr Gesicht vage in der schmuddeligen Scheibe. Anna sah ein blasses, mageres Mädchen mit großen Augen unter dichten, dunklen Augenbrauen. Mama hatte sie unbedingt zupfen wollen.

»Kind«, hatte sie geklagt und ein abgegriffenes Kinomagazin geschwenkt, »lass mich dich doch ein kleines bisschen zurechtmachen.« Vom Heftchen blickte überirdisch schön Zarah Leander. Die Augenbrauen der Diva waren zu zwei schmalen, elegant geschwungenen Linien zurechtgestutzt. Anna war nicht interessiert. Als sie eines Tages auch noch mit einem Bubikopf nach Hause gekommen war, war ihre Mutter sogar in Tränen ausgebrochen. »Welcher Mann nimmt denn eine Frau mit so einer Frisur?«, hatte sie gejammert und verzweifelt ihre langen blonden Locken geschüttelt.

»Mama, ist dir schon mal aufgefallen, dass es hier momentan nicht gerade wimmelt vor jungen Männern? Die sind alle im Krieg!«

Vom langen Stehen taten ihr inzwischen die Füße weh. Anna hoffte inständig, dass jemand sie am Bahnhof abholen würde. Der Zug hatte mehrfach mitten auf der Strecke anhalten müssen, und nun war sie fast drei Stunden zu spät dran. Die Aussicht auf einen längeren Fußmarsch war wenig verlockend.

Als sie schließlich aus dem Zug kletterte, fand sie sich auf einem verlassenen Bahnsteig wieder. Wolkenfetzen zogen in wilder Jagd über den Himmel, und der kalte Wind ließ ihren dünnen Mantel flattern. Resigniert hob sie ihren abgestoßenen Lederkoffer an und stiefelte in Richtung Ausgang.

»Hallo«, rief da eine Stimme hinter ihr. »Warte doch mal.« Vom anderen Ende des Bahnsteigs kam ein Mädchen mit wehenden Zöpfen angelaufen. »Entschuldigung«, sagte sie außer Atem. »Kennst du dich hier zufällig aus?«

Anna schüttelte den Kopf. »Ich bin zum ersten Mal da.«

»Ach was, du auch.« Das Mädchen lachte, und Anna sah tiefe Grübchen in ihren Wangen auftauchen.

»Jetzt sag bloß, du willst auch nach Stift Eichenhof?« Anna nickte verblüfft. Das Mädchen setzte sein Bündel auf dem Boden ab und streckte Anna die Hand hin. »Line, ich meine Caroline Müller«, sagte sie. »Ich fange morgen in Eichenhof als Kinderschwester an.«

Anna nahm die weiche Hand. »Anna Florin«, sagte sie. »Und ich soll auch auf der Kinderstation arbeiten.« Plötzlich kam ihr der düstere Aprilnachmittag weniger trüb und der Wind nicht mehr ganz so schneidend vor.

Die beiden Mädchen gingen hinaus auf den Bahnhofsvorplatz. »Schau mal, ein Gasthof.« Anna deutete auf ein wuchtiges Gebäude. Aus den Fensterritzen schimmerte ein wenig Licht auf das Kopfsteinpflaster.

»So eine schlampige Verdunklung hätte unser Blockwart niemals durchgehen lassen«, witzelte Line.

»Wo kommst du denn her?«

»Wilhelmsburg«, sagte Line. »Und du?«

»Winterhude«, sagte Anna.

»Piekfeine Gegend«, bemerkte Line anerkennend. Anna zuckte verlegen die Achseln.

»Wenn ich jemanden am Bahnhof abholen müsste, würde ich

*da drin warten, statt mir einen abzufrieren«, überlegte Line
und hüpfte auch schon die breiten, ausgetretenen Stufen des
Gasthauses empor. Anna eilte ihr hinterher.
Die Gaststube war nahezu leer. Nur in einer Ecke kloppten vier
alte Männer Skat.
»Mensch, Anton, du schummelst doch alwedder«, rief der eine
entrüstet.
»Entschuldigung«, sagte Line laut. »Ist einer der Herren zufälli-
gerweise aus Eichenhof?« Der des Schummelns Beschuldigte
erhob sich und machte eine förmliche Verbeugung in Richtung
der beiden Mädchen. Es war ein großer Kerl mit kurz geschorenem Schädel und verwitterten Gesichtszügen. Trotzdem
schätzte ihn Anna auf kaum älter als fünfzig. »Anton Kramer,
stets zu Diensten – und ihr seid wohl die Frischlinge, watt?«
Die Mädchen nickten.
»Inge«, brüllte er, »zweimal heiße Schokolade für die jungen
Damen hier.« Dann zwinkerte er den Mädchen verschwörerisch
zu. »Ihr habt doch sicher nüscht dagegen, wenn der alte Anton
noch sein Spielchen fertigmacht? Hab nämlich gerade 'ne
Glückssträhne.«
»Von wegen Glückssträhne«, krähte das verhutzelte Kerlchen
aus der Ecke. »Ein stinkiger Falschspieler bist du, Anton
Kramer.«
Anton reckte den rechten Arm empor. Erst jetzt sahen die
Mädchen, dass er unterhalb des Ellenbogens in einem Stumpf
endete.
»Wie soll denn ein Einarmiger beim Kartenspiel schummeln«,
fragte er treuherzig.*

*Es war bereits kurz vor sieben, als sie endlich aufbrachen.
Anton führte sie hinters Haus, wo ein Holsteiner Pferd
geduldig vor einer Kutsche stand.
»Benzinrationierung«, erklärte er. »Zum Glück läuft unser
Brauner hier auch ohne Sprit.«*

*Eine halbe Stunde später kamen sie an einem imposanten,
schmiedeeisernen Tor an, das in eine hohe Ziegelmauer eingelassen war.*
»Meine Damen, willkommen auf Schloss Eichenhof«, sagte
Anton mit Grandezza.

*Als die beiden Mädchen die Empfangshalle des ehemaligen
Klosters betraten, eilte ihnen eine kräftige Frau um die fünfzig
entgegen. Sie trug einen adretten weißen Kittel, der sich über
ihrem gewaltigen Busen spannte. Die kurzen Ärmel schnitten
in ihre fleischigen Oberarme.*
»Achtung, Bulldogge«, zischte Anna Line aus dem Mundwinkel
zu. Line kicherte.
»Ich wüsste nicht, was es da zu lachen gibt, Fräulein. Sie kom-
men ganze vier Stunden zu spät.«
»Der Zug hatte leider Verspätung«, erwiderte Line lammfromm
und knickste. Aus ihren großen blauen Augen sah sie die Frau
treuherzig an.
»Na gut«, sagte das Bulldoggengesicht säuerlich. »Ich bin
Schwester Helena.«
*Ausgerechnet Helena, dachte Anna. Von wegen schöne
Helena. So ein Name bei einem solchen Gesicht ist eine echte
Strafe.*
»Caroline Müller?«
»Jawohl, Schwester«, sagte Line und knickste erneut.
»Dann sind Sie Anna Florin?«
»Ganz recht«, sagte Anna.
»Die Tochter von Obersturmbannführer Richard Florin?«
Anna schluckte. »Ja«, *sagte sie ruhig.* »Das ist mein Vater.«
Die Bulldogge lächelte huldvoll.
»Dann ab mit euch, Mädels. Die anderen sitzen schon beim
Abendessen. Anton, zeige den jungen Damen rasch ihr
Quartier.«

Anton, der neben der Tür mit dem Gepäck gewartet hatte, ergriff die Koffer. »Aber mit dem größten Vergnügen, Gnädigste«, sagte er im allerschönsten Hochdeutsch. Er stieg vor den beiden Mädchen die Treppe ins Obergeschoss hinauf. »Das Töchterchen vom Herrn Obersturmbannführer also«, murmelte er. Anna blieb auf dem Treppenabsatz stehen.

»Kann schon sein. Aber ich bin jedenfalls nicht bei der SS«, sagte sie laut.

»Freut mich zu hören, Frolleinchen«, sagte Anton und kniff sie ins Kinn. »Aber lass das mal nich die olle Schrapnelle hören. Dat is n falscher Fuffziger. Nehmt euch vor der in Acht, Deerns. Ich schwöre, das Weibsbild hat sogar Augen im Hinterschädel.«

Kurz darauf saßen Anna und Line gemeinsam mit dem übrigen »niederen Personal«, wie Anton es umschrieb, an einem großen Holztisch. »Die feinen Herren Doktoren essen separat«, sagte er und zwinkerte den Mädchen vielsagend zu.

Dem hohen Raum war seine einstige Funktion als Refektorium des Klosters noch anzusehen. Das Kreuzgewölbe aus dem 16. Jahrhundert und die großen Bogenfenster gaben dem Raum eine lichte, kontemplative Atmosphäre. Anna verengte die Augen zu schmalen Schlitzen und stellte sich vor, wie hier einst die Nonnen zu Tisch saßen. Allerdings war unwahrscheinlich, dass die ehrwürdigen Frauen hier so viel Lärm gemacht hatten wie nun das Pflege- und Hilfspersonal.

Es waren insgesamt sechzehn Personen, zählte Anna, die gemeinsam an einer langen Tafel saßen, jeder einen Teller mit matschigem Eintopf vor sich.

Schmeckt besser, als es aussieht, dachte sie. Sogar ein paar Brocken Fleisch hatte sie unter den Kohlblättern entdeckt.

Außer Anton, der offenbar als eine Art Hausmeister fungierte, gab es nur noch einen einzigen Mann am Tisch. Er war groß

und kräftig, ließ aber die Schultern hängen, als wolle er sich kleiner machen. Seine Augen waren sehr hell, sein Haar rotblond und fein gelockt.
Fast wie ein Engel aus dem Alten Testament, dachte Anna.
Während er seinen Löffel mechanisch immer wieder in den Eintopf tauchte, starrte er zu Anna und Line herüber. Anna wurde unter seinem stieren Blick mulmig.
»Wer ist das?«, fragte sie leise ihre Tischnachbarin zur Rechten, die sich ihr als »Schwester Gertrud von der Frauenstation« vorgestellt hatte. Sie war eine kräftige Person Mitte vierzig mit drallen Armen und freundlichen Fältchen.
»Oh, das ist Fritz, vor dem solltet ihr euch in Acht nehmen.«
Anna wurde noch unbehaglicher.
»Er ist ein bisschen plemplem, wisst ihr.« Gertrud wedelte vielsagend mit der Hand vor ihrem Gesicht. »Eigentlich gehört er eher zu den Patienten als zu uns, finde ich. Aber heutzutage ist man ja froh um jeden kräftigen Mann, den man kriegen kann.«
»Und warum sollen wir uns vor ihm in Acht nehmen?«
»Man hat ihn mal erwischt, wie er die jüngeren Patientinnen begrabscht hat. Jetzt darf er nur noch bei den Männern arbeiten.«

Eine gute Stunde später lagen die Mädchen müde in ihren klammen Betten. Anna freute sich, dass sie und Line das Zimmer teilen sollten.
»Und dein Papa ist wirklich Obersturmbannführer?«
»Hör bloß auf.«
»Wieso denn?«
»Seit er ein hohes Tier bei der SS ist, hab ich keine Freunde mehr. Die einen biedern sich bloß an, und der Rest geht in Deckung, wenn ich komme.«
»Ach so. Verstehe.«
Ein blasser Arm streckte sich in die Dunkelheit zwischen den beiden Betten.

»Vielleicht können wir ja trotzdem Freundinnen sein?«, flüsterte Line.

»Klar«, sagte Anna und ergriff die weiße Hand.

Im Morgengrauen holte sie Schwester Helena aus den Betten. »Auf, auf, die Pflicht ruft«, rief sie und klatschte in die Hände. »Meldet euch bei Schwester Clara im Souterrain, die gibt euch eure Arbeitskleidung.« Annas Magen war ebenfalls erwacht und knurrte vernehmlich. »Frühstück gibt es erst, wenn die Patienten versorgt sind.«

Eine Viertelstunde später standen die Mädchen im großen Schlafsaal der Kinderstation. Hier drängten sich dicht an dicht vierzig Gitterbetten. Es roch nach einer Mischung aus Desinfektionsmitteln und Urin. Auch viele der größeren Kinder konnten ihre Blase nicht kontrollieren. Anna sog scharf die Luft ein.

»Mannomann«, sagte Line leise. Die meisten Kinder boten einen erbarmungswürdigen Anblick. Ein kleiner Junge mit einem grotesk verformten Schädel wimmerte leise vor sich hin. Ein Mädchen, das in seinem Bett festgezurrt war, hob rhythmisch den Kopf und ließ ihn wieder in die Kissen fallen. Bei jeder Bewegung stieß sie unentwegt ein leises »Uh, uh« aus. »Zu wenig Sauerstoff bei der Geburt«, sagte Schwester Helena sachlich. Im Bett daneben saß ein etwa achtjähriges Kind aufrecht und riss sich mit lächelndem Gesicht die Haare aus. »Da hat die Mutter in der Schwangerschaft gesoffen«, informierte die Oberschwester die Mädchen.

»Nicht doch, Hannele«, sagte eine junge Frau in derselben blau-weiß gestreiften Schwesterntracht, die auch Anna und Line trugen. Behutsam strich sie dem Mädchen über den räudigen Kopf. Dann wischte sie sich die Hand an der Schürze ab und trat auf Line und Anna zu.

»Schwester Ilse, das sind die beiden neuen Hilfsschwestern«,

stellte die Bulldogge sie vor: »Anna Florin und Caroline Müller.« Sie gaben einander die Hand. Anna zuckte zusammen, als ein kleiner blond gelockter Junge neben ihr einen spitzen Schrei ausstieß. Als Anna zu ihm hinunterschaute, bemerkte sie, dass eine riesige Gaumenspalte sein Gesicht entstellte. »Das ist bloß Erwin«, sagte Ilse. »Er ist außerdem noch schwachsinnig. Seine Mutter ...« Ilse machte eine Handbewegung, als führe sie ein Glas zum Mund.
Anna bemerkte, dass sie beim Lächeln die Lippen fest aufeinanderpresste. Da sie vorstehende Zähne hatte, gab ihr das ein schafsähnliches Aussehen, das durch die feinen, fast weißblonden Löckchen unterstrichen wurde.

Gemeinsam machten sie sich ans Werk. Füttern, waschen, windeln. Anna war entsetzt, dass die Kinder nur eine wässrige Grießsuppe bekamen.
»Schwester, hast du nicht ein Stückchen Brot für mich?«, fragte ein vielleicht vierjähriger Junge mit Wasserkopf.
»Du weißt genau, dass du nicht betteln darfst, Karl«, fuhr Ilse ihn an. Anna beschloss, am nächsten Tag ein Brötchen für ihn hineinzuschmuggeln.
»Die brauchen nicht viel, die liegen doch sowieso den ganzen Tag in ihren Betten«, sagte Ilse achselzuckend.

Trotz der Kühle in den alten Räumen war Anna bald durchgeschwitzt. »Was ist mit den Medikamenten?«, fragte sie und wischte sich den Schweiß mit dem Unterarm von der Stirn. Ilse zuckte mit den Achseln. »Es gibt keine«, sagte sie. »Die werden schließlich für Menschen gebraucht, denen noch zu helfen ist.« Line und Anna sahen sich an. »Seht lieber zu, dass ihr fertig werdet. Um elf ist Chefvisite, da muss alles picobello sein.«
»Na, dann kriege ich heute wohl wieder eine schöne Schleife ins Haar«, meldete sich ein junges Mädchen in einem Roll-

stuhl. Ihre Gliedmaßen waren grausam verkrümmt und verdreht, aber in ihrem schmalen Gesicht blitzten hellwache Augen.

»Hallo, ich bin Maja. Man nennt mich auch den menschlichen Korkenzieher.«

Anna lachte.

Anna, Line und Ilse schafften es gerade noch, ein Marmeladenbrot zu essen und hastig ein Glas Milch zu trinken. Um Punkt elf Uhr kamen sie hereingerauscht. Allen voran schritt ein schmerbäuchiger Mann, der beim Gehen stark hinkte. »Herr Doktor Fatzer, der Herr Chefarzt«, informierte Maja Anna, die ihr gerade die Haare gebürstet hatte. Ihm folgten zwei junge Männer. Der eine war schlank und hochgewachsen. Er trug sein dunkles Haar militärisch kurz geschnitten und einen Führerschnurrbart. Er schaute betont ernst, aber in seinen Augen meinte Anna den Schalk blitzen zu sehen. Seltsam, Führerbärtchen und Humor – das passte ihrer Erfahrung nach nicht zusammen. Auch der andere war groß und dunkelhaarig, sah aber noch um einiges besser aus. Ein Mann vom Typ Rudolf Prack. Ihre Mutter wäre dahingeschmolzen. Anna hingegen hatte für schöne Männer wenig übrig. Sie fand die Herren der Schöpfung ohnehin meist reichlich überheblich, und gutes Aussehen steigerte ihr Selbstbewusstsein oft in den Größenwahn.

Allerdings war sie überrascht, hier überhaupt auf zwei so junge Männer zu treffen. Fast alle waren an der Front. »Asthma und Herzfehler«, informierte Maja sie, als hätte sie ihre Gedanken gelesen. »Ganz hübsch, die beiden, oder? Da ist doch für jeden was dabei.« Der junge Arzt mit dem Hitlerbärtchen wandte sich den zwei jungen Frauen zu, als hätte er mitbekommen, was sie sagten. Er zwinkerte ihnen zu. Anna spürte zu ihrem Ärger, dass ihr das Blut in die Wangen stieg.

»Sven von Vries«, flüsterte Maja und verdrehte schmachtend die Augen. »Ich bin ihm vollkommen verfallen.«

»Und der andere?«

»Oh, das ist Konstantin zu Weißenfels.«

»Scheint ja der halbe Adelskalender anwesend zu sein.«

»Tja«, wisperte Maja, »alle durch Inzucht degeneriert und wehruntauglich.« Unter den strafenden Blicken der Oberschwester kicherte sie unterdrückt.

»Wen haben wir denn da?«, fragte Dr. Fatzer und ließ den Blick wohlgefällig über Line gleiten. Sie hatte die langen blonden Zöpfe zu einem adretten Kranz um den Kopf gesteckt und sah aus wie das perfekte Jungmädel. Bevor sie antworten konnte, ertönte auf dem Gang plötzlich lautes Geschrei.

»Wo ist mein Kind?«, rief eine Frauenstimme. »Lassen Sie mich zu meinem Kind!« Indigniert wandte sich Dr. Fatzer der Tür zu, die auch schon aufflog. Dort stand eine verhärmt wirkende Frau. Anna schätzte sie auf Ende dreißig. Ihr Hut war verrutscht, die Kleider ärmlich und die Schuhe schief gelaufen. Panisch ließ die Frau ihren Blick über die Betten wandern.

»Margot«, rief sie, »Mutti ist da!« In der Hand hielt sie eine leicht zerdrückte Pappschachtel, die mit einem Paketband verschnürt war. »Ich hab doch Kuchen mitgebracht«, sagte sie verzweifelt.

»Nun beruhigen Sie sich doch, gute Frau.« Fatzer griff jovial nach ihrem Arm.

»Margot, wo bist du denn, Engelchen?«, klagte die Frau, ohne ihn zu beachten.

»Margot Petersen, Mongolismus«, sagte Schwester Helena leise. »Verstorben am 19. März.«

»Typhus?«, fragte der Arzt. Die Bulldogge nickte.

»Tot? Mein Kind ist tot? Das glaube ich nicht. Was haben Sie mit ihr gemacht, wo ist sie?«

»Sie liegt schon unter der Erde. Bei Typhus müssen wir schnell *handeln. Wegen der Infektionsgefahr, das verstehen Sie sicher. Ist die Familie denn nicht informiert worden?«, fragte Fatzer dann an Schwester Helena gewandt.*

Die schnaubte empört. »Aber natürlich. Wir haben ihr noch am selben Tag einen Brief geschrieben. Per Express.«

»Ich war bei meiner Mutter«, flüsterte die Frau, die jetzt am ganzen Leib zu zittern begann. »Mutti war krank, und ich musste mich doch um sie kümmern.«

»Na, das erklärt doch alles«, sagte Fatzer begütigend. »Jetzt kommen Sie mal mit, junge Frau, ich gebe Ihnen etwas zur Beruhigung.« Er führte die Frau am Arm zur Tür. »Ihre kleine Margot war doch sehr krank. Da ist es so doch das Beste für sie.«

Die Frau schüttelte seine Hand ab und straffte sich. »Meine Margot war ein sehr glückliches Mädchen. Sie war vielleicht nicht wie andere Kinder, aber sie war mein Ein und Alles«, sagte sie würdevoll. »Auf der ganzen Welt gibt es nicht noch einmal ein so liebes Kind.« Dann blickte sie zu dem kleinen Karl hinunter, der unbemerkt aus seinem Bett gekrabbelt war und nun schüchtern an ihrem Kleid zupfte.

»Der Kuchen«, wisperte er sehnsüchtig, »ich hab doch so Hunger.«

Dienstag, 23. Dezember 2008

»Anna hat 1943 als Kinderkrankenschwester in Stift Eichenhof im Norden von Hamburg gearbeitet. Dort waren vor allem Behinderte und psychisch Kranke untergebracht. Irgendwann hat sie mitbekommen, dass man die Kleinen dort keineswegs nur gepflegt hat.«

Theo hob die Brauen. »Euthanasie?«

»Ganz genau. Zu Deutsch: der schöne Tod.« Hanna blickte ihn empört an. »Ich hab schon ein wenig recherchiert. Im Herbst 1939 hat Hitler ein geheimes Papier unterzeichnet, in dem er vermerkt, ›dass unheilbar Kranken der Gnadentod gewährt werden kann‹. Auf seinem persönlichen Briefpapier übrigens, das kann niemand schönreden. Damit begann die Tarnaktion T4, benannt nach der Berliner Anschrift Tiergartenstraße 4. Da saß die Zentrale, die die Morde koordiniert hat.« Hanna holte tief Luft.

»Zwischen 1939 und 1945 haben die Nazis und ihre willigen medizinischen Helfer neueren Untersuchungen zufolge geschätzte 200000 psychisch kranke und behinderte Menschen getötet. Im Rahmen von T4 geschah das anfangs systematisch: Die schwersten Fälle wurden mit grauen Bussen aus den Heilanstalten abgeholt und dann ins Gas geschickt. Heilanstalten, dass ich nicht lache! Wer sterben musste, hat eine illustre Runde von Medizinern und Anwälten entschieden. Die haben sich die Patienten dazu nicht einmal angeschaut. Die haben ihr Todesurteil nach einem kurzen Blick in die Akten gefällt. Zack, einfach so.« Grimmig schüttete sie noch ein weiteres Päckchen Zucker in ihre Tasse.

»Aber dann kamen Gerüchte auf. Die Menschen, die abtransportiert wurden, kehrten nie mehr zurück. Aber ihre Kleider tauchten wieder auf.« Sie nahm einen Schluck von ihrem Kaffee und verzog das Gesicht. »Igitt, ist das süß.« Theo schob ihr schweigend seinen Becher zu, den er noch nicht angerührt hatte.

»Zu ihrem Erstaunen waren nicht alle Verwandten froh und dankbar, ihre durchgedrehten oder behinderten Angehörigen loszuwerden. 1941 hat Bischof Galen in Münster eine Rede gehalten, in der er die Tötung von Kranken angeprangert hat. Daraufhin hat man die Angelegenheit etwas diskreter betrieben. Die Anstaltsärzte haben einfach in kleinem Rahmen auf eigene Faust weitergemacht, treue Staatsbürger, die sie waren. Geschichtswissenschaftler haben das später als ›wilde Euthanasie‹ bezeichnet. Man hat die ›lebensunwerten Individuen‹ systematisch hungern lassen. Da hatten Krankheiten ein leichtes Spiel. Wer sich nicht nützlich machen konnte und nicht den Anstand hatte, von allein zu sterben, der wurde vergiftet. Den Kindern haben sie das Gift in Himbeersaft aufgelöst, damit es nicht so bitter schmeckt. Allein in Eichenhof hat man mehr als 2000 Menschen getötet. Darunter waren fast 200 Kinder.«

»Und Anna hat in Professor Bergman einen der Täter erkannt.«

Hanna nickte. »Welchen, wollte sie mir partout nicht sagen. Sie meinte, sie bräuchte erst noch einen handfesten Beweis.« Frustriert trommelte sie mit den Fingern auf dem Tisch herum.

»Sie hat nur erzählt, dass sie ihm zufällig an der Alster begegnet und ihm gefolgt ist. Sie war sich hundertprozentig sicher. Und ich glaube, sie hat sich nicht getäuscht. Ich saß ziemlich weit vorne, als sie ihn beschuldigt hat. Ich habe sein Gesicht gesehen. Er hat sie auch wiedererkannt.«

»Das heißt, Bergman muss nach dem Krieg eine andere Identität angenommen haben.«

»Da wäre er ja nicht der Einzige.«

»Wenn das stimmt, dann hat er sich die Identität eines KZ-Opfers ausgesucht.«

Hanna blickte überrascht auf. »Was für eine zynische Tarnung.«

»Ich war gestern bei ihm: Er hat sogar eine Tätowierung auf dem Arm. Er will während des Krieges im KZ gewesen sein. Er behauptet, Anna habe ihn verwechselt. Und dann hat er versucht, mir einzureden, sie hätte an einer altersbedingten Psychose gelitten.«

Hanna lachte laut. »Das glaube ich ja nun keine Sekunde.«

»Die Frage ist nur, warum er sich so viel Mühe gegeben hat, die Identität zu wechseln. Die meisten Euthanasieärzte sind doch sehr glimpflich davongekommen. Ganz wie die Richter und andere hohe Nazischergen.« Dieser unrühmliche Teil der bundesdeutschen Nachkriegsgeschichte brachte Theo immer in Rage.

»Stimmt. Fatzer, der ja immerhin die medizinische Leitung von Eichenhof innehatte, hat man unbegreiflicherweise nur zu drei Jahren Gefängnis verurteilt, die Leiterin der Kinderabteilung, Helena Schwarz, bekam gerade mal achtzehn Monate. Und zwar nicht etwa wegen Mordes.«

»Was sonst?«

»Beihilfe zum Totschlag, so hat man das genannt. Damit gab es plötzlich zwar mehr als 2000 Ermordete, aber keinen einzigen Täter.«

»Aber das konnte Bergman, wer immer er denn nun war und ist, natürlich nicht ahnen.«

»Oh, das war ja längst nicht alles. Wie Anna mir erzählt hat, hatte er weit mehr auf dem Kerbholz als die meisten seiner meuchelnden Kollegen. Das hätten auch die gutwilligen Richter nicht so ohne Weiteres durchgehen lassen können. Bergman hat seine Patienten nicht nur umgebracht. Er hat zuvor mit ihnen Experimente gemacht.«

»Menschenversuche also«, sagte Theo. Ihm stellten sich die Nackenhaare auf.

»Hirnforschung«, sagte Hanna Winter. »Genauer gesagt, Forschung am lebenden menschlichen Hirn.«

Theo stieß einen leisen Pfiff aus.

Sonntag, 9. Mai 1943
Anna lag auf ihrem Bett und starrte in die Dunkelheit. Schon als Kind war sie oft mitten in der Nacht aufgewacht, ohne wieder einschlafen zu können. Die ungewöhnliche Hitze war durch das dicke Mauerwerk der Anstalt gedrungen, und auch bei geöffnetem Fenster stand die Luft in der kleinen Kammer.

Leise, um Line nicht zu wecken, schlüpfte sie in ihre Sandalen. Sie stieg die Treppe hinunter und öffnete die Tür zur Kinderstation. 37 zarte Brustkörbe hoben und senkten sich in unterschiedlichem Rhythmus.

So zerbrechlich, dachte Anna. Nur ein Bett war leer. Am Morgen hatte sie dort den kleinen Adolf gefunden, der plötzlich hohes Fieber gehabt hatte. Schaum hatte sich in seinen Mundwinkeln gesammelt.

Ausgerechnet Adolf, dachte Anna. Bei der Visite am Vortag hatte sie es gewagt, Dr. Fatzer darauf hinzuweisen, wie schlecht der Junge Luft bekam. »Vielleicht könnten wir ihm ja ausnahmsweise etwas geben. Es ist so warm, und der arme Kerl leidet darunter besonders«, hatte sie gesagt.

Dr. Fatzer hatte die Einmischung der kleinen Hilfsschwester in seine Angelegenheiten gnädig übersehen. »Veranlassen Sie alles Nötige«, hatte er zu Schwester Helena gesagt.

Aber dann ging es Adolf auf einmal schlechter. In der Nacht war das Kerlchen gestorben.

»Komisch«, hatte Line gesagt. »Er hat ein bisschen nach Himbeerbonbons gerochen. Aber wo sollte der so was herhaben.«

Süßigkeiten jeder Art waren Schätze, die man ungern teilte. Schon gar nicht mit einem gelähmten, geistig behinderten Kind.

Anna ging durch die Halle und schob den schweren Riegel der Eingangstür zurück. Draußen war es kaum kühler als im Haus, und der erhoffte Windhauch wollte sich nicht einstellen.

»Na so was«, sagte eine Stimme in der Dunkelheit. »Was für eine nette Überraschung.«

Dienstag, 23. Dezember 2008

Theos Handy klingelte. Noch immer die »Sendung mit der Maus«. Hanna grinste in sich hinein. Ich muss das ändern, dachte er.

»Und«, fragte Lars, »wie ist es gestern gelaufen?« Lars hatte seinen Vater besucht. Der lebte seit fünfzehn Jahren als eine Art moderner Einsiedler auf einer Hallig. Ohne Fernsehen, Telefon, Internetanschluss – und ohne Mobilfunkempfang. Die einzige Verbindung zum Festland war ein antiquiertes Funkgerät.

»Hör mal, wir sehen uns ja morgen. Ich sitze hier nämlich gerade mit einer schönen Frau.« Er zwinkerte Hanna Winter zu.

»Hört, hört«, sagte Lars. »Dann viel Glück, Alter.«

»Warum«, fragte Hanna, nachdem er das Handy zurück auf den Tisch gelegt hatte, »warum setzen Sie sich eigentlich so ein? Sie sind nicht die Polizei.«

»Ich weiß es selbst nicht genau«, sagte Theo. Er zögerte. »Vielleicht einfach, weil mir die Toten anvertraut sind. Ich und meine Mitarbeiter, wir sind ihre letzten Zeugen. Die Letzten, die ein Unrecht aufdecken können, bevor sich der Sargdeckel endgültig schließt.« Hanna Winter nickte langsam.

»Vor einem Jahr haben wir eine Frau hineinbekommen. 56 Jahre alt. Sie war an einer Lungenentzündung gestorben, so viel war klar. Mir sind aber ein paar ältere Verletzungen aufgefallen. Zwei Finger waren nach Knochenbrüchen schief verheilt, und sie hatte ein paar ältere blaue Flecken. Die Obduktion hat dann aufgedeckt, dass ihr Mann sie jahrelang schwer misshandelt hat. Er sitzt jetzt im Gefängnis.«

»Was für ein Dreckskerl.«

Theo winkte der Bedienung und bestellte zwei weitere Tassen Kaffee.

»Darum sind Sie also einfach losgezogen und haben Bergman einen Besuch abgestattet. Was haben Sie sich davon versprochen?«

»Na, zum einen habe ich jetzt die Bestätigung, dass Anna tatsächlich bei ihm war. Das hat er ja auch gar nicht geleugnet.«

»Schlau von ihm. Immerhin hätte sie jemand gesehen haben können.«

Theo nickte.

»Und zum anderen?«, bohrte Hanna nach.

»Ich dachte, wenn ich ihm begegne, dann würde ich irgendwie merken, ob er was mit Annas Tod zu tun hat.«

»Und? Hat es funktioniert?«

»Ich glaube schon.«

Als sie vor die Tür auf den kleinen katzenkopfgepflasterten Platz traten, hörten sie, wie der Organist in der Kirche »Oh du fröhliche« spielte. Er übte noch einmal für den Heiligen Abend. »Kommen Sie, das müssen Sie sich anhören«, sagte Theo und schob Hanna noch einmal in die Kirche.

Die Orgel stammte aus dem 18. Jahrhundert und war für eine so kleine, eigentlich unbedeutende Kirche außerordentlich respektabel. »Jetzt«, sagte Theo, »jetzt kommt es.« Und in die letzte Strophe von »Oh du fröhliche« mischte sich auf einmal ein wundersames, helles Glockenklingeln. Als würden winzige Engel mit kristallenen Glöckchen winken. Ein flirrender, wortloser Jubelgesang. »Da oben«, wisperte Theo, und Hanna konnte sehen, wie sich in der Mitte der Orgel eine kleine goldene Sonne drehte, die mit dem Glockenspiel verbunden war. Hanna schwieg ergriffen.

»Kaum zu glauben, dass morgen schon Heiligabend ist«, plauderte Theo, als sie wieder vor der Tür standen.

»Tja«, sagte Hanna, »ich allerdings habe den Tag vor über zwanzig Jahren aus meinem Terminkalender gestrichen.«

»Wie schade.« Theo hatte Weihnachten schon immer großartig gefunden. »Wenn Sie Lust haben, kommen Sie doch trotzdem einfach bei mir vorbei. Wir sind ein ziemlich bunter Haufen. May, meine rechte Hand, und ihre Tochter Lilly. Ihre Vorgängerin und Institutsfaktotum, Fräulein Huber. Und mein

Freund Lars bringt meist einen bis fünf Überraschungsgäste mit, die er irgendwo aufgesammelt hat. Letztes Jahr hat er einen liebeskranken Matrosen aus Novosibirsk angeschleppt, der uns gnadenlos mit Wodka abgefüllt hat.« Er lachte. »Also alles eher unkonventionell – bis auf das Essen.«

»Gans und Rotkohl?«, fragte Hanna hoffnungsvoll.

»Kartoffelsalat und Würstchen«, musste Theo gestehen.

»Ist ja auch was Feines.« Hanna wirkte trotzdem enttäuscht.

»Ich würde mich sehr freuen«, sagte Theo. »Wirklich.«

Sonntag, 9. Mai 1943

In der nächtlichen Dunkelheit glühte eine Zigarette auf. »Darf ich Ihnen auch eine anbieten?«, fragte die Stimme, von der Anna wusste, dass sie Sven von Vries gehörte.

»Nein, vielen Dank.«

»Noch zu jung zum Rauchen, wie?«

Anna würdigte ihn keiner Antwort.

Er lachte leise. »Verzeihen Sie, das war jetzt nicht sehr nett. Wenn ich Ihnen keine Zigarette anbieten kann, dann vielleicht ein bisschen Gesellschaft.«

»Warum nicht.« Sie seufzte. »Ich kann sowieso nicht schlafen.« Sie setzte sich neben ihn auf die steinerne Treppe. Langsam gewöhnten sich ihre Augen an die Dunkelheit, und sie konnte vage sein Profil erkennen. »Ohne diesen schrecklichen Bart würden Sie viel besser aussehen.«

Er lachte und strich über sein Bärtchen. »Kann sein. Aber darum geht es nicht.«

»Wollen Sie damit Ihre Führertreue demonstrieren?« Sie konnte nichts dagegen tun, dass ihre Stimme geringschätzig und aggressiv klang. Sie hatte die ganzen hitlerbärtigen Kollegen ihres Vaters nicht ausstehen können. Aufgeblasene Wichtigtuer.

Er wandte sich ihr zu. »Ganz genau«, sagte er. Sein amüsierter

Tonfall verwirrte sie, sodass sie sitzen blieb, obwohl sie mit einem Nazi so wenig wie möglich zu tun haben wollte.

Er rauchte schweigend weiter. »Bei jemandem mit einem solchen Bart stellt man die Gesinnung nicht so schnell infrage«, sagte er nach einer Weile. Dann schnippte er die Zigarette in hohem Bogen in die Nacht, wo sie wie ein winziger Komet verglühte.

Kapitel 10

Stille Nacht

Mittwoch, 24. Dezember 2008

An diesem Morgen trieb es Theo früh aus den Kissen. Er schlüpfte in seine Laufschuhe und joggte bis zur Bunthäuser Spitze. Das Thermometer hatte minus acht Grad verkündet und winzige Eiskristalle wirbelten durch die Luft. Der Wind biss ihm in die Wangen und trieb ihm die Tränen in die Augen. Theo redete sich selbst gut zu. »Minus acht ist noch gar nichts. In Sibirien, da ist es kalt.« Er erinnerte sich an den jungen Seemann, von dem er Hanna am Vortag erzählt hatte. Der Sibirier hatte von seiner heimatlichen Temperaturmessmethode berichtet. »Wenn du ausspuckst, und es macht zwei Sekunden später klirr statt klatsch, dann bist du bei minus fünfzig«, hatte er fröhlich erzählt. Theo hatte verständnislos geguckt.

»Dann ist die Spucke gefroren, bevor sie auf dem Boden auftrifft«, hatte Sergej erklärt. Theo war beeindruckt. »Richtig interessant wird es ab minus sechzig Grad. Dann muss man unbedingt Spezialschutzbrillen tragen.« Sergei hatte eine Kunstpause gemacht. »Sonst gefrieren einem die Augäpfel.« Sergei wusste, wie man die Leute schockieren konnte.

»Cool«, hatte Lilly gesagt. Theo war nicht ganz sicher, ob der Russe ihnen einen sibirischen Bären aufbinden wollte.

Am Leuchtturm angekommen, blickte er sich um. Heute tuckerten keine Lastkähne auf der Elbe, und das gefrorene Schilf raschelte geheimnisvoll im Wind. Hier hatte man Anna vor dreizehn Tagen gefunden. Wenn er recht hatte, musste Berg-

125

man sie irgendwie hierher bugsiert haben. Ein ungewöhnlicher Ort, um eine Tote abzulegen, sollte man meinen. Und wie hatte Bergman wissen können, dass ausgerechnet das Annas Lieblingsplätzchen gewesen war?

Im blassen Morgenlicht kam ein Optimist, ein winziges Segelboot, vom gegenüberliegenden Elbufer herangesegelt. An Bord waren zwei etwa zwölfjährige Jungen mit Pudelmützen, die eine Piratenflagge gehisst hatten. Hart im Nehmen, dachte Theo und rieb sich die Finger, die trotz der Handschuhe drohten, zu Eis zu erstarren.

»Natürlich«, sagte er plötzlich. »Ein Boot.« Er dachte an die vornehme Villa direkt an der Elbe. Den kleinen Hafen mit Privatbooten nebenan. »Ich wette, er hat dich mit dem Boot hierher geschafft«, sagte er zu Anna. Nur für den Fall, dass die Geister der Verstorbenen tatsächlich noch eine Weile auf der Erde umherflatterten. »Wir kriegen den Kerl, versprochen.«

Als er glücklich, der Kälte bald entronnen zu sein, durch seine Toreinfahrt trabte, wartete bereits ein Weihnachtswichtel auf ihn. 120 Zentimeter groß, mit rot geringelter Mütze und fast noch röterer Nase hüpfte Lilly von einem dünnen Beinchen aufs andere. »Wo bleibst du denn?«, fragte der Wichtel vorwurfsvoll.

»Lilly, was machst du denn schon hier? Der Weihnachtsmann kommt erst heute Abend.«

»Weiß ich doch«, sagte Lilly ungerührt. »Onkel Lars hat bestimmt noch genug um die Ohren.«

Theo schaute betreten.

»Komm schon, du hast nicht wirklich gedacht, ich glaub noch an das Christkind«, sagte Lilly ungewohnt mitfühlend. »Aber Lars sollten wir besser nichts davon sagen, der hat doch solchen Spaß daran.«

»Okay«, sagte Theo niedergeschlagen. Er schloss die Tür auf, und Lilly schlüpfte unter seinem Arm hindurch schnell in die vergleichsweise warme Luft der Diele.

Nachdem sie sich aus ihrem monströs wattierten Wintermantel gepellt hatte, rieb sie sich tatkräftig die Hände. »Und, wo ist das ganze Zeug?«

»Welches Zeug?«

»Na, der Schmuck für den Weihnachtsbaum.«

»Wieso?«

»Theo, du hast es versprochen!« Lilly stützte die Hände in die mageren Hüften.

»Was denn?«

»Dass ich den Weihnachtsbaum schmücken darf. ›Nächstes Jahr‹, hast du gesagt!«

Theo erinnerte sich vage an ein Versprechen, das er unbedachterweise im letzten Jahr gegeben hatte. Nur so war es ihm gelungen, die quengelnde Lilly ruhigzustellen.

»Na gut, dann komm schon«, sagte er unwirsch. Den Weihnachtsbaum zu schmücken, hatte er insgeheim zu einer wahren Kunstform erhoben, die er Jahr um Jahr verfeinerte. Und nun würde dieser Wicht seinen Prachtbaum wahrscheinlich in ein Monstrum verwandeln.

»Kein Pink«, sagte er streng. »Und kein Glitzer.«

Lilly verdrehte die Augen. »Du hast doch gar keine pinkfarbenen Kugeln«, entgegnete sie sachlich.

»Und du hast auch nichts mitgebracht? Kein rosafarbener Sprühschnee?« Theo blieb argwöhnisch.

»Nix«, sagte Lilly treuherzig und breitete die leeren Hände aus.

Sie gingen zum Kamin im Wohnbereich. Dort stand in einer Ecke eine gut gewachsene Edeltanne, die Theo nach langwieriger Suche aufgestöbert hatte. Zweifellos würde sie jetzt grausam geschändet werden. Er seufzte.

»Meinst du nicht, du bist doch noch ein bisschen klein für

so einen großen Baum?«, machte er einen letzten halbherzigen Versuch, das Unheil abzuwenden.

»Du hast doch eine Trittleiter«, konterte Lilly. »Und die Spitze darfst du zum Schluss draufmachen«, sagte sie großherzig.

Degradiert zum Handlanger eines Weihnachtswichtels, dachte Theo und grinste in sich hinein.

»Erst die Kerzen, dann die Kugeln«, sagte er streng, um ein Fitzelchen Autorität zurückzuerobern.

Lilly nickte ernsthaft.

»Na, dann gehe ich mal kochen.«

Da die Küche sich offen, wenn auch über Eck an den Wohnbereich anschloss, hörte Theo Lilly rumoren. Der Weihnachtsschmuck klirrte leise, und die Trittleiter schrappte von Zeit zu Zeit über den alten Dielenboden, wenn Lilly sie schnaufend verrückte.

Er schrubbte ein Kilo Biokartoffeln sowie fünf Möhren und setzte sie in einem großen Topf mit Salz und kaltem Wasser auf den Herd. In einen separaten Topf kamen sechs Eier.

Während die Zutaten garten, schnippelte er Gewürzgurken, eine Zwiebel und einen Apfel klein und ließ eine halbe Packung Tiefkühlerbsen auftauen. Dann schlug er aus Mayonnaise, saurer Sahne, Salz und Pfeffer ein üppiges Dressing.

Das Rezept für den Kartoffelsalat stammte von Nadeshdas russischer Oma: »Olivje« hieß er, was sich nach einem holländischen Begriff für Olive anhörte, aber mit Oliven nichts gemein hatte. Kein Wunder: Oliven wurden in Russland eher selten angebaut.

Seine Gedanken wanderten zum Vortag. Diese Hanna Winter schien wirklich etwas auf dem Kasten zu haben. Ihm hatte gefallen, mit welch grimmiger Leidenschaft sie über die ungesühnten Verbrechen an den behinderten Menschen gesprochen hatte. Er hoffte, dass er mit ihrer Hilfe auch im Fall Anna Florin weiterkommen würde. Und er hoffte, dass sie seine Einladung für den Weihnachtsabend annehmen würde. Er mochte Frauen, die gerne aßen.

»Fertig«, sagte Lilly hinter ihm, als er gerade die gekochten Eier, Kartoffeln und Karotten würfelte.

»Lilly, das hat ja keine halbe Stunde gedauert«, sagte er empört. Er selbst hatte an diesem Nachmittag mindestens zwei Stunden für kontemplatives Baumschmücken reserviert. Mit »White Christmas« von Bing Crosby und einem Glas Glühwein.

Sie zuckte die elfenhaften Schultern. »Na, so groß ist der Baum nun auch wieder nicht.« Dann zog sie ihn an der Hand. »Jetzt komm schon.«

»Bitte schön.« Lilly machte eine Handbewegung, die die Anmut einer spanischen Prinzessin barg.

Die diffuse Vormittagssonne ließ die silbernen und roten Glaskugeln sanft schimmern. Lilly hatte unterschiedlich große Exemplare zu dekorativen Trauben arrangiert. An den äußersten Astspitzen der Edeltanne schimmerten die gläsernen Eiszapfen, mit denen Theo sein ererbtes Weihnachtsschmuckensemble im Laufe der Jahre aufgestockt hatte. Der Baum war ganz einfach perfekt.

»Ganz schick, oder?«, fragte Lilly gleichmütig.

»Sensationell«, staunte Theo. »Du bist für die nächste Saison engagiert.«

Um 19.07 Uhr klingelte es an der Tür. Der Tisch war gedeckt, der Rotwein entkorkt, und der Tannenbaum erfüllte die Luft mit seinem weihnachtlichen Duft. Mal sehen, wen Lars dieses Jahr anschleppt, dachte Theo voller Vorfreude. Er riss die Tür auf. Auf der Schwelle stand der zweite Weihnachtswichtel des Tages, allerdings gute vierzig Zentimeter Meter größer als der erste und mit einer violetten Mütze auf den schwarzen Locken.

»Frohe Weihnachten«, sagte Hanna, streckte ihm eine eiskalte Flasche Wodka entgegen und zwinkerte ihm zu.

»Das passt ja perfekt!« Er lachte. »Frohe Weihnachten«, sagte er dann verlegen und küsste sie unbeholfen auf die eisigen Wangen. Sie roch nach Polarluft.

Kurz darauf trafen Lilly, May und Lars ein. Paul-Mops drängelte sich vor, stemmte seine dicken Pfoten an Theos Knien ab und glotzte ihn mit seelenvollem Augenaufschlag an. Seine rosige Zunge hing schräg in einem Mundwinkel. »Schleimer«, sagte Theo und tätschelte dem Hund den feisten Nacken. »Okay. Überredet. Du bekommst nachher auch noch eine Wurst.« Paul schmatzte.

»Guck mal, wen ich hier mitgebracht habe.« Lars schob einen riesigen, wettergegerbten Mann in den Raum. Er hatte eine spiegelnde Glatze, die er mit unerhört wild wuchernden Augenbrauen wettmachte.

»Vadder Hansen«, rief Theo entzückt. »Wie hat Lars dich denn von deiner Hallig gelockt?«

»Ich musste ihn niederschlagen«, sagte Lars und blickte gewalttätig.

»Theo.« Lars' Vater ließ seine Pranken auf die Schultern des Gastgebers fallen. Nach dem Tod von Nadeshda hatte Theo sich wochenlang bei Hansen auf der Hallig verkrochen. Er kannte Lars' Vater, seit er und Lars sich als Teenager angefreundet hatten. Das war jetzt über zwanzig Jahre her. Hansen hatte seine Frau drei Jahre vor Nadeshdas Tod verloren und dann den Posten als Vogelwart angenommen. Von dem Tag an hatte er keinen Tropfen Alkohol mehr getrunken. Er war der Einzige, bei dem Theo das Gefühl gehabt hatte, er könne seinen Schmerz ansatzweise nachvollziehen.

Die Letzte, die hereinwieselte, war das kugelrunde Fräulein Huber. »Dieses Jahr haben wir einen Apfelstrudel zur Nachspeise«, verkündete sie und knallte schnaufend ein mit einem Küchentuch bedecktes Backblech auf den Arbeitstisch; unter dem Tuch zeichneten sich zwei enorme Strudelleiber ab. Theo grinste. Fräulein Huber hatte schon zu Lebzeiten seines Vaters die Produktion des Weihnachtsdesserts an sich gerissen. Neben dem traditionellen Apfelstrudel hatte sie noch »Bayrisch Creme« und »Apfelkücherl« – in Fett ausgebackene Apfelscheiben im Teigmantel – in ihrem nicht eben umfangreichen Repertoire. Dafür schmeckten alle drei Erzeugnisse sensationell.

»Lecker«, sagte Theo und versuchte unter das Tuch zu spähen. »Nimm deine Pfoten weg, die ungewaschenen!« Fräulein Huber gab ihm einen Klaps auf die Finger.

Theos Blick suchte Hanna, die entspannt an der Küchenvitrine lehnte und den Trubel mit einem amüsierten Lächeln verfolgte. »Ich möchte euch Hanna vorstellen«, sagte er. »Hanna Winter. Journalistin. Und wie wir auf der Fährte von Anna Florins Mörder.« Schweigen senkte sich über die kleine Runde.

»Will vielleicht mal jemand den Baum angucken?«, fragte Lilly.

»Aber unbedingt.« Hanna griff nach ihrem Glas mit eiskaltem Wodka: »Trinken wir auf Anna Florin.«

»Und auf eine erfolgreiche Jagd«, ergänzte Theo.

»Na dann: Halali«, sagte Lars.

Vier Stunden später war der letzte Happen Kartoffelsalat vertilgt. Sogar May hatte sich halbwegs gnädig gezeigt und zu Theo gesagt: »Na, Kartoffelsalat kriegst du ja wenigstens hin. Letztes Jahr hat er uns nämlich halb rohen Gänsebraten serviert«, sagte sie dann zu Hanna gewandt. »Und im Jahr davor gab es eine Art Raviolimatsch.«

Theo zählte innerlich bis zehn. Was trieb May nur dazu, dauernd zu sticheln? »Das waren Piroggen«, sagte er betont gleichmütig. Die russischen Riesenravioli waren im Kochwasser aus unerklärlichen Gründen zu einem Teigbrei zerfallen. Irgendwo ganz hinten in seinem Kopf hörte er Nadeshda lachen.

Dabei sind Piroggen ja noch nicht einmal ein typisch russisches Weihnachtsessen, dachte Theo. Piroggen hatte Nadeshda immer zu Ostern gemacht. Das war in Russland sowieso das wichtigere Fest. Nicht die Geburt, sondern die Wiedergeburt Christi war dort entscheidend. Letztlich geht es doch darum im Leben, dachte er. Ums Wiederaufstehen.

»Da hab ich ja Glück gehabt«, sagte Hanna lakonisch. »Diese Würstchen sind jedenfalls extrem lecker.« Sie schnappte sich das letzte und biss hinein.

Auf der Couch schlummerten irgendwann einträchtig Fräulein Huber, Paul-Mops und Lilly. Nur Letztere schnarchte nicht. Zur Abwechslung hatte sich dieses Jahr Vadder Hansen nach dem Essen davongestohlen und war in die Weihnachtsmannkluft geschlüpft. Sein Bart löste sich beim Sprechen, und die unverkennbaren Augenbrauen quollen unter der Mütze hervor, die er tief in die Stirn gezogen hatte. Lilly hatte keine Miene verzogen. Für sie hatte der Weihnachtsmann einen Puppenoperationstisch aus dem Sack gezaubert, mit dem sie Obduktion spielen konnte. Theo hatte lange danach im Internet suchen müssen und ihn erst bei einer obskuren US-Firma auftreiben können. Von Lars bekam Lilly ein antiquiertes Lehrbuch der Pathologie, in das sie sogleich die Nase gesteckt hatte. Von ihr kamen für den Rest des Abends nur noch Zwischenfragen wie »Was heißt asservieren?« oder »Was ist eine Durchflusszytometrie?«, die Theo zerstreut beantwortete. Er hatte einen allerliebst mit Streublumen bemalten Rehschädel samt Geweih von Lars erhalten, den er sogleich über dem Kamin anbrachte.

Gegen Mitternacht löste sich die kleine Gesellschaft auf. »Rufst du mir ein Taxi?« Hanna gähnte herzhaft.

»Das kostet doch ein Vermögen.«

Hanna lachte. »Weihnachten ist schließlich nur einmal im Jahr.«

»Du könntest auch einfach hier übernachten.«

Hanna zog eine Augenbraue hoch, was den Haarbalken über ihrer Nase in Schräglage brachte.

Theo musste lachen. »Ich hab hier ein superbequemes Gästezimmer. Außerdem können wir dann morgen beim Frühstück gemeinsam einen Schlachtplan in Sachen Anna Florin schmieden – oder, Lars?«

»Wenn du darauf bestehst.«

»Na, dann sag ich nicht Nein.« Hanna zog ihre lila Strickmütze wieder vom Kopf. Die Locken standen elektrisiert nach allen Seiten. »Ich bin wirklich grottenmüde.«

Kapitel 11

Jagdgefährten

Donnerstag, 25. Dezember 2008
Als Theo am Weihnachtsmorgen die Treppe herunterkam, saß Hanna bereits am Esstisch. Sie hatte die nackten Füße unter sich auf den Stuhl gezogen und starrte konzentriert auf den Bildschirm ihres Laptops.

»Moin«, sagte Theo und fuhr sich mit den Händen durchs Haar.

»Morgen«, murmelte Hanna, ohne aufzublicken.

»Das hast du wohl immer dabei, das Teil?«

»Immer«, bestätigte Hanna.

Theo beschloss, ihre kurz angebundene Art am Morgen zu respektieren. Nadeshda hatte ihn im Umgang mit Morgenmuffeln hervorragend geschult. Er warf seine Espressomaschine an und produzierte zwei Tassen Cappuccino. Anschließend schob er zwei Aufbackcroissants in den Ofen. Hannas Finger glitten derweil in atemberaubendem Tempo über die Tastatur. Theo stellte ihr schweigend Kaffee und Croissant hin. Während er seine Portion vertilgte, beobachtete er amüsiert, wie Hannas Hand sich abwechselnd die Tasse und das Hörnchen angelte, ohne dass die dazugehörige Eigentümerin den Blick vom Bildschirm löste. Sie trug ihre Sachen vom Vortag, ein weiches schwarzes Wickelkleid mit tiefem Dekolleté. In ihrem ungeschminkten Gesicht leuchtete die Morgensonne jedes Fältchen aus. Er hatte schon am Vorabend festgestellt, dass sie ohne Schminke vermutlich genauso gut aussah wie mit. Zum Glück, denn Hanna Winter gehörte zu den Frauen, deren kunstvolles Make-up sich in kürzester Zeit auflöste. Zu herzhaft vertilgte sie die Speisen, zu lebhaft fuhr sie sich über die Augen, zupfte ungeduldig an ihrer Nasenspitze oder stützte das Gesicht in die Hände. Ihre Wimpern waren auch ohne Mascara dunkel, lang und geschwungen, ihr Mund von Natur aus sehr rot. Er registrierte belustigt, dass sie beim Lesen Grimassen schnitt, die den Text offenbar kommentierten. Sie kniff die Augen zusammen und verzog den Mund. Was sie gerade las, schien ihr erheblich zu missfallen.

Kurz drauf hieb sie befriedigt auf eine Taste ihres Rechners und schenkte ihm den ersten Blick des Tages. »Ich glaube, ich hab's so weit«, sagte sie.

»Klingt vielversprechend.«

»Oh, und vielen Dank für das Frühstück«, sagte Hanna. Befriedigt betrachtete sie den krümeligen Teller und die leere Tasse.

»Mehr?«

»Oh ja.«

»Ein Ei?«

»Perfekt.«

Theo freute sich. Es war noch vor zehn Uhr, und er hatte am Weihnachtsmorgen schon einen Menschen glücklich gemacht. Wenn das kein gutes Omen war. Als Erstes bereitete er die zweite Runde Kaffee. Im Leben ging es darum, die richtigen Prioritäten zu setzen. Noch während die Eier kochten, hörte er es an der Haustür rumoren. Lars kam herein und brachte neben dem Mops einen Schwall kalter Luft mit sich.

»Moin zusammen«, sagte Lars.

»Geh doch mal den Kamin anmachen«, bat Theo. Lars ließ interessiert den Blick zwischen der inzwischen putzmunteren Hanna und Theo hin und her wandern. Hanna lachte laut. Der Hund erstarrte. Lars zuckte die Schultern und kümmerte sich um den Kamin.

Eine gute Stunde später saßen sie satt und zufrieden vor den flackernden Flammen.

»Also«, sagte Hanna gedehnt. »Unsere Arbeitshypothese lautet: Jonathan Bergman. Der international anerkannte Professor für Hirnforschung ist identisch mit einem Mann, der 1943 gemeinsam mit Anna Florin in Stift Eichenhof tätig war. Ein Arzt, der damals Menschenversuche an Patienten durchgeführt hat. Anna war überzeugt, ihn wiedererkannt zu haben – und ich glaube, sie hatte recht.«

Theo nickte. Lars schüttelte den Kopf. »Leute, das ist jetzt, Moment mal, 65 Jahre her. Menschenskind, wie soll man jemanden zweifelsfrei wiedererkennen, den man zuletzt vor Jahrzehnten gesehen hat? Ich erkenne mich ja manchmal morgens selber kaum im Spiegel ...«

»Kann ich mir vorstellen«, sagte Hanna trocken. »Aber unser Gehirn ist ein Speicher, der überraschende Fähigkeiten birgt. Erinnerungen, die mit starken Emotionen verknüpft sind, ätzen sich in unser Gedächtnis. Ich glaube nicht, dass es unmöglich ist, jemanden nach so langer Zeit wiederzuerkennen, wenn die Begegnung mit Angst, Hass oder Leidenschaft verknüpft war.« Sie stützte ihr Kinn in beide Hände und sah Lars gerade in die Augen. »Was mich persönlich von der Geschichte überzeugt hat, ist: Ich war dabei, als Bergman Anna gesehen hat. Ich bin sicher, auch er hat sie wiedererkannt.«

»Gut«, sagte Lars, »dann gehen wir jetzt bis zum Gegenbeweis von dieser Hypothese aus. Anna hat Bergman wiedererkannt. Und umgekehrt. Und Bergman war damals in – wo war das noch?«

»Eichenhof«, warf Theo ein.

»Genau. Also in Eichenhof als Arzt, der Experimente mit den Patienten durchgeführt hat. Unsere erste Frage wäre: Wer hat damals in Eichenhof gearbeitet, der für die Rolle des Schurken infrage käme? Und wer war da, der heute noch als Zeuge fungieren könnte?«

Hanna nickte. »Damit habe ich schon angefangen.« Sie rief eine weitere Datei in ihrem Computer auf. »In Eichenhof waren während des Krieges insgesamt neun Ärzte tätig. Natürlich allesamt männlichen Geschlechts.« Sie schnaubte verächtlich. »Zwei von ihnen wurden eingezogen, bevor Anna im Mai 1943 auf der Bildfläche erschien: Doktor Heinrich Lehmann und Doktor Fritz Körber.«

»Können wir die beiden wirklich mit Sicherheit streichen? Ich meine, vielleicht hat einer von ihnen im Fronturlaub der Stätte seines grausigen Wirkens einen Besuch abgestattet – und Anna kannte ihn daher.«

Hanna runzelte die Stirn. »Unwahrscheinlich«, sagte sie. »Heinrich Lehmann ist im Februar 1942 in Stalingrad gefallen.«

»Und der andere?«

»Fritz Körber ist schon 1939 aus Eichenhof ausgeschieden – freiwillig.«

»Vielleicht ein Mann mit Gewissen, der die Euthanasie nicht mitmachen wollte?«, spekulierte Theo.

»Vielleicht.« Hanna hob die Schultern. »Kurz darauf ist er jedenfalls eingezogen worden. Schon im Februar 1940 ist er heimgekehrt – als Schwerverwundeter. Offenbar direkt in den Schoß seiner Familie, zu Frau und Kindern. Das heißt, ein Identitätswechsel ist nahezu ausgeschlossen. Und außerdem: Körber hat im Krieg ein Bein verloren.«

»Das heißt, Bergman ist definitiv nicht Körber.«

»Ganz genau.«

»Wen haben wir noch?«

»Wolfgang Fatzer. Doktor Fatzer war bis nach Kriegsende Leiter der Anstalt Eichenhof.«

»Der böse Wolf.«

Hanna nickte. »Ich habe Theo schon erzählt, dass er ziemlich glimpflich aus der Geschichte herausgekommen ist. Man hat ihn lediglich wegen Beihilfe zum Totschlag zu drei Jahren

Haft verurteilt. Das Schwein hat nicht einmal seine Approbation verloren.« Sie scrollte die Seite hinunter. »Ich glaube allerdings nicht, dass Fatzer sich für Hirnforschungsexperimente interessiert hat. Er war wissenschaftlich nicht gerade ambitioniert. Sein Abitur hat er nur mit Note ›Drei‹ gemacht. Und im Studium scheint er auch keine große Leuchte gewesen zu sein.«

»Vielleicht war er einfach ein Sadist.«

»Möglich. Allerdings wissen wir, was aus ihm geworden ist: Er ist 1965 gestorben. Friedlich in seinem Bett, wie es scheint.«

»Die Welt ist ungerecht.«

»Kann man wohl sagen. Er hat sich als Internist niedergelassen und allseits geachtet vor sich hingewerkelt. Hier habe ich einen Nachruf: ›Die Stadt trauert um ihren verdienten Mitbürger ...‹«

»Wo hast du das bloß alles ausgegraben?«

Hanna hob die Brauen. »Journalistische Herkulesarbeit«, sagte sie. »Die meisten aktuellen Daten kann man heute ja im Internet recherchieren. Aber hierfür musste ich tatsächlich in staubigen Archiven wühlen. Na, immerhin hatte ich zwei Wochen Zeit.«

»Soweit ich das sehe, wäre Fatzer alias Bergman vermutlich doch auch vom Alter her durchs Raster gefallen. Einem jungen Spund überträgt man doch kaum die Leitung einer Klinik.«

Hanna nickte. »1943 war er bereits 52 Jahre alt. Heute wäre er 117.«

»Wenn wir uns aufs Alter konzentrieren, wer kommt dann überhaupt infrage?«

»Also, auf mich hat er wie ein rüstiger Achtzigjähriger gewirkt.« Hanna schaute zu Theo. »Was meinst du? Könnte er tatsächlich schon über hundert Jahre alt sein?«

»Ich denke nicht.« Theo rief sich das Bild von Professor Bergman vor Augen. Der klare Blick. Die ruhigen Hände. Die straffe Haltung. »Als mein Großvater starb, sah er jedenfalls deutlich klappriger aus – und der war 81.«

»Das ist nicht unbedingt ein Maßstab.«

»Ich weiß. Es gibt diese genetisch begünstigten Menschen, die offenbar verzögert altern. Je älter wir werden, desto größer ist die mögliche Spannweite zwischen biologischem Alter und Lebensjahren.«

»Wo ziehen wir das Limit?«, fragte Hanna.

»Mitte neunzig«, beschloss Theo. »Der Mann, den ich gesehen habe, war alt. Aber er wirkte nicht wie ein Greis. So viel können auch die besten Gene nicht bewirken.«

»Gut«, sagte Hanna ruhig. »Dann gehen wir jetzt davon aus.«

Sie tippte ein paar kurze Befehle in ihr Excelprogramm. Daraufhin leuchteten auf ihrer Liste nur noch drei Namen auf.

»Sven von Vries. Konstantin zu Weißenfels. Und Otto Richter«, sagte Lars, der ihr über die Schulter spähte.

Der Mops hob den breiten Schädel, sprang auf und blaffte. Fünf Sekunden später klingelte es an der Tür. Im Sprossenfenster zeichnete sich eine schmale Silhouette ab. »Frohe Weihnachten«, sagte Fatih. Fröstelnd zog er die Schultern nach oben.

Montag, 17. Mai 1943
Schon in der Woche nach ihrer Ankunft hatten Anna und Line mit gezielten Schmuggelaktionen begonnen. Line hatte ein Händchen dafür, sich heimliche Verbündete zu machen. Die dicke Gertrud aus der Küche unterschlug Brot für die Kinder, das eigentlich für die Ärzteschaft gedacht war. Auch der pfiffige 15-jährige Hein Kruse, der sich um den stiftseigenen Schweinestall kümmerte, zwackte Essensreste ab. »Wenn die Säue fett sind, werden sie geschlachtet. Also tue ich ihnen

einen Gefallen, wenn ich die 'n büschen knapper halte«, sagte er augenzwinkernd, wenn Anna sich die glitschigen Kartoffeln in die Schürzentaschen steckte. »Dann leben sie länger.« Und Anton, der die Mädchen am ersten Abend kutschiert hatte, schaffte erstaunliche Leckereien aus dem Gasthof herbei.

Das größte Problem war allerdings, den Kindern das Essen heimlich zuzustecken. Während der Schichten waren Schwester Ilse und Oberschwester Helena, das Bulldoggengesicht, allgegenwärtig. Blieben nur die Nächte, in denen die Bulldogge Nachtwache hatte. Spätestens um Mitternacht schlummerte sie selig auf ihrem Stuhl, sodass sie unbemerkt zu den Kindern hineinschlüpfen konnten. Glücklicherweise schlangen die hungrigen Kleinen das Essen schnell hinunter. Nach wenigen Minuten konnte Anna eine letzte Kontrollrunde mit der Taschenlampe machen in der Hoffnung, keine verräterischen Krümel zu übersehen.

Sie hatten den Kindern eingeschärft, ja niemandem von den nächtlichen Mahlzeiten zu erzählen. Trotzdem blieb es eine tägliche Zitterpartie. Einige der Kinder waren noch zu klein, um zu begreifen, wie wichtig das war. Andere machte ihre geistige Behinderung arglos, und sie vergaßen schnell, was man ihnen sagte.

»Irgendwann erwischen sie uns«, unkte Anna.

»Quatsch. Und überhaupt, haben wir eine Wahl? Schließlich können wir nicht einfach zuschauen, wie die armen Würmchen hier auch noch verhungern.« Line hatte natürlich recht. Immer wieder fanden sie am Morgen eines der Bettchen leer. Die Kinder, die nicht selbst essen konnten, konnten sie nachts nicht füttern. Und wenn sie versuchten, ihnen tagsüber ein bisschen mehr zu geben als vorgesehen, verpetzte die giftige Ilse die Mädchen.

Während Anna, aus Furcht davor, erwischt zu werden, kaum einschlafen konnte, schlummerte Line wie ein Baby. Auf ihren nächtlichen Spaziergängen traf Anna häufig auf Sven von Vries. Sie unterhielten sich über die Bücher, die sie gelesen, und Filme, die sie gesehen hatten. Im Schutz der Dunkelheit fiel es leichter, auch gewagte Gedanken auszusprechen, die sie beschäftigten. Einer stillschweigenden Vereinbarung folgend, ließen sie sich am Tag von ihrer wachsenden Vertrautheit nichts anmerken.

Line machte unterdessen dem hübschen Konstantin schöne Augen. An einem schönen Frühsommerabend stahlen sie sich sogar zu viert davon ins nahe Dorf zum »Danz op de Deel«. Line hatte Anna überredet, Lippenstift aufzulegen, und hatte ihre dunklen Locken mit Geduld und vielen Klemmen in eine schicke Frisur verwandelt. Sie selbst trug die langen blonden Haare zu einer Rolle eingeschlagen, mit der sie plötzlich sehr erwachsen wirkte. In Konstantins flottem Cabrio erregten sie Aufsehen bei der Dorfjugend. Line stürzte sich sofort ins Getümmel, Anna blieb am Rande stehen. Sie sah zu, wie Line mit einem Burschen über den Tanzboden wirbelte. Der Junge schlug sich wacker, obwohl ihm ein Arm fehlte. Überhaupt stellte Anna beim zweiten Blick fest, dass sich die meisten Tänzerinnen mit einer Tanzpartnerin begnügen mussten. Männer, vor allem junge, waren Mangelware. Und die, die es gab, waren überwiegend kriegsversehrt: Ein junger Bursche hüpfte wacker Polka auf Krücken, ein anderer war durch Brandnarben entstellt, einem dritten fehlte ein Auge. Der Anblick machte Anna traurig. So viel Leid, und wofür? Nur weil sich ein paar alte Männer in den Kopf gesetzt hatten, Krieg zu führen.
»Na, kleine Anna, willst du nicht auch tanzen?« Sven lächelte amüsiert aus seinen fast einen Meter neunzig auf sie herunter.

Anna schüttelte lachend den Kopf.

»Da riskiere ich bloß Kopf und Kragen«, sagte sie. »Schau doch, wie giftig der kleine Rotschopf da auf Line starrt. Vermutlich hat sie ihr den Verehrer ausgespannt.«

»Andererseits, wenn du mit mir tanzt, kann niemand was sagen, immerhin habt ihr die Männerquote mit uns gehörig aufgestockt.«

»Nichts da, Anna tanzt jetzt mit mir«, rief Line, die atemlos herangestürmt kam. Sie packte die Freundin an der Hand und zog sie mit sich.

Am nächsten Tag gähnten Anna und Line um die Wette. »Schlecht geschlafen?«, fragte Ilse heuchlerisch. Sie hatte natürlich genau gesehen, wie die Mädchen mit den beiden jungen Ärzten davongefahren waren, und war voller Neid. Anna beachtete sie nicht. Sie freute sich daran, dass die Kinder dank der heimlichen Rationen wieder ein bisschen munterer geworden waren und Farbe auf die Wangen bekamen. Das entschädigte sie für alle ausgestandenen Ängste. Nur Maja schwand zusehends dahin. »Gebt's lieber dem hungrigen Karl«, sagte sie immer. »Ich brauch nicht so viel.«

»Unsinn«, zischte Anna. »Noch ein Kilo weniger, und du bist bald ganz futsch.«

Maja lachte leise. »Weißt du, was Doktor von Vries gesagt hat? Ich hab die Figur einer Ballerina, hat er gesagt.« Erschöpft schloss sie die Augen und lächelte glücklich. »Eine Ballerina! Früher war ich immer ein rechtes Pummelchen.« Sie öffnete die Augen und sah Anna verschmitzt an. »Wenn der Krieg erst vorbei ist, winkt mir sicher eine glänzende Karriere am Berliner Staatstheater.«

»Genau. Der sterbende Schwan im Rollstuhl. Das wird eine Sensation.«

»Wer weiß.« Maja lächelte unergründlich. »Vielleicht entwickelt ja jemand irgendwann eine Therapie, die uns Spastis heilt.« Anna seufzte.

»Statt mit dem Korkenziehermädchen so viel Zeit zu verplempern, könntest du mir lieber helfen, die Bettpfannen zu schrubben.« Ilse betrachtete die Freundschaft zwischen Anna und der Patientin mit Missfallen.

»In meiner Pause mach ich, was ich will«, sagte Anna spitz und schob Maja hinaus in den Park.

Dort spazierte Line mit Konstantin zu Weißenfels in der Sonne umher.

»Der hat ja wohl einen Narren an unserer Line gefressen«, sagte Maja.

Als Line die beiden entdeckte, verabschiedete sie sich von ihrem Galan und kam hinübergerannt.

»Treib's nicht zu doll«, warnte Anna.

»Ist alles für einen guten Zweck.« Sie öffnete die Hand, in der ein Röhrchen Tabletten lag. »Das ist ein brandneues Mittel«, sagte sie stolz. »Frisch aus Berlin. Das Beste, was es derzeit gibt gegen Spastiken. Ich hab's unserem schmucken Herrn Doktor abgeluchst.«

»Sag ich doch«, rief Maja triumphierend. »Her damit.« Sie sperrte den Mund weit auf.

Zwei Stunden später schüttelte sie ein schrecklicher epileptischer Anfall.

»Was war das für ein Zeug, das Sie ihr gegeben haben?«, brüllte Anna, als Weißenfels mit wehendem Kittel angelaufen kam.

»Ein ganz neues Neuroleptikum«, sagte er hilflos. »Ich habe es von einem ehemaligen Studienkollegen. Der macht gerade eine Versuchsreihe an der Charité.«

»Sie sind wohl wahnsinnig«, brüllte Anna. Sie hielt noch immer Majas Kopf, die nach dem Anfall langsam wieder zu sich kam.

»Verdammt noch mal, das ist Maja und kein Versuchskaninchen.«

»Fräulein Florin, Sie vergessen sich.« Oberschwester Helena war, angelockt von dem Tumult, unbemerkt hinzugekommen. Ihr Kopf war hochrot, und ihr Busen bebte.

»Schon gut«, sagte Weißenfels.

»Anna«, flüsterte Maja. »Lass es gut sein.« Sie zitterte unbändig nach den schweren Muskelkrämpfen. Sie hatte sich während der Attacke eingenässt und heftig auf die Zunge gebissen. Blutiger Speichel lief ihr aus dem Mundwinkel. Hilflos wischte Anna ihn weg.

»Ich würde jede Pille der Welt schlucken. Nur für die Hoffnung, dass ich irgendwann für fünf Minuten ein normaler Mensch sein kann.«

»Bravo«, sagte Weißenfels. »Das ist die Art von Courage, die wir brauchen für den medizinischen Fortschritt.«

»Solange man die nicht Ihnen abverlangt, was?« Anna ballte die Fäuste.

Donnerstag, 27. Mai 1943

Als Anna und Line nachts die Treppe hinunterschlichen, saß die Bulldogge nicht schnarchend an ihrem gewohnten Platz.

»Vielleicht ist sie bloß auf dem Klo?«, wisperte Anna.

Line schüttelte den Kopf, sie deutete auf die Tür zum Schlafsaal der Kinder. Tatsächlich hörten sie von dort leises Murmeln. Auf Zehenspitzen schlichen sie näher und lugten durch den Spalt. Die Bulldogge saß am Bett des kahlköpfigen Hannele. Sie stützte ihr räudiges Köpfchen und gab dem Mädchen etwas zu trinken. »Trink schön, das schmeckt gut«, sagte sie zuckersüß.

Anna und Line warfen sich einen Blick zu. Sonst war die Bulldogge nie so nett zu den Kindern. Lautlos traten sie den Rückzug an.

Am nächsten Morgen war das Hannele tot. »Ihr schwaches Herz hat aufgehört zu schlagen«, sagte Dr. Fatzer salbungsvoll. »Das arme Kind, nun ist es erlöst.« Dann ließ er die kleine, fast kahlköpfige Leiche abtransportieren. Anna und Line wechselten einen Blick.

Sie kamen nicht mehr dazu, miteinander zu reden. Noch während der Vormittagsschicht wurde Line zum Direktor zitiert. Anna schuftete für zwei. Beunruhigt grübelte sie darüber nach, was Lines langes Ausbleiben zu bedeuten hatte. Ihr Blick fiel auf Karl, der aufs Fensterbrett geklettert war und winkte. Sein Wasserkopf schwankte bedrohlich. »Karl«, rief Anna. »Komm sofort da runter!« Schnell lief sie zu ihm hinüber. Unten sah sie Anton mit seinem Pferdegespann. Und Line mit ihrem Koffer. »Nein!«, flüsterte Anna. Als die Pferde anzogen, wandte Line sich um und starrte zu den Fenstern hinauf. Mit einem Ruck setzte Anna Karl auf den Boden und öffnete die Fenster. Das Letzte, was Line von Eichenhof sah, war Annas verzweifelt winkende Hand zwischen den Gitterstäben, die hinter der Biegung der Allee verschwand.

Am Abend, als die Pflegerinnen zum Essen zusammenkamen, verlor niemand ein Wort über Lines leeren Platz. Dr. Fatzer kam hereingerauscht. »Ich muss Ihnen mitteilen, dass Fräulein Caroline Müller Stift Eichenhof unehrenhaft verlassen musste.«

Unehrenhaft?, dachte Anna. Seit wann sind wir beim Militär? »Wegen Unterschlagung von Lebensmitteln«, donnerte Fatzer. »In Kriegszeiten können wir so etwas selbstverständlich nicht hinnehmen.«

Klingt, als hätte sie das Brot verscherbelt, dachte Anna grimmig.

»Wer ähnliche Frevel begeht, wird augenblicklich des Stifts

verwiesen. Das gilt auch für alle, die solche Aktivitäten unterstützen oder decken.«

Als Anna um elf zur Hintertreppe kam, wartete Sven schon auf den Stufen. Sie blieb stehen.
»Keinen Moment glaube ich, dass das Hannele einfach so gestorben ist«, platzte sie heraus.
Er schwieg und reichte ihr eine Zigarette.
»Sie hatte tatsächlich ein schwaches Herz, das kannst du mir glauben.«
Anna schnaubte. »Komisch, dass ihr Herz ausgerechnet in der Nacht stehen geblieben ist, in der die Bulldogge ihr was zu trinken gegeben hat. Sonst brüllt sie die Kinder nur an, wenn die jammern, dass sie Durst haben.«
»Woher weißt du das?«, fragte Sven.
»Wir waren da«, antwortete sie herausfordernd. »Ich und Line.«
»Tut mir leid, dass man sie weggeschickt hat.«
Anna setzte sich auf die Stufen und umschlang die Knie mit den Armen. »Das stinkt doch alles zum Himmel.«
Sven schwieg. »Eliminierung unnützer Esser«, sagte er dann und drückte den Stummel seiner Zigarette aus.
»Du meinst, irgendjemand hat das angeordnet?« Anna spürte, wie ihr eiskalt wurde. »Hier bleibe ich keinen Tag länger«, sagte sie.
»Lauf nur weg, kleine Anna«, sagte er gleichmütig. »Aber dann kannst du nichts mehr tun für die Kinder.«
Er weiß genau, wie er mich herumkriegen kann, dachte Anna. Für einen Moment empfand sie einen Hauch von Abneigung gegen den jungen Arzt.
Sie seufzte. »Ich mache mir einfach Sorgen um Maja.« Sie starrte in den Nachthimmel. »Ich habe da irgendwie ein komisches Gefühl. Seit sie diesen epileptischen Anfall hatte, macht die Bulldogge so seltsame Bemerkungen. ›Armes Hascherl‹, nennt sie sie dauernd. Da wird einem wirklich schlecht.« Sie

wandte den Kopf und sah ihn an. »Sven, wenn du was weißt, musst du es mir sagen.«

»Ich weiß wirklich nicht, was Fatzer und seine Leute planen«, sagte er. »Ich glaube, die entscheiden spontan, wen es erwischt. Wer es nicht wert ist, länger zu leben.«

Anna schauderte »Aber Maja! Die ist so klug und so witzig. So voller Lebenslust, trotz ihrer Behinderung.«

Er nickte.

»Und sogar der kleine Adolf, der nur in seinem Bett gelegen hat und nicht mal sprechen konnte, hatte ein Recht, am Leben zu bleiben. Der war mehr wert als Fatzer und seine gemeine Mörderbande zusammen.«

Er lachte nachsichtig.

»Dass wir uns um die Schwachen und Kranken kümmern, das macht uns doch erst zu Menschen«, sagte sie leise, aber hitzig. »Leute wie Fatzer, die treten das mit Füßen. Oder siehst du das vielleicht anders?«

»Kleine Anna«, sagte er freundlich. Zum ersten Mal legte er den Arm um sie. Er küsste sie zart auf die Schläfe. Anna war überrascht, wie sehr sie die Berührung tröstete.

»Natürlich ist deine Maja ein ganz besonderer Mensch. Ich glaube, die wird uns noch alle überraschen.«

»Hoffentlich hat sie dazu noch Gelegenheit.«

»Ich werde nicht zulassen, dass Fatzer ihr Gift verabreichen lässt. Versprochen. Und ich habe auch schon einen Plan.«

Kapitel 12

Das leere Bett

Donnerstag, 25. Dezember 2008
»Aber nein. Das ist sogar eine richtig gute Idee«, sagte Hanna
gerade, als Theo mit Fatih im Schlepptau zurück ins Wohnzimmer kam.

Lars schüttelte abwehrend den Kopf. »Am ersten Weih-
nachtsfeiertag?«

»Frohes Fest allerseits«, sagte Fatih. Er trug einen alters-
steifen schwarzen Persianer, den er vermutlich irgendeiner
Großtante abgeluchst hatte, und war bleich wie ein Vampir.

»Na, du alter Muslim, Sehnsucht nach ein bisschen Weih-
nachtsatmosphäre?«

Fatih verzog das Gesicht. »Haben Sie eine Ahnung. Meine
Mutter ist total versessen auf Weihnachten. Ich glaube, bei
uns steht der größte Christbaum der Stadt im Wohnzimmer.«

»Hanna, das ist Fatih.« Theo schob den Jungen zu Hanna
hinüber. »Er ist ein guter Freund von Anna gewesen. Fatih,
das ist die geheimnisvolle Hanna Winter.«

»Ah, die von der E-Mail.« Fatih beäugte die Unbekannte
neugierig.

»Hanna ist Journalistin. Sie will uns helfen.«

»Tatsache?« Fatih riss beeindruckt die kajalgeschmink-
ten Augen auf. »Ich hoffe, ich platze hier nicht irgendwo
rein.«

»Aber nein. Du bist der lebende Beweis auf zwei Beinen für
meine Feiertagsfrust-Theorie.«

»Hanna findet, wir sollten gleich heute mit unserer Recherche weitermachen. Sie meint, wir sollen die Leute ganz ein-

fach überfallen«, brachte Lars die anderen auf den Stand der Diskussion.

»Aber ja. Der erste Feiertag ist ideal.« Hanna schüttelte Lars' Oberarm. »Verstehst du nicht? Heute ist der Weihnachtszauber verflogen. Die Geschenke sind ausgepackt, alle sind noch vollgestopft wie Weihnachtsgänse, und man fängt an, einander ernsthaft auf den Wecker zu gehen. Die Familien hocken aufeinander, das ist bei den meisten so. Manche hauen sich sogar die Schädel ein. Dazu gibt es Polizeistatistiken. Guck dir nur Fatih an, der hat auch schon die Nase voll.«

»Kann man wohl sagen. Aber meine Mutter ist auch eine Festtagsterroristin. Die reißt sich jedes kulturelle Event unter den Nagel, um einen Vorwand zu haben, die Familie zusammenzutrommeln. Einmal wollte sie sogar Jom Kippur feiern ...«

»Das ist doch ein jüdischer Feiertag.«

»Eben. Das große Versöhnungsfest. Meine Mutter fand den Gedanken super. Aber da hat die gläubigere Verwandtschaft dann doch nicht mitgespielt.«

»Ich weiß nicht. An Weihnachten den Leuten mit einer Mordtheorie ins Haus zu fallen ...« Lars war noch immer nicht überzeugt.

»Müssen wir ja nicht.« Hanna hob listig die Augenbrauenbalken. »Wir können sagen, wir sind einem Geheimnis auf der Spur. Das zieht immer«

»Also gut.« Theo griff sich eine Handvoll Spekulatius. »Wo fangen wir an?«

»Am einfachsten wäre es, wenn wir jemanden fänden, der Bergman selbst noch von früher kennt. Jemand, der damals auch in Eichenhof war.«

Theo und Fatih sahen einander an. »Line«, sagten sie im Chor.

Es zeigte sich, dass Hanna recht gehabt hatte. Als Theo etwas zögerlich bei den Lüders anrief, zeigte sich Emil Lüders ganz offenherzig. »Kommen Sie nur«, sagte er munter. »Meine Line hat heute einen guten Tag.«

Sie beschlossen, dass Hanna und Theo die Expedition übernehmen sollten. Der enttäuschte Fatih nahm ihnen das Versprechen ab, ihm alles haarklein zu berichten.

»Wir gehen zu Fuß«, schlug Theo vor. »Es ist nicht weit.«

Die Luft war frisch und kalt, und obwohl es erst halb vier war, brach die Dämmerung herein. Auf der kleinen Koppel von Theos Nachbarn standen zwei kleine Esel. Sie schauten gleichmütig zu den Spaziergängern hinüber, doch ihre flauschigen Langohren drehten sich wie Radarantennen. Theo lehnte sich über den Zaun und zog zwei Mohrrüben aus der Tasche. Gemächlich kamen die beiden herangestakst. »Sind die kuschlig.« Hanna berührte behutsam eine samtweiche Schnauze, die an der Mohrrübe knabberte.

»Das sind Rosalinde und Spöke«, sagte Theo und kraulte den kleineren der beiden Esel zwischen den Ohren.

»Spöke?«

»Ja. Das ist Plattdeutsch für ›Spuk‹. Wie in ›Spökenkieker‹. Das sind Leute, die Gespenster sehen können« – wie ich, sendete er telepathisch an den Esel. Der warf ihm unter langen Wimpern einen unergründlichen Blick voll schläfriger Intelligenz zu.

»Glaube ich sofort, dass der Kerl mehr Wundersames sehen kann als wir Zweibeiner«, bestätigte Hanna.

Die Straße führte in einer sanften Biegung hinunter zur Kornweide. Jenseits der vierspurigen Straße änderte sich das Gesicht Wilhelmsburgs wieder einmal abrupt. Hier das bäuerliche Idyll, dort einige neue Einfamilienhäuser, die der Ländlichkeit der Elbinsel immerhin durch das eine oder andere Sprossenfenster Tribut zollten. Hinterm Deich, wie die noch junge Straße hieß, lebten vor allem Familien. Buntes Spielzeug lag auf den reifüberpuderten Rasenflächen, und ungeschickt von Kinderhänden geflochtene Stanniolgirlanden schmückten die kahlen Bäumchen. Sie gingen weiter und blieben einen Augenblick stehen, um den Kindern auf dem zugefrorenen kleinen Teich zuzuschauen. Ein paar Jungs lieferten sich eine lautstarke Eishockeyschlacht, die Mädchen übten Pirouetten.

»Vierzig Jahre Emanzipation, und nun schau dir die Rollenverteilung an«, seufzte Hanna.

»Gegen die Natur kann man nix machen«, sagte Theo. »Wobei ...«, er deutete auf den kleinsten und energischsten der Eishockeyspieler. »Ich glaube fast, das da ist ein Mädchen.« Jetzt entdeckte auch Hanna die dünnen Zöpfe, die unter der Pudelmütze hervorlugten. In vornehmem Abstand zu der lebhaften Jugend zog ein älterer Herr gemächlich seine Bahnen. Er hatte die Hände im Rücken verschränkt und sah in seinem langen Mantel aus wie ein würdevoller Pinguin.

Sie gingen weiter in Richtung Papenbrack, wo Line und Emil Lüders wohnten. Die Bewohner der älteren Siedlungshäuser hatten sich ein weihnachtliches Wettrüsten geliefert. Überall blinkte und leuchtete es. Künstliche Eiszapfen funkelten mit discoartig schillernden Weihnachtssternen um die Wette. Einer hatte einen kompletten Rentierschlitten mit Festbeleuchtung auf dem Flachdach seiner Garage platziert. »Du meine Güte«, stöhnte Hanna auf, »da wird man ja blind.« Seit vor einigen Jahren lebensgroße Weihnachtsmänner in Mode gekommen waren, waren die Weißbärte überall im Einsatz. Sie hockten in Bäumen und auf Dächern oder baumelten an Leitern.

»Für Einbrecher ist das ja die perfekte Tarnung«, meinte Theo. »Man kann überall unbehelligt einsteigen. Wenn irgendwo so ein Kerl mit roter Mütze rumhängt, merkt doch kein Mensch, dass der tatsächlich lebendig ist.«

Sie kamen an einem Spielplatz vorbei, in dessen Mitte ein

kleiner runder Bunker aus dem Zweiten Weltkrieg wie ein vom Himmel gefallener Meteorit aufragte. Hanna schaute ihn überrascht an.

»Die stehen hier noch überall herum.« Theo machte eine flatternde Geste, die die ganze Elbinsel mit einbezog.

»Warum hier, und nicht im Rest von Hamburg?«

Er zuckte mit den Schultern. Darüber hatte er noch nie nachgedacht. »Vermutlich weil Wilhelmsburg als Industriegebiet besonders unter Beschuss stand. Außerdem sind die Keller hier nicht sicher genug«, meinte er dann. »Das sind ja alles eher Souterrains. Die haben rundherum kleine Fenster.«

Kinder hatten den kreisrunden Bau mit Blumen bemalt. Darüber lag eine weitere Schicht mit Graffiti.

»Als Jungs haben wir dort gespielt. Der Bunker war die Burg. Die eine Mannschaft saß auf dem Dach, und die andere Gruppe waren feindliche Ritter, die sie erobern wollten.«

Hanna sah die glatten Wände hinauf. Gar nicht so leicht, da hinaufzukommen.

»Im Eingang hat es immer gestunken. Vermutlich ist das immer noch so. Da kann man nämlich unbeobachtet pinkeln.«

Hanna rümpfte die Nase und lachte ihr bellendes Lachen.

Wenige Minuten später hatten sie ihr Ziel erreicht. Anerkennend stellten die beiden fest, dass das alte Ehepaar hinsichtlich seines Weihnachtsschmucks Zurückhaltung übte. In den zwei kleinen Fenstern des Häuschens, die zur Straße schauten, standen zwei schlichte rote Kerzenständer. Im Garten schmückte eine bescheidene weiße Lichterkette ein Tannenbäumchen.

Als sie die Pforte öffneten, stürmte ihnen ein wuscheliger schwarzer Hund entgegen. Hanna bückte sich, um den fröhlich kläffenden Hausbewohner zu begrüßen. Emil trat auf das Podest, auf das die Treppe neben dem Haus führte. »Hereinspaziert«, sagte er.

Der winzige Flur war vollgestopft mit zwei Hundekörb-
chen, Bergen von Schuhen und einer Garderobe, auf der sich
Mäntel, Jacken und Mützen türmten. Emil geleitete seine
Gäste in die Küche. Dort stand mit roten Wangen seine Frau
Line. »Besuch«, rief sie erfreut und gab ihnen ihre knochige,
aber warme Altfrauenhand. »Da mach ich uns doch gleich
einen schönen Tee.« Line blickte schüchtern zu ihrem Mann.
»Ist doch jetzt Zeit für Tee, oder, Emil?«
»Natürlich. It's always teatime, my dear.«
Erleichtert machte sich Line ans Werk. Hanna und Theo
bemerkten, dass Emil angespannt jeden Handgriff seiner Frau
verfolgte. Erst als der Wasserkessel auf dem Herd stand und
die richtige Platte glühte, verstaute er Theos Lederjacke und
Hannas Mantel an einer weiteren Garderobe. Die im Flur hätte
auch nicht einmal mehr einem Babymützchen Platz geboten.
Das Zweitlager befand sich hinter einer Ziehharmonikatür,
von der aus offenbar eine steile Treppe ins Obergeschoss
führte. Anschließend lehnte Emil ein Backblech an die ge-
schlossene Schiebetür, das er mit zwei Flaschen Wein stabili-
sierte. »Das ist wegen der Katzen«, erklärte er. »Die verkrü-
meln sich sonst nach oben.«
Theo sah sich unauffällig um. So etwas hatte er noch nicht
gesehen. Die Tapete stammte, obwohl in blassen Blautönen
gehalten, augenscheinlich noch aus den 70er-Jahren. Das ist
ja schon wieder Retroschick, dachte er. Allerdings sah man
nur wenig von ihr. Sie war über und über bedeckt mit Schnapp-
schüssen, vergilbten Kinderzeichnungen und selbst gebastel-
ten Wandkalendern. Der jüngste, den Theo entdeckte, stammte
aus dem Jahr 1982. Daneben klebten uralte Zeitungsaus-
schnitte. Das Zentrum dieser Flutwelle bildete eine Pinnwand,
die offenbar schon sehr bald nicht mehr ausgereicht hatte für
die vielen Fundstücke und Liebesgaben.

Das Küchenmobiliar war bunt zusammengewürfelt. Eine
Kücheneckbank aus Eiche und ein dazu passender Tisch kol-

lidierten stilistisch mit einem Resopalschränkchen aus den Sechzigern. Die Küchenzeile selbst, ebenfalls Eiche rustikal, war zwar ein Einbaumodell, aber offenbar gebraucht übernommen worden und passte daher nicht so recht. Auf den Hängeschränken türmten sich Vasen aus geschliffenem Bleikristall, aus Ton und solche, die offenbar aus Saftflaschen bestanden, denen man mithilfe von Moltofill eine stachelige Außenhaut verpasst hatte, die anschließend bunt bemalt worden war. Theo schmunzelte. Er erinnerte sich, selbst als Kind ein solches Ungetüm angefertigt zu haben.

Trotz der eigentlich erdrückenden Fülle an Krimskrams fühlte er sich erstaunlich heimelig. Der grünscheckige Linoleumboden war zwar alt und mit Klebestreifen geflickt, aber blitzsauber. In der Luft hing ein zarter Duft von Zimt und Zitrone.

Line goss ihnen den Tee in dickwandige Tassen aus britischem Porzellan. Eine blau gezeichnete Landschaft auf weißem Grund schmückte das Service. »Blue Tower«, erkannte Theo. Seine Tante Grete hatte das gleiche Geschirr benutzt.

»Danke schön«, sagte Hanna.

»Sind Sie die Jüngste von Maziniaks?«, fragte Line vorsichtig.

»Nein«, sagte Hanna. »Ich heiße Hanna. Hanna Winter. Wir kennen uns noch nicht.«

»Oh«, sagte Line und versteckte ihre Verlegenheit hinter der Teetasse. Anschließend griff sie nach einer Papierserviette mit weihnachtlichem Stechpalmendekor und begann eifrig, aus ihr ein Objekt zu falten. Dabei summte sie leise vor sich hin.

»La Paloma««, erkannte Theo. »Herr Lüders ...«

»Emil«, unterbrach er ihn. »Nennen Sie mich doch einfach Emil.«

»Gerne. Also Emil. Wir würden Ihrer Frau gern ein Foto zeigen. Wenn es sie nicht zu sehr aufregt, meine ich. Vielleicht erkennt sie den Mann darauf. Anna zumindest scheint ihn gekannt zu haben.«

»Aus ihrer Zeit in Eichenhof«, sagte Hanna.

Emil Lüders nickte bedächtig. »Erik hat mir schon erzählt, dass Sie eine ... eigene Theorie haben, was den Tod von Anna betrifft.«

Theo spürte, wie er rot wurde.

»Hören Sie, ich weiß, das klingt abenteuerlich ...«

»Oh, wissen Sie, Anna hatte immer ihre Geheimnisse. Offenbar auch im Tode noch.« Er lächelte traurig.

»Meinen Sie, es geht in Ordnung?«

»Wir werden sehen. Versuchen Sie es einfach. Anna hätte es gewollt. Und Line auch, wenn ihr klar wäre, worum es geht.«

Hanna zog das ausgedruckte Foto von Bergman aus ihrer Tasche und legte es vor Line auf den Tisch.

»Line«, sagte sie. Die alte Frau hob den Kopf und lächelte sie an. »Wären Sie so lieb, sich das Foto anzusehen?«

Line griff nach dem Papier und setzte sich die Brille auf die Nase, die an einem goldenen Kettchen um ihren Hals baumelte.

»Wir würden gern wissen, wer der Mann ist. Kennen Sie ihn vielleicht?«

»Aber natürlich«, sagte Line entschieden. Hanna, Theo und Emil hielten die Luft an.

»Das ist Errol Flynn«, sagte Line stolz. »Der Schauspieler«, erklärte sie dann.

»Warten Sie, ich hol nur rasch ...« Sie stand auf und ging hinaus. Dann hörten sie Line im winzigen Wohnzimmer nebenan herumkramen. Offensichtlich suchte sie etwas. Doch schon bald wurde es still.

»Sie hat schon wieder vergessen, was sie gesucht hat.« Emil seufzte. »Ich schau mal nach ihr.« Er ging nach nebenan.

»Sie schläft«, sagte er, als er zurückkehrte. »Das passiert ihr dauernd. Es muss sehr anstrengend sein, sich in seinem eigenen Leben nicht mehr zurechtzufinden.« Er ließ sich wieder auf seinen gepolsterten Küchenstuhl sinken.

»Bewundernswert, wie Sie sich um Ihre Frau kümmern.«

Emil warf Theo einen langen Blick über den Rand seiner Brille zu. »Ich finde daran absolut nichts Bewundernswertes. Es ist völlig selbstverständlich für mich. Das ist Line, meine Frau. Vor über sechzig Jahren habe ich fast den Verstand verloren. Da hat sie sich gekümmert. Nun bin eben ich an der Reihe.«

Hanna lächelte. »Nur eine von zehn Frauen verlässt ihren schwer kranken Mann. Aber neun von zehn Männern verlassen ihre Frau, wenn sie sehr krank wird.«

»Erbärmlich.« Emil schnaubte verächtlich. »Allerdings muss ich zugeben, dass ich Glück gehabt habe. Wissen Sie, bei vielen Alzheimerpatienten verstärkt sich der Wesenskern im Verlauf der Krankheit. Wenn die guten Manieren verblassen, der gesellschaftliche Lack bröckelt, kommt das wahre Ich ungeschminkt zum Vorschein. Und meine Line: Die war immer fröhlich, herzensgut und tapfer. Und das ist sie auch heute noch. Und ihre verrückten Einfälle, die hat sie auch immer noch.« Er lächelte, offenbar in Erinnerung an längst vergangene Eskapaden seiner Frau. »Für mich ist sie noch immer das junge Mädchen, in das ich mich auf den ersten Blick verliebt habe.«

»Wann war das?«, fragte Hanna.

»Am 27. Mai 1943. Den Tag werde ich nie vergessen. Ich saß zusammengekauert in der Abseite dieses Häuschens hier.« Er deutete vage nach oben. »Oben in der Mansarde gibt es links und rechts von der Dachschräge je einen winzigen Raum, für Koffer oder ähnlichen Kram. Er ist keinen Meter hoch und liegt direkt unter den Dachschindeln. Da hatte Lines Mutter, Mathilde, mich versteckt. Sie müssen wissen, dass meine Mutter Jüdin war. Sie ist in Auschwitz gestorben.«

»Wie fürchterlich.« Theo spürte verlegen, wie unzureichend seine Worte waren.

Emil überhörte den Einwurf. Seine Augen waren auf einen fernen Punkt gerichtet, an dem er nach den Geistern der Vergangenheit Ausschau hielt. »Mein Vater hat sich 1941 von ihr scheiden lassen – immerhin später als manch anderer. Mich hat er zwei Jahre später bei seiner alten Schulfreundin abgegeben wie ein Paket. Mich außer Landes zu schaffen, schien ihm zu gefährlich.« Er räusperte sich und nahm einen Schluck Tee.

»Im Mai 1943 saß ich schon seit einem Jahr in der Dachkammer. Tagsüber döste ich. Nachts streifte ich wie ein unruhiger Geist durchs Haus. Irgendwann hatte ich das Gefühl, dass mir in dem engen Kabuff die Luft ausging ... aber dann kam Line.« Er schwieg kurz und erinnerte sich an jenen Tag vor über sechzig Jahren. »Sie war wie ein frischer Luftzug. Vielleicht wissen Sie, dass man sie aus Eichenhof hochkant hinausgeworfen hatte? Sie hatte Brot gestohlen, um die behinderten Kinder zu füttern. Dabei sollten die ja möglichst hungers sterben.« Seine Stimme klang sachlich, was die Worte umso schrecklicher machte.

»Tagsüber kroch sie zu mir ins Kabuff und erzählte. Märchen. Was die Nachbarn trieben. Stundenlang. Irgendwas. Sie trieb Bücher auf. Eine Taschenlampe. Batterien. Sie war mein rettender Engel in finsterster Nacht.« Er überkreuzte die Arme schützend vor der Brust und schaute vor sich in die Flammen des Adventskranzes. »Ich sehe sie noch, wie sie da zusammengekauert sitzt, die Arme um die mageren Knie geschlungen – denn sie und Mathilde haben die Hälfte ihrer Essensmarken in mich investiert.« Er lächelte schief. »Und trotzdem hatte ich immerzu Hunger ... Und dann die blonden Zöpfe, die ihr links und rechts über die Schultern fielen. Oder, wenn ich Glück hatte, trug sie ihr Haar auch offen. Eine Lichtgestalt. Stört es Sie, wenn ich rauche?«

Theo und Hanna schüttelten unisono den Kopf.

Emil kramte bedächtig in der tiefen Tasche seiner Strickjacke und förderte Pfeife und Tabak heraus. Er stopfte den Kopf mit präzisen Bewegungen. Schmauchend zog er dann am Stiel der Pfeife, während er sie mit einem seltsamen hakenförmigen Feuerzeug entzündete. Als der Tabak zwei-, dreimal aufgeglüht war, lehnte er sich zufrieden zurück. Ein würziger Duft nach Äpfeln verbreitete sich im Raum.

»Ein paar Wochen später ist dann Anna aufgetaucht. Mathilde hat sie auch bei sich aufgenommen. Sie muss so eine Art Nervenzusammenbruch gehabt haben. Von Line weiß ich nur, dass sie herausgefunden hatte, dass man irgendwelche furchtbaren Experimente in Eichenhof gemacht hat. Das hat sie völlig aus der Bahn geworfen. Und das, obwohl Anna schon damals eine starke Persönlichkeit war.«

»Hatte sie denn keine eigene Familie, zu der sie gehen konnte?«

Emil schüttelte den Kopf. »Zu ihrer Mutter wollte sie nicht. Und der war es wohl ganz recht, dass Anna nicht bei ihr wohnte. Wegen der Schande, wissen Sie?« Er zog bedächtig an seiner Pfeife. »Als Anna hierher in den Papenbrack kam, war sie nämlich schwanger.«

Theo hob überrascht den Kopf. »Und der Vater des Kindes?«

»Sie hat nie erzählt, wer es war. Nicht einmal Line. Wir haben immer vermutet, dass sie vergewaltigt worden ist.«

»Weil sie den Vater nicht nennen wollte?«

Emil schüttelte den Kopf. »Weil sie Erik nicht bei sich haben wollte.« Er paffte zwei, drei Züge an seiner Pfeife. Blauer Dunst umwaberte ihn. »Erik. Nicht einmal den Namen hat sie für ihn ausgesucht.« Er schwieg einen Moment. »Als Line das Kerlchen zum ersten Mal gesehen hat, hat sie gesagt: ›Der sieht ja aus wie Erik der Rote.‹«

»Der Wikinger? Der, der schon vor Kolumbus die Neue Welt entdeckt hat?«

Emil nickte. »Er hatte einen knallroten Schopf, als er auf die Welt kam. ›Dann nennen wir ihn doch einfach Erik‹, hat Anna wohl nur gesagt. Es hat sie überhaupt nicht interessiert.« Er seufzte.

»Aufgezogen haben dann eigentlich wir drei ihn. Mathilde, Line und ich. Anna hat erst ihre Schwangerschaft weitgehend ignoriert. Und nach der Geburt ist sie dann, so schnell es ging, wieder arbeiten gegangen. Erst als Hilfskrankenschwester und dann als richtige Pflegerin. Sie hat gewissermaßen unser Brot verdient. Patchworkfamilie nennt man das wohl heute. Verstehen Sie mich nicht falsch, es war ein gutes Arrangement. Viel brauchten wir ja nicht. Mathilde hatte das Haus, und Line und sie haben, so viel es geht, im Garten angebaut. Und dann hatten wir noch die Hühner. Als Erik klein war, gab's sogar eine Ziege – wegen der Milch. Hedwig hat die geheißen. Weiß der Himmel, wo Mathilde die aufgetrieben hatte. Ein unglaublich stures Vieh.« Er lachte. »1951 hat Anna dann angefangen, Medizin zu studieren. Nebenbei hat sie weitergearbeitet und Nachtdienste geschoben. Zu Hause, bei ihrem Sohn, war sie so gut wie nie.«

»Und wie hat der Junge das verkraftet?«, wollte Hanna wissen.

»Oberflächlich ganz gut. Ich meine, nach dem Krieg ging es ihm besser als vielen. Väter waren ohnehin Mangelware. Und Erik hat immerhin drei Menschen gehabt, die ihn von Herzen gern hatten. Mathilde war für ihn immer ›die Omi‹. Nur jemandem, zu dem er Mama sagen durfte, gab es nicht. Anna hat das abgelehnt. Und Line wollte sich nicht in eine Rolle drängen, die ihr nicht zustand.« Die Pfeife war erloschen. Sorgfältig polkte Emil mit dem spitzen Klappstachel des Pfeifenstopfers den restlichen Tabak aus dem Kopf und klopfte ihn auf einem Keramikteller aus. Dann legte er die Pfeife behutsam auf den Tisch.

»Line hat immer gehofft, dass Annas Gefühle für Erik sich

irgendwann ändern würden. Das haben sie dann auch, denke ich. Aber sie ist ihm gegenüber immer reserviert geblieben. Ich fürchte, er hat nie ganz aufgehört, um ihre Zuneigung zu kämpfen. Das war schon traurig anzusehen.« Er schob die Asche zu einem ordentlichen Häufchen zusammen.

»Glauben Sie jetzt aber nicht, Anna sei ein schlechter Mensch gewesen. Im Gegenteil: Sie war eine warmherzige, ganz wunderbare Person. Nur Erik gegenüber konnte sie wohl nicht über ihren Schatten springen. Und darum muss damals wirklich etwas Schlimmes passiert sein. Wenn sie uns nur erzählt hätte, was das war.«

Dienstag, 1. Juni 1943
Anna sah auf ihre Hände hinunter. Sie umklammerten das Metallgestänge am Fußende des Krankenhausbetts so fest, dass die Fingerknöchel weiß hervortraten. Sie registrierte die abgestoßenen Stellen, wo das dunkle Eisen unter der cremefarbenen Farbschicht hervorschaute.
Das Bett war leer. Es war nicht nur leer, es war verwaist. Jemand hatte Kopfkissen und Decke entfernt und das Laken abgezogen. Nur noch die nackte, blau-weiß gestreifte, etwas fleckige Matratze lag auf dem Gitterrost. Im Sonnenlicht über dem Bett tanzten die Staubpartikel einen Reigen.
»Wo ist Maja?«, fragte Anna.
»Maja? Die ist weg. Verlegt worden.« Ilse zuckte betont gleichgültig die Schultern. Doch ihre Schafsaugen blitzten boshaft.
Anna atmete laut aus. Verlegt hieß zumindest nicht tot. Zumindest noch nicht. »Wohin verlegt?«
»Keine Ahnung. Sie haben heute früh neun Kinder mitgenommen.«
Erst jetzt bemerkte Anna, dass weitere Betten leer standen. Der kleine Karl mit dem Wasserkopf fehlte. Und die halbseitig

gelähmte achtjährige Sieglinde, ein Neuzugang aus der letzten Woche.

»Wer?«, fragte Anna.

»Dein lieber Doktor von Vries«, sagte Ilse spitz.

Anna machte auf dem Absatz kehrt.

»Wo willst du hin!«, rief Ilse ihr wütend hinterher. »Du hast jetzt Dienst!«

Anna eilte die langen Gänge des ehemaligen Klosters hinunter. Erst kurz vor dem Ärztezimmer hielt sie an, um sich wieder zu fassen. Unmöglich konnte sie da hineinplatzen wie ein hysterischer Backfisch. Sie atmete ein paarmal tief durch und klopfte dann bescheiden.

»Herein«, klang es dumpf. Sie öffnete die schwere Tür und schlüpfte hindurch. Im Ärztezimmer saß Direktor Fatzer an einem großen Refektoriumstisch, der fast den gesamten Raum einnahm. Konstantin zu Weißenfels lehnte lässig an der Wand, den Kittel aufgeknöpft, die Hände in den Hosentaschen. Zwischen seinen Lippen steckte eine Zigarette. Ansonsten war das Zimmer leer.

»Das Fräulein Florin, nicht wahr«, sagte Fatzer leutselig. »Was können wir denn für Sie tun, Mädchen?«

»Ich suche Doktor von Vries«, sagte Anna.

»Der Herr Doktor. Scheint ja mächtig begehrt zu sein bei den jungen Damen.« Fatzer zwinkerte ihr zu.

Am liebsten hätte Anna ihn gegen das Schienbein getreten.

»Nun«, sagte er, »da müssen Sie sich noch etwas gedulden, junge Dame. Von Vries ist gerade im OP.«

Im OP?, dachte Anna verwirrt. Seit wann gibt es hier einen OP?

Am Abend wartete sie schon um halb elf auf der Hintertreppe des ehemaligen Klosters – früher als üblich. Von Sven war noch nichts zu sehen. Ungeduldig schubste sie Steinchen, die sich auf die Stufen verirrt hatten, auf den Kiesweg. Der Vollmond tauchte die Landschaft in ein unwirkliches Licht.

Zum ersten Mal fühlte sie sich unbehaglich in der Dunkelheit. Wahrscheinlich weil sie sich um Maja sorgte, sagte sie sich. Diese Ungewissheit machte sie wahnsinnig. Sie kickte ein weiteres Steinchen von der Treppe. Plötzlich verstärkte sich das Unbehagen. Irgendetwas hatte sie gehört. Ein Geräusch, das nicht in die Sommernacht passte. Ein leises Klicken von Metall, das auf Metall traf. Aus den Augenwinkeln versuchte sie, den Rhododendronbusch mit Blicken zu durchdringen. Irgendwas war da, spürte sie. Ein heller Schimmer zwischen den Blättern. Eine – Anwesenheit.

Sie bückte sich und griff nach einem großen Stein, der sich aus der maroden Brüstung der Treppe gelöst hatte. Reste von Putz verliehen ihm scharfe Kanten. Mit aller Macht schleuderte sie den Brocken in das Blattwerk. Ein dumpfer Laut. Dann ertönte wütendes Geheul. Eine Gestalt brach durch die Äste. Weiße Blüten wirbelten durch die Luft. Blut strömte aus einer Platzwunde an der Stirn. Immer noch brüllend wischte sich die Gestalt die herabrinnende Flüssigkeit aus den Augen. Dann ging sie auf Anna los. Fritz, dachte sie. Der Scheißkerl hat mir nachspioniert.

»Du Schlampe!«, brüllte der Hilfspfleger.

Anna zuckte zusammen. Seine Stimme klang schrill und unnatürlich hoch. Ich hab ihn noch nie reden gehört, kam ihr in den Sinn.

»Was ist denn hier los?«, *ertönte eine weitere Stimme aus der Dunkelheit. Sie klang amüsiert.*

Sven, dachte Anna erleichtert.

»Mensch, Anna, hast du den armen Kerl so zugerichtet?«

»Sie hat mir einen Stein an den Kopf geschmissen«, *heulte* Fritz. *Er sah immer noch so aus, als wollte er Anna niederschlagen.*

»Zeig mal her.« *Sven ging die Treppen hinunter und drehte den Kopf des Verletzten ins Mondlicht.* »Halb so wild«, *sagte er.* »Geh zu Schwester Helena und lass dir einen Verband machen.«

*Fritz warf noch einen hasserfüllten Blick auf Anna. Dann
drehte er sich um und stapfte davon.*
Anna atmete hörbar aus. »Ich dachte, der bringt mich um.«
»Komm, wir gehen ein bisschen spazieren.«
Anna packte ihn am Arm. »Wo ist Maja?«
*»Der geht's gut.« Er dirigierte sie in Richtung des alten Apfel-
gartens. Obwohl die Früchte längst noch nicht reif waren,
verströmten sie einen köstlichen Duft. Sven ließ sich nieder
und lehnte sich mit dem Rücken an einen Baumstamm. »Was
für ein Tag«, sagte er.*
*Er sah glücklich aus, fand Anna. Sie kniete sich neben ihn in
das moosige Gras. Es schmiegte sich kühl an ihre nackten
Beine. »Erzähl schon.«*
*»Du musst wissen, Konrad und ich, wir haben jeder unsere
eigenen Patienten. Darüber reden wir nicht groß.« Er warf
Anna einen bedeutungsvollen Blick zu. »Und eine davon ist
jetzt Maja.«*
»Was meinst du damit, ›eure eigenen Patienten‹?«
*»Hör zu. Wir haben jeder ein eigenes Forschungsprojekt, Kons-
tantin und ich. Die Angelegenheit ist etwas ... delikat. Darum
sprechen wir normalerweise nicht darüber.«*
»Du meinst, ihr ... experimentiert mit den Patienten herum?«
*Sven seufzte. »Siehst du, genau aus dem Grund hängen wir es
nicht an die große Glocke. Jede neue Behandlungsmethode
muss irgendwann zum ersten Mal an Menschen ausprobiert
werden. Heute habe ich eine völlig neuartige Operation durch-
geführt.«*
»Etwa an Maja?«
*»Nein, natürlich nicht. Maja kann man nicht so einfach ope-
rieren. Ich habe unseren kleinen Hydrocephalus behandelt.«*
»Du meinst Karl?«
»Genau.«
»Aber wie soll man denn einen Wasserkopf wegoperieren?«
Er lachte nachsichtig. »Weißt du, wie ein Wasserkopf entsteht?«

»Das passiert, wenn die Flüssigkeit im Gehirn nicht abfließen kann.«

»Kluges Kind.«

»Dann dehnt sich der Schädel unter dem Druck.«

»Und Nervenzellen gehen zugrunde. Aber genau das habe ich jetzt behoben.«

»Wie denn?«

»Ganz einfach. Ich habe einen Abfluss gelegt.«

»Einen Gully fürs Gehirn?«

Er lachte. »So kann man das natürlich auch sehen. Ich habe einfach ein Röhrchen eingebaut, damit die Flüssigkeit abfließen kann.«

»Und wohin fließt die?«

»In den Bauchraum.«

»Igitt«, sagte Anna.

»Besser als verblöden«, meinte Sven sachlich.

»Und Maja?«

»Maja bekommt eine elektrische Hirnstimulation.«

»Elektroschocks?« Anna war alarmiert. Sie hatte über diese Therapie, mit der meist arme Wahnsinnige ruhiggestellt wurden, Schreckliches gehört.

»Kein Gedanke. Es geht darum, ihr Gehirn mit minimalem Stromfluss wieder in die richtige Bahn zu lenken. Zu synchronisieren.«

»Und das funktioniert?«

»Woher soll ich das wissen?«, gab er zu. »Aber sieh es doch mal so: Solange Maja Teil meines Experiments ist, ist sie kein nutzloser Esser mehr. Sie ist ein wertvolles Forschungsobjekt. Somit steht sie unter meinem persönlichen Schutz.«

Anna nickte langsam.

»Und dann wird sie irgendwann leider versterben ...«

Anna erstarrte. Sven packte sie am Arm.

»Wir werden sie betrauern und begraben und dann, dann lassen wir sie heimlich wiederauferstehen.«

Anna starrte ihn verständnislos an.

»Wir schaffen sie über die Grenze nach Dänemark. Da habe ich einen guten Freund, der eine Klinik leitet. Da ist sie sicher.«

Anna war immer noch skeptisch. Aber es war immerhin eine Chance.

»Und Karl? Lassen wir den auch wiederauferstehen?«

Sven schüttelte den Kopf. »Karl. Der ist entweder durch meine Operation geheilt. Ich meine, er wird zwar immer einen vergrößerten Kopf behalten, aber mit etwas Glück kann sich sein Hirn endlich wirklich entfalten.«

»Oder?«

»Oder er stirbt daran.«

Kapitel 13

Operation Gomorrha

Freitag, 26. Dezember 2008

Karl hatte Glück gehabt. In jeder Beziehung. Er hatte die Operation nicht nur überlebt. Sein Hirn hatte sich zu verblüffender Blüte entfaltet. 1945 hatte ihn zudem eine entfernte Cousine seiner verstorbenen Mutter aufgestöbert und adoptiert. Eines Tages war sie in die Klinik spaziert und hatte ihn einfach mitgenommen: ein klapperdürres, in Pelz gehülltes Geschöpf, an dessen mageren Armen zahllose Ringe und Armbänder klimperten. Hildegard war sehr vermögend. Woher ihr Reichtum stammte, dazu hatte sie sich nie geäußert. Sie war sehr exzentrisch.

»Exzentrisch genug, einen hässlichen Wasserkopf bei sich aufzunehmen«, erklärte Karl augenzwinkernd. Hanna und Theo lauschten seiner Erzählung wie einem Märchen. Schnell hatte Hildegard spitzgekriegt, dass ihr kleiner Wasserkopf eine Art Wunderkind war. Sie ermöglichte ihm die beste Ausbildung, und so war er Professor für Astrophysik geworden, »eine Koryphäe seines Fachgebiets«, hatte Hanna erstaunt gesagt, als sie ihn im Internet aufgestöbert hatte. Ein Genie aus der Behindertenanstalt.

»In meinem Kopf ist halt mehr Platz zum Denken als gewöhnlich«, sagte Prof. Dr. Karl Lewander und klopfte fröhlich auf seinen enormen, fast völlig haarlosen Schädel, der auf einem zierlichen Körper ruhte. Er trug einen erlesenen, safranfarbenen Hausmantel aus Brokat, wie er vor achtzig Jahren Mode gewesen sein mochte. Die winzigen Füße steckten in spitz zulaufenden Samtpantoffeln. Das schmächtige Männ-

166

lein erinnerte Theo an den »kleinen Muck« aus dem Märchen von Wilhelm Hauff. Auch der Raum, in dem sie saßen, war wundersam. An den Wänden hingen zahllose Spiegel in allen Größen und Formen. Dazwischen blickten Porträts auf die Besucher herunter, die vom Ende des 19. Jahrhunderts stammen mochten. Die Frauen mit seelenvollem Blick und hochgeschnürtem Busen. Die Männer mit imposanten Bärten. Die dunkelblau gestrichene Decke war kunstvoll mit einem Sternenhimmel bemalt, der sich ins Unendliche zu wölben schien. Über dem Kamin hing das mächtige Geweih eines Zwölfenders, von dessen Spitzen bunte, mit echten Federn beklebte Vögel aus Pappmaschee hingen. Sie drehten sich träge in der aufsteigenden Wärme des Feuers.

In einer Vitrine und auf der Anrichte befand sich eine eindrucksvolle Sammlung von Nippes: Blechkarussells und Aufziehspielzeug, eine gläserne Schneekugel, die eine viktorianische Schlittschuhszene beherbergte, ein alter Hampelmann aus Holz. Dann begannen plötzlich die drei oder vier Uhren zu schlagen, die im Zimmer standen und hingen. Aus einer Kuckucksuhr an der Wand sprang statt des Vogels ein tanzender Hund hervor.

Auf einem Beistelltisch entdeckte Theo ein Kaninchen aus weißem Porzellan. Es stand aufrecht auf den Hinterläufen. Zwischen den langen Ohren saß ein Zylinder. »Jetzt weiß ich, wo wir gelandet sind«, sagte er zu Hanna und deutete auf die Figur. »Wir sind zum Tee beim verrückten Hutmacher.« Tatsächlich war der Tisch mit goldverziertem Porzellan gedeckt. In der Mitte türmten sich Teekuchen und hauchdünne Sandwiches.

»Alice im Wunderland!«, rief der Professor vergnügt und hieb mit seiner winzigen Faust auf den Tisch, dass die Kuchen hüpften. »Eines meiner Lieblingsbücher. Wissen Sie, ich habe eine Weile in Oxford gelebt.« Dann wurde er ernst. »Aber deswegen sind Sie nicht hier.«

Hanna zog auf das Stichwort hin die Fotos aus ihrer großen Wildledertasche mit Fransen. »Erkennen Sie diesen Mann?«, fragte sie.

Karl nahm die Ausdrucke vorsichtig in die Hände und setzte sich seine griffbereite Lesebrille auf die Nase. »Und der soll auf Eichenhof gearbeitet haben?«

»Das glauben wir jedenfalls.«

Er studierte das Gesicht genau, dann hob er den Blick. »Tut mir wirklich leid«, sagte er schließlich. »Aber als Hildegard mich aus Eichenhof gerettet hat, war ich noch keine sechs Jahre alt. An Gesichter kann ich mich einfach nicht mehr erinnern.« Kummervoll schob er die Brille auf die Stirn. Sein gletscherblauer Blick wanderte von Theo zu Hanna und zurück. »Worum geht es hier eigentlich wirklich?«

Keine fünf Minuten dauerte es, in Kurzform zu berichten, was sie wussten, glaubten, errieten. Anna Florin war von einem Mann getötet worden, weil sie 1943 Zeugin seiner Experimente an Menschen geworden war. Jenem Mann, der seit dem Krieg unter einer falschen Identität Karriere gemacht hatte.

Karl nickte bedächtig. »Kann sein, kann sehr gut sein.« Er rutschte von seinem pflaumenblauen Samtsessel. »Vielleicht kann ich Ihnen doch weiterhelfen.« Kurz darauf kehrte er mit einem dicken Ordner zu ihnen zurück. »Ich habe selbst vor ein paar Jahren Recherchen über Eichenhof angestellt.« Er schlug den Ordner auf, ließ die Brille von der Stirn auf die Nase plumpsen und blätterte in den gelbstichigen Unterlagen.

»Vor allem wollte ich herausfinden, was aus dem Mann geworden ist, der mich 1943 operiert hat.«

»Operiert?« Hanna zog die Augenbrauen hoch.

Karl nickte. »Ohne den Eingriff wäre ich heute wahrscheinlich nicht mehr am Leben. Und wenn, dann sicher nicht als der, der ich heute bin: Damals sind Kinder mit einem ausgeprägten Wasserkopf gestorben oder verblödet. Was in Zeiten der Behinderteneuthanasie ungefähr zum selben Ergebnis führte.« Er blickte sie bedeutungsvoll über den Rand seiner Brille an. »Die Operation war damals noch vollkommen unbekannt. Das Einsetzen eines ›Shunts‹, so nennt man die Drainage für die Hirnflüssigkeit inzwischen, praktiziert man erst seit 1949. Ich habe versucht herauszukriegen, wer mich damals operiert hat und was aus dem Mann geworden ist.«

»Und?« Theo beugte sich erwartungsvoll vor.

»Der Arzt hieß Sven von Vries.«

»Das wäre doch ein sehr wahrscheinlicher Kandidat!« Hanna sprang auf. »Wenn er damals schon tollkühne Schädel-OPs gemacht hat, ist doch nicht unwahrscheinlich, dass er heute Hirnforscher ist.«

»Wohl kaum.« Der Professor hob bedauernd die Hände. »Sven von Vries ist am 27. Juli 1943 gestorben. Er kam während der ›Operation Gomorrha‹ ums Leben.« Er erhob sich. »Der Herr ließ Schwefel und Feuer regnen vom Himmel herab auf Sodom und Gomorrha und vernichtete die Städte und die ganze Gegend und alle Einwohner. Erstes Buch Mose, Kapitel 19, Vers 24/25.«

Dienstag, 27. Juli 1943
Der 27. Juli 1943 war ein heißer Sommertag gewesen, der jetzt in einen ebenso warmen Abend überging. Wieder einmal konnte Anna nicht schlafen. Wieder saß sie auf der geschwungenen Außentreppe. Mit gerunzelter Stirn blickte sie nach Osten. Die Sonne sollte erst in ein paar Stunden aufgehen, und doch glomm dort ein immer heller werdender orangefarbener Schein.
»Mein Gott«, dachte sie plötzlich, »Hamburg brennt!«

Obwohl die Hansestadt erst zwei Nächte zuvor von 700 britischen Fliegern angegriffen worden war, die weite Teile von

Eimsbüttel und Altona zerstört hatten, genossen viele Hamburger die laue Sommernacht in Parks und Cafés. Um 23.40 Uhr bereiteten die Sirenen dem sommerlichen Idyll ein Ende. Ein Geschwader von 739 Bombern steuerte auf Hamburg zu. Der Name der Attacke: Operation Gomorrha.

Dieses Mal hatten die Piloten nicht den Hafen und die Industrieanlagen zum Ziel, diesmal wollte man die Zivilbevölkerung treffen. Mit dieser Strategie hoffte Churchill, die deutsche Bevölkerung zu demoralisieren und in den Aufstand gegen Hitler zu treiben.

Insgesamt 1464 Tonnen Sprengbomben rissen die Dächer von den Häusern und ließen die Fenster bersten. Dann kamen die Brandbomben. Sie fielen auf die freigelegten, knochentrockenen Dachstühle, in hölzerne Treppen und durchschlugen die Holzdecken der Wohnhäuser. Innerhalb weniger Minuten standen die ersten Gebäude in Flammen. Der Luftzug, der durch die zerbombten Fenster strömte, verwandelte sie in gigantische Kamine. Schnell sprang das Feuer von Haus zu Haus, bis ganze Straßenzüge in Flammen standen.

Fast zwanzigtausend Menschen kamen in dieser Nacht ums Leben. Die meisten erstickten in ihren Kellern – ein gnädiger Tod. Andere wurden in den bis zu tausend Grad heißen Gebäuden bei lebendigem Leib geröstet. Auch draußen gab es kein Entkommen. Die heiße Luft stieg schnell nach oben, das Feuer, das nach Nahrung gierte, sog den Sauerstoff am Boden an: Ein Feuersturm entfachte sich. Mit bis zu 270 Stundenkilometern raste der glühende Wind durch die brennenden Häuserschluchten. Er entwurzelte Bäume, riss Trümmer mit sich, verbrannte die Lungen all jener, die ihn einatmeten.

Einen Kilometer über Eichenhof näherte sich ein britischer Lancaster-Bomber. Der 20-jährige Pilot Bill Lexington hatte seinen ersten Einsatz geflogen. Im Verbund der Staffel hatte er sich sicher gefühlt, doch dann hatte die deutsche Flack

angefangen, ihre Reihen zu lichten. Der Flieger neben ihm, sein
Kumpel Steven, war vor seinen Augen abgeschossen worden.
Links und rechts von ihm waren die Geschosse der deutschen
Abwehr vorbeigezischt. Bill hatte die Nerven verloren und
beigedreht. Allerdings konnte er nicht mit seiner tödlichen
Ladung an Bord heimkehren. Unter ihm herrschte Dunkelheit.
Entschlossen entriegelte er die Klappen im Rumpf des Bom-
bers.

Vier Tonnen Sprengstoff und Metall stürzten dem Boden entgegen. Der größte Teil grub sich tief in ein Maisfeld, das Feuer
fing und spektakulär, aber harmlos abfackelte. Nur eine
Bombe traf ein Nebengebäude von Eichenhof. Anna sah, wie
die Fenster aus dem einstigen Verwalterhaus flogen. Es war
das Gebäude, in dem Sven und Konstantin ihre »besonderen
Schützlinge« untergebracht hatten.
»Maja«, murmelte Anna. Und rannte los.

Auf den ersten Blick wirkte das Haus nahezu unbeschädigt.
Erst als sie näher kam, sah Anna, dass eine der Seitenwände
fast vollständig eingestürzt war. Die Tür hatte sich nur leicht
verzogen, klemmte aber so, dass sie all ihre Kräfte mobilisieren musste. Mühsam wand sie sich durch den schmalen Spalt.
Von außen fiel Mondlicht durch das aufgebrochene Mauerwerk. Doch der Staub aus dem pulverisierten Putz hatte sich
noch längst nicht gelegt. Anna hustete und hielt dann den
Atem an. In der Ruine herrschte vollkommene Stille. Sie
wusste, dass Sven und Konstantin die Patienten im ersten
Stock untergebracht hatten, wo sie vor neugierigen Blicken
geschützt waren. Nicht einmal Anna hatte in den letzten
Wochen Zugang gehabt. »Jeder zusätzliche Besucher erhöht
das Risiko, dass sie sich infizieren«, hatte Sven ihr bedauernd
erklärt.

»Maja«, rief Anna und musste wieder husten. Niemand antwortete ihr. Die Treppe in den ersten Stock erschien wenig
vertrauenerweckend. Einige Stufen waren von herabfallenden
Steinen beschädigt worden, und sie wirkte insgesamt seltsam
schief. Vorsichtig ging Anna auf sie zu, rechts von ihr sperrte
ein Loch im Dielenboden sein Maul auf und gab den Blick auf
den Keller frei. Durch die Öffnung glomm ein vager bläulicher
Schein. Offenbar war das Notaggregat für den geheimen
Operationssaal angesprungen.
Sie rüttelte probeweise am Geländer der Treppe. Das linke
wackelte bedrohlich, das rechte schien stabil. Vorsichtig und
sich mit beiden Händen festklammernd stieg Anna Stufe für
Stufe nach oben. Dort erst offenbarte sich das ganze Ausmaß
der Zerstörung. Das Dach war vollständig abgedeckt und der
Dachstuhl größtenteils eingestürzt. Überall lagen Trümmer
herum, und spitze Holzbalken ragten in alle Richtungen. Anna
war sich darüber im Klaren, dass jeder Schritt lebensgefähr-
lich war. Seltsamerweise hatte sie trotzdem keine Angst. Vorsichtig kletterte sie über die Balken zum ersten der vier
Krankenzimmer.

Das Zimmer war, wie sich zeigen sollte, das einzige, das unbeschädigt geblieben war. Ironischerweise war es aber auch das
einzige, das leer stand. Bis vor Kurzem hatte Karl, der kleine
Wasserkopf, sich darin von seinem Eingriff erholt. Jetzt war er
seit zwei Tagen wieder auf der Kinderstation im Hauptge-
bäude – und putzmunter. Das Zimmer daneben hingegen bot
ein Bild der Verwüstung. Ein Teil der Decke war hinunterge-
stürzt, ein Dachbalken ragte quer durch den Raum. Das Kran-
kenbett war unter Schutt begraben. Daraus ragte eine kleine,
klauenhaft verkrümmte Hand.
Maja.
Langsam ging Anna zu dem Bett hinüber und begann mit
bloßen Händen, die Trümmer beiseitezuräumen. Sie achtete

nicht darauf, dass sie sich die Finger an den rauen Kanten blutig riss. Als Erstes legte sie Majas Gesicht frei. Ihre Haut war mit grauem Staub überzogen, sodass sie wie eine Gipspuppe wirkte. Der Mund stand leicht geöffnet. Anna langte mit dem Finger hinein, um die Schuttbröckchen herauszuklauben. Sie brauchte nicht nach einem Puls zu suchen. Maja war tot. Ein großer Steinbrocken hatte ihren Brustkorb vollständig zertrümmert.

Behutsam wischte sie das Gesicht der Freundin mit dem Jackenärmel ab. Von Majas schönen Locken, auf die sie so stolz gewesen war, war nichts mehr übrig. Vermutlich hatte Sven sie abrasieren lassen, um besseren Zugriff auf Majas Hirnströme zu haben. Sie strich ihr über die so verletzlich wirkende kahle Stirn. Erst da bemerkte sie die Drähte, die überall aus dem Schutt ragten wie bunte Fadenwürmer. Anna packte einen und zog daran, um die Elektroden zu entfernen. Sie schrie, als Majas Kopf sich ihr aus den Trümmern entgegenhob. Die Elektroden waren nicht aufgeklebt. Die Drähte führten direkt in ihren Schädel.

Entsetzt sprang sie auf, den Blick noch immer auf die tote Freundin gerichtet. Sie stolperte, sodass sie rittlings auf den Boden stürzte. Panisch krabbelte sie, den Blick noch immer auf Maja geheftet, rückwärts zur Tür. Plötzlich stieß sie an ein Hindernis. Ihr Blick fiel auf ein Paar staubbedeckte Männerschuhe. Anna spürte noch den Luftzug, den die herabsausende Holzstrebe verursachte. Dann verschluckte sie die Dunkelheit.

Kühl betrachtete der Mann die zusammengesunkene Gestalt zu seinen Füßen. Ein wenig Blut sickerte über Annas Schläfe, fraß sich wie ein purpurfarbenes Stromdelta durch den Staub auf ihrem Gesicht. Routiniert legte der Mann zwei Finger an Annas Halsschlagader. Ihr Puls flatterte etwas, war aber kräftig. Kurz überlegte er, ob er ihr einen zweiten, nunmehr tödlichen Hieb verpassen sollte. Er entschied, dass das unnötig war. Sie hatte ihn nicht gesehen, und sie würde lange genug bewusstlos bleiben, damit er erledigen konnte, was noch zu tun war. Überdies könnte eine zweite Verletzung jemanden misstrauisch machen, überlegte er.

»Leb wohl, kleine Anna«, sagte er. »Kleine Anna«, so hatte Sven sie immer zu ihrem Missfallen genannt. Aber Sven von Vries lag tot unter den Trümmern. Der Mann grinste. Dann machte er sich an sein grausiges Werk.

Als Anna die Augen öffnete, bohrten sich glühende Pfeile in ihr Hirn. Schnell schloss sie die Lider wieder.

»Na, wieder wach, Schätzchen«, sagte eine warme Stimme. Anna überlegte. Sie kannte die Stimme, konnte sie aber nicht einordnen. Das Denken fiel ihr schwer. »Durst«, krächzte sie mit aufgesprungenen Lippen. Das kühle Wasser, das ihr in einer Schnabeltasse gereicht wurde, kam ihr vor wie reinster Göttertrank. Doch kaum erreichte die Flüssigkeit ihren Magen, krampfte sich ihr Körper zusammen, und eine Woge der Übelkeit beförderte den gesamten Inhalt heraus. Anna würgte und spuckte. Zum Glück hatte sie nichts als zwei Schluck Wasser und etwas Galle im Magen.

»Da hast du dir wirklich eine schlimme Gehirnerschütterung eingehandelt«, sagte die Stimme mit sanftem Tadel.

»Schwester Gertrud«, krächzte Anna.

»Schlaf jetzt, Herzchen, danach wird es dir besser gehen.« Anna versank in dumpfen Schlummer.

Als sie das nächste Mal erwachte, war der Empfang in der Wirklichkeit weniger freundlich. Ihr Blick fiel auf Ilse, die mürrisch an ihrem Bett hockte und in einer zerfledderten Modezeitschrift blätterte.

»Wurde aber auch Zeit«, sagte Ilse. »Als hätten wir ohne dich nicht schon genug zu tun.« Anna verdrehte die Augen. Ein

Fehler. Sofort bohrten sich wieder glühende Pfeile in ihren geschundenen Schädel.

»Wie kann man auch so bekloppt sein und in ein Haus gehen, das kurz vor dem Zusammenkrachen ist.«

Maja! Tränen traten Anna in die Augen. Sie fühlte sich schwach und elend.

»Hättest sowieso niemandem mehr helfen können. Die sind alle mausetot. Auch der hübsche Sven von Vries ...«

Sven, dachte Anna. Sven, der Majas Schädel aufgebohrt hatte, um ihr gezielter Stromstöße verabreichen zu können. Sie musste wieder würgen.

»Herrje.« Ungeduldig hielt Ilse ihr die Brechschale unter den Mund.

»Wir machen große Fortschritte«, hatte Sven stolz erzählt. »Heute konnte ich zum ersten Mal von außen bestimmte Reflexe erzeugen. Zum Beispiel ein Zucken im gelähmten Arm. Das ist ein Durchbruch.«

»Aber es geht doch darum, dass Maja ihren Körper kontrollieren kann, nicht du.« Sie hatte Maja vor sich gesehen, eine Marionette an unsichtbaren Fäden. Ihr hatte gegraust.

»Eins nach dem anderen«, hatte er gesagt.

»Irgendjemand war jedenfalls da«, murmelte sie. »In dem Trümmerhaus war außer mir noch jemand.«

»Vermutlich der dicke Fritz. Der hat dich schließlich aus den Trümmern gezogen. Da wirst du in Zukunft wohl ein bisschen netter zu ihm sein müssen.« Ilses Schafsäuglein blitzten boshaft. Sie hatte genau mitbekommen, wie Fritz Anna verfolgt hatte. Und wie Anna das verabscheut hatte.

Anna schloss die Augen. Dass Ilse sogar auf so einen üblen Verehrer neidisch sein konnte, fand sie unfassbar.

Am nächsten Morgen war es wieder die mütterliche Schwester Gertrud, die Anna mit dezentem Geschirrgeklapper weckte.

»Na, Herzchen, geht's uns besser?«, fragte sie.

»Ich glaube schon«, krächzte Anna.

Die Schwester flößte ihr etwas lauwarmen Kamillentee ein.
Diesmal protestierte Annas Magen nicht. Dann öffnete sie das
Fenster. »Ein bisschen frische Luft wird dir guttun«, sagte sie.

Von draußen wehten Glockenklänge in das Krankenzimmer.

»Ist heute denn schon Sonntag?«, fragte Anna verwirrt.

»Nein, Sonnabend.« Gertrud schwieg betreten. »Die Glocken
läuten wegen der Beerdigung für die Bombenopfer.«

»Stimmt es wirklich, dass alle tot sind?«

»Von den Patienten hat keiner überlebt. Und den einen Doktor
hat es auch erwischt.«

»Ich weiß«, nickte Anna. »Sven.«

Mitfühlend legte Gertrud ihr die Hand auf die Schulter.

»Den hast du gern gehabt, nicht wahr?«

Anna schüttelte den Kopf und ignorierte die Schmerzattacke,
die sie damit provozierte. Jetzt nicht mehr, dachte sie grimmig.

»Was ist mit Konstantin?«

»Das ist allerdings seltsam.« Gertrud strich sich die makellose
Schürze glatt und setzte sich dann zu Anna aufs Bett. »Man
hat ihn noch nicht gefunden. Es kann sein, dass er noch im
Keller verschüttet ist. Allerdings ...«

»Was?«

»Allerdings ist auch eines der Autos verschwunden. Der alte
Lieferwagen«, sagte sie verschwörerisch.

Freitag, 26. Dezember 2008

»Bei der Operation Gomorrha ist nicht nur halb Hamburg ab-
gebrannt, auch Eichenhof hat einen Treffer abbekommen.«

»Aber das ist doch mindestens dreißig Kilometer von Hamburg entfernt.« Theo schüttelte ungläubig den Kopf.

»Vielleicht hat ein Pilot sich verflogen. Wir wissen es nicht.
Jedenfalls ist eine Bombe in ein Nebengebäude gekracht. Es

war das Haus, in dem Konstantin zu Weißenfels und Sven von Vries ihre ›Privatpatienten‹ untergebracht hatten.«

»Und dabei ist von Vries getötet worden.«

»Ja.« Der Professor seufzte. »Leider. Ich hätte ihm so gern gedankt.«

»Also hat Konstantin zu Weißenfels auch private Forschungen betrieben. Genau wie von Vries.« Hanna warf Theo einen Blick zu. »Vielleicht ist er unser Mann.«

Karl Lewander wackelte bedächtig mit dem großen Kopf. »Mit dem war irgendetwas Seltsames«, murmelte er. Mit seinen winzigen Händen pflügte er durch die vergilbten Seiten des Ordners.

»Hier!« Triumphierend deutete er auf eine Seite. »1983 habe ich mit Hein Kruse gesprochen. Er war damals Stallbursche in Eichenhof und hat geholfen, die Toten zu bergen. Er hat mir erzählt, dass man Weißenfels' Leiche nie gefunden hat. Entweder die Bombe hat ihn völlig zerfetzt ...«

»Oder?«

»Oder er hat sich in dieser Nacht abgesetzt. Offenbar fehlte eines der Fahrzeuge ...«

Kapitel 14

Der letzte Zeuge

Freitag, 26. Dezember 2008

Prof. Lewander hatte ihnen seine Ordner mit der Recherche aus den 80er-Jahren überlassen. Zerstreut blätterte Hanna darin, während Theo den Citroën startete.

»Vor zwanzig Jahren waren die meisten Zeugen noch am Leben«, sagte sie neidvoll. »Und sie waren auch nicht senil.« Von den vergilbten Seiten stieg das typische, leicht modrige Aroma von altem Papier auf. Sie klappte das Handschuhfach auf, um in dessen schwachem Licht die Buchstaben entziffern zu können.

»Na, das ist ja ein Ding«, rief sie plötzlich so laut, dass Theo in die Bremsen stieg und den Motor abwürgte.

»Mensch, erschreck mich doch nicht so.«

Hanna beachtete ihn nicht. Aufgeregt blätterte sie in den Unterlagen.

»Da gibt es eine gewisse Ilse Steiner, die in Eichenhof gearbeitet hat.«

»Und, was ist mit der?« Theo startete den abgesoffenen Wagen neu.

»Als Karl Lewander sie in den Achtzigern gesucht hat, saß sie hinter Gittern.«

»Und? Was hatte die Dame auf dem Kerbholz?«

»Der Todesengel vom Henriettenstift«, las Hanna eine Schlagzeile vor. Sie hielt ihm den Zeitungsausschnitt entgegen. Theo winkte ab. Er musste sich auf die Straße konzentrieren.

»Die Frau hat offenbar da weitergemacht, wo die Nazis 1945

aufhören mussten. Sie hat ihren Patienten Todesspritzen verabreicht.«

Der Artikel stammte aus dem Jahr 1974. Schwester Ilse Steiner hatte im Rahmen ihres Prozesses zugegeben, neun Patienten getötet zu haben. »Aus reiner Menschlichkeit«, wie sie bis zum Schluss beteuerte. »Sie hat ›lebenslänglich‹ bekommen«, informierte ihn Hanna.

»Recht so.«

Theos Handy machte sich bemerkbar. Es ertönte der Radetzkymarsch. »Verflixte Göre«, schimpfte er belustigt. »Radetzkymarsch. Da kriegt man ja einen Herzinfarkt.«

Hanna lachte. Er reichte ihr das noch immer rhythmisch wummernde Gerät.

»Bestattungsinstitut Matthies, was können wir für Sie tun?«, flötete Hanna. Am anderen Ende herrschte Stille.

»Ach, du bist das, Hanna«, sagte May dann. »Hör mal, ich hab hier eine etwas heikle Angelegenheit. Das muss Theo entscheiden. Seid ihr bald fertig?«

»Wir sind schon unterwegs.«

»Bestell deiner missratenen Tochter, es gibt Ärger«, grummelte Theo aus dem Hintergrund.

»Bis gleich«, sagte May huldvoll.

Eine Stunde später saß Theo im Wohnzimmer von Henriette Petersen, 82 Jahre alt und vor nicht einmal 24 Stunden zur Witwe geworden. Theo registrierte erleichtert, dass sie den Schlag offenbar mit Fassung trug. Weinende alte Damen machten ihn immer ganz hilflos. Die zierliche Seniorin saß sehr aufrecht in einem eiförmigen Ledersessel von Arne Jacobsen, einem Designklassiker aus dem Jahr 1960. Sie trug eine streng geschnittene, cremefarbene Seidenbluse zu rehbraunen feinen Cordhosen. Die Haare waren weiß, schulterlang und schick frisiert. Von Alter-Damen-Dauerwelle oder violetter Haartönung keine Spur. An ihrem Finger blinkte ein einziger, allerdings gewaltiger Ring. Theo wusste, dass sie Architektin war. Fast vierzig Jahre lang hatten sie und ihr Mann ein renommiertes Architekturbüro in der Innenstadt betrieben.

»Wissen Sie, Karl-Heinz war ja schon lange nicht mehr in Form. Er hat sich das letzte halbe Jahr sehr gequält«, berichtete sie. Sie nahm eine Zigarette aus einem Silberetui und bot Theo ebenfalls eine an. Als er den Kopf schüttelte, zündete sie sich die Zigarette mit einer sehr eleganten Bewegung an und lehnte sich dann entspannt zurück. Wie sie dort mit damenhaft übergeschlagenem Bein saß, erinnerte sie Theo an die attraktiv gealterte Lauren Bacall.

»Wie ist er gestorben?«, wollte Theo wissen.

»Lungenkrebs«, sagte sie und blickte dem Rauch ihrer Zigarette nach. »Ich sollte vielleicht aufhören.« Sie lächelte traurig.

»Meine Mitarbeiterin hat gesagt, Sie hätten einen besonderen Wunsch bezüglich der Beerdigung.«

Sie nickte. »Napoleon«, sagte sie, »es geht um Napoleon.« Sie wies vage zum Schreibtisch hinüber, unter dem die grau melierte Nase eines Rauhaardackels hervorragte. »Mit Napoleon geht es auch zu Ende.« Sie seufzte. »Eigentlich hätten wir ihn schon vor Monaten einschläfern lassen sollen. Aber mein Mann hat so an dem Tier gehangen. Ich wollte nicht, dass er das noch miterleben muss.«

Theo schwante, was nun kommen würde.

»Ich möchte Napoleon gemeinsam mit seinem Herrchen beerdigen.« Sie sah ihm fest in die Augen. Für einen Menschen ihres Alters war die Iris ungewöhnlich klar. »Ich weiß, es ist im Grunde albern, aber ...«

Verschwörerisch beugte sich Theo zu ihr. »Wenn Sie mir versprechen, keinem davon zu erzählen, dann lässt sich das vielleicht regeln ...«

Napoleon war nicht das erste Haustier, das Theo gemeinsam mit Herrchen oder Frauchen unter die Erde gebracht hatte. Natürlich machte er sich damit strafbar. Möglicherweise konnte es ihn sogar seine Zulassung kosten. Anderseits war ihm der letzte Wunsch eines Verstorbenen heilig. Und wenn die Hinterbliebenen Trost bei dem Gedanken fanden, dass der Verschiedene nicht ganz allein in seinem Sarg lag, dann konnte er das gut verstehen.

Und so brachte ihm die elegante Frau Petersen am nächsten Tag mit Verschwörermiene ein kleines Bündel, das sie in eine weiche Fleecedecke gehüllt hatte.

»Napoleons Lieblingsdecke«, flüsterte sie. Als sie gegangen war, bettete Theo das Bündel zu Füßen von Karl-Heinz Petersen in den Sarg. Er legte das Köpfchen des Hundes frei. Das Bild, das sich ihm bot, zeigte ein etwas makabres Todesidyll. Ein Memento mori aus Fleisch und Blut. Letztlich hatte der Hund mehr Glück gehabt als sein Herrchen, fand Theo. Er hatte sich jedenfalls nicht bis zum letzten Atemzug quälen müssen. Hunde durfte man einschläfern, Menschen hatten nicht dieses Privileg. Sofort fielen ihm wieder die grausigen Vorgänge in Stift Eichenhof und die Taten anderer Naziärzte ein, die die dunkelste Seite dessen offenbart hatten, was Euthanasie bedeutete. Dass ein anderer entscheidet, wann das Leben eines Menschen nicht mehr lebenswert war, lehnte er strikt ab. Andererseits erhoffte er sich für sich selbst die Option eines Schlussstrichs auf Wunsch. Ein schwieriger ethischer Konflikt, mit dem sich viele Ärzte auseinandersetzen mussten, weil ihre Menschlichkeit mit der Gesetzgebung kollidierte. Tötung auf Verlangen war nicht gestattet.

Er selbst hatte als Chirurg wenig Kontakt gehabt zu dahinsiechenden Patienten. Er hatte diejenigen operiert, für die es noch Hoffnung gab. Die Kollegen aus der Intensiv- und Palliativmedizin hatte er bewundert, aber sicher nicht beneidet.

Er wusste, dass einige von ihnen in Härtefällen eingegriffen hatten. Die Morphiumdosis ein klein wenig heraufgeschraubt, auf dass sich dem Patienten ein gnädiger Tod eröffnete. Sein Kollege Bernhard hatte es einmal so erklärt: »Ich bin ein Feigling. Ich erhöhe die Dosis nur so weit, dass der Absprung möglich wird. Dann entscheidet das Schicksal, ob der Patient überlebt, oder Gott. Oder, und das scheint mir am wahrscheinlichsten, der Patient selbst wählt, ob er weitermacht oder stirbt.«

Theo konnte gut verstehen, dass der Kollege davor zurückschreckte, Herr über Leben und Tod zu spielen. Selbst eine Patientenverfügung, in der der Patient lange vor dem schicksalhaften Tag formuliert hatte, dass er beispielsweise keine Wiederbelebung wollte, war oft unbrauchbar. »Ich lass doch keinen Menschen verrecken wegen so einem Wisch«, hatte seine Kollegin Regine entrüstet gesagt. Die Beatmungsmaßnahmen, die viele Menschen fürchteten, waren oft eine Chance für einige kostbare Jahre. Auch Menschen, die nicht ganz gesund waren, konnten sich ihres Lebens freuen, wusste Theo. Ein Umstand, den die Naziärzte geflissentlich negiert hatten.

Dabei sind Menschen extrem anpassungsfähige Wesen. Auch nach schweren Schicksalsschlägen pendelt sich die Grundstimmung auf ein persönlich vorgeeichtes Niveau ein, hatte Theo gelesen. Ob Lottogewinn oder Querschnittslähmung, nach einem Jahr sind die meisten wieder auf ihrem individuellen Glücksniveau angelangt. Einerseits deprimierend, andererseits tröstlich, dachte Theo. Er überlegte, ob er Nadeshdas Tod und den der winzigen Tochter tatsächlich inzwischen so weit verarbeitet hatte, dass er wieder auf Normalniveau war. Einerseits war es so, andererseits nicht, entschied er. Obwohl er jemand war, der zum Grübeln neigte, war er meistens zu beschäftigt, um sich in nutzlosen »Was wäre gewesen, wenn«-

Gedankengängen zu verstricken. Wenn er unter Freunden war, seine Arbeit machte, dann fühlte er sich in zufriedenem Einklang mit sich und seinem Leben. Trotzdem gab es immer wieder Momente, in denen er Nadeshda heftig und schmerzhaft vermisste. In denen er mit einem Schicksal haderte, das ihm neben der Geliebten auch noch seine ungeborene Tochter entrissen hatte. Aber wäre er heute wirklich glücklicher, wenn die beiden da wären? Oder wäre ihre Anwesenheit längst zur Selbstverständlichkeit verblasst, die sein durchschnittliches Glücksniveau kaum heben würde?

Mitten in seine Überlegungen hinein klingelte das Telefon. Ruhig verschloss er den Sarg wieder und zog die Schrauben an. Erst dann hörte er seine Mailbox ab.

»Ilse Steiner lebt noch«, hörte er Hannas Stimme. »Und sie erfreut sich wieder ihrer Freiheit, wenn man das über jemanden sagen kann, der in einem Pflegeheim lebt. Ich fahre jetzt hin und zeige ihr das Foto.«

Sie sieht aus wie ein Schaf, dachte Hanna verblüfft und hatte damit, ohne es zu ahnen, dieselbe Assoziation wie Anna fast sieben Jahrzehnte zuvor. Ilse Steiner lag im Bett ihres Pflegezimmers. Das weißblonde Gekräusel auf ihrem Kopf hatte sich im Alter grau gefärbt und hing in schafsohrenartigen Strähnen zu beiden Seiten ihres runzeligen Gesichts herab. In dem Gebiss, das der Zahnarzt ihr vor nunmehr achtzehn Jahren verpasst hatte, standen die Zähne fast so weit vor wie einst ihre eigenen. Die Augen lagen seltsam weit auseinander und waren von einem Kranz farbloser Wimpern umgeben. Aus ihnen sprühte die pure Bosheit.

Unten am Empfang war man überrascht gewesen, dass sie Ilse Steiner besuchen wollte.

»Ich glaube, die hat noch nie Besuch bekommen, seit sie hier ist«, hatte die junge Frau mit der lilafarbenen Frisur verblüfft gesagt. Nun wusste Hanna auch, warum. Es hatte nicht nur etwas mit Ilse Steiners mörderischer Vergangenheit zu tun. Sich in einem Raum mit ihr zu befinden, löste sofortiges Unbehagen aus.

Was menschliche Charaktereigenschaften betraf, hatte Hanna ihre eigene Theorie. Sie war felsenfest davon überzeugt, dass nicht nur Augenfarbe und Körpergröße, sondern auch gute wie schlechte Persönlichkeitsmerkmale fix und fertig in den Genen angelegt waren. Erfahrungen und Erziehung konnten sie lediglich verstärken oder abmildern. Je älter Hanna wurde, desto mehr schwand der Anteil, den sie den Umwelteinflüssen für die charakterliche Prägung einräumte.

Und Ilse Steiner war offenbar nun einer von den Menschen mit angeborenem rabenschwarzem Erbgut, was den Charakter betraf. Ein in seiner Ausprägung seltenes Phänomen: Aus jeder ihrer Poren sickerte Bosheit. Hanna war gleichermaßen fasziniert wie angewidert.

»Wer sind Sie, und was wollen Sie?«, krächzte das Schaf böse, bevor Hanna sich vorstellen konnte.

»Guten Tag, Frau Steiner, mein Name ist Hanna Winter.«

»Nie gehört.«

»Ich bin Journalistin.«

»Ha!« Das Schaf ruderte mit einem mageren Arm, um den das Fleisch lose schlotterte. »Einer von diesen Aasgeiern!«

»Ich hoffe doch nicht.« Hanna zog einen Stuhl resolut neben das Bett der alten Frau. Ein beißender Geruch nach Kampfer stieg ihr in die Nase.

»Und ich bin auch gar nicht wegen Ihrer Verurteilung hier, falls Sie das annehmen.«

»Nicht?« Das Schaf musterte sie spöttisch. »Weswegen sollten Sie sich wohl sonst die Mühe machen, eine gebrechliche alte Frau auf ihrem Totenbett aufzusuchen?«

Totenbett? Hanna war überzeugt, dass die zähe Alte die Pflegerinnen noch viele Jahre lang piesacken würde.

»Es geht um Ihre Arbeit in Stift Eichenhof. Während des Krieges.«

Ilse Steiner schwieg. Hanna konnte sehen, wie es hinter ihrer Stirn arbeitete.

»Kann mich an nichts mehr erinnern.« Die Alte tippte sich mit einem klauenförmigen Finger an die Stirn. »Nicht mehr ganz dicht im Oberstübchen, wissen Sie.« Sie warf ihrer Besucherin einen listigen Blick zu.

Hanna kochte innerlich. »Vielleicht schauen Sie sich freundlicherweise trotzdem einmal dieses Bild an.« Sie konnte sehen, wie die alte Frau zwischen dem Wunsch, ihr jede Bitte abzuschlagen, und der Neugier schwankte. Die Neugier trug den Sieg davon.

Hanna reichte ihr das Bild von Jonathan Bergman. Ilse Steiner griff begierig danach.

»Geben Sie mir meine Brille. Die ist da im Nachtkästchen. Oberste Schublade.«

Hanna gehorchte und fischte das uralte Gestell mit spitzen Fingern zwischen gebrauchten Taschentüchern hervor.

»Können Sie sich daran erinnern, dass dieser Mann in Eichenhof als Arzt gearbeitet hat?«

Ilse Steiner starrte auf das Bild in ihren Händen. Auf ihrem Gesicht breitete sich erst Verblüffung und dann ein böses Lächeln aus. Triumphierend reichte sie Hanna das Foto zurück. »Nie gesehen.«

»Ich bin sicher, die alte Hexe wusste ganz genau, wer das auf dem Bild war«, schnaubte Hanna. Sie lag auf der Couch in ihrer schönen Altbauwohnung im Stadtteil Eimsbüttel, sieben Kilometer Luftlinie von Theo entfernt. »Die hat mir doch aus purer Bosheit nichts erzählt.«

»Wir haben ja noch einen potenziellen Zeugen in petto«, tröstete Theo.

»Trotzdem.« Hanna nahm einen großen Schluck aus ihrem wohlgefüllten Rotweinglas, verschluckte sich und hustete.

»Soll ich einen Krankenwagen holen?«

»Geht schon wieder«, japste Hanna. »Was ich sagen wollte: Es war einfach so widerlich. Die Alte hat quasi aus dem Stand eine Pro-Euthanasie-Erklärung abgegeben. ›Lebensunwertes Leben‹. Dass jemand das noch in den Mund nehmen kann! Ich kann gar nicht so viel essen, wie ich kotzen möchte«, zitierte sie Max Liebermann. »Als es mir schließlich gelungen ist, sie zu unterbrechen, hab ich gefragt, was sie denn der Gesellschaft noch zu bieten hätte, dort auf ihrem Siechenlager. Und was hat sie dazu gesagt? Sie hat mir recht gegeben! Sie hat gesagt, unnütze Esser wie sie sollte man ruhig beseitigen. ›Aber dank der ach so überlegenen Moral von Ihnen und Ihresgleichen muss die Welt mich ertragen, füttern, wickeln und baden – bis zum bitteren Ende‹, hat sie gesagt.«

»Na, dann ist sie ja wenigstens konsequent.«

Hanna schnaufte. »Was mich am meisten ärgert, ist, dass ich ihr auf den Leim gegangen bin. In dem Moment habe ich zum ersten Mal in meinem Leben gedacht, dass ein ärztlich angeordneter Tod in einigen Fällen gar nicht so übel wäre.«

»Hanna!«

»Ich weiß. Ist das nicht schrecklich?«

Sonntag, 28. Dezember 2008

Am nächsten Tag lag Hanna mit 39 Grad Fieber im Bett. »Ich bin sicher, die Alte hat mich verflucht«, war ihr matter Kommentar. So machte sich Theo allein auf zu dem letzten Zeitzeugen auf ihrer Liste. Hein Kruse, der sich vor siebzig Jahren um die Schweine in Stift Eichenhof gekümmert hatte. Er lebte inzwischen in einem kleinen Ort im Alten Land, einem Landstrich im Süden vor den Toren Hamburgs, der vor allem für die unglaublichen Massen von Obstbäumen, die sich dort zusammendrängten, berühmt war. Im Frühling machte Theo hier traditionell eine Fahrradtour entlang der blühenden Obstplantagen: Schneeweiße Apfelblüten wechselten sich dann mit dem zarten Rosa der Kirschen ab. Heute reckten die Bäume ihre nackten Äste in den bleichen Winterhimmel, und unzählige Krähen schlugen laut krächzend ihre Kapriolen. Die Elbe versteckte sich hinter dem hohen Deich, den einst Holländer gebaut hatten, um den Boden des Alten Landes urbar machen zu können. Vereinzelt mühten sich Spaziergänger, den Windböen zu trotzen.

Das Haus von Hein Kruse entpuppte sich als reetgedecktes Backsteinhäuschen, ganz ähnlich wie das, das Theo bewohnte. Als Theo den kopfsteingepflasterten Hof betrat, sah er, dass Hein Kruse offenbar den Schweinen treu geblieben war: Vor dem Stall befand sich ein dick mit Heu ausgestreutes Gatter, in dem drei Jungschweine, aufgeregt über den Besuch, herumgaloppierten. Als Theo sich näherte, streckten sie neugierig rüsselnd ihre Steckdosennasen durch das Gatter. Ihr Fell war kurz und hell mit schwarzen Flecken. »Na, euch scheint es ja saumäßig gut zu gehen«, begrüßte Theo die Borstentiere.

»Datt will ich wohl meinen.« Im schummerigen Licht des Stalls sah Theo den Besitzer der kleinen Horde stehen. Hein Kruse stützte sich auf einer Heugabel ab. Trotz der Kälte trug er nur ein verwaschenes kariertes Flanellhemd über der ausgebeulten Latzhose, die in einem Paar olivfarbenen Gummistiefeln steckte.

»Bist'n büschen früh, mein Jung, wollt' mich eigentlich noch besuchsfein machen.« Kruse stellte die Heugabel ab, fuhr sich durchs schüttere Haar und kam zu Theo herübergeschlendert. Sein leicht wiegender Gang erinnerte an einen Matrosen.

»Dann man immer rinn in die gute Stube.«

Er geleitete den Gast in die Küche des Bauernhauses. Die Einrichtung schien noch aus den 50er-Jahren zu stammen, schätzte Theo, der sich bei Lars einige Kenntnisse abgeguckt hatte. Die Möbel waren einfach und abgewohnt, aber blitzblank. Auf dem Küchentisch lag eine brüchige, rot karierte Wachstuchdecke, darum herum standen vier schlichte Stühle. Kruse bedeutete ihm, Platz zu nehmen, und wusch sich dann die Hände gründlich mit einem Stück Kernseife an der Küchenspüle aus abgestoßenem Porzellan. »Immerhin hab ich schon Kaffee gekocht«, sagte er und stellte eine abgegriffene Thermoskanne sowie zwei Becher auf den Tisch. »Gesangsverein Frohsinn e.V.«, stand auf Theos Becher, darunter die verwaschene Fotografie einer zur Unkenntlichkeit verblassten Menschengruppe.

Hein Kruse setzte sich Theo gegenüber und schenkte Kaffee ein. Ein würziger Duft breitete sich aus, und Theo dachte einmal mehr, dass Kaffee viel besser roch, als er tatsächlich schmeckte.

»Eindrucksvoll, Ihre Rasselbande da draußen«, lobte Theo. »Da sind Sie wohl einer der wenigen glücklichen Menschen, die ihre Berufung schon in jungen Jahren gefunden haben.«

Hein Kruse fuhr sich über das Kinn, dass die Bartstoppeln raschelten. »Die Schweinezucht meinen Sie?« Er lächelte, als er auf sein Leben zurückblickte. Wie er nach dem Krieg sein Talent für den Schwarzmarkt entdeckt hatte. Wie er in den 50er-Jahren mit einer Baufirma ein Vermögen gemacht hatte. Wie er spät die Liebe seines Lebens kennengelernt hatte. Wie er und Lola ein Leben in Saus und Braus geführt hatten. Wie er nach ihrem Tod vor sieben Jahren alles verkauft hatte und in seine alte Heimat zurückgekehrt war. Wie er das Häuschen entdeckt hatte, dessen Besitzerin ins Altersheim musste ... Bis auf den Stall hatte er alles so gelassen, wie er es übernommen hatte, inklusive der verblichenen roten Thermoskanne. Aber das alles spielte keine Rolle für sein Gegenüber. Hein lächelte. »Jo, dass kann man wohl sagen, dass ich Glück gehabt habe.«

Dann legte er die gespreizten Hände flach auf den Tisch. Sie waren kräftig, kompakt und quadratisch geformt, wie der ganze Mann. »Sie kommen also wegen Stift Eichenhof.«

Theo nickte. »Ich komme vor allem wegen dieses Mannes.« Er reichte Kruse das Bild von Bergman. »Können Sie sich an den erinnern?«

Hein Kruse nahm das Bild bedächtig in seine Pranken und vertiefte sich in den Anblick. Trotz seiner 79 Jahre waren seine Augen noch scharf. »Die Lüüd verändern sich. Das Bild hier ist bestimmt zwanzig Jahre später gemacht worden. Nach meiner Zeit in Eichenhof, mein ich. Trotzdem: Ich kann das zwar nich' beschwören, ich bin mir aber verdammt sicher: Der Kerl hier hat in Eichenhof als Doktor gearbeitet.«

Endlich, dachte Theo. Endlich ein Zeuge.

Doch dann sollte sich zeigen, dass Hein Kruse den Hirnchirurgen zwar wiedererkannte, er wusste aber nicht, wie er damals geheißen hatte. »Mit uns niederem Volk haben die feinen Herren Doktoren sich nich' gemein gemacht«, erklärte er. »Bis auf Otto Richter. Das war ein feiner Mensch, der hat auch mit unsereins mal geschnackt.« Ansonsten habe man natürlich mal den einen oder anderen Namen gehört und auch den einen oder anderen im Vorbeigehen getroffen. Aber welcher Name zu welchem Gesicht gehörte, wusste er nach so langer Zeit nicht mehr.

Trotzdem, dachte Theo. Wenn Sven tot war, kam offenbar nur noch Konstantin zu Weißenfels für die Rolle des Wiedergängers infrage. »Was genau ist eigentlich passiert an jenem 27. Juli 1943?«

Und Kruse erzählte.

Mitten in der Nacht hatte das Krachen der Bomben die Bewohner von Eichenhof aus dem Schlaf gerissen, erinnerte sich Kruse. Während die Klinikangehörigen alle Hände voll zu tun hatten, die verängstigten Patienten zu beruhigen, waren Hein, der einarmige Anton und noch ein paar Burschen hinausgelaufen. Dass auch das Nebengebäude einen Treffer abbekommen hatte, war ihnen zunächst nicht aufgefallen.

»Das lag ja hinter allerhand Gestrüpp versteckt«, erklärte der alte Schweinezüchter. Die Fassade habe noch gestanden, und es habe auch kein Feuer gegeben. Ganz anders das brennende Maisfeld, das alle Aufmerksamkeit auf sich zog. Der alte Knecht Anton postierte sie an allen Ecken des Feldes, um zu verhindern, dass das Feuer sich ausweitete. Zum Glück waren die Wiesen und Gärten durch Gräben von den Feldern getrennt, sodass der Brand glimpflich verlief.

»Das Feld selbst verwandelte sich in eine grandiose Popcornmaschine«, erzählte Kruse, sichtlich noch nach Jahrzehnten beeindruckt. Die Maiskörner hatten sich in der Hitze aufgebläht und zerknallten, dass die Funken nur so stoben.

Erst nach einer guten Stunde hatte man ihn vom Feld abkommandiert. Der Hilfspfleger Fritz hatte die bewusstlose Anna aus dem zerbombten Haus geschleppt. Erst da war aufgefallen, dass das Gebäude mit der geheimen Privatklinik zerbombt worden war. »Bis dahin hatte ich jo so einiges munkeln hör'n, aber was die in dem Kasten nu' getrieben haben, hätt ich mir nie vorstellen können.« Er griff nach seiner Kaffeetasse, trank aber nicht, sondern drehte sie in den Händen. Dann blickte er auf. »So watt Schreckliches hab ich mein Lebtag nich' gesehen – und danach gottlob nie wedder.«

Gemeinsam mit drei anderen jungen Burschen, die niedere Arbeiten auf dem Stift verrichteten, und dem couragiertesten der Ärzte, Otto Richter, war er vorsichtig in das Gebäude vorgedrungen, um mögliche Überlebende zu bergen. »Aber die war'n allesamt mausetot.« Er schwieg. »Und glaub mir, für die Patienten war dat am besten so.«

Von den acht Krankenzimmern, die im ersten Stock eingerichtet worden waren, waren sieben belegt gewesen. Die meisten Opfer sahen sehr krank aus – sofern Tote überhaupt krank aussehen können. Sie wirkten schwach und ausgezehrt und hatten schrecklich anzuschauende Operationsnarben an der Brust, am Bauch und auch am Kopf. Im Keller stießen sie zudem auf drei weitere Leichen, die offenbar schon vor dem Unglück gestorben waren. Zwei davon, die 21-jährigen, geistig behinderten Zwillingsschwestern Herta und Martha, waren an Hüfte und Schulter aneinandergenäht worden. Jeder von ihnen fehlte ein Arm.

»Aus den Deerns haben die ganz einfach siamesische Zwillinge gemacht.«

Theo schauderte. »Und was war mit den Ärzten?«

»Von Vries und zu Weißenfels.« Kruse nahm einen Schluck von seinem inzwischen kalt gewordenen Kaffee und verzog das Gesicht. »Einen von den Schweinehunden hat es erwischt. Wir haben den unter einem Berg Trümmer rausgezogen. Total zerschmettert war der.«

»Sven von Vries?«

Kruse nickte. »Für meinen Geschmack hat der einen viel zu leichten Tod gehabt.«

»Und der andere?«

»Weißenfels? Von dem haben wir keinen Krümel gefunden. Allerdings war eines der Zimmer völlig verwüstet. Da muss 'ne große Sauerstoffflasche hochgegangen sein. Von wie vielen Körpern die Überreste warn, konnt' man nich' mehr sagen.« Er schwieg nachdenklich. »Ich für meinen Teil glöv ja, dass dieser Weißenfels sich in der Nacht dünngemacht hat.«

Theo nickte. »Ich hab schon gehört, dass einer der Wagen fehlte.«

191

»Nich' nur das.« Kruse sah Theo in die Augen.

»Eene von den jungen Deerns aus dem ersten Stock, also eene von denen, die vor dem Treffer noch am Leben gewesen waren, fehlte der Kopf. Und den hat ihr irgendjemand erst nach dem Tod abgeschnippelt.«

»Grässlich«, war Hannas Kommentar zu Theos Bericht. Er saß auf einem Hocker, während die Kranke wie eine moderne Madame Bovary auf der Couch ruhte. Ihre Nase allerdings sah aus wie die von Rudolph, dem Rentier.

»Ich frage mich nur, wer sich auf der Flucht mit einem Schädel belastet«, grübelte Theo.

»Vielleicht war es für ihn ein unschätzbar wertvolles Forschungsobjekt.« Hannas Stimme klang dumpf hinter dem Taschentuch hervor. Am liebsten wäre sie ganz dahinter verschwunden. Es war ihr gar nicht recht, dass Theo sie in diesem Zustand besichtigte. Sie sah absolut indiskutabel aus.

Theo unterdrückte ein Grinsen, als sie wieder hinter dem Taschentuch auftauchte. Ihre Locken standen noch wilder ab als gewöhnlich, ihre Augen glänzten fiebrig, und die sonst schneewittchenblassen Wangen waren gerötet. Er fand sie hinreißend.

»Kann ich noch irgendwas für dich tun? Weintrauben kaufen oder etwas aus der Apotheke holen?«

Hanna schüttelte matt den Kopf. Je eher er ging, desto besser.

»Dann fahre ich jetzt ins Institut rüber. Da gibt es noch reichlich zu tun.« Er winkte ab, als Hanna aufstehen und ihn zur Tür begleiten wollte. »Bleib ruhig liegen«, sagte er. Dann beugte er sich spontan zu ihr hinunter und gab ihr einen flüchtigen Kuss auf die Stirn.

Hanna vergaß augenblicklich, dass ihre Nase lief und sie verschwitzt und klebrig war. Ihre Arme schlangen sich wie von selbst um Theos Hals und zogen ihn zu sich herab.

Im ersten Augenblick war er verblüfft, doch dann genoss er die Situation.

Sie küssten sich heftig, bis eine Niesattacke die hitzige Umarmung abrupt beendete. »Entschuldige«, sagte Hanna und schnäuzte sich. Sie strich sich die feuchten Locken aus der Stirn, die umgehend in die Ausgangsposition zurücksprangen. »Ich glaube, es ist besser, wenn du jetzt gehst?« Es klang wie eine Frage.

Theo lachte. »Puh, das war ... unerwartet.«

Hannas Gesicht färbte sich so tomatenrot wie ihre Nase.

»Ich muss wirklich noch arbeiten«, sagte er bedauernd. Er rappelte sich auf. Sein Knie, das er sich während der Knutscherei am Couchtisch gestoßen hatte, schmerzte. »Und du brauchst Ruhe – ärztliche Anordnung.« Er küsste sie noch einmal zart zum Abschied. »Ich ruf dich nachher an«, versprach er.

Als das Telefon schon eine halbe Stunde später klingelte, nahm Hanna nicht ab. Sie zog sich ein Kissen über den Kopf, um nicht hören zu müssen, was Theo auf den Anrufbeantworter sprach. Theo. 34 Jahre alt und somit sechs Jahre jünger als sie selbst. Gut aussehend. Witzig. Zornig, wenn es darum ging, gegen Unrecht vorzugehen. Ein Mann, der seine Karriere als Chirurg aufgegeben hatte, um Bestatter zu werden. Ein bisschen schräg, der Typ, aber nach ihrem Geschmack. Sie wollte sich nicht verlieben. Sie wollte sich natürlich schon verlieben. Aber nicht in Theo.

Ihre letzte Beziehung war daran zerbrochen, dass ihr Ex nicht aufgehört hatte, seiner großen Liebe hinterherzutrauern. Eine absolut fade Person, wie Hanna fand. Diesmal könnte es noch schlimmer werden, argwöhnte sie. Diesmal würde sie nicht gegen eine Frau aus Fleisch und Blut antreten müssen, sondern gegen das verklärte Bild einer Toten. Die Sache schien ihr hoffnungslos. Sie hatte die Bilder bewundert, die

Nadeshda angefertigt hatte und die noch immer in der Wohnung hingen. Zweifellos war sie sehr begabt gewesen. Und das wenige, was Theo von ihr erzählt hatte, beeindruckte sie. Offenbar eine Art Wonderwoman. In Theos Bücherregal stand ein Foto, das an irgendeinem Strand aufgenommen worden war. Sie hielt sich mit einer Hand das blonde Haar aus der Stirn, das der Wind ihr ins Gesicht blies. Sie lachte in die Kamera. Bildschön. Und gertenschlank. Wahrscheinlich hat sie sich nur von Sojabohnenkeimlingen ernährt, dachte Hanna grimmig. Die Information, dass Nadeshda wie ein Bauarbeiter gefuttert hatte, hätte sie in diesem Moment kaum aufgemuntert.

Stöhnend schlurfte sie ins Bad, um sich weitere Drogen zu verabreichen. Aufputschtabletten, Aspirin, homöopathische Zuckerkugeln, alles wild durcheinander. Egal. Hanna war fast nie krank, aber wenn doch, dann schluckte sie alles, was ihr in die Quere kam. Sie hasste es, krank zu sein. Ihr Spiegelbild sagte ihr auch, warum. Einfach gruselig. In so ein Schnupfenwrack würde sich garantiert niemand verlieben. Weder Theo noch sonst jemand. Sie warf drei Antigrippepillen ein und sprengte damit die Tageshöchstdosis schon nachmittags um halb vier um hundert Prozent. Dann schlurfte sie zurück auf ihre Couch. Kaum dort angekommen, klingelte das Telefon erneut. Abtauchen hilft nicht, dachte sie. Entschlossen griff sie zum Hörer.

»Hallo?«, giftete es ihr entgegen. »Steiner hier. Ilse Steiner.«
Mein Gott. Das mörderische Schaf, dachte Hanna benebelt.

Ilse Steiner hatte noch lange über Hannas Besuch nachgegrübelt. Kaum, dass diese aus der Tür war, hatte sie sich geärgert, dass sie die seltene Gelegenheit, mit jemandem ihr Spielchen treiben zu können, nicht länger ausgekostet hatte. Immerhin hatte sie das Bild dieses Mannes und Hannas Visitenkarte als Unterpfand.

»Falls Ihnen doch noch was einfällt«, hatte Hanna mit mühsam unterdrückter Wut zum Abschied gesagt. Wenn diese Journalistin Hanna Winter nach ihm suchte, bestand wohl die Möglichkeit, dass er entgegen allen Vermutungen noch am Leben war, dachte sich Ilse Steiner. Zumindest hatte er dem Bild zufolge offensichtlich den Krieg überlebt und jeden an der Nase herumgeführt. Alle Achtung! Das nötigte ihr Respekt ab. Sie musste unbedingt herauskriegen, was aus ihm geworden war, dem Herrn Doktor. Ilse lächelte in sich hinein. Dann griff sie nach ihren Zähnen, die sie in einem Glas auf ihrem Nachttisch stehen hatte, und klingelte nach der Pflegerin. »Ich brauch ein Telefon, Mädchen, aber dalli!«

»Und, ist Ihnen doch noch etwas eingefallen?«, fragte Hanna misstrauisch.

»Ich weiß nicht genau, in meinem Alter kommen die Erinnerungen und gehen. Vielleicht können Sie meinem Gedächtnis ja ein bisschen auf die Sprünge helfen. Wie heißt denn der Mann?«

»Das wollte ich eigentlich von Ihnen wissen.«

»Nein, ich meine, wie nennt er sich heute?« Ilse schnaubte ungeduldig. »Da Sie hinter ihm her sind, vermute ich mal, dass er eine neue Identität angenommen hat.« Für einen Moment ließ sie die Maske der senilen Alten fallen.

»Der Mann auf dem Foto nennt sich Jonathan Bergman.«

»Ein Ami?« Ilse kicherte.

»Ja.«

»Nun lassen Sie sich doch nicht jedes Wort aus der Nase ziehen. Was macht er? Wo lebt er? Alles, was Sie mir erzählen, könnte meiner Erinnerung ja den entscheidenden Anstoß geben.«

Hanna fühlte sich unbehaglich dabei, so ausgehorcht zu werden. Zumal in ihr die Überzeugung wuchs, dass Ilse Steiners Erinnerung tadellos funktionierte. Hanna überlegte. Immerhin bestand die Chance, dass die Anruferin doch noch mit ihrem Wissen herausrücken würde.

»Er ist ein renommierter Hirnforscher. Und zurzeit lebt er in Hamburg.«

»Sieh mal einer an«, sagte Ilse Steiner zufrieden.

Hanna schauderte.

»Ich muss jetzt Schluss machen, es gibt Abendessen.«

»Denken Sie noch einmal nach und rufen Sie mich an. Vielleicht ist ja sogar eine kleine Belohnung drin«, sagte Hanna, einer plötzlichen Eingebung folgend.

»Oh, ich werde darüber nachdenken, keine Bange.«

Freitag, 6. August 1943
Als Anna nach ihrem Unfall im zerbombten Haus zum ersten Mal wieder arbeiten durfte, ließ Schwester Helena sie zu sich rufen. Sie thronte in ihrem Zimmer hinter einem massiven Schreibtisch mit Löwenfüßen. Während Anna im Zimmer stand, beschäftigte sie sich demonstrativ mit den Papieren vor sich. Anna verdrehte die Augen wegen des durchsichtigen Einschüchterungsmanövers. Schließlich geruhte die Bulldogge, den Blick zu heben.

»Setzen Sie sich«, sagte sie barsch.

Anna nahm auf einem unbequemen Stuhl Platz. Sie bemerkte, dass er deutlich niedriger war als der imposante Stuhl, auf dem die Oberschwester thronte. Hierarchisches Gefälle, praktisch umgesetzt, dachte sie. Die Oberschwester nahm die Brille von der Nase und sah Anna streng an. Ihre Oberlippe kräuselte sich leicht, als wäre ihr ein übler Geruch in die Nase gestiegen.

»Sie sind also wiederhergestellt.«

»Ja«, sagte Anna abwartend.

»Dann würde ich Sie gerne fragen, was Sie überhaupt in dem Haus zu suchen hatten.«

»Nun, ich wollte helfen.« Anna war verdutzt. »Ich sah, wie die Bombe einschlug, und da bin ich sofort hinübergelaufen.«
»Ohne Hilfe zu holen.«
»Daran habe ich in dem Moment nicht gedacht.«
Die Oberschwester klopfte mit einem Bügel der Brille gegen ihre Schneidezähne. Anna fand das Geräusch enervierend.
»Sie waren also nicht zufällig schon vorher in dem Haus, vor der Explosion.«
»Nein.« Anna schüttelte entschieden den Kopf. »Vorher war ich überhaupt noch nie in dem Gebäude, wissen Sie, Doktor von Vries ...«
»Womit wir beim Thema wären. Doktor von Vries.«
Die Oberschwester legte die Brille behutsam auf den Schreibtisch. »Mir ist zugetragen worden, dass Sie sich mit von Vries auch außerhalb der Arbeitszeiten getroffen haben.«
Leider, dachte Anna. Laut aber sagte sie: »Ich denke, das ist wohl meine Privatangelegenheit.«
»Wir dulden in diesem Hause kein unzüchtiges Betragen«, donnerte die Oberschwester. Sie hatte sich erhoben und stützte sich schwer auf dem Schreibtisch ab. Ihr großer Busen hob und senkte sich wie der Bug eines Zerstörers bei rauer See. »Sie brauchen das gar nicht erst zu leugnen. Als man Sie ohnmächtig bei mir im Krankenzimmer abgeliefert hat ...«
Schwester Helena machte eine Pause, um tief Luft zu holen.
»... da hatten Sie keine Unterhose an«, zischte sie dann.
Anna schwieg. Sie war völlig perplex.
»Können Sie mir das vielleicht erklären? Was Sie mitten in der Nacht in voller Montur, aber ohne Unterhose draußen zu suchen hatten?«
»Nein«, sagte Anna, »das kann ich wirklich nicht erklären. Ich pflege niemals ohne Unterwäsche herumzuspazieren.«
»Dann muss sie sich wohl in Luft aufgelöst haben«, sagte die Schwester spitz. »Und jetzt: an die Arbeit mit Ihnen. Und sollte mir noch einmal zu Ohren kommen, dass Sie sich nicht hun-

dertprozentig an die Regeln des Hauses halten, werde ich dafür sorgen, dass man Sie entlässt.«
Anna erhob sich. Ohne einen Gruß ging sie hinaus.

Den Vormittag über verrichtete sie ihre Arbeit grübelnd. Obwohl die Kinder sie mit »Anna ist wieder da!«-Geschrei begrüßten und alle von ihr betreut werden wollten, bekam sie das Rätsel mit dem verschwundenen Schlüpfer nicht aus dem Kopf.
»Hat Anna Kopfweh?«, fragte Karl besorgt und legte ihr mitfühlend eine klebrige Patschhand auf die Stirn.
»Ein bisschen, mein Schatz«, sagte Anna und gab ihm einen Kuss auf den großen Kopf. Wenigstens einer, der Svens Experimente überstanden hatte, dachte sie. Karl strahlte.
»Karl hat auch noch Kopfweh«, sagte er leise. »Aber das sag ich keinem. Keinem außer dir.«
»Warum denn nicht?«
»Wer krank ist, wird totgemacht«, flüsterte Karl.
Anna erschauerte.
»Ich pass auf dich auf, Karl, ich versprech's dir.«

Beim Mittagessen wurde sie von den übrigen Schwestern freundlich aufgenommen. Schwester Gertrud klopfte auf den freien Platz neben sich und strahlte sie an. »Bist du sicher, dass du schon wieder auf dem Damm bist, Herzchen?«, fragte sie. »Du bist noch ein bisschen blass um die Nase.«
Es gab wieder Eintopf mit Gemüse und Fleischbrocken, den gleichen wie an ihrem ersten Tag in Eichenhof. Sie musste an Line denken. Ihr schräg gegenüber saß Fritz. Er starrte sie unentwegt an, während er seinen Löffel mechanisch in den Teller tauchte. Als ihre Blicke sich trafen, grinste er lüstern. Anna ließ den Löffel fallen. Die Suppe spritzte in alle Richtungen.

Am späten Nachmittag passte sie einen ruhigen Moment ab und lief dann hinüber in die Männerstation im Nachbarflügel. Fritz schob gerade einen Wagen mit dem frühen, kümmerlichen Abendessen für seine Patienten vor sich her. Wie eine Furie ging Anna auf ihn los. »Du widerlicher Dreckskerl«, brüllte sie. Fritz grinste unsicher. Anna merkte, dass er genau wusste, worum es hier ging. Sie packte ihn am Kragen und schüttelte ihn.

»Als ich ohnmächtig war, hast du mir den Schlüpfer ausgezogen und eingesteckt, du ekelhafter Perverser! Bestimmt hast du ihn aufbewahrt! Bestimmt geilst du dich daran auf!«
Fritz machte sich los und trat einen Schritt zurück. Nervös schaute er sich um.
»Wenn der nicht heute Abend hübsch verpackt vor meiner Tür liegt, dann erzähl ich die Sache dem Fatzer«, drohte sie. Fritz nickte eilfertig.
»Was ist denn hier los?« Dr. Richter kam um die Ecke gebogen.
»Nnnnichts«, stotterte Fritz.
»Ich glaube, die Sache hat sich erledigt«, sagte Anna, ohne den Blick von Fritz zu wenden. Dann machte sie auf dem Absatz kehrt. Am Abend lag ein Päckchen vor ihrer Tür. Sie riss es an einer Seite auf, um einen Blick hineinzuwerfen. Angeekelt ging sie damit hinaus und verbrannte es im Obstgarten. Von Männern hatte sie fürs Erste die Nase voll.

Sonntag, 28. Dezember 2008

Als Theo die Tür zu seinem Büro öffnete, saß May hinter seinem Schreibtisch. Sie hatte sich mit dem Rücken zum Eingang gedreht und die Füße auf die Fensterbank gestützt. Theo sah, dass sie rauchte.

»Harter Tag?«, fragte er leise. Er wusste, May rauchte nur, wenn ihr einer der Verstorbenen, die sie versorgt hatte, besonders an die Nieren gegangen war.

»Zwei kleine Mädchen«, sagte sie nur, noch immer mit dem Rücken zu ihm. Sie spreizte die Finger der linken Hand. »So winzig ...«

»Frühchen.«

May drehte sich zu ihm herum. »Schau sie dir nicht an.«

Theo war ihr zutiefst dankbar. Seit er seine ungeborene Tochter verloren hatte, hatte er mit toten Kindern jeden Alters noch mehr Probleme als andere Menschen. Die Kinder übernahm immer May.

Als sie gegangen war, zog es ihn trotz ihres Ratschlags in den Kühlraum. Dort stand ein winziger schneeweißer Sarg. Behutsam hob er den Deckel an. May hatte die beiden Mädchen sorgsam Köpfchen an Köpfchen gebettet. Als sollten sie einander im Tod gegenseitig Trost spenden. Obwohl vor allem das eine Kind sehr klein war, schätzte Theo, dass sie gegen Ende des fünften Schwangerschaftsmonats gestorben waren. Auf den winzigen Köpfen spross der erste Flaum, und auch die Augenbrauen waren bereits ausgebildet gewesen. Das eine Kind war deutlich schwächer als das andere. Theo vermutete, dass eine fehlerhafte Blutversorgung im Mutterleib schuld daran war. Bei einem von 300 eineiigen Zwillingen wurde das eine Kind über- und das andere unterversorgt – eine lebensbedrohliche Situation für beide Föten. Inzwischen gab es die Möglichkeit, im Mutterleib zu operieren und die problematische Blutzufuhr zu blockieren. In siebzig Prozent der Fälle überlebten beide Kinder, in zwölf Prozent starben beide. Diese zwei hatten es nicht geschafft.

Der Sarg war mit schneeweißem Satin ausgeschlagen, der zu kühl für die Kinder wirkte. Aber May hatte die Mädchen in weiche Babydeckchen gehüllt. Zu Füßen der Kinder lagen eine Stoffente und ein Plüschkaninchen. Reisegefährten durch die Nacht. Sorgsam verschloss Theo den Sarg wieder. Als er sich umwandte, stand Nadeshda vor ihm. Sie lächelte ihn mitfühlend an. Er trat auf sie zu, doch sie drehte sich um und ging durch die Tür hinaus.

Sie kommt immer dann, wenn ich mich besonders niedergeschlagen fühle, fiel ihm zum ersten Mal auf. In letzter Zeit hatte er sie seltener gesehen. Hieß das, dass es ihm besser ging?

Er wandte sich um und machte sich an die Arbeit. Jochen Ruppert wartete in der Kühlkammer auf ihn. Herzinfarkt mit siebenundvierzig. Theo schüttelte den Kopf. »Jochen war ein Workaholic«, hatte seine Frau, die jetzt mit den beiden kleinen Kindern allein dastand, verbittert gesagt. »Aber er musste ja unbedingt seine ganze Energie in diesen verdammten Laden stecken.« Dieser »Laden« war eine kleine, aber florierende Kfz-Werkstatt am Niedergeorgswerder Deich gewesen. »Er wollte unbedingt, dass wir uns was leisten können. Mit seinem Bruder mithalten, das hat er gewollt.« Theo hatte verständnisvoll genickt. Arnd Ruppert, der jüngere Bruder des Toten, war Lokalpolitiker und schon längst auf die andere Seite der Elbe ins besser situierte Harburg gezogen. »Totgeschuftet hat er sich. Und was haben wir jetzt davon?« Grimmig hatte sie durch Theo hindurchgeblickt und ihrem Mann einen bitteren Blick ins Jenseits gesandt.

Kapitel 15

Aufmarsch der Fensterputzer

Montag, 29. Dezember 2008
Am nächsten Morgen rief Emil an. »Emil Lüders – der Mann
von Annas Freundin Line«, stellte er sich mit der Bescheiden-
heit eines Menschen vor, der nicht erwartet, dass man sich an
ihn erinnert. Emil erzählte, dass er die letzten Tage damit verbracht hatte, nach alten Fotos aus der Zeit zu suchen, in der
Line und Anna in Eichenhof gewesen waren. Theo erinnerte
sich mit einem Lächeln an das vollgestopfte Häuschen der
Lüders und nahm an, dass der alte Mann eine wahre Herkulesarbeit vollbracht hatte. »Zum Schluss habe ich tatsächlich
ein paar Bilder gefunden, es sind zwar nicht sehr viele ...«

»Ich komme vorbei«, sagte Theo. »Gleich heute, wenn es
Ihnen recht ist.«

Da May sich um die Beerdigung der beiden Zwillingsmäd-
chen kümmerte, hatte Theo am Vormittag Zeit. Wie beim letzten Mal ging er zu Fuß zum Papenbrack. In der Nacht hatte es
ein wenig geschneit, und die Kinder in den Vorgärten kratz-
ten die kümmerlichen Flocken zusammen, um daraus Schnee-
bälle zu formen.

Emil Lüders empfing ihn so herzlich wie beim letzten Mal.
Diesmal bat er ihn in das winzige Wohnzimmer, in dem noch
der Tannenbaum stand. Emil lachte, als er Theos Blick sah.
»Dieses Jahr haben wir uns unser Bäumchen selber gebastelt«,
sagte er nicht ohne Stolz. Von der Weihnachtsfeier des Kir-
chenchors, in dem er und Line noch immer sangen, hatten sie
viele Tannenzweige mitnehmen dürfen. »Da hab ich gedacht,

das reicht sogar für einen Baum.« Er hatte sie kurzerhand auf eine Holzleiste genagelt. Das Ergebnis war ungewöhnlich, aber durchaus gelungen, fand Theo. »Wir gehören noch zu der Generation, die nichts wegwerfen kann – aber das lässt sich wohl kaum verbergen.« Er warf Theo ein spitzbübisches Lächeln zu. »Wovon ich mich trennen könnte, will Line unbedingt behalten, und umgekehrt.« Dann reichte er Theo den kleinen Stapel mit Fotografien. »Mehr habe ich leider nicht gefunden«, sagte er. »Außer diesem Zeitungsausschnitt. Hab mir gedacht, dass der Sie vielleicht interessiert.«

Dankbar nahm Theo die Sachen entgegen.

»Vielleicht fällt Line noch das eine oder andere dazu ein, wenn sie sie sieht.« Emil blickte sich um. »Ich seh mal nach, wo sie steckt – sie wollte sich für Sie hübsch machen.«

Als Erstes nahm sich Theo den Zeitungsausschnitt vor. Manchmal war es wirklich praktisch, wenn die Leute nichts wegwarfen. Das Papier war vergilbt und brüchig. Der Artikel stammte aus dem ›Hamburger Abendblatt‹ und war im August 1973 erschienen. »Die Tote ohne Kopf«, hatte das Blatt getitelt. Darin erfuhr er, dass man zahllose Skelette auf dem Gelände des ehemaligen Stifts Eichenhof gefunden hatte. Es war zwar kein Geheimnis gewesen, dass die Anstalt ihren eigenen Friedhof besessen hatte. Doch an einigen Skeletten hatte man Spuren von den Versuchen gefunden, die Sven von Vries und Konstantin zu Weißenfels damals gemacht hatten. Und einem von ihnen fehlte der Kopf.

Anschließend blätterte Theo die Bilder durch. Das erste Foto zeigte zwei blutjunge Frauen – die eine mit blonden Zöpfen, die andere mit kurz geschnittenen, dunklen Locken. Sie saßen Arm in Arm auf einer niedrigen Steinmauer und lachten in die Kamera. Line und Anna, dachte Theo. Wie jung sie aussahen und wie fröhlich. Trotz Krieg. Trotz Naziterror. Trotz

Euthanasie in ihrer unmittelbaren Umgebung. Vielleicht hatten sie zu dem Zeitpunkt noch nichts davon geahnt, was sich in Stift Eichenhof abspielte. Das zweite Bild zeigte Line allein. Sie posierte übermütig mit einer Zigarette, wie ein verruchter UFA-Filmstar. Zu diesem Zweck hatte sie die kindlichen Zöpfe mit einer Hand hinter dem Kopf zusammengefasst. Bild Nummer drei war größer als die anderen. Es war eine Gruppenaufnahme, für die offenbar zumindest der Großteil der Belegschaft angetreten war. Sie standen in ordentlichen Reihen auf einer großen Freitreppe. Die Frauen trugen Schwesterntrachten, die Männer weiße Kittel. Theo war elektrisiert. War Bergman unter ihnen? Line kam herein, gefolgt von ihrem Mann. Offensichtlich hatte sie sich fein gemacht. Sie trug ein pflaumenfarbenes weiches Strickkleid. Dazu eine Perlenkette.

»Schön sehen Sie aus, Line«, sagte Theo. Sie errötete ein bisschen, setzte sich aber dann unbefangen neben ihn.

»Ich schaue mir gerade dieses Bild an.« Theo deutete auf die Gruppenaufnahme. »Können Sie mir sagen, wer die Leute sind?«

»Mal sehen.« Line griff nach einer Lupe, die auf dem Tisch lag. »Das sind Schwester Mathilde, Schwester Gertrud, und die da, mit den Hängebacken, das ist Schwester Helena. Wir haben sie immer nur die Bulldogge genannt.« Sie kicherte. Line war offenbar in Hochform. Die meisten Namen kamen wie aus der Pistole geschossen. Theo hielt den Atem an, als sie zu den Ärzten kamen, die sich in der Mitte des Bildes aufgestellt hatten. »Doktor Fatzer«, sagte Line leise. »Das war wirklich ein böser Mensch. Wie der daneben heißt, weiß ich nicht mehr. Ich glaube, mit Vornamen hieß er Otto.«

»Otto Richter?«, fragte Theo.

»Genau.« Line strahlte. »Woher wissen Sie das? Waren Sie auch dabei?« Sie warf ihm einen vorsichtigen Blick zu.

Theo schüttelte sachte den Kopf. »Nein, ich habe nur von ihm gehört. Und wer sind die zwei daneben?«

»Das ist Konstantin, Doktor Konstantin zu Weißenfels, und der daneben müsste Sven von Vries sein.«

»Darf ich mal?« Theo nahm ihr Bild und Lupe ab, um die zwei winzigen Gesichter zu studieren. Der eine Mann stand ziemlich steif und schaute betont ernsthaft in die Kamera. Der andere schien der jungen Frau neben ihm etwas ins Ohr zu flüstern, seine Hand verdeckte halb sein Gesicht. Bis auf die Haarfarbe konnte er bei beiden keine Ähnlichkeit mit dem Bergman-Bild aus den Sechzigern entdecken. Aber vielleicht war das Foto einfach zu klein. Seufzend blätterte er weiter. Das vierte Bild zeigte eine Gruppe junger Leute. Sie saßen unter Bäumen auf einer Wiese und veranstalteten ein Picknick. Theo zählte vier Frauen und zwei Männer, von denen einer ein bauchiges Musikinstrument spielte. Anna und Line konnte er mühelos erkennen, die zwei anderen jungen Frauen trugen Schwesterntrachten wie sie.

»Haben wir da Ärger gekriegt«, erzählte Line. »An dem Tag war es so heiß, da haben wir das Mittagessen nach draußen verlegt. Das fand die Bulldogge gar nicht witzig. Bei den Ärzten konnte sie nicht viel sagen, aber uns Mädels hat sie zur Schnecke gemacht. Wir mussten uns alle komplett umziehen. Im Gras herumzusitzen, fand sie unhygienisch.«

»Und wer sind die beiden Männer?«

»Oh, der mit der Laute, das ist Otto. Der andere ist Konstantin.«

»Ganz sicher?« Theo sah sie eindringlich an. »Konstantin zu Weißenfels und nicht etwa Sven von Vries?«

»Ganz bestimmt«, sagte Line. »Der Sven hatte doch so ein Hitlerbärtchen.« Sie hielt sich zwei Finger unter die Nase, um ihre Worte zu illustrieren. »Anna hat das grässlich gefunden. Und außerdem hat Sven fotografiert.« Sie ließ die Bilder sinken.

Es gab keinen Zweifel. Der Mann auf dem Foto konnte unmöglich Bergman sein.

»Das gibt's doch nicht!« Hanna zerrte an ihren Locken.

Theo hatte alle zusammengetrommelt. Lars und seinen Hund, Hanna und natürlich Fatih. Paul, der Mops, spürte die niedergeschlagene Stimmung. Er hatte sich platt auf den Boden gelegt, den Kopf zwischen die Pfoten gekeilt. Von dort aus schaute er mit sorgenvoll gerunzelter Stirn von einem zum andern.

»Irgendwo müssen wir einen Denkfehler gemacht haben«, grübelte Hanna. Sie waren so sicher gewesen, dass Bergman in Wahrheit Weißenfels war. Alle anderen waren tot oder kamen aus anderen Gründen nicht infrage, wie der einbeinige Dr. Körber.

»Vielleicht hat er sich operieren lassen«, schlug Fatih vor. Theo schüttelte den Kopf. »Jonathan Bergman ist schon kurz nach Kriegsende, also 1945, in die USA ausgereist. Er hat fast sofort eine Stelle in Stanford bekommen. Da muss er schon ungefähr so ausgesehen haben wie auf dem Bild von 1963 – und wie heute. Zwischen Juli 43 und Mai 45 muss er sich irgendwo verkrochen haben. Ich glaube kaum, dass ausgerechnet dort ein plastischer Chirurg zur Hand war.«

»Wohl kaum.« Hanna ließ sich auf die Couch sinken. »Ich weiß nämlich aus einem Interview, das er 1997 der ›Times‹ gegeben hat, wo er untergekommen ist. Ihm ist angeblich 1943 die Flucht aus dem KZ gelungen – zeitgleich mit dem Bombenangriff übrigens –, dann ist er über die Grenze gegangen und in einem Spital in Dänemark untergeschlüpft, irgendwo auf dem Lande. Offenbar hatte er dort einen guten Freund, der ihm die nötigen Papiere besorgt hat.«

Theo grübelte. Er ging noch mal die ganze Namensliste durch. Erschossen, gestorben, senil, gestorben, zerbombt, Suizid. Es klang wie der morbide englische Abzählreim, der die Frauen von Heinrich VIII. zum Thema hatte: »Geschieden, geköpft, gestorben, geschieden, geköpft, überlebt.«

»Erschossen, gestorben, zerbombt«, murmelte er. Er hielt inne. Dann stand er auf und ging zum Telefon. Schnell hatte er die Nummer herausgesucht. Es klingelte zwei-, drei-, sechsmal.

»Moin«, tönte die Stimme des Schweinezüchters im Alten Land.

»Moin, Herr Kruse, Theo Matthies spricht. Ich hätte da noch eine Frage.«

»Schießen Sie los.« Theo sah den alten Schweinezüchter in seiner bescheidenen Küche vor sich. »Sie haben mir erzählt, dass Sie den Leichnam von Sven von Vries geborgen haben. Sie haben aber auch gesagt, er sei ziemlich mitgenommen gewesen. Konnte man wirklich ganz sicher sein, dass es von Vries war und nicht etwa Weißenfels, der da unter den Trümmern lag?«

»Sie haben recht, das war kein schöner Anblick. Das Gesicht war total zertrümmert. Aber Doktor Richter konnte ihn dann doch identifizieren. Der Tote trug einen Ring am Finger. So einen schweren Siegelring. Altes Familienerbstück.«

Theo bedankte sich und legte auf. Dann reckte er die geballte Faust in die Luft: »Yes! Wir haben ihn!«

Paul sprang auf und kläffte.

»Es ist Sven von Vries?«

»Mit Sicherheit. Der Scheißkerl hat einfach seinen Ring an die Leiche seines Freundes gesteckt. Und dann ist er untergetaucht.«

Dienstag, 27. Juli 1943
Sven von Vries ließ den Knüppel neben Anna auf den Boden fallen und ging in den Nebenraum, in dem sein toter Freund lag. Er hatte ihn bereits etwas von Schutt befreit, als er Anna die Treppe hinaufkommen hörte. Sein Entschluss stand bereits fest. Das war die Gelegenheit, um spurlos zu verschwinden.

Niemand würde nach ihm suchen, denn das Grab von Sven von Vries würde für jeden auffindbar sein. Sven glaubte nicht an einen Gott, aber an das Schicksal. Vor allem glaubte er daran, dass das Schicksal ihm stets gewogen war. Er und Konstantin hatten beide ungefähr dieselbe Statur und dunkles kurzes Haar. Der weiße Arztkittel tat sein Übriges. Glücklicherweise hatte er sich, auf Annas Drängen hin, vor Kurzem das Hitlerbärtchen abrasiert. Noch so eine freundliche Geste des Schicksals. Blieb das Gesicht. Ein großer Trümmerbrocken hatte Konstantins aristokratische Nase bis zur Unkenntlichkeit zerdrückt. Aber das reichte noch nicht. Sven griff nach einem schweren Stein.

Während er mit diesem mechanisch die letzten Gesichtszüge von Konstantin auslöschte, ging er die nächsten Schritte noch einmal im Geist durch. Er hatte schon seit Langem einen Alternativplan. Er hatte zwar stets gehofft, dass Hitler den Krieg gewinnen würde, weil unter ihm die Forschungsbedingungen besser waren als in anderen, moralverwässerten Gesellschaften. Ihm war aber von Anfang an klar gewesen, dass die Sache genauso gut schiefgehen konnte. Und so hatte er schon vor zwei Jahren, als die USA sich in den Krieg eingemischt hatten, erkannt, dass die Sache brenzlig wurde. Gemeinsam mit seinem Studienkollegen Wolf Grundmann hatte er Plan B ausgeheckt. Wolf war Arzt im Konzentrationslager Neuengamme bei Hamburg. Und Wolf hatte für sich und Sven geeignete Ersatzidentitäten gesucht. Erst vor einem halben Jahr war es so weit gewesen: Jonathan Bergman war nur ein Jahr älter als er und war ihm auf den ersten Blick recht ähnlich. Wichtiger noch: Bergman war bei einem Onkel irgendwo auf einem Gut in Ostpreußen aufgewachsen und hatte in Königsberg studiert. Erst vor einem Jahr war er nach Hamburg gekommen, um zu arbeiten. Dabei hatte der Junge vom Lande sich gleich bei den Nazis unbeliebt gemacht. Hitlerkarikaturen – was für ein Unfug. Und das war das Sahne-

häubchen: Bergman war Arzt. Das hieß, wenn Sven in seine Identität schlüpfte, konnte er nach dem Krieg gleich dort weitermachen, wo er jetzt aufhören musste. Etwas anderes als medizinische Forschung kam für ihn nicht infrage.

In Hamburg kannte Jonathan Bergman kaum jemanden, und wenn er doch jemanden traf, würde der sich nicht wundern, dass er sich nach den Jahren im KZ verändert hatte. Ohnehin plante Sven, nach Ende des Krieges Deutschland schnellstmöglich unter seinem neuen Namen zu verlassen. Mehr als ein, höchstens zwei Jahre konnte das nicht mehr dauern. Seit Stalingrad ging es mit dem deutschen Heer rapide bergab.

Er erhob sich und klopfte den Staub von seinen Knien. Dann häufte er wieder Steine auf das zerstörte Gesicht seines toten Freundes. »Tut mir leid, Kumpel«, sagte er, »du weißt, ich mach das nicht gern.« Er zog seinen Siegelring vom Finger und steckte ihn an Konstantins Finger. Er saß etwas locker, aber das würde hoffentlich niemandem auffallen. Dann ging er rasch zurück in den Raum, in dem Anna lag. Ein Blick aus dem Fenster zeigte ihm, dass noch immer alle von dem brennenden Maisfeld gebannt waren. Gut so. Das Glück war ihm wieder einmal hold.

Schade war nur, dass er die Testreihe mit Maja nicht vollständig hatte beenden können. Für die letzte Auswertung fehlte nur noch die Autopsie – und dafür hatte er nun wirklich keine Zeit. Er zögerte kurz, doch das Experiment war ganz offensichtlich ein wissenschaftlicher Meilenstein. Die Ergebnisse konnten ihm Zugang zu den besten Universitäten eröffnen. Er klappte seine Arzttasche auf und legte Skalpell und Knochensäge bereit. Gottlob brauchte er nicht den ganzen Leichnam mitzuschleppen.

In weniger als zehn Minuten war er fertig. Er ließ seinen Schatz in einen mit Formalin gefüllten Behälter sinken. Ein stechender Geruch breitete sich in dem Raum aus. Jetzt *musste er sich beeilen. Wenn man ihn jetzt noch ertappte, würde es ihm schwerfallen, eine überzeugende Ausrede zu finden. Er griff nach seinen Unterlagen, die in einer Ledertasche bereitstanden, und stieg über Annas Körper hinweg. Sie wimmerte leise. Er schenkte ihr einen letzten, durchaus freundlichen Blick. Ihre kratzbürstige Art hatte ihm zugesagt. Hätte der Krieg sich wider Erwarten doch noch zugunsten der Deutschen gewendet, hätte er nichts dagegen gehabt, sie zu heiraten. Die Tochter eines Obersturmbannführers an seiner Seite hätte seiner Karriere auf jeden Fall förderlich sein können. Lächelnd stieg er die wackelige Treppe hinunter. Dann verschluckte ihn die Dunkelheit.*

Montag, 29. Dezember 2008

»Ich will euch ja nicht den Spaß verderben, Leute«, sagte Lars. »Aber eigentlich sind wir keinen Schritt weiter. Wir haben noch immer keinen Beweis dafür, dass Bergman in Wirklichkeit von Vries ist.« Er deutete auf das Gruppenbild, das Theo mit den anderen Fotos auf den Tisch gelegt hatte. »Damit lässt sich jedenfalls nichts anfangen.«

»Vielleicht müssen wir es einfach andersherum versuchen. Wenn wir nicht beweisen können, dass Bergman eigentlich von Vries ist, vielleicht können wir dann zeigen, dass er nicht Bergman ist.«

»Mir brummt der Schädel«, stöhnte Fatih. »Ich weiß nur eines, Anna hat doch gesagt, dass sie einen Beweis auftreiben wollte, nicht?«

Hanna nickte langsam.

»Sie wird wohl kaum gehofft haben, dass Bergman ein Geständnis ablegt. Das heißt, irgendwas muss bei ihm zu finden sein, mit dem wir ihn drankriegen können.«

»Aber was könnte das sein?« Hanna kaute auf ihrer Unterlippe. »Anna hat ihn seit siebzig Jahren nicht gesehen.

Woher sollte sie wissen, womit er sich heute noch verraten könnte?«

Niemand hatte eine Idee.

»Die Geschichte ist einfach zu wahnwitzig. Für eine Hausdurchsuchung reichen unsere Indizien bestimmt nicht«, mutmaßte Theo.

Vielleicht nicht für die Polizei, aber für mich schon, dachte Fatih. Wohlweislich hielt er die Klappe. Er konnte sich gut vorstellen, was die anderen zu seinem Plan sagen würden.

Donnerstag, 1. Januar 2009

»Du hast ja 'ne Macke.« Selçuk stand vor dem Spiegel und stylte sich hingebungsvoll die blondierten Haare. Fatih lümmelte sich auf der Bettcouch seines Drummers und besten Kumpels. Er schlürfte ein Joghurtgetränk, das Selçuks Mutter ihm serviert hatte, und registrierte erfreut, dass sein Kater nachließ. Die Band hatte in einem kleinen Club im Schanzenviertel gespielt. Sie hatten ihre eigenen Kompositionen zwischen die Songs geschmuggelt und ansonsten gängigen türkischen Pop gecovert. Der Abend war ein Erfolg gewesen, aber jetzt brummte ihm der Schädel. Zu viel Bier.

Er verdrehte die Augen.

»Komm schon. Ich muss einfach irgendwie in dieses Haus reinkommen. Das bin ich Anna schuldig.«

»Schön. Aber wie?«

Fatih zuckte die Achseln. »Ach, irgendwie werde ich mich schon reinschmuggeln. Du lenkst sie ab, und ich schleich mich durch die Hintertür, oder so. Solche Häuser haben immer eine Hintertür«, sagte Fatih lässig.

»Alter, das ist ein total idiotischer Plan. Nein, das ist überhaupt kein Plan, das ist einfach nur schwachsinnig!« Routiniert umrandete Selçuk seine Augen mit Kajal. »Solche schweinereichen Leute, die sind total misstrauisch. Da kannst

211

du nicht einfach klingeln.« Er legte eine Schicht Puder auf sein Gesicht. »Du musst sie dazu bringen, dass sie dich einladen.«

Fatih zuckte die Schultern. »Warum sollten die das tun?«

Selçuk betrachtete zufrieden sein Spiegelbild. »Ich lass mir was einfallen, okay?«

»Okay.« Fatih war zufrieden. Selçuk war der einzige schwule Türke, den er kannte, aber trotzdem. Auf jeden Fall war sein Freund zweifellos ein verdammtes Genie.

Am übernächsten Tag war er davon nicht mehr so ganz überzeugt. »Was willst du denn damit?«

Selçuk schwenkte einen leuchtend gelben Handzettel vor seiner Nase. »Fensterputzen – schnell, professionell – günstig: zwanzig Prozent Rabatt zum Jahreswechsel.« Darunter stand »Fensterservice Sunshine« und – Fatih glaubte es kaum! – seine persönliche Handynummer.

»Ist doch klar, als Fensterputzer kommst du schon mal rein ins Haus. Und das Beste ist, die wollen was von dir.«

»Und wenn nicht?«

»Werden sie.« Selçuk grinste. »Siehst du, da steht ›Rabattaktion‹. Und eines weiß ich: Leute, die richtig Kohle haben, die sind immer hinter einem Rabatt her.«

Sonntag, 4. Januar 2009

Am nächsten Tag verteilten sie die Zettel im taktischen Umkreis von Bergmans Villa. Das war gar nicht so einfach, denn viele der Herrschaften hatten ihren Briefkasten hinter hohen Mauern versteckt. Zum Glück gehörte Bergman nicht zu dieser Sorte, und sie konnten ihren Zettel einfach einwerfen. Bei vielen andern mussten Selçuk und Fatih ihren gesamten Charme mobilisieren, zwei höfliche junge Männer in tadellosen Overalls, die Fatihs Mutter ihnen geborgt hatte. Nicht jeder ließ sie hinein, aber die Quote war nicht schlecht. Eine alte Dame wollte sie am liebsten auf der Stelle engagieren.

»Meine Schwiegertochter kommt morgen zu Besuch, und die ist so furchtbar pingelig«, sagte sie.

Selçuk zeigte bedauernd sein makelloses Gebiss. »Tut uns wahnsinnig leid, meine Dame, aber wir sind heute und morgen vollkommen ausgebucht.« Fatih konnte ob der geschliffenen Manieren seines wilden Drummers nur staunen.

Sie bekamen den Auftrag für den übernächsten Tag. »Bis dahin werde ich einfach erkranken«, sagte die alte Dame listig. »Meine Schwiegertochter hat vor Viren noch mehr Angst als vor ein bisschen Schmutz.«

»Warum hast du den Auftrag nicht gleich angenommen?«, zischte Fatih, als die Frau in ihre Villa humpelte.

»Mensch Alter, wir müssen doch erst noch trainieren.«

»Was trainieren? Fensterputzen etwa?«

Statt einer Antwort verpasste Selçuk ihm einen Klaps vor den Schädel.

Natürlich hatte Fatih noch nie im Leben ein Fenster geputzt. Und so überraschte er seine Mutter mit einem ungewohnten Hilfsangebot.

»Nix da, die Fenster sind blitzsauber.« Aische war voller Misstrauen.

»Na, dann kann doch nichts passieren.«

»Hast du eine Ahnung.«

Trotzdem machte Fatih sich mit Eimer, Glasreiniger und Abzieher über das Fenster in seinem Zimmer her – es waren ja immerhin sein Zimmer und sein Fenster. Drei Minuten später war er fertig. Na also! Ging doch kinderleicht. Doch dann schob sich die Sonne zwischen den Wolken hervor, als wollte sie auch mal einen Blick auf seine Arbeit werfen. Ihre Strahlen legten bloß, dass das vormals spiegelnd saubere Glas jetzt voller hässlicher Schlieren war. Fatih fluchte und putzte erneut. Einziger Effekt war, dass die Schlieren jetzt an anderer Stelle auftauchten. Fatih schwitzte. Zwanzig Minuten, eine halbe Flasche Sprühreiniger und eine drei viertel Rolle Küchentücher später war das Ergebnis wenigstens annehmbar, wenn auch nicht so brillant wie vor der Aktion. Er schaute auf die Uhr. Fast vierzig Minuten hatte er insgesamt gebraucht. Das Fenster maß einen Meter mal 2,50 Meter. Fatih dachte an die Villen mit ihren riesigen Fenstern. Er stöhnte und ließ sich zwischen die zerknüllten Küchentücher sinken. Aische tauchte in der Tür auf und lehnte sich mit überkreuzten Armen in den Rahmen.

»Na? Doch nicht so leicht, wie es aussieht, was?«, sagte sie zufrieden.

»Der Horror«, gab Fatih zu.

»Warum willst du denn unbedingt Fenster putzen?«

»Das ist so eine bescheuerte Idee von Selçuk. Zum Geldverdienen und so«, schwindelte er.

»Sehr löblich. Komm, ich zeige dir, wie es geht.«

Fatih stöhnte. »Jetzt gleich?«

»Wer wird denn nach einem bisschen Putzen gleich schlappmachen«.

Manchmal hasste Fatih seine Mutter.

Der nächste Tag bescherte den beiden Knaben zwar keinen Durchbruch, aber einen Achtungserfolg. Sie putzten 43 Fenster in zwei Villen und nahmen dabei mehr als 300 Euro ein – trotz Rabatt. Die letzte der Villen war sogar strategisch günstig gelegen – neben dem observierten Objekt. Von der Leiter aus konnte Fatih ins benachbarte Grundstück spähen. In einem der Räume sah er einen weißhaarigen Herrn an einem Schreibtisch sitzen.

»Das muss er sein, der Killer«, rief er aufgeregt. Selçuk wäre fast vom Fenstersims geplumpst.

214

»Spinnst du, brüll hier doch nicht 'rum.« Auf Zehenspitzen, als könnte der Feind ihn hören, schlich er zu Fatihs Spähposten hinüber. Ein dunkel gekleideter jüngerer Mann kam soeben hinein und reichte einem alten Herren ein schnurloses Telefon.

»Ich werd verrückt«, sagte Fatih, »da sitzt der Kerl, als könnte er kein Wässerchen trüben.«

»Ja bitte«, meldete sich Bergman.

»Hallo Sven«, sagte eine Stimme. Sie klang alt und rostig. »Ich darf doch Sven sagen, nach all diesen Jahren?«

Ilse Steiner hatte die letzten Tage in ihrem Pflegebett verbracht wie eine zufriedene Spinne im Netz. Es war ganz einfach gewesen. Sie hatte den pickeligen jungen Wehrdienstverweigerer Leon damit beauftragt, ihr Bergmans Telefonnummer zu beschaffen. Normalerweise hatte sie für die langhaarigen Drückeberger, die den Militärdienst verweigerten, nichts übrig. Und die konnten die giftige Alte aus Zimmer 36 genauso wenig leiden. Aber Geschäft blieb Geschäft, und da Leon hoffte, die bildschöne Saskia mit einer Einladung in die schickste Pizzeria am Ort zu beeindrucken, hatte er den Preis für die Nummernrecherche auf fünfzig Euro heraufgetrieben. Leider war die Aktion komplizierter als erwartet – denn Bergman stand nicht im Telefonbuch. So drehte auch Leon seine Runde über die Suchmaschinen, stieß auf den Hirnforscherkongress und rief dort an.

»Hat er schon wieder seine Brille vergessen?«, fragte Frau Dr. Knauer. Die Kongressorganisatorin hatte inzwischen ihre Erkältung überwunden.

»Wie?« Leon fühlte sich aus dem Konzept gebracht. »Nein«, improvisierte er schnell. »Ich brauche ein Empfehlungsschreiben. Für Harvard.«

Er bekam die Nummer.

Kapitel 16

Dänische Begegnung

Montag, 5. Januar 2009
Hanna fuhr allein nach Dänemark. Sie brauchte etwas Abstand, vor allem von Theo, wie sie sich eingestand. Mit der Begründung, noch immer vergrippt zu sein, hatte sie seine Einladung für Silvester ausgeschlagen, obwohl sie sich schon deutlich besser fühlte. Stattdessen hatte sie bei ihren Nachbarn gefeiert. Cora war mit 43 Jahren, dreizehn Jahre nach der Geburt ihres Sohnes, noch einmal Mutter geworden. Sie hatte sich nach langem Hin und Her aus einer unglücklichen Ehe gelöst und einen neuen Freund gefunden. Marco war ein paar Jahre jünger als sie, weswegen sie überhaupt kein Verständnis für Hannas nagenden Zweifel hatte. Die beiden Frauen hatten, nachdem Mann und Kinder längst selig schlummerten, noch bis um drei zusammen in der großen Küche gesessen und Cava getrunken.

»Na und, dann ist er eben jünger.« Cora verdrehte die Augen und zog heftig an ihrer Zigarette. »Da müssen wir in unserem Alter drüberstehen.«

Hanna blickte zweifelnd.

»Seine Frau war bildschön? Vergiss es. Die ist tot. Und im Übrigen: Seit wann hältst du dich für unattraktiv?«

Hanna zuckte die Schultern.

»Hanna, ich kenn dich nicht wieder.«

Hanna stöhnte. »Wenn ich verknallt bin, bröckelt mein Selbstbewusstsein. Das war schon immer so.«

»Ach, Süße«, sagte Cora. Und machte noch einen Sekt auf.

Verflixter Theo, dachte Hanna. Da kam ihr die Spritztour heute gerade recht. Die Norddeutsche Tiefebene war, wie der Name schon suggerierte, zumindest in diesem Teil Deutschlands vollkommen platt. Links und rechts erstreckten sich endlose Felder, die sich im Sommer in leuchtend gelbe Teppiche aus blühendem Raps verwandelten. Jetzt, im Winter, war die Landschaft ein monochromes Stillleben in Schwarz, Weiß und Grau. Vereinzelt ragten einsame windschiefe Bäume auf, und lang gestreckte, buschige Wallhecken oder »Knicks«, wie sie hier genannt wurden, boten zahllosen Kleintieren ein Refugium.

Die A7 führte Hanna in schnurgerader Linie nach Flensburg und von dort über die nahe dänische Grenze. Hanna lächelte bei der Erinnerung an ihre erste Grenzüberquerung. Damals hatte es hier noch ein Zollhäuschen mit Wärter und rot-weiß geringelter Schranke gegeben. Als Fünfjährige war sie damals furchtbar aufgeregt gewesen.

»Wann sind wir denn in Dänemark?«, hatte sie die ganze Fahrt über gebohrt. Jenseits der Grenze hatte sie sich mit großen Augen umgeschaut.

»Aber hier sieht es ja aus wie überall!«, hatte sie sich empört. Ihre Eltern lachten nur. Erst langsam entdeckte sie die Kleinigkeiten, die in Dänemark anders waren: die knallroten Würstchen, die hier »Røde Pølser« hießen, die bunten »Snøre«, vielfarbige spaghettiartige Schlangen aus Kaubonbon, auf die sie bald ganz versessen war, und die ulkige Sprache, die die Leute hier sprachen.

Später, als Teenager, hatte sie festgestellt, dass die dänischen Jungs irgendwie süßer waren als die zu Hause. Das lag nicht nur an ihrem weichen, drolligen Akzent, wenn sie mit ihr sprachen, sie waren einfach netter, hatte Hanna gefunden. Den ersten Kuss hatte sie mit dreizehn von einem Niels

217

aus Kopenhagen bekommen. Er hatte nach Salzlakritz geschmeckt.

In Tønder fing es an zu schneien. Hanna beschloss, einen Stopp einzulegen, und verzehrte in Angedenken an ihre Jugend ein quietschrotes Hotdog. Sie ließ sich von dem kahl geschorenen Verkäufer extra viele Röstzwiebeln daraufhäufen und veranstaltete beim Verzehr eine Riesensauerei. Eine gute Stunde später war sie am Ziel angelangt. Das war die erste nachvollziehbare Etappe in Bergmans offizieller Biografie. Hier hatte er den Schnitt gemacht zwischen seinem alten Leben und dem neuen unter falschem Namen. Hier musste es jemanden gegeben haben, der um sein Geheimnis wusste. Und wenn sie sehr viel Glück hatte, lebte dieser Mensch vielleicht sogar. Die alte Klinik, in der Sven von Vries einst untergetaucht war, gab es nicht mehr. An ihrer Stelle erhob sich ein typischer gesichtsloser Komplex, der irgendwann in den 70er-Jahren entstanden sein musste. Die triste Betonfassade wirkte wenig einladend. »Manche Architekten hätten wirklich Strafe statt Bezahlung verdient«, murmelte Hanna.

Der abweisende äußere Eindruck wurde von dem freundlichen Mann am Empfang mehr als wettgemacht. Obwohl sie sich nicht angemeldet hatte, genügte ein kurzes Telefonat, um den Weg zur Klinikleitung frei zu machen. Wie überall in diesem entspannten Land duzte der Mann die oberste Chefin. Gesiezt wird in Dänemark nur die Königin.

Die Frau Direktor holte Hanna sogar höchstpersönlich ab.
»Ich hab gerade ein bisschen Bewegung gebraucht«, sagte sie fröhlich. Ihr Deutsch war hervorragend, wie das vieler Grenzdänen. Im Norden Schleswig-Holsteins wurde zwar im Gegenzug in den Schulen auch Dänisch als Fremdsprache angeboten, aber das Ergebnis war meist weniger eindrucksvoll.

Bodil Norlander war 42 Jahre alt, 1,66 Meter groß und wog federleichte 53 Kilo. Ihr Haar trug sie kurz, strubbelig und kirschrot, ihr Lächeln wirkte ironisch, und die nordseegrauen Augen blickten den Gast neugierig an. Sie war von Kopf bis Fuß in Schwarz gekleidet, und Hannas reportagegeschulter Blick registrierte, dass das schmale Handgelenk ein Armband aus Totenköpfen schmückte. Bodil bemerkte ihren Blick und lachte.

»Hübsch, nicht? Das hat mir meine Tochter aus Tibet mitgebracht.« Sie ließ die Schädel klimpern. »Die sind aus Yakknochen geschnitzt und sollen böse Geister fernhalten.« Sie blickte stolz auf ihr Handgelenk. »Komm, wir gehen in mein Büro. Hast du was dagegen, wenn wir zu Fuß gehen, statt den Fahrstuhl zu nehmen? Wie gesagt, ich brauche ein bisschen Bewegung.«

»Na, dann gehen wir doch zu Fuß.«

Als sie schließlich im fünften Stock angekommen waren, war Hanna komplett außer Atem. Die zierliche Klinikleiterin war wieselflink und offenbar bestens in Form.

»Oje, du bist ja ganz aus der Puste«, sagte sie schuldbewusst. »Ich vergesse immer, dass ja nicht alle täglich zehnmal solche Treppen steigen.«

Bodil öffnete die Tür zu ihrem Büro. Der Aufstieg hatte sich gelohnt. Von hier aus hatte man einen atemberaubenden Blick über das Meer.

Der Strand war weiß mit Schnee überpudert, von dem sich der feuchte Sandstreifen dunkel abhob, an dem die Wellen leckten. Der Wind war mäßig, die See fast ruhig, sodass nur einige zahme Wellenkämme wechselnde Muster in das dunkle Wasser zogen. Spektakulärer war heute der Himmel, auf dem die blasse Wintersonne die hohen Wolkentürme dramatisch ausleuchtete.

»Badet der etwa?«, fragte Hanna, als sie eine Gestalt am

Strand schnurstracks auf das Wasser zusteuern sah. Es war offenbar ein betagter Mann, der, soweit Hanna erkennen konnte, splitternackt über den Sand stapfte. Bodil trat neben sie.

»Das ist Hakon. Soweit ich weiß, badet er hier seit über sechzig Jahren. Und zwar jeden Tag.«

»Unfassbar«, murmelte Hanna. Sie selbst weigerte sich, auch nur ihren großen Zeh in ein Gewässer zu tauchen, das nicht mindestens 25 Grad hatte. Sie schauderte.

»Ist unheimlich gesund«, sagte Bodil. »Bestimmt wird er hundert. – Kaffee, Wasser, Saft?«, fragte sie.

»Kaffee wäre schön.«

Während die Klinikleiterin mit den Tassen hantierte, sah Hanna sich um. Der Raum war sehr modern und zugleich anheimelnd eingerichtet. Auf dem hellen Holzboden lag ein cremefarbener Wollteppich, auf dem eine moderne Sitzgruppe aus weichem braunem Leder stand. Vor dem Fenster war der weiße Schreibtisch aufgestellt, davor standen zwei bequem aussehende Besucherstühle. Eine Wand bedeckten Bücherregale mit medizinischen Werken. Dazwischen reihten sich aber auch persönliche Gegenstände: ein paar große rund gewaschene Steine mit interessanter Maserung. Eine kleine Buddhafigur. Ein paar Fotos. Hanna nahm eines zur Hand, auf dem Bodil eng umschlungen mit einer jungen Frau stand. Das Mädchen war einen Kopf größer als sie und hatte milchkaffeefarbene Haut.

»Meine Tochter Julie«, sagte Bodil stolz. »Mein Mann stammt aus Äthiopien«, fügte sie die unvermeidliche Frage vorwegnehmend hinzu.

»Dafür, dass du so jung bist, hast du eine große Tochter.«

»Das liegt bei uns in der Familie – ich werde bald Oma.«

»Gratuliere.« Hanna griff nach einem weiteren Bild, das offenbar die ganze Familie zeigte. Ein ebenholzfarbener hochgewachsener Mann und vier Kinder in unterschiedlicher Größe und Farbschattierung. Hanna wusste, dass Familie und Karriere in Dänemark sehr viel einfacher zu vereinbaren waren als in Deutschland – auch schon vor zwanzig Jahren. Sie dachte an ihren Schwangerschaftsabbruch mit 25. Damals hatte sie mitten im Studium gesteckt. Hätte sie sich anders entschieden, wenn sie in Dänemark gelebt hätte?

Bodil bugsierte Kaffee, Milch und die unvermeidlichen dänischen Zimtschnecken zur Sitzgruppe.

»Dann erzähl mal, was kann ich für dich tun?«

Hanna biss in das Gebäck und ordnete kurz ihre Gedanken.

»1943 hat in dieser Klinik ein junger Arzt Unterschlupf gefunden, der sich Jonathan Bergman nannte.«

Bodil registrierte die vorsichtige Formulierung, hakte aber nicht nach.

»Er war angeblich aus einem Konzentrationslager geflüchtet.«

Bodil beugte sich interessiert vor.

»Während des Krieges hat mein Großvater diese Klinik geleitet«, sagte sie.

»Lebt er noch?«

Bodil schüttelte den Kopf. »Ich habe ihn leider nie kennengelernt. Meine Großmutter hat mir allerdings davon erzählt, dass sie immer wieder Widerstandskämpfer bei sich versteckt hatten. Als Kind fand ich das wahnsinnig romantisch. Ein Arzt war auch darunter. Das könnte er vielleicht gewesen sein. Aber warum interessierst du dich für ihn?«

»Weil dieser Bergman nicht war, was er vorgegeben hat.« Und Hanna erzählte ihr die Geschichte von Anfang an. Von Annas Tod, dem Verdacht des Bestatters und ihren Recherchen. Bodil war eine gute Zuhörerin. Als Hanna ihren Bericht beendet hatte, schwieg sie. Nachdenklich kaute sie auf ihrer Unterlippe.

»Mir kommt da gerade eine ganz ungeheuerliche Idee«, sagte sie.

Anna hob ihre Augenbrauen.

»Soweit ich mich erinnere, kannte mein Großvater diesen Flüchtling, also diesen Arzt, von früher. Sie hatten wohl zusammen studiert. Das heißt, er muss in die Geschichte mit der neuen Identität eingeweiht gewesen sein.«

»Das muss ja nicht unbedingt heißen, dass er auch wusste, was von Vries tatsächlich getrieben hat. Er kann ihm ja irgendein Lügenmärchen aufgetischt haben – das kann er offenbar gut, wenn er fast siebzig Jahre damit durchgekommen ist.«

»Das meine ich auch gar nicht. Mein Großvater hätte nie einem Naziverbrecher geholfen. Er war selbst aktiv im Widerstand. Unter anderem war er maßgeblich daran beteiligt, als wir 1943 alle dänischen Juden in einer Nacht- und Nebelaktion nach Schweden verschifft haben – in Sicherheit.«

Sie erhob sich und trat vor das große Fenster. Mit dem Rücken zu Hanna sagte sie: »Mein Großvater ist kurz nach Kriegsende ermordet worden. Man hat ihm in einer dunklen Seitengasse gleich hier bei der Klinik die Kehle durchgeschnitten. Seine goldene Taschenuhr war weg. Den Mörder hat man nie gefasst.«

Sie drehte sich zu Hanna um. »Vielleicht war das gar kein Räuber ...«

Hanna nickte langsam. »Für von Vries muss es enorm wichtig gewesen sein, dass niemand sein Geheimnis kannte, dass niemand die Verbindung zwischen seiner alten und seiner neuen Identität herstellen konnte.«

»Großer Gott.« Bodil ließ sich auf die Kante ihres Schreibtischs sinken. Die beiden Frauen starrten einander an. Der Fall wurde immer unheimlicher.

Zwanzig Minuten später saßen sie im Wintergarten von Bodils Großmutter Åsa. Wie das Haus war auch der lichte Anbau sicher schon an die hundert Jahre alt. So ein skandinavischer Wintergarten war immer Hannas Traum gewesen. Auch an einem Wintertag wie diesem war er voller Helligkeit. Den oberen Teil der Fenster schmückten bleiverglaste Jugendstilszenen: eine Frau im weißen Gewand, die eine Traube hielt. Ein Mädchen, das an einer Rose roch. Ein Junge mit einem Fuchs. Die Fenster gaben den Blick in einen alten Obstgarten frei. Die Bäume waren knorrig und mit Schnee bestäubt. Hanna entdeckte einen letzten schrumpeligen Apfel an einem Ast. Von einem der Bäume baumelte ein Vogelhäuschen aus Birkenholz, an dem eine winzige Meise turnte. »Wunderschön haben Sie es hier«, sagte Hanna bewundernd. Die alte Åsa nickte freundlich. In ihrem blau-weiß karierten Ohrensessel sah sie aus wie eine runzelige Kopie ihrer Enkelin: die gleiche zierliche Statur, die gleiche Stupsnase und sogar die gleiche kirschrote Strubbelfrisur. Als hätte man einen Zwilling in eine Zeitmaschine gesteckt, die ihn im Zeitraffer gealtert zurückgebracht hatte.

Åsa hielt noch immer das Foto in den Händen, das Hanna ihr gegeben hatte.

»Ja, das ist zweifellos Jonathan Bergman«, sagte sie ruhig. Wie ihre Enkelin sprach sie ausgezeichnet Deutsch. »Er hat sich vom Sommer 1943 bis zum Kriegsende bei uns versteckt. Damals haben wir noch ein Häuschen auf dem Gelände der alten Klinik gehabt.« Sie lächelte. »Tags hat er auf dem Dachboden gehockt und gearbeitet. Immer, wenn ich ihm etwas zu essen gebracht habe, saß er da mit einem Haufen Papiere und hat wie ein Wilder geschrieben.« Sie schlug die Beine übereinander und umfasste ein Knie. »Abends haben wir oft Skat gespielt, Jonathan, Thorbjörn und ich. Meistens hat Jonathan gewonnen. Er war in jeder Hinsicht brillant.«

Sie dachte an die langen Abende, an denen sie zu dritt im Schutz der Verdunkelung gesessen hatten. Jonathan war charmant und geistreich gewesen. Ganz anders als ihr Mann, der ernsthafte und etwas wortkarge Thorbjörn. »Jonathan hat uns immer zum Lachen gebracht mit seinen Geschichten.« Sie schmunzelte. »Er war ein begnadeter Imitator. Hitler, Mussolini, Stalin. Es hat so gutgetan, einmal über alle diese Ungeheuer herzlich lachen zu können.« Sie strich sich eine Haarsträhne hinter das Ohr, die verspielte Geste der viel jüngeren Frau, die sie einmal gewesen war. »Ich glaube, ich habe mich damals sogar ein bisschen in ihn verliebt«, gestand sie. »Nicht, dass da irgendwas gewesen wäre. Aber er war einfach so ungeheuer anziehend.«

»Haben Sie gewusst, dass Jonathan Bergman nicht sein wahrer Name war?«

»Das schon. Aber ich wusste nicht, wer er wirklich war, und auch sonst so gut wie nichts über sein Vorleben. Irgendwann hat Jonathan einmal angedeutet, dass sie sich vom Studium her kennen. Thorbjörn hatte eine Weile in Hamburg studiert ... Er war natürlich ein paar Jahre älter als Jonathan, aber er hat ja auch erst spät angefangen.« Sie griff nach einer Zimtschnecke, die vor ihr auf dem Tisch lag, biss hinein und legte sie wieder weg. Das Licht, das durch die Buntglasfenster fiel, malte farbenfrohe Tupfen auf den Tisch. »Thorbjörn wollte schon immer Medizin studieren. Aber das ging erst, als sein Vater starb.« Sie lächelte entschuldigend. »Er war sehr reich. Aber er wollte aus seinem einzigen Sohn einen Industriellen machen, wie er selbst einer war. Erst als er tot war, konnte Thorbjörn seine Träume verwirklichen. Sein Medizinstudium. Und die Heirat mit mir.« Sie blickte Anna an. »Ich war damals ein einfaches Ladenmädchen. Weit unter seinem Stand. Aber Thorbjörn wollte keine andere.«

»Das kann ich mir gut vorstellen«, lächelte Hanna.

»Nach dem Studium in Hamburg kam er zurück, und wir

haben geheiratet. Als er sich im Widerstand engagierte, hat er mir das erzählt. Aber ich wusste nichts Genaues. Er war immer der Meinung, je weniger ich weiß, desto sicherer für mich – und für die Flüchtlinge.« Sie lächelte den beiden jungen Frauen entschuldigend zu. »Ich konnte noch nie gut Schmerzen ertragen. Wenn man mich gefoltert hätte, hätte ich alles und jeden verraten.«

Bodil beugte sich vor und drückte ihrer Großmutter kurz die Hand. »Das weiß doch keiner, was er aushält, wenn es hart auf hart kommt.«

»Ich wusste nur, dass Jonathan sich vor den Nazis verstecken musste, wie so viele, denen Thorbjörn geholfen hat.« Sie blickte versonnen auf das Bild in ihrer Hand. Dann schaute sie zu Hanna.

»Warum interessierst du dich so für diese alten Geschichten?«

Hanna warf Bodil einen raschen Blick zu. Die nickte ermutigend.

»Ich glaube, dass Jonathan Bergman in Wirklichkeit ein anderer ist. Ich glaube, er hat jemanden getötet, der wusste, wer er wirklich war.«

»Ein Mörder«, sagte Åsa langsam. Sie betrachtete das Foto, das noch immer in ihrem Schoß ruhte. »Er war wirklich ganz reizend. Aber das ist natürlich genau das Problem, nicht wahr?« Sie blickte auf und sah Hanna direkt in die Augen. »Charme blendet die Menschen. Charme ist eine Maske, hinter der sich alles verbergen lässt. Eine verletzliche Seele. Sogar Dummheit. Und natürlich auch das Böse.«

Als die beiden jungen Frauen gegangen waren, saß Åsa noch lange in ihrem Sessel. Sie blickte aus dem Fenster und sah zu, wie sich die Dämmerung erst langsam und dann immer rascher über den winterlichen Garten legte. Die Nachbarskatze, ein enormes orange getigertes Tier, schlich um die Bäume und warf einen begehrlichen Blick hinauf zum Vogelhäuschen, wo eine Meise außerhalb ihrer Reichweite seelenruhig Futter pickte. Hanna und Bodil hatten sich zwar abgesprochen, ihren ungeheuerlichen Verdacht vor der alten Frau geheim zu halten, ihr nicht zu erzählen, dass Jonathan womöglich auch seinen Freund Thorbjörn auf dem Gewissen hatte. Aber Åsa war immer eine scharfsinnige Frau gewesen. Sie dachte an ihren Mann, wie er vor sechzig Jahren bleich in seinem Sarg gelegen hatte. Sie dachte an Jonathans Hand, die tröstend auf ihrer Schulter geruht hatte. Sie schauderte. Nein, Åsa war nicht dumm. Sein Bild lag in kleine Fetzen zerrissen, wie Konfetti um ihren Sessel verstreut. Schließlich erhob sie sich mit steifen Gliedern und ging ins Bett. In dieser Nacht sollte sie nicht schlafen können.

Dienstag, 6. Januar 2009
»Wir stecken fest«, brachte Theo die Lage auf den Punkt. »Wir wissen jetzt ziemlich sicher, wer Jonathan Bergman in Wirklichkeit ist, wir wissen auch von Anna, dass er in Eichenhof mit Menschen experimentiert hat, aber wir haben keinen einzigen Beweis.« Niedergeschlagen rieb er sich den Nacken. Vor ihm saß Hauptkommissarin Hadice Öztürk hinter ihrem hell furnierten Schreibtisch. Ihre langen Beine steckten wie üblich in schwarzen Lederhosen, dazu trug sie ein schwarzes, schlichtes T-Shirt. Hadice war die einzige Frau, die Theo kannte, die niemals fror. Als einzigen Schmuck trug sie ein kurzes Lederband mit einem silbernen Anhänger. Er war mit blauen Steinen besetzt, die in konzentrischen Kreisen angeordnet waren. Theo erkannte ihn wieder – Hadice hatte ihn nie abgelegt. Er stellte »Nazar« dar, das Auge, das vor dem bösen Blick schützt, hatte sie ihm einmal erklärt.

Momentan hätte Theo diesen Schutz selbst gut gebrauchen können, denn Hadices Blick war gelinde gesagt Unheil verkündend.

»Ihr habt also selbst ein bisschen recherchiert«, sagte sie scheinbar ungerührt. »Schön. Ihr habt auch einen ganzen Haufen Zeug rausgekriegt. Auch gut. Aber dass du dazu auch noch höchstpersönlich bei diesem Bergman, oder wer er denn nun ist, aufgekreuzt bist! Ich fasse es nicht!« Sie sprang auf und beugte sich, die Hände auf den Schreibtisch gestützt, drohend zu Theo vor: »Herrgott, du denkst, der Kerl ist ein Mörder, und trotzdem stattest du ihm so einfach einen Höflichkeitsbesuch ab?« Sie schnaubte. »Wer glaubt ihr eigentlich, wer ihr seid?«, fauchte sie und schoss weitere finstere Blicke ab, die auch Hanna trafen. Die saß neben Theo und beobachtete beklommen, aber fasziniert die Darbietung orientalischen Temperaments, die sich hier entfaltete.

»Haltet ihr euch vielleicht für Emil und die Detektive oder was?« Entnervt ließ sich Hadice wieder auf ihren Schreibtischstuhl fallen.

»Hadice, jetzt komm mal runter. Was sollten wir denn machen? Du hast uns schließlich klipp und klar gesagt, dass die Polizei nicht genug in der Hand hat, um zu ermitteln.«

Hadice schwieg. »Scheißdreck«, sagte sie, aber Theo wusste, dass das Schlimmste vorüber war. »Die Wahrheit ist, soweit ich sehe, dass wir immer noch nicht genug für eine richtige Ermittlung haben.« Sie blätterte in dem ordentlichen Bericht, den Hanna getippt hatte.

»Die ganze Geschichte funktioniert nur, wenn wir davon ausgehen, dass eure Anna sich nicht geirrt hat. Die Zeugenaussage einer 84-jährigen Frau, die nur auf Hörensagen basiert, weil sie inzwischen tot ist.«

»Ermordet«, beharrte Theo.

Hadice stöhnte.

»Und mit dem Zeug tanzt ihr hier an.«

»Nicht ganz«, ließ Hanna sich zum ersten Mal vernehmen.

»Da wäre noch was. Der Grund, warum wir gerade jetzt hier antanzen, ist nämlich, dass wir glauben, dass es mindestens noch einen weiteren Mord gegeben hat.«

Theo sah, wie ein Funke in Hadices Augen aufglomm. Erleichtert lehnte er sich zurück. Die Kommissarin hatte angebissen.

Am Morgen, als Hanna noch mit ihren vom Schlaf verfilzten Locken kämpfte, hatte ihr Handy geklingelt.

»Hier Pflegeheim Entenbach«, hatte eine schüchterne Stimme gesagt. Hanna hatte nicht gleich geschaltet. »Entenbach?«, fragte sie verwirrt.

»Ja«, sagte die Stimme unsicher. »Wir wollten Ihnen nur mitteilen, dass Frau Ilse Steiner gestern verstorben ist.«

Ilse, dachte Hanna, die bösartige Schafsfrau!

»Ja, und da Frau Steiner keine Angehörigen hat – ich meine, sie hat ja auch nie Besuch bekommen oder so, bevor Sie da waren, meine ich. Und jedenfalls lag da Ihre Visitenkarte auf ihrem Nachttisch, und da dachten wir ...«

»Klar«, hatte Hanna, plötzlich hellwach, gesagt.

»Jedenfalls hat Ilse Steiner mich zwei Tage vor ihrem Tod noch einmal angerufen und mich über Bergman ausgequetscht. Und jetzt ist sie tot. Das kann doch kein Zufall sein.«

Hadices Hirn lief auf Hochtouren. »Du meinst, du hast ihr das Bild gezeigt, aber sie hat vorgegeben, sich nicht zu erinnern.«

»Und dann hat sie mich noch einmal angerufen«, nickte Hanna.

Hadice ließ einen Kugelschreiber irritierend gegen ihre unteren schneeweißen Zähne klicken. »Okay, ich warne euch, ich kann nichts versprechen, aber das schaue ich mir näher an.«

»Hadice«, sagte Theo und ergriff ihre schmale Hand, die auf dem Schreibtisch ruhte. »Jetzt sag doch mal, was du von der ganzen Sache hältst.«

»Das Ganze ist natürlich total irrwitzig.« Die junge Kommissarin machte eine Pause und warf Theo und Hanna je einen grimmigen Blick zu. »Aber das ist so irrwitzig, da muss ja was dran sein.«

Nach dem Gespräch mit Hadice hatte Theo Hanna nach Hause gefahren. Sie war zu dem Gespräch mit der Polizistin mit der S-Bahn nach Wilhelmsburg gekommen. Ihren Wagen hatte sie ihrer Freundin Cora geliehen. Genau vor dem Haus, in dem Hanna wohnte, fand er eine Parklücke. Ein gutes Omen, dachte er. In Eimsbüttel waren Parkplätze Mangelware. Er holte tief Luft. Es war an der Zeit, die Sache zwischen ihnen zu klären. »Kann ich mit raufkommen?«, fragte er.

Da klopfte es an der Beifahrertür. Neben dem Wagen stand ein schlanker braun gebrannter Mann. Die Nachmittagssonne ließ sein sonnengebleichtes Haar aufleuchten, und beim Lächeln entblößte er eine Reihe perfekter Zähne.

»Herrje«, sagte Hanna. Theo hob fragend die Augenbrauen. »Das ist Martin.« Sie schnitt eine Grimasse. »Mein Mann.«

»Wer war der Kerl?«, hatte Martin stirnrunzelnd gefragt, als Theo mit versteinerter Miene davongefahren war.

»Das geht dich überhaupt nichts an, mein Lieber«, hatte Hanna gesagt. Doch als sie jetzt versuchte, Theo anzurufen, war es diesmal sein Handy, das ausgeschaltet war.

Donnerstag, 15. Januar 2009

Als der Anruf schließlich kam, traf er Fatih gänzlich unvorbereitet. In den letzten Tagen hatten er und Selçuk 277 Fenster in neun Villen geputzt.

»Sieh es einmal so, wenn es nicht klappt, haben wir immerhin gut verdient«, hatte Selçuk gesagt und zufrieden die Einnahmen gezählt.

»Das verdammte Geld interessiert mich nicht. Ich will in das verdammte Haus.«

Und nun sollte ihr Plan offenbar doch aufgehen. »William Fitzpatrick«, stellte sich die kultivierte Stimme vor. Ob sie am nächsten Tag in der Elbchaussee zum Fensterputzen kommen könnten. Fatih, der gerade versuchte, sich gleichzeitig die Jeans hochzuziehen und zu telefonieren, wäre fast der Länge nach hingefallen, als er die Adresse hörte.

»Das lässt sich einrichten. So gegen vierzehn Uhr? Geht klar.« Den Sportunterricht am Nachmittag würde er sausen lassen. Er tippte die Kurzwahltaste drei auf seinem Handy.

»Selçuk«, raunte er, »die Sache wird ernst.«

Freitag, 16. Januar 2009

Womit Fatih nicht gerechnet hatte, war der wilde Zorn, der durch seine Adern rauschte. Adrenalin pur. Bislang hatte er immer nur bis zu diesem Moment geplant, an dem er Annas Spuren folgend dem Mörder auf den Pelz rücken würde. Jetzt stand er vor der schmiedeeisernen Pforte des imposanten Anwesens und dachte nur an Rache.

»Verdammt, hier haben sie sie umgebracht.« Er schluckte. Selçuk legte ihm die Hand auf die Schulter.

»Ganz locker bleiben, Alter.« Dennoch überließ Fatih lieber Selçuk die geschäftliche Transaktion.

Sie gingen in ihrer inzwischen bewährten Manier vor und arbeiteten sich von unten nach oben voran. Unten lagen immer die repräsentativen Räume, bei denen die Kunden viel Wert auf perfekte Arbeit legten. Im ersten Stock, wo meist die Schlafzimmer lagen, kam es weniger darauf an, und ihr mit bereits nachlassendem Elan vollzogenes Werk wurde weniger akribisch kontrolliert. Der dritte Stock war meist die Mansarde, in der früher die Dienstboten untergebracht waren. Neun Euro pro Fenster, Zuschlag für Sprossen, Doppelverglasung und Übergröße. Mechanisch fuhr Fatih mit seinem seifenwassergetränkten Schwamm über die Scheiben und zog anschließend mit dem extraweichen Gummiabzieher darüber. Schmutzige Wasserrinnsale bildeten sich an den Kanten, die er mit einem Lappen auffing. In Gedanken war er bei Anna. War sie hier gewesen, in diesem schönen Raum mit Elbblick? Gedankenverloren starrte er aus dem Fenster, bis Selçuk sagte: »Reiß dich zusammen.« Erst da bemerkte Fatih die schmutzige Pfütze, die sich auf dem kostbaren Parkett breitmachte.

Mittwoch, 10. Dezember 2008
Anna legte die Hände um das Gitter. Sie spürte, wie die Kälte durch ihre dünnen Handschuhe drang. Es war sicher einer der kältesten Tage dieses Winters. Bis zu minus dreizehn Grad hatte der Wetterbericht prophezeit. Noch war es hell. Sie warf einen Blick auf ihre billige Armbanduhr. 15.31 Uhr. Gerade richtig für Besuche bei älteren Herrschaften, fand sie. Entschlossen drückte sie die Klingel. Mit einem leisen Surren öffnete sich die Pforte. Anna schob die schicke Tasche ihrer Nachbarin wieder hoch auf die Schulter und schritt über den knirschenden Kies.
Geschmackvoll, dachte sie grimmig. Schön hast du es hier, du Dreckskerl.
An der Tür oberhalb der Treppe erwartete sie ein junger Mann. Anna warf einen flüchtigen Blick auf die Nixen, die das Portal flankierten. Über ihre Gesichter liefen Rinnsale gefrorenen Wassers wie Tränen aus Eis. Mühsam stieg sie die Stufen empor. »Ich möchte gern zu dem Professor«, sagte sie energisch.

»Er erwartet Sie bereits.«

»Tatsächlich.« Anna zögerte kurz. Dann trat sie ins Innere des Hauses.

Während ihre Stiefel schmutzige Pfützen auf dem Boden hinterließen, half Fitzpatrick ihr galant aus dem Mantel. »Hier entlang«, sagte er mit erlesener Höflichkeit, die Anna zuletzt vor Jahrzehnten erlebt hatte. Er öffnete eine Flügeltür, und da stand er vor ihr. Schlank und groß und sehr aufrecht. Tadellos gekleidet in sandfarbene Cordhosen und Tweedjackett.

»Anna«, sagte er, »wie lange ist das her.« Sein Lächeln war unverändert.

»Sven von Vries «, sagte sie, »deine Knochen sollten längst verrottet sein.«

Er lachte. »Du hast dich nicht verändert.«

»Ich dachte, du wärst tot«, sagte sie und fühlte sich töricht. Er nickte. »Genau das war ja der Plan. Komm, setzen wir uns doch.« Er deutete auf die schöne Sitzgruppe. Annas Füße, ihr Rücken, ihr ganzer Körper schmerzten. Obwohl sie sich ein Taxi vom Bahnhof gegönnt hatte, statt wie geplant den Bus zu nehmen, spürte sie jeden Knochen. Das Alter ist eine gemeine Folter, dachte sie. Der Mensch ist einfach nicht dazu gemacht, so alt zu werden. Aber der Mann vor ihr schien diesen Überlegungen zu spotten. Sie wusste, dass er 93 Jahre alt war, und doch wirkte er fit und hellwach. Widerstrebend setzte sie sich auf die äußerste Kante eines tiefen Sessels. Sven von Vries nahm ihr gegenüber auf der Couch Platz. Er lehnte sich bequem zurück und schlug die Beine übereinander.

»So sieht man sich also wieder.« Er musterte sie von Kopf bis Fuß. »Bezaubernd wie eh und je«, sagte er, und Anna wusste, dass das keine Schmeichelei war. Sven hatte sich schon immer von anderen als körperlichen Vorzügen angezogen gefühlt. Mut. Leidenschaft. Stolz.

»Warum bist du zurückgekommen?«, wollte sie wissen. »Du musstest doch damit rechnen, dass dich jemand erkennt. All die Jahre hast du dir offenbar sehr viel Mühe gegeben, das zu verhindern. Sogar Fotos gibt es so gut wie keine von dir, gerade mal eines habe ich im Internet gefunden. Und jetzt kreuzt du hier leibhaftig auf?«

»Du bist auf deine alten Tage im Internet unterwegs?« Er lächelte amüsiert.

Anna schwieg.

»Anna, kannst du dir nicht vorstellen, dass man gegen Ende seines Lebens den Wunsch hat, noch einmal die Stätten seiner Jugend aufzusuchen?«

»Ich kann mir schwer vorstellen, dass du auf einmal so sentimental bist.«

Er lehnte sich zurück. »So ist es aber. Ich bin vor zehn Jahren aus der aktiven Forschung ausgestiegen. Natürlich bin ich immer noch im Vorstand meiner Firma für Gentechnik, aber das füllt mich nicht aus. Ich habe einfach Sehnsucht gehabt, nach dem Dialekt hier, dem Humor, den Franzbrötchen, der Luft – was weiß ich.« Er blickte aus dem Fenster. »Den Blick über die Elbe, den wollte ich gern noch einmal sehen. Back to the roots. Du bist ja schließlich auch nicht in Afrika geblieben.«

Anna wunderte sich nicht, dass er sich über sie informiert hatte. »Ich habe hier aber auch niemanden umgebracht.«

»Mein Gott, Anna, das ist doch hundert Jahre her. Das interessiert bald keinen Menschen mehr.«

»Doch«, sagte Anna und zog ihre billige Strickjacke fester um den schmächtigen Körper, »mich zum Beispiel.«

Er lächelte. Mit Grausen nahm Anna wahr, dass es noch dasselbe Lächeln war wie vor fast siebzig Jahren.

»Wie geht es übrigens Line?«, fragte er.

»Nicht so gut, und ich wette, das weißt du auch«, sagte Anna böse.

»Siehst du – die allermeisten, die mich damals kannten, sind tot. Oder dement. Das Risiko war also nicht allzu groß.«

Annas Augen verengten sich zu schmalen Schlitzen.

»Ich bin weder das eine noch das andere, wie du sehen kannst.«

Er nickte und griff nach einem Teller. »Käsekirsch«, sagte er und nahm sich ein Stück Kuchen. »Bedien dich.«

Anna hatte eine Mission, also blieb sie widerstrebend sitzen. Sven spießte ein Stück Kuchen auf die Gabel und fragte: »Was willst du wissen?«

»Wie hast du das gemacht? Wie ist aus Sven von Vries Jonathan Bergman geworden?«

Genüsslich zog er die Gabel aus dem Mund, die eben noch ein ansehnliches Stück Kuchen getragen hatte.

Sven beugte sich vor. »Alles, was ich dir erzähle, bleibt doch unter uns?«

Anna lächelte höhnisch.

»Du weißt, nichts von dem ließe sich jemals beweisen.« Zufrieden lehnte er sich zurück und begann. Er liebte es, zu erzählen. Und zum ersten Mal seit siebzig Jahren ergab sich die Gelegenheit für diese besondere Geschichte.

Kapitel 17

Nachtschatten

Mittwoch, 10. Dezember 2008
Die letzten Sonnenstrahlen brachen sich auf den Wellen der
Elbe. Ihre Reflexe flirrten über das honigfarbene Parkett. Anna
hörte ihm zu. Er war auch früher ein begnadeter Geschichten-
erzähler gewesen. Sie fühlte sich gleichermaßen abgestoßen
wie widerwillig fasziniert. »Was ist eigentlich aus dem echten
Jonathan Bergman geworden?«
»Wolf hat ihn auf mein Signal hin liquidiert und anschließend
die Bücher gefälscht. Als KZ-Arzt war das für ihn kein Prob-
lem. Offiziell ist es Bergman gelungen, zu entkommen.«
»Liquidiert.« Anna konnte nicht fassen, mit welcher Selbstver-
ständlichkeit von Vries den Mord kommentierte. Sie fragte
sich, wer noch hatte dran glauben müssen, um seine Spuren
zu verwischen. Sein Freund Wolf, der ihm den Identitätswech-
sel ermöglicht hatte, wäre sicher eine Gefahr gewesen. Und
nun saß sie hier und drohte, das ganze Geheimnis auffliegen
zu lassen. Ihr war von Anfang an klar gewesen, dass ihre Mis-
sion riskant war. Sie hatte aber nicht bedacht, dass er nicht
nur ein skrupelloser Wissenschaftler, sondern auch ein eiskal-
ter Mörder sein könnte. Ihr wurde bewusst, dass sie mit ihrem
Leben spielte. Wäre von Vries auch jetzt noch bereit, für sein
Geheimnis zu töten? Andererseits, wenn sie sich schon in die
Höhle des Löwen begeben hatte, wollte sie die Gelegenheit
auch nutzen. Sie musste den passenden Moment abwarten.
»Warum hast du dir ausgerechnet die Identität eines KZ-Häft-
lings ausgesucht? Hätten deine Freunde von der SS dich auf-
gestöbert, wäre das vielleicht dein Tod gewesen.«

Er winkte ab. »In dem Fall wäre ich wieder in meine alte Identität geschlüpft.«

»Und die Tätowierung?«

Von Vries warf einen Blick auf die blassblaue Zahlenreihe, die seit Jahrzehnten sein Begleiter war. »Oh, die habe ich erst später machen lassen. Erst nach dem Ende des Krieges. Meinem Freund Thorbjörn habe ich nur erzählt, dass ich im Widerstand sei. Das hat ihm gereicht, um mich zu verstecken.«

»Es war natürlich schreckliches Pech, dass deine Nazifreunde den Krieg verloren haben.« Anna warf ihm einen sarkastischen Blick zu, der aber an ihm abprallte.

»Nun, das war zu erwarten. Hitler war zweifellos komplett übergeschnappt, sich mit der ganzen Welt anzulegen. Nein Anna, ich bin kein Nazi, und ich war auch nie einer.«

»Was dann?«

»Politik ist mir vollkommen egal, solange sie meine Arbeit nicht beeinträchtigt. Ich bin Wissenschaftler. Und als Wissenschaftler bin ich immer dort hingegangen, wo man mir den größten Spielraum für meine Forschungen geboten hat. Erst Nazideutschland, dann die USA.«

»Spielraum – was für ein schöner Euphemismus. Wobei der Spielraum außerhalb des Dritten Reiches vermutlich nicht mehr ganz so groß war.«

»Oh, während des Kalten Krieges war Hirnforschung groß in Mode. Die Militärs haben sich so einiges erhofft. Da gab es sogar ganz ernsthafte Experimente mit Parapsychologie. Ich kann dir versichern, die Forschungsbedingungen waren ausgezeichnet.«

Anna schwieg entsetzt. Hatte dieses Scheusal seine Experimente etwa auch nach dem Krieg noch weiterführen können?

Sie dachte an einen Artikel, den sie vor einiger Zeit gelesen hatte. Da ging es um Menschen, die überwiegend hochintelligent waren. Die extrem manipulativ waren und denen jegliche

Fähigkeit zu Empathie und Mitgefühl fehlte. Sie wirkten auf
ihre Umwelt sehr charmant und verstanden es, ihrem Gegenüber immer genau den Eindruck zu vermitteln, der die
gewünschte Reaktion hervorrufen würde. Diese Menschen
waren Meister der Masken. Und völlig skrupellos. »Dir ist klar,
dass du ein Psychopath bist.«

»Oh, zweifellos. Und bedenke doch, welch ein enormer Vorteil
das ist!« Er klaubte bedächtig die letzten Krümel seines
Kuchens mit der Rückseite der Gabel auf. »Wahrhaft frei im
Geiste ist doch nur, wer frei von allen moralischen Zwängen
ist.« Er lächelte zufrieden. »Aber um noch einmal auf Hitler
zurückzukommen: Der war zwar ein Irrer, aber in einem Punkt
hatte er recht.« Er wischte sich den Mund mit einer weißen
Serviette ab und legte sie sorgsam gefaltet neben den Teller.
»In einer gesunden Gesellschaft müssen die Starken die
Schwachen beherrschen. Diese ganze Idee von der überlegenen arischen Rasse ist natürlich Unfug. Ich habe mit Schwarzen, Juden und Arabern zusammengearbeitet, die brillante
Köpfe waren. Nein, die wirklichen Herrenmenschen sind die,
die sich nicht von ihren Emotionen leiten lassen.«

Anna schüttelte ungläubig den Kopf. »Ohne Emotionen ver-
kümmert der Mensch. Kennst du nicht die Untersuchungen
an Waisenkindern aus den Fünfzigerjahren? Die Säuglinge
hatten alles, was sie brauchten, Essen, Medikamente, ein sau-
beres Bettchen. Und trotzdem sind sie gestorben wie die Fliegen. Sie sind gestorben, weil ihnen menschliche Zuwendung
fehlte.«

»Nun, aber sie sind ja nicht alle gestorben, nicht wahr? Die, die
es geschafft haben, waren eben stark genug. Stärker als die
anderen, weil sie auf emotionale Nähe nicht angewiesen
waren.«

Nein, dachte Anna müde, sie wurden seelische Krüppel. Aber
sie sagte nichts.

»Emotionen sind nichts als chemische Reaktionen im Gehirn«,

dozierte von Vries weiter. »Sie dienen dazu, die Gemeinschaft zu schützen, und zwar zum Zweck der Arterhaltung. Sie sollen die Mutter dazu bewegen, sich für ihr Kind aufzuopfern, und den Mann, seine Familie zu ernähren und zu schützen.« Er beugte sich vor. »Anna, das ist ein archaisches Programm. Das brauchen wir heute nicht mehr. Schau mich an: Ich bin der bedeutendste Hirnforscher des letzten Jahrhunderts. Und das nur, weil ich völlig frei bin vom Ballast der Emotionen.«

»Das ist aber nur möglich, weil der Rest der Welt die Kartoffeln anbaut, von denen du dich ernährst, und deinen Müll beseitigt. Und diese Menschen haben Familie, Freunde, sie lieben, und sie leiden. Wäre jeder auf dem Egotrip, würde das alles nicht funktionieren.«

»Oh, da will ich gar nicht widersprechen. Alle diese Menschen sind ausgesprochen nützlich. Aber sie stehen im Dienste von jenen, die die wahre Elite sind. Der Führer ist zwar tot. Sein Tausendjähriges Reich ist in Schutt und Asche untergegangen. Aber letztlich hat er doch gewonnen. Sieh dich um, lies Zeitung, geh auf die Straße: Die Macht ist mit den Spekulanten, den Bankern, den wetterwendischen Politikern. Nur wer skrupellos genug ist, kommt ganz nach oben. Das Tausendjährige Reich ist längst keine Utopie mehr, auch wenn es etwas anders aussieht, als Hitler es sich erträumt hat.«

»Eine Herrenrasse von Psychopathen?«

»Sag das nicht so abfällig. Der Mensch der Zukunft ist frei von Sentimentalitäten, ein kühler Rationalist.«

»Das klingt nach Mr. Spock von Raumschiff Enterprise. Die Weltherrschaft der Vulkanier? Na, besten Dank«, sagte Anna. »Wenigstens wäre Mr. Spock nicht dafür, lebensunwerte Wesen zu vernichten«, fügte sie hinzu.

»Aber das bin ich doch auch nicht.« Er schien ehrlich erstaunt. »Ganz im Gegenteil, ich glaube, dass jeder nützlich sein kann. Erinnerst du dich noch an Maja?«

Maja. Es gab kaum einen Tag, an dem sie nicht an die Freundin gedacht hatte. Und in vielen Nächten hatte sie der Anblick ihres kahl geschorenen, verdrahteten Schädels in den Trümmern verfolgt.

»Maja war zwar ein Krüppel, aber die Wissenschaft hat ihr ungeheuer viel zu verdanken. Weißt du noch, wie ich dir gesagt habe, sie würde uns noch alle überraschen? Und das hat sie wahrhaftig. Sie war übrigens nicht so zimperlich wie du. Sie hat immer gesagt, dass sie alles tun würde, um auch die winzigste Chance zu nutzen, gesund zu werden. ›Und wenn ich dabei draufgehe, aber Sie haben was Wichtiges herausgefunden, dann hat sich das auch gelohnt‹, hat sie gesagt.«

Anna brannten Tränen in den Augen. Das klang tatsächlich ganz nach Maja. Trotzig blinzelte sie.

Von Vries erhob sich. »Nun, ich habe sie nie vergessen. Ich habe sogar ihr Andenken für die Nachwelt bewahrt. Für Zeiten, in denen die falschen Moralvorstellungen nicht mehr den Blick auf das Notwendige verschleiern. Warte, ich zeige es dir.«

Er erhob sich und ging zur gegenüberliegenden Wand. Das war der Moment, auf den Anna gewartet hatte. Blitzschnell beugte sie sich vor und schnappte sich einen kleinen Gegenstand vom Tisch. Sie verstaute ihn in einem der vielen Fächer von Juttas Tasche. Verstohlen sah sie zu von Vries hinüber. Doch der war damit beschäftigt, einen Safe zu öffnen, der in der Wand eingelassen war. Er entnahm ihm eine große schwarze, mit Samt verkleidete Schachtel, die er feierlich vor Anna auf den Tisch stellte. Argwöhnisch blickte Anna von dem dunklen Würfel zu von Vries und wieder zurück. Er löste zwei Haken, sodass sich der obere Teil abheben ließ. Wie ein Zauberkünstler liftete er die äußere Hülle und gab den Blick auf den Inhalt frei.

Mein Gott, er ist wirklich vollkommen wahnsinnig, dachte Anna. Und dann fiel sie in die zweite und letzte Ohnmacht ihres Lebens.

Freitag, 16. Januar 2009

»Gute Arbeit«, sagte eine Stimme hinter ihm. Fatih fuhr zusammen. Der dicke weiche Teppich, der den Schlafzimmerboden im ersten Stock bedeckte, hatte die Schritte verschluckt. Vor ihm stand der alte Mann, den er schon einmal beim Blick aus dem Fenster der Nachbarin gesehen hatte. Aber jetzt trennte ihn wenig mehr als ein Meter von dem Mörder. Er wirkte absolut harmlos, ein netter alter Herr in Strickjacke und mit freundlichen Knitterfältchen um die Augen. Fatih merkte, wie plötzlich alle Nervosität von ihm abfiel.

Dich kriege ich, du Schwein, dachte er grimmig und schenkte Bergman sein strahlendstes Lächeln. »Freut mich. Sorry, dass ich Ihnen nicht die Hand geben kann«, sagte er und deutete auf seine nassen Hände. Eher würde ich sie mir auch abhacken, dachte er.

»Machen Sie das schon lange?«, wollte Bergman wissen.

»Noch nicht so sehr lange. Wissen Sie, das ist ein guter Nebenjob fürs Studium«, erklärte Fatih.

»Oh, Sie studieren.« Blitzartig sortierte der alte Mann den Jungen in eine andere Schublade seines persönlichen Wertesystems.

»Mathematik«, nickte Fatih, »nächsten Sommer fange ich an.«

»Sehr schön, mein Junge, ich freue mich immer, wenn ich ambitionierte junge Leute treffe.« Fatih hätte ihm am liebsten den Eimer Schmutzwasser in die selbstgefällige Visage geschüttet.

»Also. Ich mach dann mal weiter ...«

»Aber natürlich.« Bergman nickte leutselig und ging hinaus. Am anderen Ende des Raumes hörte Fatih, wie Selçuk laut aufatmete.

Während des Putzens inspizierten sie unauffällig die Zimmer. Wo könnte Fatih sich verstecken, bis die Hausbewohner schlafen gegangen waren? Noch wichtiger: Wo könnten sie einen Hinweis auf Bergmans wahre Identität finden?

»Wonach suchen wir überhaupt?«, hatte Selçuk ihn noch auf der Fahrt zur Villa gefragt.

»Keine Ahnung. Vielleicht hat er ja irgendwo seine originale Geburtsurkunde aufbewahrt. Oder ein Foto seiner wahren Mutter.«

»Wäre das ein Beweis?«

Fatih zuckte die Achseln. »Ich muss es wenigstens versuchen.«

Im obersten Stock stießen sie auf ein ehemaliges Dienstbotenzimmer, in dem sich nun allerhand Krempel stapelte. Alte Koffer, angeschlagene Möbel, ausrangierte Bücher. Auf einer Truhe saß ein Teddybär mit nur einem Arm, der sicher einige Jahrzehnte auf dem pelzigen Buckel hatte. Vor dem schmutzblinden Fenster stand eine Schneiderpuppe mit einer Wespentaille, die am lebenden Objekt sicher nur durch energischen Einsatz eines Korsetts zu erzielen war.

Selçuk ließ den Blick über das Sammelsurium wandern. »Ich glaub nicht, dass das Zeug hier Bergman gehört. Das sieht eher so aus wie der gesammelte Trödel von vorigen Besitzern.«

Fatih musste ihm zustimmen. »Aber vielleicht hat er auch ein paar Dinge hier verstaut, die für uns interessant sein können.«

Selçuk verzog zweifelnd das Gesicht. »Egal. Immerhin steht hier genügend Gerümpel herum, um sich zu verstecken.«

Eine Dreiviertelstunde später kassierten sie ihren Lohn von Bergmans distinguiertem Sekretär. Der war voll des Lobes. Er legte für jeden noch einen Zehner drauf. »Trinkgeld«, sagte er. Nun kam der heikle Teil des Manövers. Unter dem Vorwand, ihr Putzzeug zu verstauen, liefen sie in einer geplant verwir-

renden Choreografie mehrere Male zwischen Haus und Selçuks Auto hin und her. Sie hofften, dass niemand bemerken
würde, dass Fatih beim letzten Mal nicht mit zum Wagen zurückkehrte. Als gewagtes Tarnmanöver hatten sie sogar eine
Schaufensterpuppe Fatih-artig ausstaffiert, die sie auf dem
Rücksitz unter einer Wolldecke verborgen hatten. Selçuk
blickte sich um und setzte sie rasch auf den Beifahrersitz. Fatih stand derweil mit klopfendem Herzen in der Halle, wo er
sich vorläufig unter der Treppe in der Garderobe versteckt
hatte. Wie vereinbart kehrte Selçuk noch einmal zum Haus
zurück. Er klopfte höflich mit dem Messingdelfin, obwohl die
Tür offen war. Fitzpatrick ging auf ihn zu.

»So, wir wären startklar«, sagte er. »Wenn wir Ihnen vielleicht unsere Karte dalassen dürften?«

»Aber sicher.«

Hinter den Schultern des Mannes sah er, wie Fatih sich aus
dem Schatten löste und hurtig die Treppe hinaufhuschte.
Selçuk hielt den Atem an. Das war vermutlich der heikelste
Moment der ganzen Aktion. Umständlich zog er sein wohlge-
fülltes Portemonnaie aus der Brusttasche des Overalls und
fischte eine druckfrische Visitenkarte heraus.

»Bitte sehr. So ein Kärtchen geht doch nicht so leicht verloren wie ein Flyer.«

»Oh, ich denke, wir werden Sie und Ihren Freund gern wieder in Anspruch nehmen.«

Selçuk strahlte. »Wiedersehen, und noch ein frohes neues
Jahr.«

Er trabte davon.

Als er sich hinter dem Steuer niederließ, lehnte er kurz die
Stirn auf das Lenkrad. »Da machste was mit«, stöhnte er. Er
riss sich zusammen und startete den Wagen. Er fuhr nur ein
kurzes Stück bis zur übernächsten Abbiegung. Die Fatih-
Puppe neben ihm hing schief in ihrem Gurt. Selçuk rückte sie

mit der rechten Hand wieder zurecht. Er parkte den Wagen vor einem hässlichen cremefarbenen Bungalow, vor dem halb zu Tode gestutzte Buchsbaumbüsche ein erbarmungswürdiges Dasein fristeten. Die Fenster im Erdgeschoss waren allesamt vergittert. Wie man die wohl putzt?, fragte er sich, schon ganz Fachmann. Dann stieg er aus, um Fatihs Doppelgänger in den Kofferraum zu stecken. Vorwurfsvoll starrten die Puppenaugen ihn an, als er den Deckel schloss. Er überprüfte, ob er noch genug Saft auf dem Handy hatte, und setzte sich dann wieder in den Wagen. Wie vereinbart sollte er in der Nähe bleiben – für alle Fälle. Er riss einen Schokoriegel auf – der erste einer üppigen Ration –, biss hinein und fischte ein Taschenbuch aus dem Handschuhfach. »Der Fänger im Roggen« von J. D. Salinger hatte er bestimmt schon hundertmal gelesen. Er konnte dem Held des Romans nur beipflichten, dass die ganze Welt verlogen war. Nachdem er das Buch vor circa drei Jahren zum ersten Mal gelesen hatte, hatte er sich geradezu erleuchtet gefühlt. Er beschloss, nie mehr in seinem Leben zu lügen oder etwas Verlogenes zu tun. Der Schwur hielt genau dreizehn Stunden und siebenundzwanzig Minuten, bis seine Schwester Selma heulte und seine Mutter ihm einen kräftigen Klaps auf den Hinterkopf gab.

»Deine Schwester ist nicht zu dick«, hatte sie gebrüllt, »sie hat bloß kräftige Knochen, wie alle Frauen in unserer Familie.« Seither fand Selçuk die Sache mit der totalen Ehrlichkeit noch immer äußerst wichtig, musste sich aber eingestehen, dazu nicht das charakterliche Format zu haben. Seufzend schlug er eine beliebige Seite in dem Roman auf. Er landete in der Szene mit dem cholerischen Taxifahrer und den Enten. Holden Caulfield, der 16-jährige Held des Romans, wollte wissen, was mit den Enten im Winter geschah, wenn die Teiche zufroren. Der Taxifahrer namens Horwitz hatte ihm eine ausgesprochen kühne Theorie serviert: Die verdammten Enten würden einfach festfrieren und Nahrung über die Poren in ihren Flossen aus dem verdammten Eis ziehen.

Selçuk fand die Theorie unwiderstehlich. Er hielt sich die Hand vor die Nase auf der Suche nach seinen eigenen Poren. So abwegig war das Ganze eigentlich gar nicht. Erst neulich hatte er gelesen, dass bestimmte Cremezusätze gefährlich waren, weil sie über die Haut in den Körper gelangten.

Er klappte das Buch zu, schaltete den CD-Player an und machte sich auf eine lange Wartezeit gefasst. Vor Mitternacht würde Fatih wohl nicht in Aktion treten. Er blickte auf seine Armbanduhr, die an einem schmalen, mehrfach gewickelten Lederband sein Handgelenk umspannte. Noch mindestens acht Stunden. Er seufzte und biss in seinen Schokoriegel.

Aus den Augenwinkeln sah er eine Bewegung hinter einem der vergitterten Fenster. Dort stand eine Frau, die ihn offensichtlich beobachtete. Sie griff zu einem Telefonhörer und sprach aufgeregt hinein, ohne ihn aus den Augen zu lassen. Verdammt. Er knüllte das Schokoladenpapier zusammen und verstaute es sorgsam im Aschenbecher. Offenbar kam er der Dame des Hauses verdächtig vor. Grummelnd startete er den Motor. Er hatte keine Lust, irgendwelchen Bullen Erklärungen abgeben zu müssen, warum er ausgerechnet hier herumstand und Musik hörte. Muss schon ein hartes Schicksal sein, so viel Kohle zu haben, dass man ständig Schiss hat, ausgeraubt zu werden, dachte er. Er startete den Motor. Im Rückspiegel sah er, wie die Frau hinter dem Fenster noch immer in den Hörer sprach.

Fatih saß unterdessen in seiner Dachkammer fest. Er hatte es sich auf einem zerschlissenen Chintzsessel bequem gemacht. Für den Fall, dass wider Erwarten jemand auftauchen sollte, konnte er sich hinter dem voluminösen Rücken des Sitzmöbels gut verbergen. Allerdings sah das Zimmer nicht so aus, als sei in den vergangenen Monaten jemand hier gewesen. Die letzten Sonnenstrahlen verwandelten den Staub in tanzende Goldpartikel. Er war überall und kitzelte ihn in der Nase. Fatih nieste unterdrückt. Er lechzte nach einem Schluck Cola. Damit hatte er sich für seine Nachtwache zwar gut eingedeckt, aber er verspürte wenig Lust, in eine der Blumenvasen zu pinkeln. Er blickte auf die Uhr. Erst Viertel nach vier. Die Dämmerung kroch langsam durch die schmuddeligen Fenster.

»Hier brauchen Sie nicht zu putzen«, hatte Fitzpatrick erklärt. »Der Raum wird nicht benutzt, und es lohnt sich nicht, das ganze Gerümpel beiseitezuschaffen.« In der Tat hätten die beiden selbst ernannten Fensterputzer wenigstens eine halbe Stunde räumen müssen, um zu den kleinen Fenstern vorzudringen.

Jetzt, wo er hier hockte, kam ihm sein ganzer Plan hirnverbrannt vor. Geboren aus dem zornigen Impuls, irgendetwas zu tun, um diesen Scheißkerl dranzukriegen. Irgendwas. Obwohl Fatih keinen Heizkörper in dem Raum entdecken konnte, war die Luft warm und stickig. Er nahm nun doch zwei große Schlucke aus der Flasche. Wenn er wenigstens Musik hören könnte! Aber die Gefahr war zu groß, dass er mit Stöpseln in den Ohren nicht mitbekommen würde, wenn jemand kam. Er ließ den Kopf nach hinten auf die Sessellehne fallen, worauf eine Staubwolke seinen Kopf umflorte. Er nieste heftig und hielt dann erschrocken die Luft an. Aber alles blieb still. Wieder halbwegs beruhigt, plante er noch einmal seine nächtlichen Aktivitäten. Zuerst wollte er mit dem Arbeitszimmer anfangen. Dort schien ihm die Wahrscheinlichkeit, auf etwas Interessantes zu stoßen, besonders groß. Er schloss die Augen, um sich den Grundriss des Hauses und die Positionen der Möbel vorzustellen. Kurze Zeit später war er weggedämmert.

Selçuk entschloss sich, einen Parkplatz irgendwo am Elbufer zu suchen. Dort würde ein geparktes Auto weniger Misstrauen erregen als in einer totenstillen Nebenstraße. Doch Stellplätze waren rar. In Teufelsbrück hatte der viel frequentierte Besucherparkplatz einer trostlosen Betonpromenade weichen müssen. Bestimmt hatte die Scheußlichkeit Unsummen gekostet. Schließlich fand er ein Plätzchen in der Nähe einer Tankstelle. Er sperrte sein Auto sorgfältig ab und schlug den Kragen seiner weißen Lederjacke hoch. Auf einem Geländer hockte eine Möwe. Ein riesiges Vieh. Auf ihrem Schnabel war ein roter Fleck, der aussah, als hätte sie ihn gerade in Blut getaucht. Sie starrte ihn aus glänzenden schwarzen Augen an, boshaft, wie er fand. Selçuk machte einen großen Bogen um das Tier. Irgendwie war es ihm nicht geheuer.

Plötzlicher Motorenlärm ließ ihn zu dem immer dunkler werdenden Himmel aufblicken. Dort schwebte ein walfischartiges Ungetüm über die Elbe. Es war das erste Mal, dass er einen Airbus so nahe sah. Der Hangar, so wusste er, lag genau jenseits der Elbe, in Finkenwerder. Unglaublich, dass so ein fettes Teil überhaupt fliegen konnte. In Selçuks Augen schien es allen Prinzipien der Aerodynamik zu spotten. Ein kalter Windstoß ließ ihn erschauern. Er machte sich auf den Weg über den langen Steg zum Elbanleger, von dem aus die Arbeiter der Werft per Barkasse hinüberpendelten. Am Ende des Stegs leuchteten einladend die Fenster eines Restaurants. Schnellen Schritts lief er hinüber. Offenbar herrschte nicht gerade Hochbetrieb im »Café Engel«. Doch Selçuk wusste von einem vorangegangenen Besuch, dass das Essen hier wirklich lecker, wenn auch teuer, war. Im Sommer hatte er draußen auf der Terrasse den Blick über die Elbe genossen. Jetzt saß er vor einem der Panoramafenster. Der Raum schwankte leicht mit dem Wellengang und verursachte ein angenehmes Kribbeln in seinem Magen. Auf den weiß gedeckten Tischen standen noch diskrete Weihnachtsdekorationen aus schlichten Tannenzweigen und silbernen Kugeln.

In Anbetracht seiner gut bestückten Brieftasche gönnte Selçuk sich eine üppige Portion Fish & Chips. Die Kellnerin war groß und überschlank. In ihrer Unterlippe funkelte ein Piercing.

Süßer Typ, dachte sie und warf ihre glatte schwarze Mähne über die Schulter. Sie lächelte auffordernd, als sie ihm den Teller mit dem goldbraun frittierten Backfisch, den knusprigen Pommes und der hausgemachten Remoulade vor die Nase stellte. Wenn wenig los war, war sie immer offen für einen kleinen Flirt. Selçuk schmunzelte in sich hinein. Er wusste, dass er mit seinen femininen Gesichtszügen und den sinnlichen Lippen bei Frauen gut ankam. Es wunderte ihn nur immer wieder, dass die Mädels seine für Männer anscheinend so offensichtliche Homosexualität oft nicht bemerkten.

»Oh, viiielen Dank, Schätzchen«, sagte er betont tuntig, um die Lage zu klären. Er ließ sich Zeit mit dem Essen und verputzte sogar jedes Salatblättchen. Immerhin hatte er noch einige Stunden totzuschlagen. Das Handy hatte er neben sich auf den Tisch gelegt. Doch es blieb stumm. Besorgt dachte er an seinen Freund, der sicher mit klopfendem Herzen im Haus des Feindes saß.

Er hatte keine Ahnung, dass der Held schlief wie ein Murmeltier.

Mit einem Ruck erwachte Fatih aus dem Tiefschlaf. Es war stockdunkel. Ein Geruch nach überreifen Äpfeln stieg in seine Nase. Erst nach und nach kristallisierten sich schemenhaft Konturen aus der Schwärze. Mit einem Schlag wurde ihm klar, wo er war, und warum. Verdammt. Wie hatte er nur einschlafen können? Eingeschlafen in geheimer Mission. Talent für einen 007 hatte er jedenfalls keines. Vorsichtig warf er einen Blick auf seine Uhr: neunzehn Uhr dreißig. Sein Nacken war verspannt und knirschte, als er vorsichtig den Kopf bewegte. Na, war ja noch einmal gut gegangen. Die nächsten

Stunden krochen dahin wie Lava. Innen glühend, aber an der Außenkruste grau. Quälend langsam, aber unerbittlich.

Nach dem dritten Milchkaffee beschloss Selçuk, die Lokalität zu wechseln. Er gab dem gepiercten Mädchen ein großzügiges Trinkgeld und stapfte mit hochgezogenen Schultern zu seinem Auto. Dort hockte noch immer die Möwe auf dem Geländer. Oder irgendein Zwilling. Selçuk streckte ihr die Zunge heraus. Er kramte in der Brusttasche seiner Lederjacke nach den Schlüsseln. Da hörte er eine Stimme hinter sich sagen: »Ist das Ihr Wagen?«

Er fuhr herum. Vor ihm standen zwei Polizeibeamte. In ihren dunkelblauen Uniformen, die die Hamburger Polizei erst vor Kurzem anstelle des alten schmutziggrünen Outfits eingeführt hatte, verschmolzen sie fast mit der Dunkelheit.

»Ob das Ihr Wagen ist, habe ich gefragt.«

Selçuk sah auf den Schlüsselbund in seiner Hand und dann zu den beiden Polizisten. »Sieht wohl ganz danach aus.«

Olav Petersen, 47, dreifacher Familienvater und trotz seines beachtlichen Bauches Bezirksmeister im Turniertanzen, schob seit 24 Jahren Streife in Blankenese und Umgebung. Sein langjähriger Kollege, Bernd Hülsenitz, war 42 Jahre alt, Dauersingle und leidenschaftlicher Dartspieler. Er kratzte sich am Kopf und zog dabei eine Grimasse, die seine frappierende Ähnlichkeit mit Stan Laurel noch unterstrich. »Dick und Doof« nannten die Kollegen das ungleiche Paar, ein gemeinsamer Kampfname, den sie mit Stolz trugen. Blöd waren sie dabei alle beide nicht. Die vielen Jahre im Dienst hatten in ihnen einen untrüglichen Instinkt für krumme Dinger und schwere Jungs heranreifen lassen. Die beiden Polizisten warfen sich einen Blick zu.

Ungefährlich, bedeutete der von Dick/Petersen.

Aber irgendwas ist hier komisch, signalisierten die Knopfaugen von Doof/Hülsenitz.

»Wenn wir mal einen Blick in Ihren Kofferraum werfen dürften«, sagte Petersen gemütlich.

Schicksalsergeben öffnete Selçuk die Heckklappe.

Der Dünne, der wie Stan Laurel aussah, knipste eine Taschenlampe an und leuchtete hinein. Er zuckte kurz zurück, dann wurde ihm klar, dass die zusammengekrümmte Gestalt dort keine Leiche, sondern eine Schaufensterpuppe war.

Selçuk begriff. Die Alte am Fenster hatte doch tatsächlich die Polizei angerufen. Wahrscheinlich hatte sie ihn von Anfang an beobachtet und gedacht, er würde einen Toten im Kofferraum verstauen.

»Müssen deine Kumpels immer hinten mitfahren?«, witzelte Doof.

Selçuk zuckte mit den Schultern.

»Wenn wir uns mal kurz Ihre Papiere anschauen dürften.« Selçuk griff in die Innentasche seiner Lederjacke und zog sein Portemonnaie hervor. So ein Mist! Ihm fiel ein, dass er seinen Ausweis auf seinem Schreibtisch liegen gelassen hatte. Immer, wenn er freitags in den Club ging, ließ er seine Papiere daheim, damit der Geldbeutel in der Jeans nicht so auftrug. »Sorry. Hab ich leider nicht bei mir.«

»Führerschein, Fahrzeugpapiere?«

Selçuk breitete bedauernd die Hände aus.

Dick und Doof warfen einander einen weiteren Blick zu.

»Ich glaube, wir nehmen Sie mal mit auf die Wache.«

Selçuk stöhnte. »Muss das sein? Hey, ich hab was wirklich Wichtiges zu erledigen.« Flehend blickte er zwischen den Polizisten hin und her.

»Tut mir leid. Aber wir müssen Ihre Personalien feststellen. Reine Formalität.«

»Das geht auch ganz schnell«, tröstete Hülsenitz.

Schicksalsergeben sperrte Fatih den Wagen ab und stieg in den Streifenwagen.

Die Möwe auf dem Geländer lachte schadenfroh. Dann flog sie davon.

Gegen halb zehn hörte Fatih endlich Stimmen aus dem Treppenhaus. Er öffnete die Tür einen Spaltbreit und lauschte. »Gute Nacht, Professor«, hörte er Fitzgerald sagen. Beim Fensterputzen hatte Fatih herausgefunden, dass der Sekretär eine Wohnung in einem Nebengebäude bewohnte – offenbar ein ehemaliges Chauffeurshäuschen. Er hörte eine gemurmelte Antwort. Dann fiel die Tür ins Schloss.

Eine gute halbe Stunde später stieg jemand die Stufen in den ersten Stock hinauf. Wasser plätscherte, eine elektrische Zahnbürste sirrte. Offenbar machte der alte Mann sich bettfertig. Dann war alles still. Irgendwo im Haus schlug eine Uhr. Halb elf. Fatih hockte sich vor den Türspalt, den Rücken an die Wand gelehnt. Er wollte noch mindestens eine Stunde warten, bis er zu seiner Expedition aufbrach.

Kapitel 18

Gespenster

Freitag, 16. Januar 2009
Selçuk saß wie auf Kohlen.

»Dieser verflixte Server ...« Der korpulente Polizist zog eine Grimasse und hob bedauernd die Schultern. Jetzt hockten sie schon über eine halbe Stunde auf dem Revier, und sie hatten seine Personalien noch immer nicht überprüfen können.

»Auch eines?« Der Dicke reichte Selçuk eine Tüte Lakritzheringe herüber.

Selçuk schüttelte den Kopf.

»Und Sie wollen uns nicht doch noch erzählen, was Sie mit der Puppe im Kofferraum im Zypressenweg wollten?«

»Nichts Bestimmtes. Ich wollte einfach in Ruhe nachdenken.«

»Und das können Sie bei sich zu Hause in Wilhelmsburg nicht?«

Alles klar, dachte Selçuk. Ein Türke aus Wilhelmsburg. Die Heimat der Kampfhunde und Drogendealer. So einer kann ja nur Schlimmes im Sinn haben.

»Ich jobbe als Fensterputzer. Auf dieser Seite der Elbe haben die Leute eben mehr Geld für so was.«

»Und die Puppe?«

Selçuk zuckte mit den Schultern. »Bloß ein Gag. Ich müsste jetzt mal telefonieren.«

»Natürlich. Sie haben ein Handy?«

Er nickte. »Klar, ich weiß bloß die Nummer nicht. Haben Sie hier noch so was wie ein Telefonbuch?«

»Sicher.« Der Dicke stand auf und kramte in den Büro-

251

schränken. »Die brauchen wir nur noch selten«, sagte er entschuldigend über die Schulter.

Schnaufend erhob er sich. »A bis M oder N bis Z?«

»Am besten das Branchenbuch.«

Stöhnend richtete sich der Beamte auf und reichte dem blonden Türken die Hamburger Gelben Seiten. Selçuk blätterte zu »B« wie »Bestatter«. Dummerweise hatte er keine Ahnung, wie dieser Theo mit Nachnamen hieß. Waren Bestatter eigentlich rund um die Uhr einsatzbereit? Er hoffte es inständig. Verflixt. Die Liste der Beerdigungsinstitute war schier endlos. Und was die für Namen hatten! Trauerhilfe? Als ob einem dabei jemand helfen könnte. Er fuhr mit dem Finger die Kolonnen hinab auf der Suche nach einer Wilhelmsburger Telefonnummer. »Da haben wir es doch: 7544 ...«, murmelte er.

Der dünne Polizist, der bislang schweigend aus dem Fenster gestarrt und Kaffee geschlürft hatte, war zu ihm herangetreten und spähte über seine Schulter. »Bestattungsinstitute? Ich weiß ja nicht, was Sie ausgefressen haben, aber ganz so schlimm, dass wir einen Bestatter brauchen, wird's doch hoffentlich nicht sein.«

Theo war an diesem Abend als Babysitter engagiert. May hatte eines ihrer geheimnisvollen Dates, zu denen sie regelmäßig freitags verschwand. Wohin oder mit wem sie sich traf, darüber verlor sie nie ein Wort.

Auf dem Boden vor dem Kamin lag Lilly und blätterte lustlos in einem »Prinzessin Lillifee«–Buch, das ihr Fräulein Huber geschenkt hatte. »Schau mal, die schöne Prinzessin. Die heißt fast so wie du«, hatte sie begeistert gesagt. Fräulein Huber ignorierte standhaft, dass Lilly nicht mehr fünf Jahre alt war. Ihre Lektüre war sogar für eine Neunjährige ausgesprochen anspruchsvoll. Und vor allem blutrünstiger.

»Theeeeo«, sagte sie und dehnte seinen Namen wie zähen Karamell. »Kann ich nicht lieber einen von deinen Krimis haben. Einen von denen mit diesem forensischen Anthropologen.« Sie ließ die Fremdwörter auf der Zunge zergehen.

»Nix für kleine Mädchen.« Der Krimi spielte unter anderem auf einer amerikanischen Body Farm, auf der Leichen zu wissenschaftlichen Zwecken in der freien Natur verwesten. Zweifellos ein wichtiges Forschungsgebiet, aber nichtsdestotrotz extrem makaber und unappetitlich, fand Theo, der das Buch zu Weihnachten geschenkt bekommen hatte. Lilly fand das natürlich nicht. Er hatte sie mit der Nase in dem Buch erwischt, als er ihr das Abendessen servieren wollte. Nachdem er ihr den Thriller abgeknöpft hatte, hatte sie ihr Essen – Pasta mit Pesto – mit Todesverachtung heruntergeschlungen.

»Manno«, stöhnte sie jetzt. »Hättest du vielleicht Lust, so ein Zeug zu lesen?« Anklagend hielt sie das Buch in die Höhe. »Das ist was für Babys.«

Theo musste ihr insgeheim zustimmen. Die pinkfarbene Bonbonwelt der Prinzessin fand er geradezu gruselig, seit sie in Form von T-Shirts, Schulranzen, Fahrrädern, Plüscheinhörnern, Haarspangen, Lipgloss und Spieldosen in die Realität hinüberschwappte, eine erstickende Kitschflut in Rosé.

Beleidigt knallte sie das Buch auf den Boden.

»Ist sowieso längst Zeit fürs Bett. Abmarsch.«

Lilly zog eine Flunsch. Ihre Unterlippe reichte fast bis zum Kinn. »Och nöööö.«

Eine Dreiviertelstunde später war der Kampf vorbei, und Theo konnte immerhin einen Teilsieg für sich verbuchen. Lilly durfte noch eine halbe Stunde in einem Erwachsenenkrimi lesen, aber in einem weniger makabren.

Er hatte sich gerade auf der Couch ausgestreckt und zur Fernbedienung gegriffen, als das Telefon klingelte. Hoffentlich kein Notfall, der schnelles Ausrücken verlangte.

»Ist da zufällig Theo?«, fragte der Anrufer vorsichtig, nachdem Theo sich gemeldet hatte.

»Zufällig ja.«

»Hier ist Selçuk. Der Kumpel von Fatih. Der Drummer.« Die junge Stimme klang angespannt.

Theo witterte sofort Unheil. »Wo steckt der Bursche?«

Selçuk überlegte. Er musste aufpassen, dass die beiden Bullen nicht misstrauisch wurden. Die schauten mit gespitzten Ohren zu ihm hinüber.

»Bei diesem Bergman.«

»Was?« Theo sprang von der Couch. »Was sagst du da?«

»Wir waren da zum Fensterputzen ...«

»Fensterputzen«, echote Theo. »Und Fatih ist noch immer da? Wird er da festgehalten oder was? Junge, spuck's aus.«

»Nee, das nicht. Ich meine, er ist schon noch da. Glaube ich zumindest, aber ...« Er verdrehte die Augen. »Sie kennen doch Fatih. Der wollte unbedingt rausfinden, was Anna da gesucht hat ...« Er unterbrach sich, als er das aufblitzende Interesse in den Dienstaugen erblickte. »Ich sitz hier jedenfalls bei den Bull..., der Polizei in Blankenese fest.«

»Polizei?«

»Nichts weiter, die wollen nur meine Personalien überprüfen, aber der Computer spinnt. Jedenfalls sollte ich Fatih eigentlich abholen, wenn er ... wenn er fertig ist eben. Und ich fänd's ganz cool, wenn Sie das übernehmen könnten. Nur für alle Fälle, meine ich.«

»Okay. Ich fahre los, so schnell es geht.«

Aber ganz so schnell ging es dann doch nicht. Erst klingelte er das verschlafene Fräulein Huber aus dem Bett, die sich zwar tiefbayrisch fluchend, aber hurtig und ohne groß Fragen zu stellen, die Kleider überstreifte. Als sie schließlich vor ihm stand, hatte sie noch immer ihre mondäne spitzenbesetzte Schlafmaske auf der Stirn. Theo musste trotz seiner Sorge lachen.

Er wählte diesmal die schnellste Strecke über die Köhlbrandbrücke und durch den Elbtunnel. Auf der Fahrt über die lufti-
gen Höhen schenkte er dem grandiosen nächtlichen Panorama
keinen Blick. Was hatte sich Fatih nur dabei gedacht? Hielt der
Junge sich für Miss Marple und James Bond in einer Person?
Grimmig drückte er das Gaspedal noch einen Tick weiter nach
unten. Sollte er die Polizei informieren? Aber dann würde der
Bursche richtig Ärger bekommen. Andererseits war Ärger mit
der Polizei einem vorzeitigen Ableben durchaus vorzuziehen.
Er überlegte. Wenn alles glattlief, müsste er in spätestens fünfzehn Minuten vor Bergmans Haus sein.

Es lief nicht glatt. Kurz vor der Einfahrt zur Autobahn, die
durch den Elbtunnel führte, sprang sein altes Radio wie immer
an, um ihm die Verkehrsnachrichten durchzusagen. »Unfall
auf der A7 zwischen Waltershof und Othmarschen«, sagte die
Stimme des Sprechers. »Ein Viehtransporter ist verunglückt
und hat sich quergestellt. Kühe befinden sich auf der Fahr-
bahn. Vollsperrung des Elbtunnels in Richtung Norden.«

»Verdammt.« Theo hieb aufs Lenkrad und legte mit quiet-
schenden Reifen eine regelwidrige Vollwendung hin. Erneut
kletterte der alte Citroën die Brücke hinauf. Das würde ihn
mindestens zwanzig Minuten kosten. Wenigstens waren die
Straßen frei. Auf den Elbbrücken drosselte er sein Tempo
nicht. Eine Serie Lichtblitze quittierte die überhöhte Ge-
schwindigkeit. Er warf einen Blick auf den Tacho. Knapp
unter hundert. Das würde teuer werden. Er biss die Zähne
zusammen, nahm aber den Fuß nicht vom Gas. Neben ihm
fuhr ein nagelneuer Audi auf gleicher Höhe. Die Insassen
hatten trotz der Kälte die Fenster ganz nach unten gelassen
und beugten sich Bierflaschen schwenkend aus dem Wagen.
»Schweinegeile Karre, Mann«, brüllte einer der Jungen von
der Rückbank. Sein langer Schal flatterte im Fahrtwind. Theo
konnte nur hoffen, dass der Fahrer nicht ebenso viel Alkohol
intus hatte.

Als er schließlich an der Villa in der Elbchaussee ankam, war es bereits nach elf. Er schaltete den Motor ab. Drinnen schein alles ruhig und dunkel zu sein. Er starrte auf die nachtschattenverdunkelte Haustür, als wollte er sie mit Röntgenblicken durchdringen.

Plötzlich wurde die Beifahrertür aufgerissen. Theo gab einen unartikulierten Laut von sich. Eine schlanke Gestalt in weißer Lederjacke schlüpfte zu ihm in den Wagen. Das Licht einer Straßenlaterne ließ das weißblonde Haar kurz aufblitzen.

»Hast dir reichlich Zeit gelassen«, sagte Selçuk, das förmliche »Sie« ablegend. Immerhin waren sie nun Verbündete in der Not. Er selbst war schon zwanzig Minuten vor Theo angekommen. Nachdem es dem Techniker auf der Polizeidienststelle gelungen war, die Verbindung zum Server wiederherzustellen, hatten die Beamten seine Personalangaben minutenschnell gecheckt und keinen Grund mehr gehabt, ihn länger festzuhalten. Um Zeit zu sparen, hatte er sich von einem Taxi zu Bergmans Haus chauffieren lassen.

»Stau im Elbtunnel«, informierte Theo ihn.

»Ausgerechnet.«

»Hat Fatih sich gerührt?«

»Keinen Mucks.«

Theo trommelte mit den Fingern auf dem Lenkrad. »Mir reicht's. Ich kann das nicht verantworten. Ich ruf jetzt Hadice an.«

»Wen?«

»Eine alte Freundin.«

Hadice stand mit dem Rücken an eine feuchtkalte Backsteinmauer gelehnt. Im ganzen Körper spürte sie die Bässe. Bäng. Bäng. Bäng. Sie war wie üblich früh zu ihrem Lieblingsclub auf der Reeperbahn gezogen, um den ganzen Raum der nur spärlich bevölkerten Tanzfläche zu nutzen. Bis der Club sich nach Mitternacht langsam füllen würde, hätte sie sich schon richtig ausgepowert. Auch heute Abend hatte sie erst mal eine halbe Stunde getanzt, bevor sie sich den ersten Drink genehmigte. Sie ging zur Bar hinüber und sah, wie ein anderer früher Gast sie von dort aus interessiert anschaute.

Nicht übel, dachte sie. Der Mann war vielleicht etwas jünger als sie und ausgesprochen gut gebaut. Außerdem hatte er lange, glänzend dunkle Haare, was momentan zu ihrem Bedauern weitgehend aus der Mode und somit von der Bildfläche verschwunden war. Er prostete ihr zu. Sie nickte kühl und schwang sich auf den Barhocker.

»Ein Alkoholfreies«, brüllte sie. Hadice trank niemals Alkohol. Das hatte weniger mit ihrer muslimischen Herkunft als mit ihrem Job zu tun. Sie hatte einfach zu viel von dem gesehen, was Alkohol mit den Menschen anrichtete. Das hatte ihr die Lust am Hochprozentigen dauerhaft vergällt. Außerdem war es in ihrem Job von Vorteil, jederzeit einsatzbereit zu sein. Hadice war sehr ehrgeizig. Nun lehnte sie also im Vorraum des Clubs an der Wand, und dieser Typ von der Bar stand vor ihr und stützte besitzergreifend einen Arm neben ihrem Kopf ab. Vermutlich sonnte er sich in dem Bewusstsein seiner männlichen Attraktivität und dem Glauben, ihr körperlich überlegen zu sein. Dabei hätte sie ihn trotz seiner beeindruckenden Muskulatur innerhalb von fünfzehn Sekunden kampfunfähig machen können. Hadice musste schmunzeln. Der Typ hielt das für ein Signal, ihr weiter auf die Pelle rücken zu können. Nee, Junge, dachte sie, du bist mir doch ein bisschen zu sehr von dir selbst überzeugt. Sie wollte ihm gerade mit zuckersüßem Lächeln eine Abfuhr erteilen, als sie spürte, wie es in ihrer Nierengegend vibrierte. Dort trug sie ihr Handy unter das Top geschnallt. Sie zog den Bauchgurt herum und griff danach. Auf dem Display blinkte Theos Nummer. Sie ließ den langhaarigen Supermann stehen, schnappte sich ihre

Lederjacke aus der Garderobe und lief die Treppe hinauf in die relative Stille der Reeperbahn. Supermann starrte verdutzt auf die leere Wand. »Verdammt, was war das denn jetzt für 'ne Aktion?«

»Yes?«, meldete sich Hadice.

»Hadice, kannst du herkommen? Sofort? Ich steh hier vor Bergmans Villa. Fatih ist da drin, und ich weiß nicht, was ich machen soll.«

»Heilige Scheiße. Ich komme.« Sie klappte das Handy zusammen und sprintete zu ihrem Motorrad.

Um fünf Minuten vor halb zwölf hielt Fatih die Spannung nicht mehr länger aus. Er öffnete die Tür und schlich lautlos die Treppe hinunter. Im ersten Stock, wo das Schlafzimmer des alten Mannes lag, lauschte er noch einmal. Er hörte kein Geräusch und sah auch nirgendwo einen verdächtigen Lichtschimmer unter der Türritze hindurchrieseln. Langsam pirschte er sich die breite Freitreppe hinunter, die zum Glück nicht knarrte. Er durchquerte die Halle und ging hinüber zu Bergmans Büro. Vorsichtig öffnete er die Tür, schlüpfte durch und drückte sie anschließend sorgfältig wieder ins Schloss. In der Luft hing ein gepflegter Duft nach teurer Möbelpolitur und Leder. Dank der vielen großen – und blitzblank geputzten – Fenster war es hier vergleichsweise hell. Fatih konnte deutlich die Umrisse des Schreibtischs vor dem Fenster erkennen. Er ging hinüber und versuchte, die Schubladen aufzuziehen. Sie waren verschlossen. Er schaltete die Stirnlampe ein, die er auf dem Kopf trug. Er kam sich wie ein professioneller Einbrecher vor. Rasch durchsuchte er die chinesische Porzellanschüssel auf dem Tisch nach einem Schlüssel. Nichts. Er zog einen Draht aus der Tasche, den er vorsorglich mitgebracht hatte, und bog ihn zum provisorischen Dietrich. Als Kind hatten er und seine Kumpel sich als zukünftige Einbrecherkönige gesehen und fleißig an verschlossenen Speisekammern und Schränken geübt, in denen die Mütter Süßigkeiten gelagert hatten. Das kam ihm nun zugute. Kurz darauf ertönte ein leises Knacken, und die erste Schublade ließ sich öffnen. Fatih nahm einige Mappen heraus und sichtete den Inhalt. Offenbar nichts als wissenschaftliches Zeug. In einem teuer wirkenden Umschlag stieß er auf die Ehrenurkunde, die Bergman vor Kurzem verliehen worden war. Fatih schnitt eine Grimasse. Wenn es nach ihm ginge, wäre es mit den Ehrenbekundungen für den genialen Professor bald vorbei. Er machte mit den anderen Schubladen weiter, stieß aber lediglich auf allerlei Unwichtiges. Ein paar Schleimerbriefe mit der Bitte um Empfehlungsschreiben. Eine Interviewanfrage. Eine Einladung zu einer Gala. Aber nichts Persönliches. Und schon gar nichts, was Bergman als Betrüger entlarvt hätte. Fatih ignorierte das wachsende Gefühl der Verzweiflung. Verbissen machte er sich daran, das Bücherregal zu sichten. Vielleicht war eines der Bücher bloß eine Attrappe? Oder aber irgendwo steckte ein wichtiges Dokument oder Foto zwischen den Seiten? Allerdings standen hier Hunderte von Büchern herum. Seufzend begann er mit dem ersten Brett. Er zog ein Buch heraus, blätterte es durch, schüttelte es aus und stellte es wieder zurück. Er war erst bei der zweiten Reihe, als er plötzlich ein Geräusch hörte. Fatih erstarrte. Oben war zweifellos eine Tür ins Schloss gefallen. Dann hörte er jemanden die Treppe herunterkommen. Verdammt, der Alte! Blitzschnell stopfte er das Buch, das er in den Händen hielt, zurück in den Schrank. Dann blickte er sich im Zimmer nach einem Versteck um. Die karge Möblierung bot nur wenige Möglichkeiten. Er eilte zur Fensterfront hinüber und verbarg sich hinter einem der schweren Samtvorhänge. Schmerzhaft schlug ihm das Herz gegen die Rippen. Vielleicht wollte der Alte sich nur ein Glas Milch aus der Küche holen? Doch die Schritte kamen näher, und er hörte, wie die Klinke heruntergedrückt wurde. In letzter Sekunde fiel ihm die Stirnlampe ein. Hastig schaltete er sie aus und stand dann da wie Lots Weib persönlich. Die Person, die ins Zimmer trat, blieb einen Moment stehen, als wittere sie den Eindringling. Fatih sträubten sich die Nackenhaare. Die Schritte kamen näher, ein leises Knipsen ertönte, und ein schwacher Lichtschein breitete sich aus. Vermutlich hatte der nächtliche Besucher die Schreibtischlampe angeschaltet. Er hörte, wie sich die Schritte zur gegenüberliegenden Wand bewegten. Vier Piepser ertönten und dann ein sirrendes Geräusch. Aus seiner dunklen Ecke heraus riskierte Fatih einen Blick. Der alte Mann zog etwas aus einer Vertiefung in der Wand.

Natürlich, dachte Fatih, Leute wie dieser Bergman hatten immer einen Safe. Vermutlich war er hinter dem Ölgemälde mit dem aufgewühlten Meer verborgen. Lautlos zog er sich wieder zurück, als der Alte sich umwandte. Fatih hörte, wie er wieder zum Schreibtisch ging und einen offenbar schweren Gegenstand abstellte. Fatih schoss das Adrenalin ins Blut wie noch nie zuvor in seinem Leben. Die Furcht, entdeckt zu werden, mischte sich mit der Hoffnung, dass Bergman etwas Wichtiges in seinem Safe verborgen haben könnte. Er riskierte einen weiteren Blick. Zum Glück saß Bergman nun mit dem Rücken zu ihm an seinem Schreibtisch. Er fingerte an einem großen schwarzen Kasten herum. Behutsam hob er den Deckel ab.

Fatihs Gehirn brauchte nur Bruchteile von Sekunden, um zu erkennen, was in dem gläsernen Gefäß schwamm. Von einem schwarzen Holzsockel erhob sich ein vielleicht vierzig Zentimeter hoher Glaszylinder, der mit einer leicht trüben Flüssigkeit gefüllt war. Das, was darin schwamm, erinnerte Fatih an die gruseligen Exponate, die er auf einer Schulexkursion in den Kellern der Berliner Charité hatte anschauen müssen. Damals hatten sie ein Panoptikum missgebildeter Kinder und

Embryonen besichtigt. Der Anblick hier war nicht weniger grässlich: In dem Behälter schwebte ein menschlicher Kopf. Er war vollkommen kahl, der Mund stand leicht offen, und auch die Augen waren leicht geöffnet, sodass ein Teil der milchigen Augäpfel sichtbar wurde. Aus dem Kopf ragten Drähte. Die Flüssigkeit war nach dem Transport noch nicht völlig zum Stillstand gekommen, sodass der Kopf darin schwappte und ihm zuzunicken schien. Das Haupt der Medusa, dachte Fatih.

Bergman betrachtete den Inhalt des Behälters voller Wohlwollen. Maja war nunmehr seit über 65 Jahren seine treueste Begleiterin gewesen. Seit seine Frau ihn verlassen hatte, hatte er es sich angewöhnt, sie aus dem Safe zu holen, wenn er nachts nicht schlafen konnte.

»Entweder ich oder dieses Ding«, hatte Rahel nach vierundzwanzig Jahren und siebzehn Tagen Ehe gesagt, als sie Bergmans kleinem Geheimnis auf die Spur gekommen war. Bergman hatte sich für Maja entschieden. Die Ehe mit Rahel, der Tochter eines einflussreichen und sehr begüterten New Yorker Rechtsanwalts, hatte seiner Karriere zu Beginn den erhofften Schub verliehen. Bergman war schnell in die besten Kreise der Ostküste aufgenommen worden. Doch inzwischen brauchte er den Einfluss der Familie Rosenstein schon lange nicht mehr. Rahel war verzichtbar geworden. Maja hingegen ... Mitunter ertappte sich Bergman dabei, wie er mit Maja sprach. Er lächelte dem Kopf des toten Mädchens zu. Die Arbeit mit ihr war der Beginn einer sagenhaften Forscherlaufbahn gewesen. Sie war sein Maskottchen. So ähnlich wie der erste Kreuzer, den Dagobert Duck verdient hatte. Die Disneyfigur verwahrte ihren kostbarsten Besitz ebenfalls unter einer Glasglocke, hatte Bergman einmal erheitert festgestellt, als er müßig in den Comics seines Sohnes Alexander blätterte.

Innerhalb weniger Sekunden begriff Fatih, dass das Ding echt war. Vor Schreck japste er laut nach Luft und machte unwillkürlich einen Satz zurück. Er prallte gegen die kalte Scheibe, die er erst ein paar Stunden zuvor gründlich geputzt hatte. Im selben Moment fing die Alarmanlage an zu schrillen, und alle Lichter im Haus gingen an. Gebannt von dem Anblick, der sich ihm bot, starrte Fatih auf das schaurige Objekt auf dem Schreibtisch.

Er bemerkte kaum, dass der alte Mann sich von seinem Stuhl erhoben hatte und auf ihn zukam. Mit einem Ruck riss er den Vorhang beiseite. »Wen haben wir denn hier?«, fragte er. »Sieh mal einer an, unser ambitionierter Fensterputzer.«

Die Stimme löste Fatih aus seiner Erstarrung. Er wollte sich an dem Alten vorbeidrücken, doch der packte seinen Arm mit überraschender Kraft. Es gelang dem jungen Türken nur mit Mühe, sich loszureißen. Stolpernd stürzte er auf den Schreibtisch zu. Er war überzeugt, dass das garstige Ding dort den Beweis für Bergmans Machenschaften liefern konnte. Hastig griff er nach dem Zylinder, doch Bergman war fast genauso schnell. Fatihs Interesse für das ungewöhnliche Artefakt machte ihm schlagartig den Ernst der Lage klar: Das war ganz offensichtlich kein gewöhnlicher Einbrecher. Mit aller Kraft packte er seinen Widersacher an seinen langen Haaren und riss ihn zurück. Fatih jaulte auf und griff nach seinem Zopf, um den schmerzhaften Zug an der Kopfhaut zu verringern. Bergman war zäh, doch Fatih war Jahrzehnte jünger und zudem in heller Panik. Es gelang ihm, sich aus Bergmans Klauen zu befreien und den Kopf zu schnappen. Dann sprintete er zur Tür und preschte in vollem Lauf in die Eingangshalle – wo er schlitternd und die Balance suchend zum Stehen kam. In der Tür stand Fitzpatrick. In der Hand hielt er eine Pistole.

Als der Radau losging, zuckten Theo und Selçuk zusammen. Synchron öffneten sie die Türen des Wagens, sprangen heraus und liefen zum Tor der Villa. Es ragte hoch vor ihnen auf und war oben mit bedrohlichen Spitzen versehen.

»Scheiße, Mann, wir müssen da irgendwie rein.« Selçuks Stimme war voller Panik.

»Keine Panik«, sagte Theo, nicht weniger außer sich.

»Räuberleiter«, kommandierte Selçuk.

Theo verschränkte die Hände ineinander und wuchtete den Jungen so die zackenbewehrte Mauer hinauf. Beim dritten Anlauf klappte es. Auf allen vieren hockte Selçuk in zweieinhalb Metern Höhe. Er blickte zum Haus hinüber. Im ersten Stock wurde ein Fenster aufgeschoben. »Da ist Fatih!«, brüllte er über die Schulter zu Theo. Dann sprang er in den Garten hinunter.

Fatih hatte erkannt, dass ihm der direkte Fluchtweg nach draußen abgeschnitten war. So war er mit seiner Beute in den ersten Stock hinaufgehetzt. Er stürmte ins Badezimmer, wo er sich die besten Chancen auf eine abschließbare Tür ausrechnete. Er knallte die Tür hinter sich zu.

»Gott ist groß«, murmelte er, als er den massiven Riegel sah. Er hieb mit der flachen Hand dagegen und brachte ihn so in Position. Keine Sekunde zu früh. Von außen rüttelte jemand an der Klinke.

»Aufmachen«, brüllte Fitzpatrick. Frustriert donnerte er mit der Faust gegen die Tür. »Aufmachen, du kleiner Scheißkerl, oder ich knall dich ab.«

Fatih konnte sich nicht vorstellen, dass er seine Drohung in die Tat umsetzen würde. Ein türkischer Junge mit einem Loch im Kopf ließ sich eindeutig weniger gut vertuschen als eine erfrorene alte Frau. Trotzdem: Er musste hier schleunigst raus. Mit einem Ruck schob er das schmale Fenster nach oben und blickte in den Vorgarten. Die Räume der Villa waren hoch, sodass er sich fast vier Meter über den Blumenrabatten befand. Bei einem Sprung würde er sich wahrscheinlich die

Beine brechen. Ganz abgesehen davon, dass »das Ding« zu Bruch gehen würde. Bei dem Gedanken überkam ihn Übelkeit. Von draußen klangen jetzt donnernde Schläge an die Tür. Offenbar hatte Fitzpatrick etwas gefunden, das er als Rammbock benutzen konnte. Die Tür vibrierte in ihren Angeln. Fatih dankte Gott für die massive Bauweise vergangener Jahrhunderte. Dann wickelte er den Behälter mit dem Kopf in Handtücher. Er griff sich einen Wäschesack, der in einem hölzernen Gestell hing, und ließ das Handtuchknäuel hineinfallen. Hektisch blickte er sich um. Er riss einen dunkelblauen Bademantelgürtel aus seinen Schlaufen und verknotete ihn an der Konstruktion. Insgesamt konnte er so schon einmal zwei Meter überbrücken, aber das reichte nicht. Er zog seinen eigenen Gürtel aus und verlängerte das provisorische Seil noch mal um neunzig Zentimeter. Plötzlich wurde es still.

»Das hat doch keinen Zweck.« Offenbar stand Bergman inzwischen ebenfalls vor der Tür. »Wir haben doch Ihre Telefonnummer, da schnappt die Polizei Sie in null Komma nichts.«

Und dich auch, du Schwein, dachte Fatih.

»Kommen Sie raus, vielleicht können wir die Sache gütlich regeln.«

Ganz bestimmt, dachte Fatih zynisch. »Und woher weiß ich, dass Sie mich nicht reinlegen?«, heuchelte er Verhandlungsbereitschaft. Gleichzeitig schlich er sich zum Fenster.

»Junge, ich will Ihnen doch nicht den Lebensweg verbauen. Denken Sie an Ihr Studium.«

Fatih warf einen Blick aus dem Fenster. Unten stand Selçuk und ruderte mit den Armen. Vor Erleichterung wurde Fatih ganz schwach in den Knien. Er wuchtete die Konstruktion über das Fensterbrett und ließ sie langsam hinunter. Zwischen Selçuks ausgestreckten Armen und dem Wäschesack klaffte noch ein Meter.

»Fang«, zischte Fatih, »aber pass auf damit.« Selçuk nickte eifrig. Fatih ließ los, und sein Freund schnappte nach dem

Wäschesack. Dabei knallte ihm der hölzerne Wäscheständer, der am Ende des Seils hing, auf den Schädel. Selçuk fluchte und taumelte. Jetzt musste es schnell gehen. Fatih schwang sich aufs Fensterbrett. In dem Moment hörte er, wie es innen Sturm läutete.

»Wer zum Teufel ...«, hörte er Bergman sagen. Fatih ließ sich aus dem Fenster gleiten, bis er mit ausgestreckten Armen vor der Hauswand baumelte. Die zwei Meter zwischen seinen Fußspitzen und dem Boden schienen ihm viel höher. Er schloss die Augen.

»Gott ist groß«, flüsterte er. Dann ließ er sich fallen.

Als Selçuk hinter der Mauer verschwunden war, packte Theo die Wut. Dass er nun zur Tatenlosigkeit verdammt war, frustrierte ihn ungemein. Immerhin konnte er für Ablenkung sorgen. Er lief zurück zum Tor und presste den Finger auf den Klingelknopf. Es dauerte eine halbe Ewigkeit, bis endlich eine Stimme aus der Gegensprechanlage ertönte. »Wer sind Sie, und was wollen Sie?« Das war zweifellos Bergmans kultivierte Stimme. Eine Hand legte sich auf Theos Schulter. Erschrocken fuhr er herum. Neben ihm stand Hadice. Sie reckte ihre Dienstmarke in die Überwachungskamera. »Polizei«, sagte sie. »Bitte öffnen Sie die Tür.«

Kapitel 19

Kältetod

Donnerstag, 11. Dezember 2008
Annas Augenlider flatterten.
»Sie wacht auf«, sagte eine Stimme.
»Zu früh.«
Sie spürte einen Stich hinter dem Ohr, dann versank sie wieder. Das nächste Mal erwachte sie vor Kälte. Um sie herum herrschte vollkommene Dunkelheit. Sie versuchte sich aufzusetzen und musste feststellen, dass sie sich nicht bewegen konnte. Breite Gurte aus Kunstfasern hielten jedes Glied an seinem Platz.
Sie spürte, dass sie auf einem eiskalten Boden lag. Beton oder Stein? Es roch nach Moder. Der Geruch erinnerte sie an den Weinkeller ihres Vaters. Aber dort war es nicht so kalt gewesen. Die Kälte war unbeschreiblich. Sie fraß sich durch ihren dünnen Pullover, durch die Haut bis in die Knochen. Sie verlangsamte ihren Herzschlag und ließ das Blut träger werden. Nur Annas Kiefermuskulatur schien ein Eigenleben zu führen. Die Zähne schlugen Stakkato. Anna hatte keine Ahnung, wie lange sie hier schon lag. Sie wusste nur, dass sie völlig ausgekühlt war und keinen Finger rühren konnte, um sich aufzuwärmen. Sie musste an die Jahre in Afrika denken. An die ungeheure Hitze, die sie dort oft verflucht hatte. Jetzt würde sie viel darum geben, nur eine Minute in diese flirrenden Temperaturen eintauchen zu können. Anna sah es vor sich. Die endlose Steppenlandschaft, durch die der Wind wie eine Herde unsichtbarer Antilopen durch das hohe, gelbe Gras fegte. Die Berge am Horizont, die durch die flimmernde Luft wie hinter einem bewegten

Vorhang aufragten. Und der ungeheure Himmel, der sich dort unbegreiflicherweise so viel höher als in ihrer norddeutschen Heimat zu wölben schien. Dieser Himmel. Anna stöhnte. Wollte von Vries sie etwa in einem Kellerloch verrecken lassen? Die Vorstellung, nie wieder den Himmel zu sehen, war unerträglich. Wie hatte sie nur so dumm sein können, ganz allein hier aufzukreuzen? Kein Mensch wusste, wo sie war. Und sie hatte nicht gewusst, dass Sven von Vries nicht nur ein skrupelloser Wissenschaftler, sondern auch ein Mörder war.

Die Zeit dehnte sich unendlich in der Dunkelheit. Anna spürte ihre Hände und Füße, die vor einer Weile noch geschmerzt hatten, nicht mehr. Auch das Zähneklappern schien nachzulassen. Sie wusste, dass das ein schlechtes Zeichen war. Nach der ersten Ewigkeit verstrich eine zweite. Dann plötzlich hörte sie etwas. Geräusche, Stimmen. Sie versuchte, um Hilfe zu rufen, und musste feststellen, dass sie nur ein schwaches Krächzen herausbrachte. Eine schwere Tür wurde aufgestoßen, und ein Lichtstrahl durchstieß die Dunkelheit.

»Lebt sie noch?«, fragte Fitzpatrick. Das Licht fiel grell auf ihre entwöhnte Netzhaut. Unwillkürlich kniff sie die Augen zusammen.

»So schnell erfriert man nicht«, sagte von Vries.

Anna fühlte, wie zwei Hände sie packten und auf die Seite drehten. Dass jemand ihren Rock hob und die Unterhose herunterzog, spürten ihre tauben Nervenenden kaum noch. Sie führten ihr einen kalten Stab in den After ein. Thermometer, dachte Anna müde.

»Schon deutlich unterkühlt«, hörte sie von Vries' Stimme von Weitem.

»Praktisch, dass das alte Haus hier einen Eiskeller hat.«

Die beiden Männer packten sie an Armen und Beinen und schleppten sie in die Nacht hinaus. Annas Blick suchte Halt am Himmel, während die beiden sie nach unten zur Elbe schafften. Sie hörte ein leises Plätschern, dann wurde sie an

Bord eines Bootes gehievt. Sie spürte das Schwanken des Wellengangs. Ein Motor sprang an, und das Schaukeln verstärkte sich. Wohin bringt ihr mich?, wollte Anna fragen, aber ihre Lippen gehorchten ihr nicht mehr. Wollte man sie ins Wasser werfen wie eine tote Katze? Annas Gehirn reagierte auf diese Vorstellung mit einem letzten Aufflackern von Furcht. Sie hatte nie an die Geschichten geglaubt, denen zufolge Ertrinken ein gnädiger Tod sein sollte.

»Warum ausgerechnet zum Leuchtturm?«, fragte Fitzpatrick.

Welcher Leuchtturm?, dachte Anna

»Anna hat Leuchttürme immer geliebt. Ich bin sicher, die Leute werden nicht allzu überrascht sein, sie dort zu finden.«

Sie mühte sich, die Augen offen zu halten. Wenn ihr die Augen zufielen, würde sie einschlafen, und wenn sie einschlief, würde sie sterben. Sie versuchte, sich auf die im Mondlicht dahinziehenden Wolken zu konzentrieren. Eine sah aus wie die junge Line mit wehenden Zöpfen. In einer anderen erschien ihr Majas Gesicht, nicht so, wie sie es vor ein paar Stunden – oder waren es Tage? – gesehen hatte, sondern als es noch voller Leben gewesen war. Anna dachte an Fatih, ihren Freund Fatih, der wohl nun sein Abitur ohne ihre Hilfe schaffen musste. Sie dachte an Erik, ihren Sohn, dem sie nicht genug Liebe hatte schenken können. Und an Entchen, wie sie an der Schaukel im Garten ihrer Eltern hin und her schwang, immer höher, oder war sie selbst es, Anna, die da schaukelte? Ihre Gedanken verschwammen. Sie bekam kaum noch mit, wie sie erneut aus dem Boot gehoben wurde und man sie auf Gras bettete. Unvermittelt wurde ihr unerträglich heiß. Am liebsten hätte sie sich die Kleider vom Leib gerissen. Doch obwohl Fitzpatrick die Gurte, die sie bewegungslos gemacht hatten, bereits entfernt hatte, war sie zu schwach.

»So, kleine Anna, da habe ich dich doch an ein Plätzchen gebracht, das dir gefallen dürfte.« Sorgfältig drapierte von Vries Annas Daunenmantel und die Pudelmütze, als hätte sie

sie in einem widersinnigen Bemühen, sich Kühlung zu ver-
schaffen, abgestreift. Er wusste, dass Erfrierende gegen Ende
häufig ein starkes Hitzegefühl entwickelten. Die – gemessen
an Annas sonstiger Kleidung – erstaunlich elegante Tasche
ließ er ein Stück weiter liegen.
Das Tuckern eines sich entfernenden Motors war das Letzte,
was Anna in ihrem Leben hörte. Sie schlug noch einmal die
Augen auf und sah über sich den Leuchtturm aufragen. Er
schickte einen Lichtstrahl in die Nacht.
Wie merkwürdig, dachte Anna, der ist doch schon lange still-
gelegt. Dann schwang sich ihre Seele auf und glitt über dem
unwirklichen Licht hinauf zu den Sternen.

Sonnabend, 17. Januar 2009
»Unten liegt Fräulein Huber auf der Couch und schnarcht.«
Die Kinderstimme bohrte sich in Theos Schädel wie ein Watt-
wurm in den Nordseeschlick.

»Lass mich in Ruhe, Lilly.« Er tastete blind nach einem Kissen und zog es sich über den Kopf.

»Es ist schon sieben Uhr achtundvierzig, und ich habe
Hunger.«

»Frag Fräulein Huber«, tönte es dumpf unter dem Kissen
hervor. Er spürte, wie sich Lillys federleichter Körper auf das
Bett schmiss. Eine Kinderhand lüpfte erbarmungslos einen
Zipfel des Kissens.

»Theo. Theooo!«

Er grunzte.

»Warum ist Fräulein Huber überhaupt hier?«

»Ich musste gestern noch mal weg.« Theo kapitulierte und
tauchte unter seiner Federkissenbastion auf. »Und damit dich
keiner klaut, hab ich Fräulein Huber angerufen. Obwohl es für
alle Beteiligten das Beste gewesen wäre, wenn dich jemand
verschleppt hätte.«

»Quatsch«, kicherte Lilly, zufrieden mit dem Erfolg ihrer Mission. »Machst du mir jetzt Frühstück?«

Es war spät geworden in der Nacht. Sie hatten alle mit aufs Revier gemusst, wo zwei Beamte Selçuk mit hochgezogenen Augenbrauen empfingen.

»Also, doch was ausgefressen«, hatte der Stan-Laurel-Verschnitt ihre Ankunft kommentiert.

»Von wegen.« Selçuk hatte stolz die Brust gereckt. »Wir haben einen Killer zur Strecke gebracht!«

Hadice knuffte ihn von hinten. »Pass auf, dass du dir keine Verleumdungsklage einhandelst, Junge.«

Bergman hatte irritiert gewirkt, als er Theo erblickte.

»Was haben Sie denn mit dieser Diebesbande hier zu tun?«

»Das wird sich klären.« Theo war fix und fertig. Er wollte nur noch nach Hause. Stattdessen musste er die ganze Geschichte haarklein zu Protokoll geben. Es war nur gut, dass Hadice einiges bestätigen konnte. Sonst hätte man ihn und die Jungs vermutlich eingebuchtet, argwöhnte er. Der schreckliche Kopf wurde sorgfältig in der Asservatenkammer verstaut. Hadice hatte ihn gleich vor Ort als Beweismittel beschlagnahmt. Zuvor hatte sie sich bei seinem Anblick aber höchst unprofessionell auf den Kiesweg übergeben.

Nachdem Theo an diesem Morgen das Löwenjunge abgefüttert und getränkt hatte (Müsli, extra viel Kakao, wenig Zucker), griff er zum Hörer, um Hanna anzurufen. Er hatte sie seit der Knutscherei vor fast drei Wochen nicht zu Gesicht bekommen.

Nach der Begegnung mit ihrem Mann hatte sie ihm eine E-Mail geschrieben. Dass sie schon eine Weile getrennt lebten, sie und Martin, hatte sie geschrieben. Dass alles etwas kompliziert sei, aber dass sie ihn, Theo, sehr gern habe.

Er hatte zurückgeschrieben, dass er sie auch sehr mögen

würde, und ein richtiges Date vorgeschlagen. Schick essen gehen und hinterher in eine Bar. Aber dazu war es bisher nicht gekommen. Stattdessen war sie für eine Woche zu ihren Eltern in den Harz gefahren. Seit vorgestern sollte sie wieder zu Hause sein. Aber sie hatte sich nicht gemeldet. Theo wurde nicht schlau aus ihr. Er war sich sicher gewesen, dass sie auch etwas für ihn empfand. Und jetzt diese Funkstille. »Lass ihr ein bisschen Zeit«, hatte Lars ihm geraten, »aber nicht zu lange.«

Theo wählte ihre Nummer.

Hanna trat auf den kleinen Balkon ihrer Altbauwohnung hinaus. Sie lehnte sich an das Geländer und umfasste die wärmende Kaffeetasse mit beiden Händen. Ihr gegenüber blickte die alte Frau Weiß aus dem Fenster. Sie war in ihrer kleinen Wohnung geboren worden und hoffte, auch darin zu sterben. Ihre Kinder hatten sie schon lange gedrängt, in ein Altersheim oder wenigstens in eine Parterrewohnung umzuziehen, doch Grete Weiß hatte sich erfolgreich dagegen gewehrt. Seit ihre Hüfte immer schlimmer geworden war, ging sie kaum noch aus dem Haus, das keinen Aufzug hatte. Um die Treppen vom vierten Stock hinunter zu bewältigen, brauchte sie eine gute Stunde, nach oben ging es etwas schneller. Zweimal in der Woche schaute ihre Tochter vorbei, um ihr Essen und Lektüre zu bringen und ein Stündchen mit ihr zu plaudern. Und jeden zweiten Tag kam Milena, die portugiesische Zugehfrau, um Wäsche zu waschen und zu bügeln, zu putzen und kleine Besorgungen zu erledigen. Dabei berichtete sie in einem unaufhörlichen Redefluss von ihrem Mann, der kurz vor der Rente seine Arbeit als Betriebsschlosser verloren hatte, von ihren zwei Töchtern, die ihre sorgenvolle mütterliche Phantasie auf Trab hielten, und dem turbulenten Leben ihrer anderen Arbeitgeber. Grete Weiß verfolgte dieses Leben aus zweiter Hand mit Interesse. Ihr genügte das. Sie besaß nicht einmal einen Fernseher, sie hörte lieber Radio oder las ein Buch. Noch lieber aber saß sie am Fenster und blickte auf das Treiben in ihrer Straße hinunter. Von ihrem Beobachtungsposten aus betrachtete sie das Leben in der Nachbarschaft. So war auch sie diejenige gewesen, der als Erste aufgefallen war, dass sich in der Wohnung von Mathilde Hermann schräg gegenüber nichts mehr rührte. Sie hatte die Polizei informiert, die die mit einem Hüftbruch hilflos in der Wohnung liegende Frau nach zwei Tagen befreit hatte.

Einer der wenigen Nachbarn, die sie persönlich kannte, war die junge Frau von gegenüber, die wie so oft auf ihrem Balkon stand und rauchte. Hanna hatte ihr an einem schönen Sommertag vor drei Jahren einen spontanen Besuch abgestattet, nachdem sie einander ein Jahr lang von Fenster zu Balkon gegrüßt hatten. Auch heute hob Grete die Hand. Hanna lächelte und prostete ihr mit der Kaffeetasse zu. Trotz der Distanz von gut fünfzehn Metern quer über die Straße merkte Grete, dass die junge Frau weniger gelassen wirkte als üblich. Schon seit zwei Tagen sah sie sie unruhig durch die Wohnung geistern – und sie rauchte auch deutlich mehr als sonst, hatte sie besorgt bemerkt. Sie wusste, dass Hanna Winter Journalistin war, und sah sie meist Stunde um Stunde emsig an ihrem Schreibtisch vor dem Fenster sitzen. Diesmal schien es nicht so recht voranzugehen mit dem Schreiben.

Tatsächlich kämpfte Hanna seit mehr als einer Woche mit ihrem Artikel. Außerdem spukte ihr auch noch die Sache mit Theo durch den Kopf. Viel hatten ihre Eltern bei ihrem Besuch nicht von ihr gehabt. Normalerweise war Hanna eine schnelle Schreiberin, aber diesmal lag die Sache anders. Sie hatte eine eindrucksvolle Flut von Fakten gesammelt, doch der entscheidende Beweis fehlte: Dass Bergman und Sven von Vries ein und dieselbe Person waren, ließ sich nicht eindeutig nachweisen. Und damit brach die ganze Beweiskette zusammen.

Sie versuchte, einen Artikel zu schreiben, der Bergman an den Pranger stellte, ohne sich dafür eine Unterlassungs- oder gar Verleumdungsklage einzuhandeln. Doch was sie bis jetzt zuwege gebracht hatte, würde ihr kein Chefredakteur abkaufen. Die Story war purer Sprengstoff. Aber ohne Beweis würde sie einem ganz einfach um die Ohren fliegen.

Hanna ließ ihren Blick über ihre Straße schweifen. Obwohl unweit der vierspurigen Kreuzung an der Osterstraße gelegen, war sie schmal und von Jugendstilbauten gesäumt. Anders als im schicken Winterhude oder Eppendorf waren in Eimsbüttel viele Häuser noch nicht aufgemotzt und die Mieten somit bezahlbar. In den Seitenstraßen standen viele Bäume, die dem Viertel im Sommer Schatten und Frische spendeten. Unter Hanna befanden sich ein von ihr oft frequentierter Blumenladen, ein Gemüsehändler und ein Kiosk, in dem sie sich auch sonntags mit dem Nötigsten – Kaffee, Schokolade und Zigaretten – versorgen konnte, wenn sie nicht zum Einkaufen gekommen war. Zwei Häuserecken weiter lag Hamburgs beste Bäckerei, wie Hanna fand, was der Lebensqualität in der Wohnlage weitere entscheidende Punkte hinzufügte.

Das Telefon auf ihrem Schreibtisch klingelte. Hanna nahm noch einen Schluck Kaffee und ging dann hinein. Auf dem Display erkannte sie Theos Festnetznummer. Sie registrierte missbilligend, dass ihr Herz einen kleinen Hüpfer machte.

»Hanna!« Er klang atemlos. »Halt dich fest. Ich glaube, wir haben ihn.«

»Wen, Bergman?« Hanna freute sich, dass er so aufgeregt war und sich nicht beschwerte, weil sie sich nicht gemeldet hatte. Sie griff zu ihren Zigaretten und zündete sich entgegen ihren üblichen selbst auferlegten Rauchregeln gleich am Schreibtisch eine weitere Zigarette an.

»Wen sonst. Ich sage dir, das war eine völlig verrückte Nacht ...«

Hanna ging hinüber in die Küche, während sie Theos abenteuerlichem Bericht lauschte. Sie griff zu einem Stück Papier, das auf dem riesigen Küchentisch herumlag, und machte sich Notizen.

»Heute Abend treffen wir uns mit Hadice. Du kommst doch?«

Hanna lächelte über seinen Eifer. »Das lass ich mir nicht entgehen.«

Als sie aufgelegt hatte, blieb sie noch eine Weile grübelnd in der Küche sitzen. Die Sache mit dem Kopf veränderte die Lage mit einem Schlag. Endlich ein konkreter Hinweis. Endlich ein Glied in der Kette, das Bergman mit Sven von Vries verknüpfte. Aber würde es stark genug sein?

Sonnabend, 24. Januar 2009

»Ihr habt ihn wieder laufen lassen?« Theo sprang auf und lief im Zimmer auf und ab. Hadice beugte sich vor und hielt ihn mit dem Blick fest. »Es ging nicht anders.«

Sie saßen alle fünf an Theos Esstisch: Hadice und Theo, Hanna und Fatih, Lars und natürlich der Mops, der sich einen Logenplatz auf dem Schoß seines Herrchens errungen hatte.

»Aber der Kopf! Ihr hattet doch den Kopf!« Jetzt sprang auch Fatih auf.

»Der Kopf«, sagte Hadice, »beweist leider gar nichts.« Sie hob die Hand, bevor die anderen sie unterbrechen konnten. »Bergman behauptet, dass er ihn gekauft hat. Als ›wissenschaftliche Preziose‹, wie er sagt. Und nun beweise ihm einmal einer das Gegenteil.«

»Gekauft.« Fatih lachte ungläubig. »So was kann man doch nicht einfach kaufen.«

»Oh, du hast keine Ahnung. Man kann alles, wirklich alles kaufen, wenn man die Mittel dazu hat.«

»Was ist mit genetischen Spuren?« Hanna klinkte sich ein.

»Wenn sich Genmaterial von Bergman direkt an dem Kopf befindet, beweist das doch, dass er ihn präpariert hat.«

Hadice schüttelte den Kopf. »Daran hat er gedacht. Er ist ein schlauer Teufel. Er hat erzählt, dass er einen neuen Behälter hat anfertigen lassen und den Kopf höchstpersönlich umgelagert hat. Das heißt, selbst wenn wir seinen genetischen Fingerabdruck innerhalb des Glases finden, beweist es nicht, dass er etwas mit der Herstellung zu tun hatte. Ganz abgesehen davon, dass es sehr fraglich ist, ob sich solche Spuren siebzig Jahre lang halten, und dazu noch in Formalin.«

Hanna zupfte grübelnd an ihrer Unterlippe. »Was ist mit dem Tod dieser Ilse Steiner? Seid ihr da irgendwie weitergekommen?«

»Sackgasse«, sagte Hadice.

Schon vor zwei Tagen war sie den Hinweisen von Hanna und Theo folgend in das Altenheim Entenbach gefahren. Dort hatte dieselbe lila gefärbte Frau am Empfang gestanden wie zwei Wochen zuvor bei dem Besuch von Hanna.

»Ilse Steiner? Da kommen Sie leider zu spät«, hatte sie bedauernd gesagt und dann berichtet, dass die langjährige Patientin vor wenigen Tagen gestorben sei.

»Ich weiß.« Hadice hatte ihre Dienstmarke vorgezeigt. »Deshalb bin ich da.«

Anschließend hatte sie mit dem Pflegepersonal gesprochen. Aber niemandem war etwas Ungewöhnliches aufgefallen. »Sie war wie immer: eine Pest«, hatte eine der Schwestern ausgesprochen, was offenbar alle dachten. Niemand dachte daran, Hadice mit dem Zivildienstleistenden Leon in Kontakt zu bringen. Er war nur einer aus dem endlosen Strom billiger Arbeitskräfte, die das Pflegesystem am Leben erhielten. Und so erfuhr Hadice auch nie etwas davon, dass Ilse Bergman angerufen hatte.

Erst ganz zum Schluss fiel Magda, einer jungen Tschechin,

ein, dass Ilse ein Päckchen erhalten hatte – ein bis dato nie da gewesenes Ereignis. Darin waren allerfeinste Pralinen gewesen. »Frau Steiner hat die sofort alle aufgegessen«, sagte Magda. »Wahrscheinlich hatte sie keine Lust, jemandem etwas abzugeben.«

»Womöglich hat das dem Mädchen das Leben gerettet«, sagte Hadice zu Theo und den anderen.

»Du meinst, die Pralinen waren vergiftet?«

Hadice zuckte die Schultern. »Immerhin war sie am nächsten Morgen tot. ›Herzversagen‹ stand auf dem Totenschein.«

Dass der Tod der bösartigen alten Frau wahrscheinlich auf Bergmans Konto ging, war jedoch unmöglich nachzuweisen. Schachtel und Papier waren längst auf der Mülldeponie unter Tonnen von Abfällen begraben. Und Ilses Körper war verbrannt worden, wie fast jeder, der in einem Pflegeheim starb. Der Staat zahlt immer nur die kostengünstigste Bestattungsmethode, hatte die Leiterin erklärt.

»Immerhin hat die Sache ein Gutes«, munterte Hadice die niedergeschlagene Runde auf. Zwei plötzlich verstorbene alte Frauen, die in ihrer Jugend gemeinsam in Eichenhof waren – das hat die Kollegen vom Dezernat für Kapitalverbrechen hellhörig gemacht. »Die nehmen Bergman noch einmal ganz genau unter die Lupe. Wer weiß, vielleicht finden sie was.«

Doch die Ergebnisse waren gleich null: Die Durchsuchung von Bergmans Anwesen ergab nichts, ebenso wenig die Analysen der Proben vom Deck seines Boots. Sie wussten nicht, dass die Plane, die Bergman und Fitzpatrick unter Annas Körper gelegt und anschließend entsorgt hatten, verhindert hatte, dass Haare oder Fasern von Anna an Bord zu finden waren. Niemand hatte das Schiff in der fraglichen Nacht auslaufen sehen. Niemand hatte nächtliche Gestalten am Leuchtturm gesehen. »Es ist zum Die-Wände-Hochgehen«, sagte Theo zu Hanna, die sich zu seiner Freude bereit erklärt hatte, endlich mit ihm essen zu gehen.

Den Durchbruch sollte es erst eine Woche später geben. Er kam aus gänzlich unerwarteter Richtung.

Sonnabend, 31. Januar 2009
Jutta schenkte zwei Zentimeter Gin in ihr Lieblingsglas. Sie warf mit geübtem Schwung eine Scheibe Zitrone hinein und goss das Ganze mit Tonic auf. Sie nahm einen kräftigen Schluck und trat dann vor den großen, goldgerahmten Spiegel, den sie von ihrer Großmutter geerbt hatte. Er hatte den unbezahlbaren Vorteil, dass man darin um fünf Pfund schlanker wirkte als in Wirklichkeit. Jutta betrachtete sich wohlgefällig. Für ihre 64 Jahre hatte sie sich bemerkenswert gut gehalten. Eigens für den heutigen Abend hatte sie ihr goldblondes Haar von der Friseurin ihres Vertrauens zu einem imposanten Turm aufstecken lassen. Sie trug ein raffiniert geschnittenes Seidenkleid mit tiefem Dekolleté, das ihren noch immer erfreulich jugendlichen Busen schön zur Geltung brachte. Der champagnerfarbene Stoff war mit violetten Blütenranken bedruckt. Dazu trug sie große, farblich passende Amethystohrringe und auberginefarbene Wildlederpumps. Nicht, dass das farblich aufeinander abgestimmte Ensemble irgendeinem Mann besonders aufgefallen wäre. Aber perfekt gekleidet und frisiert fühlte Jutta sich selbstbewusst und begehrenswert. Und das war es, was zählte. Heute hatte sie ihr erstes Rendezvous mit Rudolf. Sie hatte ihn bei einer Buchlesung kennengelernt. Er war ein weiteres Exemplar in einer langen Reihe von Galanen, mit denen Jutta sich ihr Leben als fröhliche Witwe versüßt hatte. Ihr war nie in den Sinn gekommen, sich nach dem frühen Tod ihres Mannes noch einmal neu zu verheiraten. Ungebunden hatte ihr Leben unbe-

streitbar an Qualität gewonnen. Und Männer waren auf jeden Fall attraktiver, wenn man nicht mit ihren dreckigen Socken und anderem unangenehmen Beiwerk konfrontiert wurde. Jutta lächelte ihrem Spiegelbild zu. Perfekt. Das einzige Problem war die Handtasche. Die Miniaturkopie einer Kelly-Bag aus violettem Krokolederimitat stand griffbereit auf dem Wohnzimmertisch: das perfekte Accessoire. Aber es war die Tasche, die Anna sich vor ein paar Wochen von ihr geliehen hatte. Die Tasche, die Anna bei ihrem Tod bei sich gehabt hatte. Dieser wirklich charmante junge Entrümpelungsunternehmer hatte ihr die Tasche freundlicherweise vorbeigebracht. Ihm war aufgefallen, dass das Accessoire für Anna auffällig schick war, und er hatte die Besitzerin ausfindig machen können, weil er den Brief eines längst abgelegten Verehrers in einem Seitenfach gefunden hatte.

Jutta seufzte kummervoll. Sie hatte Anna sehr gemocht. Und irgendwie packte sie nun leises Schaudern beim Anblick der Tasche. Sie öffnete noch einmal den Garderobenschrank und begutachtete den Inhalt: die schwarze Lacktasche, der praktische rote Ledershopper, die giftgrüne Fransentasche – ein viel zu jugendlicher Fehlkauf. Sie griff nach einem zierlichen Wildledertäschchen mit goldener Schnalle. Die würde zur Not auch gehen. Aber eben nur zur Not. Ihr Blick fiel durch die Tür auf die traumschöne Kelly-Bag. Nein, diese Tasche war einfach zu schade, um sie wegen eines Todesfalls zu verbannen. Entschlossen steckte sie ihre Ausrüstung für den Abend hinein: das – hoffentlich überflüssige – Portemonnaie, den Lippenstift, die Puderdose. Zufrieden ließ sie den Verschluss zuschnappen.

Rudolf hatte sie mit Theaterkarten für die Oper überrascht: »Aida«. Jutta liebte Opern, die Musik, die Dramatik, die großen Gefühle! Der Abend war wunderbar. Für einen Endsechziger hatte Rudolf sich ausgesprochen gut gehalten. Er war schlank, besaß noch reichlich Haare, hielt sich gerade und hatte, was seine Kleidung betraf, einen vielversprechend guten Geschmack. In der Pause kaufte er Champagner statt Sekt, was ihm weitere Pluspunkte auf Juttas persönlicher Checkliste einbrachte, und er umsorgte sie auch sonst charmant. Jutta registrierte seine bewundernden Blicke mit Befriedigung. Fast tat es ihr leid, dass sie ihn, ihrem bewährten Drehbuch für Liebesbeziehungen folgend, noch zwei weitere Abende auf Abstand halten musste.

Der letzte Akt der Oper ergriff Jutta wie immer besonders. Als der Priester den Kerker über Aida und ihrem Geliebten Radames verschloss und sie so dem sicheren Tod überantwortete, kullerten die Tränen über ihre Wangen. Schnüffelnd kramte sie in ihrer Handtasche. Wo waren nur die Taschentücher? Hatte sie sie vielleicht in der hinteren Tasche mit dem Reißverschluss verstaut? Während auf der Bühne die Sänger die Stimmen zum tragischen Finale erhoben, stießen Juttas Fingerspitzen auf einen unbekannten Gegenstand.

Sonntag, 1. Februar 2009
»Sie hat sie mir gleich heute früh gebracht«, sagte Lars zu Theo. Beide schauten ratlos auf die elegante, silberne Kuchengabel, die in einer Plastiktüte vor ihnen auf dem Tisch lag. Jutta wusste ganz sicher, dass sie das Besteckteil nicht in der Tasche deponiert hatte. Und die Einzige, der sie die Tasche je geborgt hatte, war Anna gewesen. In ihrer Verwirrung war Jutta damit zu Lars gegangen.

»Ich kann mir nicht vorstellen, dass Anna auf ihre alten Tage kleptomanisch geworden ist«, hatte Jutta resolut gesagt. »Und dann diese Plastiktüte.« Sie ließ die Gabel in ihrer transparenten Hülle mit spitzen Fingern vor Lars' Nase baumeln.

»Ich meine, das sieht doch aus wie im ›Tatort‹. Da stecken sie die Beweisstücke doch auch immer in solche Plastiktüten. Und wo Fatih doch dauernd so komische Andeutungen macht, wenn ich ihn im Dönerladen sehe, dachte ich, es könnte vielleicht wichtig sein.«

Das glaubten Theo und Lars nun auch. Aber in welcher Hinsicht?

»Mal angenommen, Anna hat die Gabel tatsächlich bei ihrem Besuch bei Bergman eingesteckt ...«

»Und angenommen, sie hatte so was sogar geplant und eigens zu diesem Zweck die Plastiktüte mitgenommen ...«

»Fingerabdrücke?«

»Kann nicht sein. Dann bräuchte sie ja konservierte Vergleichsabdrücke von vor siebzig Jahren, um Sven von Vries zu überführen.« Lars schüttelte den Kopf.

»Genetischer Abgleich?«

»Dito. Auch dafür bräuchte sie einen Vergleich.«

»Wer weiß, vielleicht hat sie ja eine Locke von seinem Haar aufbewahrt.«

»So was habe ich bei ihr nicht gefunden. Anna war offenbar nicht besonders sentimental veranlagt. Und außerdem: Sind Haare nicht nur dann für einen Gentest zu gebrauchen, wenn die Wurzeln noch dran sind?«

»Stimmt auch wieder. Und dass sie ihm damals ein Büschel Haare ausgerissen hat, ist wohl kaum anzunehmen.«

»Wir geben es einfach der Polizei. Sollen die schauen, was sie damit anfangen.«

Später rief Theo Hanna an, um ihr von dem seltsamen Fund zu berichten.

»Merkwürdig, oder?«

Hanna schwieg. Er sah sie vor sich, wie sie gedankenverloren an ihrer Unterlippe zupfte. Bei der Vorstellung musste er lächeln.

»Mir kommt da gerade eine völlig irre Idee.«

»Was ja nichts Neues wäre.«

Hanna schnaubte in gespielter Empörung. »Das würde ich am liebsten sofort nachprüfen«, sagte sie dann. »Ich melde mich gleich noch mal.«

Fünf Minuten später rief sie wieder an. »Hast du gerade Zeit?«

»Klar.«

»Dann komme ich am besten vorbei. Das musst du dir ansehen.«

Kapitel 20

Der letzte Akt

Sonntag, 1. Februar 2009

Auf dem Tisch lagen zwei Fotos. Das eine glaubte Theo bereits in- und auswendig zu kennen: Es war das Bild von Bergman auf der Jacht, das sie allen potenziellen Zeugen vorgelegt hatten. Hanna hatte es vergrößert und beschnitten, sodass nur Bergmans leicht grobkörniges Gesicht zu sehen war. Das andere Bild war zum selben Format zurechtgestutzt. Theo erinnerte sich: Es war unter den wenigen Fotos gewesen, die Anna aufbewahrt hatte: ein Ausschnitt vom Hochzeitsbild ihres Sohnes Erik.

»Schau sie dir genau an«, forderte Hanna ihn auf. Theo verglich die rundlichen, weichen Züge von Erik mit den scharf geschnittenen von Bergman. Eriks rote Locken und das glatte dunkle Haar. Den weichen Mund und die energischen Lippen, die kleine Knubbelnase und den schmalen, geraden Nasenrücken. Theo blickte verwirrt zu Hanna. »Worauf willst du hinaus?«

»Schau dir die Augen an«, sagte sie nur. Und in der Tat, obwohl der eine zutiefst unsicher blickte und der andere vor Selbstbewusstsein strotzte, ließ sich hier eine frappierende Ähnlichkeit ausmachen. Beide Augenpaare waren sehr hell. Und sie waren ähnlich geschnitten und von langen Wimpern umkränzt. Sogar der Schwung der Augenbrauen wirkte ähnlich. Versuchsweise deckte Theo die obere und untere Gesichtspartie ab, sodass ihn nur noch die Augen anblickten.

»Das könnte natürlich Zufall sein.«

»Ich weiß. Wenn man nach etwas sucht, findet man auch

etwas. Aber überleg doch mal, das würde alles erklären: Wenn Bergman Eriks Vater ist, ist es kein Wunder, dass Anna sich darüber immer ausgeschwiegen hat. Ich meine, wer will seinem Kind schon erzählen, dass er der Sohn eines Mannes ist, der Menschenversuche gemacht hat. Es würde außerdem erklären, warum Anna, die ja sonst für alle ein großes Herz hatte, ausgerechnet ihrem Sohn so distanziert gegenüberstand.«

Sie wies auf die beiden Fotos in Theos Hand.

»Sie hat in ihm auch immer seinen schrecklichen Vater gesehen. Er hat sie immer daran erinnert, dass sie sich mit einem Monster eingelassen hat. Und drittens«, sie reckte drei Finger der linken Hand wie zum Schwur empor, »drittens ist das die einzige vernünftige Erklärung für diese Kuchengabel: Sie wusste, woher sie sich genetisches Vergleichsmaterial beschaffen konnte, um Bergman zu überführen: Es steckt in jeder Körperzelle ihres Sohnes.«

Theo legte die Bilder nachdenklich wieder auf den Tisch.

»Das klingt tatsächlich logisch«, räumte er ein. »Aber natürlich ist das alles auch reine Spekulation. Ich weiß nicht, ob das der Polizei reicht.«

»Dann lass uns versuchen, noch einmal mit Line zu reden. Wenn sie bestätigen kann, dass Anna und Sven von Vries ein Paar waren, wäre das doch wirklich ein überzeugendes Argument.«

Montag, 2. Februar 2009
Doch Line erinnerte sich nicht. »Ich kenn keine Anna«, sagte sie auf Emils behutsame Fragen unwirsch. Dann sprang sie auf und lief aus dem Zimmer wie ein störrisches Kind.

»Es macht ihr Angst, wenn sie merkt, dass sie sich eigentlich erinnern müsste, und da nichts ist als ein schwarzes Loch.«

Theo nickte. Die Vorstellung erfüllte auch ihn mit Schrecken. Selbst heute kam es schon vor, dass Lars sich an eine Begebenheit vor zwanzig Jahren erinnerte, die in seinem Hirn komplett gelöscht war.

»Das musst du doch noch wissen«, sagte Lars dann immer drängend und ungläubig, als ob die Tatsache, dass das Erlebnis aus Theos Erinnerung verschwunden war, das Ganze auch für Lars zweifelhaft machte. Noch waren es nur Tage oder Stunden, die im Gewirr der Neuronen verloren gegangen waren. Wie mochte es sich anfühlen, wenn man eines Tages feststellen musste, den besten Freund, die erste große Liebe oder die eigenen Geschwister vergessen zu haben? Denn oft wussten Alzheimerpatienten sehr wohl um den Verlust, ohne sich an das erinnern zu können, was sie vermissten. Und ganz zum Schluss verlor man sich selbst. Alzheimer, die unbarmherzige Krankheit, die einem nicht nur die Zukunft raubte, sondern auch die Vergangenheit, bis die eigene Existenz auf einen winzigen Punkt zusammenschnurrte: das Jetzt.

»Und Sie«, fragte Hanna, »können Sie sich vorstellen, dass Sven von Vries Eriks Vater ist?«

»Nun«, sagte Emil bedächtig. »Das würde einiges erklären, nicht wahr?« Mit ruhigen Bewegungen stopfte er seine Pfeife, zündete sie dann schmauchend an und blickte den Rauchschwaden nach, die kräuselnd und einander umschlingend wie tanzende Nebelwesen zur Decke schwebten.

»Ich glaube nicht, dass Line Bescheid wusste. Wir haben oft gerätselt, wer wohl Eriks Vater sein könnte und was damals passiert ist. Aber Anna ist ja erst schwanger geworden, nachdem man Line aus Eichenhof geworfen hat, und von diesen zwei Monaten hat Anna kaum etwas erzählt.« Er sah aus dem Küchenfenster hinaus in den Garten, wo sich zwei Meisen in dem Vogelhäuschen balgten. »Ich habe Ihnen ja bereits erzählt, dass wir immer vermutet haben, dass Anna vergewaltigt worden ist, weil sie so gar nicht darüber reden wollte. Line hat erzählt, dass sie die Angewohnheit hatte, nachts draußen herumzuspazieren – und das mitten im Krieg.« Er zog wieder an seiner Pfeife, sodass der Tabak hell aufglühte. »Und da gab es noch so einen Hilfspfleger. Den Namen habe ich vergessen. Er war wohl minderbegabt, wie es heute so schön heißt. Er ist den jungen Frauen nachgeschlichen, ›richtig unheimlich‹ hat Line ihn immer gefunden. ›Wenn es der gewesen ist, kann ich verstehen, dass Anna nicht darüber sprechen will‹, hat sie immer gesagt. Auf Sven von Vries sind wir nicht gekommen.« Er lächelte, als er sah, wie die eine Meise mit einem großen Brocken Fett und Körnern im Schnabel davonflatterte. »Sven von Vries und Anna haben sich, soweit ich weiß, gut verstanden. Line hat mir in meiner einsamen Kammer viel erzählt von Eichenhof und ihren Kollegen. Wie sie zu viert einmal tanzen waren, diese beiden jungen Ärzte und die Mädchen. Ich weiß noch, wie eifersüchtig ich war auf diesen Grafenburschen, diesen Konstantin.« Er lachte leise. »Warum hätte Anna also nicht darüber sprechen sollen, dass das Kind von diesem Arzt war? Prüde ist sie nie gewesen.« Dann wurde sein Blick hart. »Aber nachdem wir jetzt wissen, dass Sven von Vries kein netter Kerl war, sondern eine Art Doktor Mengele, sieht die Sache natürlich anders aus.« Er ließ die Pfeife sinken. »Der arme Erik«, sagte er.

Nebenan hörten sie Line trällern. Es waren zwei Zeilen aus dem Refrain von »Lili Marleen«: »Wenn sich die späten Nebel dreh'n, werd ich bei der Laterne steh'n, wie einst, Lili Marleen.« Sie sang es immer wieder, wie eine Schallplatte, die einen Sprung hatte.

Emil erhob sich und ging hinüber zu ihr. »Willst du dich nicht zu uns setzen, Liebste?«

Neugierig spähte Line um die Ecke: »Wie reizend, wir haben Besuch!«, rief sie erfreut. Dann ging sie zu Hanna hinüber. »Sind Sie nicht die Kleine von Maziniaks?«

»Nein«, sagte Hanna bedauernd. »Ich heiße Hanna.«

Line ergriff ihre Hand. Sie drückte sie fest.

Mittwoch, 8. September 1943

Anna presste ihre Stirn an die kühlen Kacheln der Gemeinschaftstoilette. Erleichtert merkte sie, wie die Übelkeit abebbte. Sie spülte sich den Mund mit kaltem Wasser und stützte sich dann mit beiden Armen am Waschbecken ab, das alt und voller Sprünge war. Aus dem Spiegel schaute sie eine junge Frau mit tiefen Ringen unter den Augen an. Langsam wischte sie mit dem Handrücken über den Mund. Sie blickte hinunter zu ihrem flachen Bauch. Schwanger. Die spannenden Brüste, die verdammte Übelkeit. Alle Anzeichen sprachen dafür. Als ihre Periode vor vier Wochen das erste Mal ausgeblieben war, hatte sie sich eingeredet, der Schock über Sven von Vries' Tod, vor allem aber über seine Machenschaften und Majas schreckliches Ende hätte ihren Zyklus durcheinandergewirbelt.

Doch dem war offenbar nicht so. In ein paar Wochen würde sich ihr Zustand nicht mehr verheimlichen lassen. Eine Abtreibung kam nicht infrage. Zum einen kannte sie niemanden, der ihr helfen könnte. Außerdem: Auch wer eine erfahrene Engelmacherin fand, konnte an den Blutungen sterben. Sie dachte nicht daran, sich einem solchen Risiko auszusetzen. Und dann war da natürlich auch noch das Kind. Das konnte schließlich nichts dafür, dass es unwillkommen war. Sie strich sich das schweißnasse Haar aus der Stirn. Außerdem gab es seit Beginn des Krieges haufenweise ledige Mütter. Frauen, deren Verlobte im Krieg gefallen waren. Frauen, die unter dem Eindruck der täglichen Gefahr, in dem Bewusstsein, dass sie morgen tot sein könnten, ganz im Hier und Jetzt lebten und für eine Nacht oder auch nur für den flüchtigen Moment des Orgasmus die Angst vergessen wollten.

Anna richtete sich auf. Wer weiß, vielleicht würde sich das Problem von ganz allein lösen. Vielleicht würde sie den Embryo verlieren. Sie wusste, die Chancen standen schlecht. Sie war jung und kerngesund. Der Gedanke an die Millionen Frauen, die seit Jahrtausenden dieselbe vergebliche Hoffnung gehegt hatten, erfüllte sie mit Bitterkeit. Nicht einmal, wer der Vater war, wusste sie mit Sicherheit. Mit Sven hatte sie nur einmal ungeschützt geschlafen, an jenem Abend, als nach Lines Hinauswurf auch noch Maja verlegt worden war. Sven war der letzte Vertraute gewesen. Voller Verzweiflung hatte sie Trost bei ihm gesucht. Danach hatten sie immer Kondome benutzt. Was hieß immer – mehr als dreimal war es nicht passiert. Sie schauderte vor Selbstekel, als sie daran dachte, dass sie sich mit diesem verdammten Menschenschinder eingelassen hatte. Aber da gab es natürlich auch noch Fritz mit seinen lüsternen Blicken und seinem schmutzigen Grinsen. Hatte er sie geschwängert, als sie ohnmächtig war? Wie Kleists Marquise von O. Sie wusste kaum, welche Option die schlimmere war. Unten rief der Gong zum Frühstück. Sie bezweifelte, auch nur einen Bissen herunterwürgen zu können. Als sie die Schürze ihres Schwesternkittels glatt strich, knisterte es in ihrer Tasche. Sie zog einen Brief von Line heraus, der vor ein paar Tagen eingetroffen war. Noch am selben Abend schrieb Anna zurück. Sie schrieb, dass sie schwanger war. Sie schrieb, dass sie nicht wusste, wohin, denn ihre Eltern würden den dicken Bauch weder akzeptieren noch verzeihen. Die Antwort kam postwendend. »Komm zu uns, liebste Anna«, stand da in Lines mädchenhaft runder Schrift. »Mama und ich, wir freuen uns.«

Montag, 9. März 2009

Die roten Backsteinmauern ragten fast vier Meter vor ihm in die Höhe. Sie waren mit einer steinernen Zickzackbordüre verziert und erinnerten mit ihren stählernen Wachtürmen an eine mittelalterliche Burg. Ebenso das Eingangsportal, das aus grauen, roh behauenen Massivsteinen gefertigt war und in dem drei hohe Eisentore den unmittelbaren Zutritt verwehrten. Die Untersuchungshaftanstalt an der Glacischaussee nahe der Hamburger Messe war viel größer, als Erik Florin sich vorgestellt hatte. Der Gebäudekomplex umfasste mehrere Innenhöfe und bot Raum für 680 männliche und 63 weibliche Untersuchungshäftlinge, wie er gelesen hatte. Dass der Platzbedarf für männliche Gefangenen zehnmal höher eingeschätzt wurde als für Frauen, warf ein unrühmliches Licht auf die männliche Natur, fand Erik. Durch den Gebäudetrakt wurden jährlich zwölftausend Inhaftierte geschleust, Menschen, die in Abschiebehaft saßen, Menschen, die wegen unbezahlter Ordnungswidrigkeiten zwischenzeitlich festgesetzt wurden, und Verdächtige ohne festen Wohnsitz, die hier die Zeit bis zu ihrem Gerichtsverfahren untergebracht waren oder bei denen Flucht- oder Verdunklungsgefahr bestand. Zu der letzen Gruppe gehörte Jonathan Bergman. Bergman alias Sven von Vries, dafür sprach vieles, vor allem der Gentest, den das Dezernat für Kapitalverbrechen, das für den Fall zuständig war, angeordnet hatte. Für Erik war die Erkenntnis, dass sein Vater noch lebte, zunächst der größte Schock gewesen. Das Einzige, was Anna ihm zum Thema Vaterschaft mitgeteilt hatte, war stets gewesen, der Kerl sei gottlob tot. Nun zeigte sich, dass er nicht nur am Leben, sondern offenbar eine Art zweiter Dr. Mengele gewesen war. Und dass er seine Mutter ermordet hatte.

Erik war stinksauer auf Anna. Die Heimlichtuerei und vor allem ihre Distanz zu ihm hatten ihn sein Leben lang belastet. Wenn sie nur mit ihm gesprochen hätte! Dann hätte er verstehen können, warum sie es vorgezogen hatte, sich um Kinder in Afrika zu kümmern statt um ihn. Dann hätte er sich auch nicht dauernd selbst die Schuld für ihr abweisendes Verhalten gegeben. Zu dick, zu blöd, zu langweilig hatte er sich immer gefunden, ihrer Liebe nicht würdig. Und auch Lines und Emils Zuneigung hatte an der Überzeugung, nicht gut genug zu sein, nichts ändern können.

Und jetzt hatte sie auch noch die Idiotie besessen, ihrem Mörder einfach in die Arme zu spazieren. Wie ein Lamm zur Schlachtbank, dachte er. Und das alles, ohne ihm, Erik, die Möglichkeit zu geben, sich noch einmal mit ihr auszusprechen. Der Einzige, der ihm etwas über die Umstände seiner Zeugung berichten konnte, war offenbar der Mörder selbst.

Erik, der wie einst Anna häufig unter Schlafstörungen litt, hatte in der vorangegangenen Nacht ein Schlafmittel genommen. Nun fühlte sich sein Kopf wie mit Watte ausgestopft an. In weniger als einer halben Stunde würde er zum ersten Mal seinem leiblichen Vater gegenüberstehen. In seiner Jugend hatte er sich diese Begegnung – die Informationen zum Tod seines Erzeugers ignorierend – in unterschiedlichsten Varianten ausgemalt. Sein Vater hatte sich bei diesen Phantasietreffen immer als ein strahlender Held, als märchenhaft reicher Industriebaron oder als unschlagbarer Fußballgott entpuppt. Stattdessen sollte er nun also einen Mörder treffen. Einen Mörder, der auch seine Mutter umgebracht hatte. Der Türsummer riss Erik aus seinen Gedanken. Er ging zu dem unscheinbaren Besuchereingang in einem Seitenflügel des Gebäudes. In einem schmalen Durchgang stand eine Reihe von Schließfächern. Ein Schild forderte ihn dazu auf, dort Wertgegenstände und Mobiltelefon zurückzulassen. Er läutete, und die schwere Eisentür öffnete sich mit einem Summen.

Charlie Lorenz machte seinen Job als Pförtner seit mehr als einem Vierteljahrhundert. Seine Kollegen nannten ihn wegen seines imposanten Schnurrbarts, den er sich in den frühen 80er-Jahren gezüchtet hatte, »Magnum«. Obwohl Charlie seine Frau Anja von Herzen liebte, hatte nicht einmal sie ihn dazu bringen können, sich das unmodische Ungetüm abzurasieren. Charlie machte seine Arbeit wirklich gern. Er sah die Ströme der Besucher mit Gelassenheit an sich vorbeiziehen. Mütter, die ihre Söhne besuchten, Kinder ihre Väter, Ex-Knackies ihre Kumpane, Anwälte ihre Klienten. »Jungfrauen«, also Besucher, die zum ersten Mal in die U-Haft kamen, erkannte er auf den ersten Blick. Auf der anderen Seite der panzerglasgesicherten Scheibe stand ein besonders nervöses Exemplar. Ein älterer Mann, der seine dunkelblaue Wollmütze in den Händen knetete.

»Mein Name«, sagte der Dicke und räusperte sich, »mein Name ist Erik Florin. Ich habe einen Termin. Ich möchte zu Professor Bergman.«

Charlie hob die Brauen. Besuch für den Professor. Wie üblich hatte das Gerücht eines prominenten Neuankömmlings schnell die Runde gemacht. Es hieß, dieser Bergman sei ein Naziverbrecher. Charlie konnte sich nicht erinnern, in seinen langen Dienstjahren einmal einen solchen Kandidaten beherbergt zu haben.

Die dunkle Zeit der nationalsozialistischen Herrschaft hatte auch an diesem Gebäude seinen Abdruck hinterlassen. Wie alle Angestellten hatte Charlie Lorenz die Geschichte der JVA bei seiner Einführung durchgenommen. Das 1870 erbaute Gebäude war von den Nazis eifrig genutzt worden. Bis 1945 hatte in einem der Höfe eine Guillotine gestanden. Unter Hitler waren die Köpfe besonders oft gerollt. Obwohl Charlie eigentlich kein Verfechter der Todesstrafe war, gab es doch Menschen, für die er gern eine Ausnahme machen würde. Naziverbrecher gehörten dazu. Er wunderte sich nur kurz, dass dieser so schüchterne Mann den Insassen besuchen wollte.

Ein Blick auf die Besucherliste zeigte ihm, dass der harmlos wirkende Mensch der Sohn des Häftlings war. Armer Kerl, dachte er. Er forderte Erik Florin auf, seinen Ausweis durch die Schublade unterhalb der Glaswand zu reichen, und prüfte die Personalien. Erik musste den Inhalt seiner Taschen und seine Jacke auf ein Laufband legen, das sie durch ein Röntgengerät beförderte. Er selbst wurde angewiesen, durch einen Metalldetektor zu schreiten. Erik kam sich albern vor. Wie am Flughafen, dachte er, der nur selten in seinem Leben geflogen war. Eine weitere Tür summte, hinter der ihn eine uniformierte Vollzugsbeamtin mit langen blonden Locken erwartete. Erik staunte. Loreley im Knast. Mit ausdrucksloser Miene informierte die Schönheit ihn noch einmal über die Regeln des Besuches. Der würde in Anwesenheit eines Aufsehers stattfinden. Und er dürfe dem Häftling keine Mitbringsel übergeben. Erik nickte. Sie geleitete ihn in einen tristen, engen Besucherraum. Es roch leicht muffig, denn nirgends gab es ein Fenster. In dem winzigen Kämmerchen standen sich zwei Stühle gegenüber, die durch eine hölzerne Wand getrennt waren. Als er sich setzte, stieß Erik sich die Knie und bemerkte, dass die Wand bis zum Boden reichte. Vermutlich wollte man so heimliche Übergaben verhindern, von Drogen oder Mobiltelefonen, vermutete er. Ein weiterer Stuhl war so positioniert, dass der Aufseher Besucher und Gefangenen gleichzeitig im Blick haben konnte. Intime Gespräche waren hier nicht möglich, so viel stand fest.

Als eine Tür am Ende des Raumes sich öffnete, schrak er zusammen. Schlagartig wurde ihm klar, dass er sich bis zu diesem Zeitpunkt erstaunlicherweise keine Vorstellung davon gemacht hatte, wie Bergman überhaupt aussah. Der Mann, der in Begleitung eines weiteren Wärters hereinkam, überragte sowohl den Aufseher als auch Erik um einen guten Kopf. Er hielt sich sehr aufrecht. Bis auf die Augen waren seine Gesichtszüge eher unscheinbar. Und dennoch strahlte er eine ungeheure Präsenz aus, eine natürliche Autorität, der auch das hohe Alter nichts anhaben konnte. Bergman musterte seinerseits den ältlichen Mann, der sich linkisch von einem hässlichen Stuhl erhob. Die dickliche Figur. Die leicht hängenden Schultern. Die ausgedünnten Locken. Der nervös blinzelnde Blick hinter den runden Brillengläsern.

»Erik Florin? Setzen wir uns doch.« Er ließ sich auf dem Stuhl gegenüber nieder.

Er benimmt sich, als sei er Gastgeber auf einer Teeparty, dachte Erik. Der Wärter nickte Erik zu und setzte sich ebenfalls. Wie eine Skatrunde, dachte Erik.

»Ich muss sagen, das war eine ziemliche Überraschung für mich. Von Ihrer Existenz zu erfahren, meine ich«, sagte Bergman.

»Gleichfalls«, murmelte Erik, dessen Hände unter Bergmans Blicken zu schwitzen begannen. Er ärgerte sich. Schließlich war nicht er es, über den zu Gericht gesessen wurde. Unauffällig rieb er seine Handflächen an der altmodischen Cordhose. Er spürte, dass er in den Augen seines Gegenübers gewogen und für zu leicht befunden wurde. Das war ihm im Laufe seines Lebens schon unzählige Male passiert. Leises Grollen stieg in ihm auf. Das war gut. So fühlte er sich weniger gedemütigt.

Bergman musterte seinen unbekannten Sohn mit wissenschaftlichem Interesse. Das genetische Roulette war immer wieder für eine Überraschung gut. Dass ein so unscheinbarer Mensch ein gemeinsames Produkt von der schönen Anna und ihm sein sollte, amüsierte ihn.

Bergman lachte kurz. »Sie, ich und Anna, wir sind wirklich der beste Beweis dafür, dass Hitlers Rassenpolitik scheitern musste.«

Erik erfasste intuitiv, worauf Bergman hinauswollte.

»Eigentlich bin ich nicht hier, um mich beleidigen zu lassen.«

»Oh, das war nicht meine Absicht.« Der alte Mann schien ehrlich überrascht. »Ich finde es nur hochspannend, dass ich so gar keine Ähnlichkeit entdecken kann.« Er zuckte entschuldigend mit den Schultern. Der Mann, der ihm gegenübersaß, war ihm absolut gleichgültig. Ohnehin war ihm das, was andere Menschen mit ihren Familien verband, ein Rätsel. Seine Kinder, Alexander und Penelope, hatte er seit der Scheidung von seiner Frau kaum gesehen. Sie fehlten ihm nicht.

Eigentlich könnte ich jetzt einfach aufstehen und gehen, dachte Erik. Schließlich wollte ich ihn nur einmal sehen, von Angesicht zu Angesicht, und das habe ich ja nun. Doch eine einzige Frage nagelte ihn auf seinem Platz fest.

»Warum haben Sie es getan?«

»Was?«

»Anna. Meine Mutter. Warum haben Sie sie getötet?«

Bergman seufzte. Er klang wie jemand, der zu oft in seinem Leben die Fragen weniger intelligenter Menschen hatte beantworten müssen.

»Das muss man erst noch beweisen.«

Seinem Anwalt zufolge hatte die Polizei nur Indizien. Der Gentest, der ihn als Eriks Vater auswies, hatte lediglich gezeigt, dass er nicht der sein konnte, für den er sich jahrzehntelang ausgegeben hatte. Der echte Jonathan Bergman hatte während Eriks Zeugung noch fast zwei Monate in Neuengamme eingesessen, bis ihm seine angebliche Flucht gelang. Das bewies allerdings noch nicht, dass er, Bergman, tatsächlich Sven von Vries war. »Der Nazidoktor«, so nannten ihn die Zeitungen inzwischen, auch wenn sie immer noch das Wörtchen »mutmaßlich« davor schreiben mussten. Allerdings wog die Aussage dieser Journalistin, dieser Hanna Winter, schwer.

Sie hatte zu Protokoll gegeben, Anna Florin habe in ihm einen der Ärzte aus Eichenhof wiedererkannt. Genauer gesagt, einen Arzt, der grauenhafte Menschenversuche zu verantworten hatte. Mit Majas Kopf, den sie bei ihm gefunden hatten, erschien das zweifellos ziemlich glaubwürdig. Und die Tatsache, dass Anna wenige Stunden nach dem Besuch bei ihm unter so ominösen Umständen verstorben war, machte die Sache nicht besser. Aber ihm den Mord direkt nachweisen, das würden sie vermutlich nicht schaffen. Immerhin hatte er genug Geld, um sich einen brillanten Anwalt leisten zu können.

Erik starrte ihn feindselig an. Bergman lächelte versonnen. Ein Leben lang hatte er schauspielern müssen. Gefühle heucheln, die er nicht hatte, aber die von ihm erwartet wurden. Dinge sagen, an die er nicht glaubte. Alles, um seine Ziele im Leben zu erreichen. Alles, um seiner einzigen Leidenschaft zu dienen, der Wissenschaft. Jetzt, am Ende seines Weges, konnte er endlich ganz er selbst sein. Er fühlte sich frei wie nie, obwohl er hinter Gittern saß.

»Unterstellen wir einfach mal – rein hypothetisch natürlich –, dass ich sie getötet hätte. Das Motiv liegt doch auf der Hand.« Er sah seinem unbekannten Sohn in die Augen. »Anna hätte nicht gezögert, mein Lebenswerk zu zerstören.«

»Aber was hätte das noch ausgemacht?« Erik ballte die Fäuste. »Sie sind Mitte neunzig. Ihr Leben liegt hinter Ihnen. Sie haben doch alles erreicht, was es zu erreichen gab.«

»Und das sollte auch so bleiben.«

Sie maßen einander mit Blicken wie Sumoringer. Erik spürte, wie ein Hauch von Respekt von Bergman zu ihm herüberwehte.

»Ich habe eine der größten Forschungsabteilungen für Neurologie und Genetik in den USA aufgebaut. Mein Name ist es, der den Sponsoren die Taschen öffnet. Was glauben Sie, was jetzt passieren wird?« Bergman lachte freudlos.

»Und dafür haben Sie ein Menschenleben geopfert?«

»Das ist die beschränkte Sicht der Dinge.« Er überlegte kurz und entschied sich für die Wahrheit. Nachdem auch die US-Medien die Sensation von seiner falschen Identität in die Welt hinausposaunten, hatte er nichts mehr zu verlieren. Ihm war egal, ob er als Mörder verurteilt wurde. Sein guter Ruf war ruiniert. »Anna war nicht die Einzige, die ich der Forschung opfern musste.« Er dachte kurz an seinen Freund Wolf, den KZ-Arzt, an Thorbjörn und die unerträgliche Schwester Ilse. »Aber nur so konnte ich unzähligen Menschen das Leben retten. Wenn man bedenkt, wie viele Menschen von meinen Forschungen profitiert haben, dann wurde jeder, den ich opfern musste, durch Hunderte, was sage ich, durch Tausende Leben aufgewogen.«

»Menschenleben kann man nicht wiegen.«

Bergman seufzte. Die Menschen waren zu beschränkt, um die Wahrheit zu erkennen.

»Ich will es Ihnen anders erklären.« Er lehnte sich zurück und presste die Fingerspitzen der Hände dachförmig aneinander. Eine Dozentengeste, die er sich vor vielen Jahren gezielt angeeignet hatte.

»Es gibt da ein psychologisches Experiment. Stellen Sie sich vor, ein Zug rast auf den Schienen dahin, direkt auf fünf Gleisarbeiter zu. Ein Stück weiter ist eine Weiche. Wenn Sie die Weiche umstellen, retten Sie die fünf Arbeiter. Dafür stirbt aber ein einzelner Mann, der auf dem anderen Schienenstrang arbeitet. Was tun Sie?«

Erik war widerwillig fasziniert von der hypnotischen Stimme.

»Ich würde die Weiche umstellen.«

»Ganz genau.« Bergman nickte wohlwollend. »Das ist natürlich logisch. Ein Menschenleben für fünf. Aber nun wird es interessant.« Er beugte sich vor. »Stellen Sie sich vor, es gäbe keine Weiche, und Sie müssten einen Mann vor den fahrenden Zug stoßen, um den aufzuhalten. Würden Sie das auch tun?«

Erik zögerte. Bergman lehnte sich zurück. »Ich sage Ihnen, was Sie tun würden: Sie würden nichts tun. Sie würden es vorziehen, dass die fünf sterben, statt anzupacken und direkt jemanden zu töten – so wie übrigens fast jeder. Die Leute nennen das Moral. Ich nenne es Schwäche.« Er beugte sich wieder vor und blickte Erik direkt in die Augen.

»Ich bin anders. Ich würde den Mann vor den Zug stoßen. Ich habe dazu die nötige Kraft. Männer wie ich werden gebraucht. Wir bringen die Menschheit voran. Ihr, die Schwächlinge, ihr weigert euch, das anzuerkennen. Aber von dem, was Menschen wie ich geleistet haben, profitiert ihr gern. Wenn ihr einen Hirntumor habt. Oder Alzheimer. Oder einen Schlaganfall.« Er erhob sich und gab dem Wärter ein Zeichen.

»Leb wohl, Erik Florin«, sagte er. Er ging hinaus. Es sah eher so aus, als sei der Aufseher sein Leibwächter und nicht sein Wärter.

Erik fühlte sich schockgefroren. Was Bergman erzählt hatte, klang einleuchtend. Hatte der Mann tatsächlich recht? Erik schüttelte benommen den Kopf. Irgendwo war ein Denkfehler. Er konnte ihn nur so schnell nicht finden.

Epilog

An der Elbe

Freitag, 13. März 2009

Theo stand auf dem Deich. Der Wind blies stark, aber viel wärmer als seit Monaten. Er schmeckte nach Tang, Teer und der großen weiten Welt. Hanseatenluft, dachte Theo. Der erste Frühlingstag machte ihm das Herz weit. Die Elbe blinzelte ihm in den Reflexen von Myriaden funkelnder Wellen zu. Er drehte sich um und durchschritt die Pforte zum Friedhof. Heute Abend war er bei Hanna zum Essen eingeladen. Hanna. Wochenlang hatte sie sich in die Bergman-Story verbissen. Er hatte sie kaum zu Gesicht bekommen. Noch immer hing in der Schwebe, was aus ihnen werden sollte. Ein bisschen Händchenhalten, ein bisschen Knutschen. Mehr war nicht gewesen. Er hatte Angst, sie zu verscheuchen, wenn er sie bedrängte. Er hatte aber auch Angst, dass die Sache im Sande verlaufen würde, wenn sie sich nicht ein Herz fasste. Ganz abgesehen davon war er sich nicht sicher, ob er nicht selbst kalte Füße bekommen würde, wenn sie sich für ihn entschied.

Aber heute wollte sie mit ihm feiern. Mit der Bergman-Story hatte sie einen ›Spiegel‹-Titel ergattert. Und das, obwohl der Prozess nun geplatzt war. Immerhin eines hatten sie erreicht: Am Ende seines Lebens war er nicht mehr mit der falschen Identität durchgekommen.

»Der Schweinehund stirbt«, hatte ihnen Hadice vor drei Wochen eröffnet und wütend auf Irmchens Tresen gehauen, sodass ihr alkoholfreies Bier hüpfte. Vorwurfsvoll hatte die gealterte Blondine die Spritzer weggewischt.

»Jetzt haben wir endlich genug Indizien für einen Prozess in der Hand, und der Kerl macht sich vom Acker.«

»Hat er sich jetzt plötzlich dazu entschlossen, an Altersschwäche zu sterben, oder was?«

»Nee.« Hadice wischte sich den Schaum vom Mund. »Der hat einen Hirntumor, so groß wie ein Säuglingsschädel. Damit hätte er, was den Mord an Anna betrifft, vermutlich ohnehin auf vorübergehende Unzurechnungsfähigkeit plädieren können.«

»Insofern ist es ja gar nicht schlecht, dass er stirbt. Dann kommt er wenigstens nicht auch noch frei«, war der lakonische Kommentar von Lars.

»Schätze, das mit dem Tumor hat er schon länger gewusst.« Theo drehte sein Bierglas in den Händen. »Ich habe mich schon die ganze Zeit gefragt, warum er überhaupt das Risiko eingegangen ist, nach Hamburg zurückzukommen.«

»Und was ist aus diesem anderen Knaben geworden? Diesem Sekretär.«

»Abgehauen. Der hat sich gleich nach der Hausdurchsuchung in die USA abgesetzt.«

Im gemeinschaftlichen Frust vereint schlürften sie ihre Getränke.

»Eine gewisse Ironie hat das Ganze ja. Ich meine, wenn so ein bösartiger Hirnforscher an einem bösartigen Hirntumor stirbt ...« Lars knuffte Theo aufmunternd. Der Mops, der bis dahin platt auf dem Boden gelegen und eine Warum-dürfen-Hunde-nicht-auf-Barhockern-sitzen-und-Bier-trinken-Miene aufgesetzt hatte, hob den Kopf und blaffte zustimmend. Dann rappelte er sich auf und grinste über beide Ohren.

Theo ging hinüber zum Grab seiner Frau. Nach dem Winter sah es etwas mitgenommen aus.

»Morgen bringe ich euch Blumen mit«, versprach er Nadeshda und seiner Tochter. Krokusse und Schneeglöckchen. Er zupfte noch ein paar welke Blätter vom Grab. Sie hatte sich lange nicht mehr blicken lassen, Nadeshda. Er vermisste sie noch immer. Wahrscheinlich würde das nie ganz aufhören. Aber das wollte er auch gar nicht. Als er aufstand, schmerzten seine Knie.

»Ich werde auch nicht jünger, Nadeshda. Aber ihr zwei, ihr bleibt für immer schön und jung. Ist doch auch was.« Hätte sie jetzt neben ihm gestanden, wäre ihm ein schmerzhafter Knuff auf die Schulter sicher gewesen.

Auf dem Weg zum Ausgang registrierte er die ersten Frühlingsboten. Winzige Knospen an den Zweigen, die ersten todesmutigen Blumen. Eine alte Frau kam ihm entgegen. Sie war viel zu warm angezogen. Ob auch er irgendwann dauernd frieren würde, wenn er einmal alt war? Die Frau versank fast in dem dicken, türkisfarbenen Daunenmantel. Auf dem Kopf trug sie eine Pudelmütze in grellem Apfelgrün. Freundlich nickte sie Theo zu.

»Die kenne ich doch von irgendwoher«, murmelte er und grüßte höflich zurück. Sein Vater hatte noch fast jeden Wilhelmsburger beim Namen gekannt. Theo war, wie er sich eingestehen musste, darin weniger gut. Das Medizinstudium hatte einfach zu viel Ablageraum in seinem Gehirn beansprucht, pflegte er sich zu entschuldigen. Erst als er die Friedhofspforte erreichte, kam ihm die Erleuchtung. Mit einem Ruck drehte er sich um.

Doch da war die alte Frau schon fort.

Fakten und Fiktion

Die im Roman geschilderten Hintergründe und Zahlen zur Euthanasie im Dritten Reich sind sorgsam recherchiert. Insgesamt wurden zwischen 1939 und 1945 geschätzte 200 000 psychisch kranke und behinderte Menschen getötet.

Stift Eichenhof hingegen ist ein fiktiver Ort. Alle Geschehnisse und Personen sind frei erfunden. Für meine Beschreibung habe ich mich stark an der bewegenden Biografie von Robert Domes »Nebel im August« orientiert, der halbfiktiv Geschehnisse in der psychiatrischen Anstalt in Kaufbeuren schildert. Wie im Roman, so sind auch dort die Verantwortlichen schändlich glimpflich davongekommen. Rund 2000 Menschen sind allein in Kaufbeuren systematisch zu Tode gekommen – durch Hunger, Krankheit oder Gift. Die Anklage der Verantwortlichen nach dem Krieg lautete durchgängig »Beihilfe zum Totschlag«. Wegen Totschlags oder Mordes selbst wurde kein Einziger verurteilt.

In Hamburg gab es mindestens zwei psychiatrische Einrichtungen, die während der NS-Zeit behinderte Kinder töteten: die Heil- und Pflegeanstalt Hamburg-Langenhorn sowie das private Kinderkrankenhaus Hamburg-Rothenburgsort. An vielen der kleinen Patienten wurden vor ihrem Tod medizinische Experimente durchgeführt.

Die wichtigsten Quellen

Robert Domes, *Nebel im August – die Lebensgeschichte des Ernst Lossa.* CBT, 2008.

Ernst Klee, *»Euthanasie« im NS-Staat: Die »Vernichtung lebensunwerten Lebens«.* Fischer, 1983.

Elisabeth Kübler-Ross, *Kinder und Tod.* Kreuz, 1984.

Alexander Mitscherlich, *Medizin ohne Menschlichkeit: Dokumente des Nürnberger Ärzteprozesses.* Fischer, 1978.

Erhard Oeser, *Geschichte der Hirnforschung – von der Antike bis zur Gegenwart.* Wissenschaftliche Buchgesellschaft, Darmstadt, 2002.

Michael Tsokos, *Dem Tod auf der Spur – Zwölf spektakuläre Fälle aus der Rechtsmedizin.* Ullstein, 2009.

Danke schön

Mein Dank richtet sich an alle Menschen, die Anteil daran haben, dass dieses Buch entstanden ist. Allen voran Dr. Christine Pernlochner-Kügler von der Trauerhilfe Innsbruck, die mich mit Empathie, Sensibilität und Humor hinter die Kulissen des Bestattergewerbes schauen ließ. Frau Christine Knüppel vom Beerdigungsinstitut Fritz Lehmann, die Fakten zum Wilhelmsburger Bestatterwesen beitrug. Den Mitarbeitern der JVA-Hamburg für ihre freundliche Aufnahme. Rainer Gossmann von der Kripo Hamburg für seine Geduld. Dr. Elisabeth von Weichs für ihre rechtliche Beratung. Meiner Lektorin, Evi Draxl, die das Buch in ihre Obhut genommen hat. Und unbedingt meiner Redakteurin, Christine Neumann, die mir den Rücken stärkte und deren Erfahrung und Stilsicherheit mich so manche Klippe umschiffen ließen. Außerdem meinen TestleserInnen für ihre absolute Aufrichtigkeit und ihre wertvollen Tipps: Stephanie Braun, Nina und Oliver Buschek, Petra Ender, Martina Feichter, Christiane Ho, Katrin Hoerner, Pia Küsters, Ingrid Müller, Fabian Seyfried, Susi Stockmann, Nicole Theis, Christine Wendtland. Meiner Müsch, Vera Jungclaus, für ihre Liebe und Unterstützung in Wilhelmsburger Belangen. Meiner Schwester, Corinna Luerweg, die dieses Buch mit Professionalität und Herz begleitet hat. Am innigsten danke ich dir, Alain. Ohne dein Vertrauen und deine liebevolle Unterstützung wäre dieses Buch nie geschrieben worden.

Im Gedenken an die Opfer des Nationalsozialismus.
    Lasst sie uns niemals vergessen.